1

OUT 아웃

1

기리노 나쓰오

김수현 옮김

OUT
by Natsuo Kirino

Copyright ⓒ 1997 Natsuo Kirino

All rights reserved.

Originally published in Japan by KODANSHA LTD., Tokyo.

Korean translation rights arranged with Natsuo Kirino, Japan through
THE SAKAI AGENCY and IMPRIMA KOREA AGENCY.

이 책의 한국어판 저작권은 THE SAKAI AGENCY와
임프리마 코리아 에이전시를 통해 Natsuo Kirino와 독점 계약한 ㈜민음인에 있습니다.

저작권법에 의해 한국 내에서 보호를 받는 저작물이므로
무단 전재와 무단 복제를 금합니다.

Korean Translation Copyrigh ⓒ Minumin 2007, 2011

차례

1권

야근	9
욕실	123
까마귀	233
검은 환상	303

2권

보수	7
412호실	105
출구	205
작품해설	314

절망에 이르는 길이란, 어떤 체험도 하지 않으려는 것이다.
플래너리 오코너

야근

주차장에는 약속 시간보다 조금 일찍 도착했다.
차에서 내리자 잔뜩 습기를 머금은 7월의 짙은 어둠에 감싸였다. 푹푹 찌는 더위 탓인지 어둠이 시꺼멓고 무겁게 느껴진다.
가토리 마사코는 숨쉬기가 답답하여 별이 숨은 밤하늘을 올려다봤다. 차 안 냉방 때문에 식어 건조했던 피부가 곧 끈적끈적 땀을 흘리기 시작한다.
신 오우메 가도에서 흘러오는 배기가스에 섞여, 튀김 기름 냄새가 희미하게 풍겼다. 이제부터 마사코가 출근할 도시락 공장에서 흘러오는 냄새다.
'돌아가고 싶어.'
이 냄새를 맡으면 이런 생각이 든다. 어디로 돌아가고 싶어서 그런 건지 알 수 없었다. 지금 막 나온 집이 아닌 건 확실하다. 어째서 집에 돌아가고 싶지 않을까. 대체 어디로 돌아간다는 걸까.

길을 잃은 듯한 기분에 마사코는 당혹한다.

자정부터 아침 5시 30분까지 쉴 새 없이 쭉, 벨트컨베이어를 따라 흐르는 도시락을 만들어야만 한다. 시급은 아르바이트 치고 높은 편이지만 계속 서서 해야 하는 호된 일이다. 몸이 안 좋을 때는 그 괴로움이 떠올라 여기서 어깨가 움츠러들었던 적도 한두 번이 아니다. 하지만 이 정처 없는 느낌은 그것과는 달랐다.

마사코는 평소와 마찬가지로 담배에 불을 붙이다가, 그 행위가 공장 냄새를 지우려는 것이었음을 처음으로 알았다.

도시락 공장은 무사시무라야마 시의 거의 중앙, 거대한 자동차 공장의 회색 담이 이어지는 길을 보고 홀로 우뚝 서 있다. 주위에는 흙먼지가 날리는 밭과 작은 자동차 정비 공장들이 있었다. 하늘이 잘 보이는 평평한 땅이다. 공장 주차장은 거기서 다시 도보로 3분. 황량한 폐공장 앞에 있다.

주차장은 땅을 간단하게 정리만 한 넓은 공터다. 테이프로 주차 위치가 정해져 있기는 하나, 모래 먼지 때문에 그 선도 눈에 띄지 않는다. 종업원을 태우는 승합차며 경자동차가 난잡하게 세워져 있었다.

풀숲이나 자동차 뒤에 누가 숨어 있어도 모르겠다. 이곳도 뒤숭숭한 곳이다. 마사코는 만일을 위해 주위를 살피며 자동차 문을 잠갔다.

흙을 씹는 타이어 소리가 나더니, 노란 전조등이 우거진 여름 풀숲을 잠깐 동안 휘황찬란하게 비췄다. 녹색 폴크스바겐 골프 카브리올레가 주차장에 들어온다. 캔버스 톱을 연 운전석에서 오동통한 조노우치 구니코가 나와 고개를 숙였다.

"죄송합니다. 늦어서."

구니코는 똥차가 다 된 마사코의 빨간색 도요타 카롤라 옆에 골프를 아무렇게나 세웠다. 오른쪽으로 크게 틀어졌는데 딱히 신경도 안 쓰이나 보다. 사이드브레이크를 당기는 소리도 문을 닫는 소리도 괜히 크고, 뭐든지 야단스럽고 소란스러웠다. 마사코는 담배를 운동화로 밟아 껐다.

"네 차 참 멋있어."

공장에서도 이래저래 화제다.

"그래요?"

구니코는 기쁜지 혀를 날름 내밀었다.

"하지만 이거 때문에 빚졌으니 바보 같죠."

마사코는 애매하게 웃었다. 구니코의 빚은 차 때문만은 아닌 것 같다. 구니코는 명품을 많이 들고 다니고 옷도 다 비싸다.

"어서 가자."

주차장에서 도시락 공장까지 가는 길에 치한이 출몰하기 시작한 것은 올해 들어서였다. 이제까지 몇 번인가 파트타이머 종업원이 어두운 데로 끌려 들어가 험한 꼴을 당했다. 가능한 한 무리 지어 출근하라고 어제 회사에서 지시가 있었다.

두 사람은 가로등 하나 없는 깜깜한 비포장 길을 걷기 시작했다. 오른편에는 아파트며 넓은 마당이 딸린 농가가 무질서하게 서 있고 어수선하지만 인기척은 있다. 왼편은 여름풀이 우거진 속도랑 너머에 폐옥이 된 구 도시락 공장이며 문을 닫아 버린 볼링장 같은 게 이어지는 적막하고 황폐한 곳이었다. 마사코는 주의 깊게 시선을 좌우로 돌리며 구니코와 나란히 빠른 걸음으로 걸었다.

야근 13

오른쪽 구석에 있는 작은 아파트에서 포르투갈어로 말다툼하는 남녀의 목소리가 들려왔다. 같은 공장에서 일하는 동료 중 누군가였다. 공장에는 마사코를 비롯한 주부 파트타이머 외에 일본계나 백인 브라질인이 많이 고용되어 있다. 그중에는 부부도 많다.

"다들 브라질인 가운데 누군가가 치한이 아니냐고 하던데요."

구니코가 어둠 속에서 눈살을 찡그리고 있다. 마사코는 입을 다문 채 상대하지 않고 걷는다. 어느 나라 남자든 별수 없는 일이라고 생각한다. 저 공장에서 일하는 한 심신에 쌓이는 울분은 무얼 해도 풀어지지 않을 테니까. 여자는 그저 열심히 스스로를 지키는 수밖에 없다.

"덩치 큰 남자래요. 힘이 세고 말 한마디 없이 확 끌어안는대요."

구니코의 말투에서는 동경마저 느껴진다. 구름이 두껍게 드리워 별이 뜬 하늘을 뒤덮은 것처럼, 구니코의 마음도 뭔가에 가려져 있는 것이리라고 마사코는 생각한다.

등 뒤에서 자전거 브레이크 밟는 소리가 들렸다. 긴장하며 돌아본다.

"너희 둘이었구나. 좋은 아침." (밤을 새워 아침에 일이 끝나는 근무 환경에서 비롯된 이 공장의 특이한 인삿말이다.─옮긴이)

부지런히 일 잘하는 아즈마 요시에였다. 50대 중반의 과부로 손재주가 좋아 남들보다 일하는 게 배는 빠르다. 공장 동료들은 조금 놀림을 담아 '스승님'이라고 부른다. 마사코는 긴장을 풀며 인사했다.

"다행이다, 스승님이었구나. 좋은 아침."

구니코는 요시에가 거북한지 반 걸음 물러났다.
"너까지 스승님이라고 부르지 마."
말은 그래도 아주 싫지는 않아 보이는 요시에는 자전거에서 내려 같이 걷기 시작했다. 척 보기도 육체노동에 맞을 법한, 몸집은 작으면서 게처럼 단단하고 야무진 체격이다. 하지만 몸에 비해 자그마한 얼굴은 어두운 밤에 새하얗게 두드러져 탐스러운 분위기를 풍겼다. 그 때문에 인상이 박복해 보였다.
"치한 소동 때문에 같이 오나 봐."
"응. 구니코 씨는 젊으니까."
구니코는 쿡쿡 웃었다. 구니코는 스물아홉 살이다. 요시에는 어둠 속에 빛나는 물웅덩이를 피하면서 마사코의 얼굴을 본다.
"너도 한창때지, 뭘. 아직 마흔셋이잖니."
"뭐야, 그게."
그런 느낌은 최근에 거의 들어 본 적 없다. 마사코는 웃음 없이 대답했다.
"벌써 말라붙은 거야? 싸늘하네, 메말랐네."
요시에는 농담처럼 말했지만 마사코는 맞는 얘기라고 생각한다. 싸늘하게 메말라 땅바닥을 기고 있다. 자신의 지금 꼴은 파충류다.
"그보다 스승님, 평소보다 늦었잖아."
마사코는 화제를 바꿨다.
"아아, 우리 집 노인네가 좀 속을 썩여서."
앓아누운 시어머니를 돌보고 있는 요시에는 그 이상 말하려 하지 않고 얼굴을 찌푸렸다.

마사코는 아무것도 묻지 않고 갈 길을 쳐다봤다. 왼편 폐가들이 끊긴 근처에 도시락을 신속히 편의점으로 나르는 하얀 트럭이 몇 대 세워져 있다. 그리고 그 앞에 심야의 도시락 공장이 불야성처럼 창백한 형광등 조명을 빛내며 우뚝 솟아 있었다.

가까이 있는 자전거 주차장에 자전거를 두러 간 요시에를 기다렸다가, 셋이 함께 다 닳은 녹색 인공 잔디가 깔린 바깥 계단을 올라갔다.

2층이 현관으로 꾸며져 있고 오른쪽에 사무소, 복도 안에 휴게실과 탈의실이 있다. 공장은 1층에 있으므로 종업원은 옷을 갈아입은 후 다시 내려가게 된다.

현관 안부터는 흙발 금지로 빨간 펀치 카펫이 깔려 있었다. 형광등 불빛에 빨간 색깔이 가라앉아 복도가 음침해 보인다. 여자들의 안색도 거무칙칙하니 생기 없게 비쳤다. 자신도 이런 표정을 하고 있을까 싶어 마사코는 동료의 피로한 얼굴을 쳐다본다.

신발장 앞에 위생 감시원 고마다가 손에 접착테이프 롤러를 들고 기다리고 있었다. 말수가 적은 고마다는 불쾌한 표정으로 한 사람 한 사람의 등에 롤러를 굴린다. 이렇게 해서 바깥에서 묻어 들어오는 먼지나 분진을 미리 떨어뜨리는 것이다.

다다미가 깔린 넓은 휴게실에 들어간다. 종업원이 몇 명씩 모여 담소를 나누고 있었다. 다들 이미 하얀 작업복으로 갈아입고서 과자를 먹거나 차를 홀짝이며 작업 시간이 오기를 기다리고 있다. 조금이라도 수면 부족을 풀려고 몸을 편 채 누워 눈을 감은 이도 있었다.

100명 가까운 야근 종업원의 구성은 전체의 약 3분의 1이 브라질인이고 그 남녀 비율은 거의 반반. 방학철에는 학생 아르바이트도 늘지만 노동력의 대부분은 40대, 50대 주부 파트타이머였다.

고참 종업원들과 인사를 나누고 탈의실을 향해 가다가 휴게실 구석에 야마모토 야요이가 홀로 앉아 있는 것을 알았다. 세 사람의 모습을 봐도 웃지 않고, 뭔가에 홀린 것처럼 다다미 위에 풀썩 주저앉아 있다. 마사코는 말을 걸었다.

"야요이, 좋은 아침."

야요이는 안도한 듯한 미소를 띠었으나 거품이 터지는 것처럼 금방 지워졌다.

"많이 피곤한가 보네."

얌전히 고개를 끄덕이며 야요이는 입을 다물고 근심스러운 표정을 지었다. 네 여자 중, 아니, 야근 종업원들 가운데서도 야요이는 제일가는 미모의 소유자였다. 얼굴은 완벽한 형태를 지닌 부분의 집합체다. 시원한 이마, 눈썹과 눈의 우아한 밸런스, 높은 코와 도톰한 입술. 그 몸도 아담하면서 균형이 잡혀 아름답다. 공장에서는 무척 눈에 띄는 외모라 괴롭힘도 당하고 귀염도 받는다.

마사코는 야요이를 감싸고 있었다. 도리에 어긋나는 일을 가능한 한 생각하지 않으려는 자신과 달리, 야요이는 지나칠 만큼 감정이 풍부한 사람이다. 자신은 성가시다며 잘라 내 왔던 것을 야요이는 자각하지 못한 채 지니고 있어서, 복잡한 마음의 기복을 매일 다르게 바꿔 보여 주는 모습이 귀엽기 때문이다.

"무슨 일이야, 힘이 하나도 없이."

요시에가 불그스름한 손으로 어깨를 툭 쳤다. 야요이는 온몸을 움찔 떤다. 그 반응에 놀란 요시에가 마사코를 돌아봤다. 마사코는 눈짓으로 둘이 먼저 가라고 부탁한 후 앞에 앉았다.

"너 어디 안 좋니?"

"아니, 아무것도 아니야."

"남편이랑 싸우기라도 했어?"

"그냥 싸운 정도면 그나마 다행이지만."

의미심장하게 말한 야요이는 초점이 맞지 않는 어두운 눈길로 마사코의 등 뒤에 있는 허공을 노려보고 있다. 마사코는 시간을 아끼려고 어깨까지 오는 머리를 하나로 모아 머리핀으로 고정하며 물었다.

"무슨 일이 있었는데."

"나중에 이야기할게."

"지금 얘기하지."

벽에 걸린 시계를 확인하고 재촉한다.

"안 돼. 말하려면 길어져."

아주 잠깐 야요이의 얼굴에 분노의 표정이 나타났다 금방 사라졌다. 마사코는 포기하고 일어섰다.

"알았어."

서둘러 탈의실에 들어가 자기 작업복을 찾는다. 탈의실이라는 건 이름뿐이고, 휴게실과 커튼 하나를 사이에 둔 공간이다. 백화점 세일 상품 매장처럼 튼튼한 행거가 빽빽하게 설치되어 있고 작업복이 개인 옷걸이에 걸려 있다. 주간 근무 종업원들 자리에는 일을 마치고 벗어 놓은 작업복이, 반대로 야근 종업원들 자리에는 갈아입은 색색의 사복이 매달려 있었다.

"먼저 갈게."

요시에와 구니코가 머리에 쓰는 망사와 모자를 들고 함께 나갔다. 타임카드를 찍어야 하는 시간이었다. 11시 45분부터 12시 사이에 카드를 찍고 아래 공장 입구에서 대기하는 게 규칙이다.

마사코는 자기 옷걸이를 찾아냈다. 앞에 지퍼가 달린 흰 점퍼와 허리가 고무줄로 된 작업 바지가 걸려 있다. 재빨리 티셔츠 위에 점퍼를 걸치고, 휴게실에 있는 남자들 눈을 신경 쓰면서 청바지를 벗고 작업 바지를 입는다. 이곳은 탈의실이 남녀 따로 나눠져 있지 않다. 2년 가까이 일하고 있지만 이 무신경한 환경에는 아직까지 익숙해질 수가 없었다.

머리핀으로 고정한 머리카락에 검은색 망사를 쓰고 그 위에 '주름 모자'라고 불리는 종이로 된 샤워 캡 모양 모자를 쓴다. 투명 비닐로 된 긴 앞치마를 들고 탈의실을 나오자 야요이는 여전히 멍하게 같은 자리에 앉아 있었다.

"야요이, 서둘러."

야요이가 느릿느릿 몸을 일으키는 것을 보고 초조하기보다 무슨 일인가 걱정이 되었다. 휴게실에 있던 종업원들의 대부분은 이미 나갔다. 남은 건 브라질인 남자들 몇 명뿐이다. 그들은 피곤한지 우람한 다리를 앞으로 내던지고 벽에 기댄 채 담배를 피우고 있었다.

"좋은 아침입니다."

그중 하나가 짧아진 담배를 든 손을 들며 말을 걸어 왔다. 마사코는 작게 미소 지으면서 고개를 끄덕였다. 가슴에 달린 명찰에는 '미야모리 가즈오'라고 적혀 있지만, 피부가 살짝 거무스름하고 눈썹이 밀려 올라간 콧날 선 얼굴은 외국인으로밖에 보이지 않았다. 가즈오는 분명 손수레로 밥을 날라 자동화 기계에 넣는 힘쓰는 일을 하고 있었던 것으로 기억한다.

"좋은 아침입니다."

가즈오는 야요이에게도 말을 걸었다. 야요이는 멍하니 쳐다보지도 않는다. 가즈오의 얼굴에 실망이 드러났다. 분위기 껄끄러운 이 공장에서 이런 일은 흔했다.

화장실에서 볼일을 보고 마스크와 앞치마를 착용한 후 손과 팔을 솔로 씻고 소독액에 담근다. 타임카드를 찍고 하얀색 작업화를 신은 후, 이번에는 공장으로 내려가는 계단 입구에 대기한 위생감독원의 체크를 받는다. 고마다는 접착테이프 롤러로 다시 두 사람의 등을 문지른 뒤 엄격한 눈으로 손톱과 손가락을 살폈다.

"상처 없지?"

조금이라도 손에 상처가 있으면 식품을 만지는 것을 허락받지 못한다. 두 사람은 손을 보여 주고 검사를 통과했다. 기분 탓인지 야요이의 다리가 후들거리고 있다.

"너, 그래서 오늘 하루 괜찮겠어?"

"응, 어떻게든 하면 돼."

"아이들은 어떻게 했어?"

"대충."

야요이는 애매하게 대답했다.

마사코는 야요이의 얼굴을 다시 한 번 쳐다봤다. 작업모와 마스크 때문에 힘을 잃은 눈밖에 보이지 않는다. 야요이는 마사코가 의아하다는 눈으로 보는 것도 깨닫지 못하는 모양이다.

1층 공장으로 내려가자 심한 냉기와 각종 식재 때문에 냉장고를 열었을 때와 같은 냄새가 났다. 콘크리트 바닥에서 냉기가 기어 나온다. 여름에도 싸늘한 작업장이었다.
두 사람은 공장 입구 쪽에서 종업원들이 문이 열리기를 기다리는 줄로 따라붙었다. 선두에 있는 요시에와 구니코가 이쪽을 돌아보며 눈짓한다. 네 사람은 언제나 함께 작업하고 서로 돕는 동료다. 동료가 없으면 이런 힘든 일을 계속하기 어렵다.
문이 열렸다. 종업원들이 일제히 안으로 들어가 다시 한 번 손과 팔을 씻어 소독한다. 발목까지 오는 앞치마도 소독액으로 닦아 청결히 해야 한다. 동작이 느린 야요이와 그녀를 기다리는 마사코가 간신히 손 소독을 마치고 컨베이어 앞에 갔을 무렵 이미 다른 종업원들은 작업 준비를 시작하고 있었다.
"늦어, 늦어!"
애가 탄 요시에가 마사코한테 소리친다.
"나카야마가 온다고."
나카야마는 조조부(早朝部)라고 불리는 이 야근조를 담당하는 공장 주임이었다. 아직 서른이 됐을까 말까 한 애송이지만 입이 험한 데다 할당량을 가지고 늘 시끄럽게 굴어서 파트타이머들의 미움을 사고 있다.
"미안, 미안."
마사코는 서둘러 일회용 비닐장갑과 소독된 손 닦는 행주를 가지러 가서 야요이 몫까지 가져다줬다. 야요이는 손에 쥐어진 것들을 보고 그제야 작업장이란 걸 알아차린 것 같았다.
"정신 차리고 해."

"고마워."

컨베이어 선두로 돌아가자 요시에가 사진이 딸린 품목서를 보였다.

"먼저 카레 도시락. 1200세트래. 내가 밥 내놓기 할 테니까 넌 평소처럼 용기 건네줘. 알았지?"

'밥 내놓기'란 라인 선두에서 모든 작업을 지휘하는 주축이 되는 일이다. 숙련된 요시에는 반드시 '밥 내놓기'를 맡아서 컨베이어의 속도를 결정한다. 요시에게 도시락 용기를 하나씩 건네는 일은 서로 손발이 잘 맞는 마사코가 확보하고 있다.

마사코는 겹쳐진 플라스틱 용기를 건네기 쉽도록 분리해서 밑준비를 하면서 야요이를 돌아봤다. 야요이는 멍하게 있다가 카레를 끼얹는 편한 작업을 다른 사람에게 빼앗겼다. 혼자 카레 끼얹기를 확보한 구니코가 어깨를 으쓱였다. 동료가 도우려고 해도 본인이 하려고 안 하면 어찌할 도리가 없다.

"쟤 왜 저래. 몸이라도 아프대?"

요시에가 눈살을 찌푸렸다. 마사코는 잠자코 고개를 저었다. 오늘 야요이의 상태는 심상치가 않다. 아니나 다를까 작업 라인에서 튕겨져 나와 갈 곳을 잃은 야요이가 별수 없이 하려는 사람이 없는 '밥 고르기'로 왔다. 마사코는 혀를 차고 싶은 기분을 억누르며 옆에 온 야요이에게 속삭였다.

"이 일 힘든데."

"알아."

주임 나카야마가 쏜살같이 왔다.

"얼른 기계 돌려! 병신같이 뭐 하고 있는 거야."

주름 모자 위에 다시 챙이 달린 작업모를 쓰고 있어서 표정은 알 수 없지만, 검은 테 안경 아래에 있는 작은 눈이 위협하는 것처럼 빛나고 있다.
"봐, 왔잖아!"
요시에가 혀를 찼다.
"혼자 잘나서!"
병신 소리까지 들은 데에 화가 나서 마사코는 작은 목소리로 내뱉었다. 고압적인 나카야마가 굉장히 싫었다.
"저기, 밥 고르기 하라던데 뭘 어떻게 하면 되나요?"
처음 나온 건지 중년 여자가 쭈뼛쭈뼛 묻는다.
"여기서 밥을 평평하게 골라요. 내가 이렇게 용기에 밥을 담을 테니까, 거기에 카레를 끼얹을 수 있게 손으로 펴는 거야. 맞은편 사람도 같은 작업이니까 흉내 내서 해 봐."
요시에 치고는 친절하게 컨베이어 건너편에 서 있는 야요이를 가리키며 가르쳐 주고 있다.
그래도 요령을 파악하지 못한 여자는 곤란해하며 주위를 살피고 있다. 하지만 요시에는 가차 없이 컨베이어의 스위치를 켰다. 고오 하는 소리가 나며 컨베이어가 움직이기 시작했다. 마사코는 요시에가 평소보다 빠른 속도로 설정한 것을 힐끗 확인했다. 작업이 늦어지는 기미가 보이자 요시에는 반대로 기합을 넣고 있는 것이다.
마사코는 익숙한 손놀림으로 요시에에게 용기를 한 개씩 건네기 시작했다. 자동화 기계 입에서 1인분 분량의 밥이 네모지게 툭 튀어나온다. 요시에는 그것을 용기에 담아 일단 저울에 올려 분량을 확인한 후에 아래로 흘려보낸다. 깔끔한 손놀림이었다.

사각 밥을 평평하게 고르는 사람, 카레를 끼얹는 사람, 닭튀김을 자르는 사람, 그것을 카레 위에 얹는 사람, 무말랭이 분량을 재어 컵에 넣는 사람, 플라스틱 뚜껑을 덮는 사람, 스푼을 테이프로 고정하는 사람, 스티커를 붙이는 사람, 세심한 작업이 컨베이어 흐름을 타고 이어져 겨우 하나의 카레 도시락이 완성된다.

이렇게 해서 평소와 같은 작업이 시작되었다. 마사코는 벽에 걸린 시계를 힐끗 쳐다봤다. 아직 12시 5분이 막 지났을 뿐이다. 앞으로 다섯 시간 반이나 싸늘한 콘크리트 바닥에 서서 일을 해야 한다. 화장실에 가려고 해도 한 사람씩 교대로 가야 한다. 가겠다고 말하고서 자기 순서가 돌아올 때까지 두 시간 가까이 걸리는 일도 있다. 그러니까 오로지 자신을 북돋우고 동료끼리 서로 도우며 가능한 한 편하게 움직일 수 있게 해야 한다. 그것이 몸을 망가트리지 않고 이 일을 오래 지속하는 비결이었다.

한 시간 정도 지나자 신입이 힘에 부쳐하는 게 보였다. 금세 효율이 떨어지기 시작했다. 라인이 늦어진다. 그러자 야요이가 서둘러 신입 몫까지 손을 뻗어 밥을 골라 줬다. 사람이 좋다고 마사코는 생각한다. 여기서는 자기 생각만 해도 모자라다. 하물며 오늘 야요이는 피폐해 보이는데.

'밥 고르기'가 얼마나 힘든 일인지는 베테랑이라면 모두 잘 알고 있다. 밥은 갓 지은 게 아니라서 차갑게 굳어 있다. 사각으로 굳어진 밥을 순식간에 평평하게 고르는 데에는 손목과 손가락 힘이 필요하며 또 그 작업을 계속 엉거주춤한 자세로 하기 때문에 허리까지 아파진다. 한 시간 작업하면 등에서부터 팔꿈치 위까지가 아파져서 얼마 동안은 팔도 제대로 못 들게 된다. 그러니까 아무것도 모르는 신입에게 돌린다. 하지만 야요이는 포기했다는 양 슬픈 눈으로 끊임없이 손을 움직이고 있다.

카레 도시락 1200세트를 다 만들었다. 작업반은 신속하게 컨베이어 위를 정리하고 바로 다른 컨베이어로 옮겨야만 한다. 다음 일은 스페셜 도시락 2000세트였다. 스페셜 도시락은 반찬이 많으므로 라인도 길어진다. 파란색 주름 모자를 쓴 브라질인 종업원들이 뒤로 길게 붙었다.

요시에와 마사코는 이번에도 '밥 내놓기'. 요령 좋은 구니코의 배려로 야요이에게는 가장 편한, 돈가스에 소스를 바르는 일이 확보되었다. 돈가스를 양손에 한 장씩 들고 소스 쟁반에 담갔다가, 담갔던 쪽을 두 장 붙여서 늘어놓는다. 분주한 라인에서 조금 벗어날 수 있는 좋은 일이다. 이거라면 야요이도 버틸 수 있을 것이다. 마사코는 안심하고 작업에 몰두하고 있었다.

그러나 작업이 끝나고 정리가 시작된 순간, 뭔가를 뒤엎는 요란스러운 소리에 공장 안의 모든 사람이 간이 떨어지도록 놀랐다. 야요이가 돈가스 소스를 담은 용기에 발이 걸려 확 뒤엎으면서 넘어진 것이다. 금속제 뚜껑이 옆 컨베이어까지 달그락달그락 굴러가고, 광택 나는 진한 갈색 소스가 주위 한가득 바다를 이뤘다.

공장 바닥은 으레 떨어진 비계나 소스로 미끈거린다. 적응된 사람은 그 사실을 숙지하고 있으므로 그런 사고는 좀처럼 일어나지 않는다.

"뭘 어쩐 거야, 대체."

표정이 바뀐 나카야마가 뛰어와 고함을 쳐 댔다.

"아아, 이렇게 엎으면 어떻게 해."

대걸레를 든 남자들이 달려왔다.

"죄송합니다. 발이 미끄러져서."

소스 한복판에 엉덩방아를 찧은 야요이는 멍하게 정신이 나가 몸을 일으키려고도 하지 않았다. 마사코가 달려가서 야요이를 안아 일으켰다.

"얼른 일어나."

마사코는 말려 올라간 야요이의 작업복 아래 명치 부근에 검푸른 색의 커다란 멍이 있는 것을 보았다. 이것이 야요이가 기운이 없던 원인인가. 신이 불길한 인장을 찍은 것처럼 멍은 하얀 배에 또렷하게 두드러졌다. 마사코는 혀를 차고 야요이의 작업복 자락을 서둘러 내려 사람들이 보지 못하게 가렸다.

갈아입으러 돌아가 봤자 여벌 작업복은 없다. 야요이는 엉덩이와 두 소매에 돈가스 소스를 흠뻑 묻힌 채로 작업을 지속했다. 흰 옷에 묻은 진한 소스는 금방 갈색으로 굳어져 안까지는 배어들지 않는다. 다만 냄새는 강렬했다.

오전 5시 30분. 잔업도 없어 작업을 마친 종업원들은 2층으로 돌아왔다. 마사코를 비롯한 네 명은 평소 옷을 다 갈아입은 후 휴게실 자판기에서 음료수를 뽑아 20분 정도 수다를 떨다가 돌아가곤 했다.

"너 오늘 안 좋아 보이던데. 무슨 일 있었니?"

아무것도 모르는 요시에가 야요이를 봤다. 철야 작업을 마친 요시에의 얼굴에는 나이에 걸맞은 피로가 스며 나왔다. 야요이는 종이컵에 든 커피를 한 모금 마시고 잠시 동안 묵묵히 생각한 후에 대답했다.
"어제 남편이랑 싸웠거든요."
"부부 싸움이야 남들도 다 하지. 안 그래?"
요시에가 동의를 구하며 구니코를 보고 웃었다. 구니코는 가느다란 멘솔 담배를 경박스럽게 옆으로 물고 눈을 가늘게 뜨며 무난하게 동조한다.
"야마모토 씨네는 사이좋잖아요. 자주 애들 데리고 같이 나가고."
"최근엔 안 그래."
야요이가 중얼거렸다.
마사코는 묵묵히 야요이의 얼굴을 쳐다보고 있다. 한번 자리에 앉으니 꿈쩍도 못할 정도의 피로가 온몸에 도는 것 같은 기분이 얼마 동안 들었다.
"그럴 때가 있는 거야. 긴 인생에 골짜기도 있는 법이지."
과부인 요시에가 상투적인 말로 이야기를 끝맺으려 하자 야요이는 격한 어조로 토로했다.
"적금을 다 써 버렸다고 하잖아요. 제가 화가 안 나겠어요?"
야요이의 세찬 말투와 그 심각한 내용에 모두 조용해졌다.
"뭐에 썼대?"
마사코는 담배에 불을 붙이고 연기를 뱉으면서 물었다.
"도박. 바카라인가 하는 게임."
"너희 남편, 꽤 견실한 회사원이잖니. 어쩌다 도박 같은 거에 손을 댔대?"

요시에가 기가 막혀서 눈을 휘둥그레 떴다.

"글쎄요."

야요이는 힘없이 고개를 젓는다.

"단골 가게가 있어서 거기서 노는 모양이에요. 저는 잘 몰라요."

"적금이 얼마나 있었는데요?"

호기심을 못 감추고 구니코가 눈을 반짝였다.

"500만 엔 정도."

야요이가 작은 소리로 대답한다. 구니코가 숨을 삼키고 순간적으로 부럽다는 듯한 얼굴을 했다.

"용서가 안 되네요."

구니코가 말하자 야요이는 아까 마사코에게 보였던 분노의 표정을 띠었다.

"그렇지? 게다가 내 배까지 때렸어."

야요이는 상의를 걷어 올려 셋에게 멍을 보여 준다. 요시에와 구니코가 서로 얼굴을 마주 봤다.

"지금쯤 반성하고 있을 거야."

요시에가 다독인다.

"나도 부부 싸움 참 많이 했지. 그때마다 서로 손찌검도 하고. 우리 남편은 원체 난폭해서 그랬지만 너희 남편은 그런 사람 아니잖니."

"몰라요!"

야요이는 소리를 빽 지르고는 티셔츠 위로 명치를 매만졌다.

밖은 이미 밝다. 전날 밤에 이어서 습하고 더운 하루가 될 것 같다. 자전거로 돌아가는 요시에, 야요이와는 공장 현관 앞에서 헤어지고, 마사코와 구니코는 주차장으로 향했다.
"이번 해에는 장마가 안 오나 봐."
"물이 모자라지 않을까요."
구니코가 흐린 하늘을 올려다봤다. 구니코의 이마에 피지가 번들거렸다.
"이대로 가면 그렇겠지."
"마사코 씨. 야마모토 씨 이제 어떻게 할까요?"
글쎄 하고 마사코는 어깨를 으쓱였다. 구니코가 크게 하품을 하면서 말을 이었다.
"나라면 이혼하겠는데. 열 받고 끝날 일이 아니잖아요. 부부 공동의 적금을 멋대로 쓰다니."
"그러네."
맞장구는 쳤지만 야요이의 아이는 아직 다섯 살, 세 살이었다. 금방 결단을 내릴 수 있을 만큼 일은 단순하지 못하다. 돌아갈 곳을 모르겠는 건 마사코만이 아닌 것 같다.
두 사람은 입을 다문 채로 주차장까지 걸어와 각자의 차 문을 열었다.
"그럼 잘 쉬세요."
"잘 쉬어."
아침에 '잘 쉬세요.'라. 마사코는 시트에 앉아서 생각했다. 피로가 한꺼번에 몰려와 하늘을 올려다보니 눈이 부시며 아팠다.

구니코는 골프의 시동키를 돌렸다. 한 번에 시동이 걸리면서 커다란 엔진 소리가 주차장에 우렁차게 울려 퍼졌다. 요즘은 차 상태가 좋아 다행이다. 작년에는 수리하는 데에 20만 엔이나 들었더랬다.

"그럼 먼저 갈게."

그다지 애교가 없는 선배 마사코가 가볍게 손을 들어 보인 후 주차장을 나간다. 구니코는 예의 바르게 머리를 숙여 배웅했다. 혼자 동떨어진 분위기에 무슨 생각을 하고 있는 건지 알 수 없는 마사코가 거북해서, 모습이 시야에서 사라지자 긴장이 사르륵 풀렸다. 공장 동료들과 헤어지자 구니코를 감싸고 있던 두꺼운 옷이 벗겨져 떨어지고 순식간에 본래 성격이 나온다.

마사코의 차가 주차장을 나가 바로 앞에서 신호를 기다리고 있다. 움푹 들어간 자국이 있는 카롤라 뒤꽁무니를 보면서, 용케도 저런 똥차를 타고 다닌다고 생각한다. 빨간색 도료는 낡아 바랬고, 저 지저분한 상태를 보면 족히 10만 킬로미터는 넘게 달렸다고밖에 생각할 수 없다. 게다가 교통안전 스티커까지 붙이고 다니다니 진짜 센스 없다. 자기처럼 중고라도 좋으니 폼 나는 차를 타면 좋을 텐데. 아니면 할부로 새 차를 사든가.

저 사람은 나이 치고는 얼굴도 몸매도 나쁘지 않으면서 꾸밀 줄을 몰라 문제다.

구니코는 카스테레오에 남편의 카세트테이프를 거칠게 밀어 넣었다. 팝송을 가요처럼 부르는 높다란 여자 목소리가 차 안에 가득 찼다. 숨 막힌다. 구니코는 당장 테이프를 꺼냈다. 음악 따위에는 전혀 흥미 없었다. 힘든 노동에서 해방된 기분에다 자기 차의 성능을 확인하고 싶어서 해 본 거였다.

구니코는 에어컨 바람이 몸에 직접 닿도록 풍향을 조절한 후 캔버스 톱을 열었다. 허물을 벗는 뱀처럼 덮개가 서서히 열린다. 평범하다고 생각했던 것이 극적으로 비범해지는 이 순간이 너무 좋았다. 인생도 그러면 좋을 텐데 하고 생각한다.

'그나저나.' 구니코는 다시 마사코에 대해 생각했다. 그 사람은 청바지에 오래 입어 색이 빠진 아들의 티셔츠나 폴로셔츠밖에 입지 않는다. 겨울에는 그 위에 스웨트셔츠나 단순한 스웨터. 더 심한 건 구멍 난 다운재킷을 접착테이프로 깃털이 안 나오게 막아서 입고 다닌다는 거다. 그건 도저히 용납할 수 없다.

겨울에 헐벗은 나무를 보고 마사코 같다고 생각한 적이 있었다. 불필요한 것을 전부 깎아 낸 체형과 조금 거무스름한 피부. 눈이 예리하고 코나 입술이나 얇아서 군더더기가 일절 없다. 살짝 화장하고 자기처럼 비싼 옷을 입으면 그 사람도 대여섯 살은 젊어 보이는 좋은 여자가 될 텐데. 정말로 아깝다. 구니코는 선망인지 경멸인지 모를 복잡한 심경이 들었다.

그에 반해 나 자신은 못생겼다. 못생겼고 돼지다. 뒷거울을 들여다보면서 구니코는 항상 느끼는 절망적인 기분을 맛봤다.

턱이 각지고 얼굴은 큰데 눈은 작다. 코는 납작하고 폭이 넓은데 입은 반대로 오므라지고 툭 튀어나왔다. 전체와 부분이 조화를 이루지 못한 얼굴 생김새다. 특히 야근이 끝난 아침에는 지독히도 추해 보인다. 구니코는 프라다 화장 파우치에서 기름종이를 꺼내 피지가 번들거리는 부위를 두드렸다.

아무런 특기도 없는 여자는 생긴 게 떨어지면 수입 좋은 직장에 들어가지 못한다는 건 잘 알고 있다. 그래서 이런 공장 야근 파트타임 일이나 하고 있다. 그 스트레스로 더욱 먹는다. 그리고 살찐다.

구니코는 갑자기 모든 것이 화가 나 기어를 사정없이 드라이브에 넣었다. 그러고는 엔진을 고속으로 회전시키고 브레이크 페달에서 발을 확 치웠다. 골프는 튕겨지듯 주차장을 뛰쳐나갔다. 살짝 흙먼지가 오른 게 뒷거울에 비쳐서 기뻤다.

구니코는 신 오우메 가도로 나가 얼마 동안 도심을 향해 달리다가 이윽고 신호에서 구니타치 방면을 향해 오른쪽으로 꺾었다. 오른쪽 배나무밭 너머로 척 보기에도 비좁은 낡은 단지가 보이기 시작했다. 구니코가 사는 단지였다.

구니코는 이 단지에 사는 게 미치도록 싫어서 견딜 수가 없다. 하지만 사실혼 관계에 있는 남편 데쓰야와 자신의 수입에 맞는 집은 아직 이곳 말고는 없다. 다른 여자가 되어 다른 장소에서 다른 남자와 다른 생활을 보내 보고 싶다. 물론 다르다는 건 몇 등급 위라는 말이다. 등급을 신경 쓰며 그런 꿈 같은 생각만 하는 자신은 어딘가 이상한 걸까.

구니코는 단지 주차장 지정 위치에 골프를 세웠다. 주위에는 모두 경자동차나 국산 대중차뿐이다. 자기 차가 자랑스러워진 구니코는 문을 난폭하게 힘껏 쾅 하고 닫아 줬다. 누가 이 소음 때문에 자다가 깨면 참 고소하겠다고 생각한다. 하지만 그래서 상대가 항의해 오거든 굽실거리며 빌어야 한다는 것은 알고 있었다. 그때그때 적당히 넘기면서라도 요령 좋게 살아가야만 하니까.

낙서투성이 엘리베이터를 타고 올라가 세발자전거며 협동조합 발포스티롤 박스가 뒹구는 지저분한 복도를 터벅터벅 걸어 5층 자기 집에 도착한다. 잠긴 문을 열고 어두운 실내로 들어가자 안쪽 방에서 동물 같은 코 고는 소리가 들려왔다. 항상 그러니까 이젠 신경도 쓰이지 않는다. 구니코는 밖에서 뽑아 온 조간을 홈쇼핑으로 산 합판 거실 테이블 위에 올려놨다.

신문 따위는 텔레비전 프로그램 안내 말고는 읽은 적도 없었다. 남편 데쓰야도 사회면과 스포츠면밖에 읽지 않는다. 아까워서 끊었으면 싶지만 광고는 필요했다. 구니코는 무더기 같은 부동산 광고 속에 묻힌 여성 구인 정보를 옆으로 따로 빼 뒀다. 나중에 찬찬히 살펴볼 생각이었다.

방 안은 찐다. 구니코는 에어컨을 켜고 냉장고를 열었다. 이대로는 배가 고파 잠도 못 자겠다. 그러나 아무것도 없었다. 분명 어젯밤에 슈퍼에서 산 감자샐러드랑 삼각 주먹밥을 넣어 놨는데. 데쓰야가 먹은 게 틀림없다. 허락도 안 받고.

화가 난 구니코는 홧김에 맥주 캔을 땄다. 맥주를 마시면서 과자 봉지를 뜯어 놓고 텔레비전을 켠다. 이른 아침 와이드쇼에 채널을 맞춰 놓고 연예인 스캔들을 보다 빨리 즐기면서 취기가 돌기를 기다린다.

"시끄러워. 텔레비전 소리 좀 줄여."

안에서 데쓰야가 고함을 질렀다.

"뭐야. 어차피 이제 곧 일어날 거잖아."

"아직 10분 정도 더 자도 된단 말이야."

뭔가가 날아와 팔에 부딪쳤다. 싸구려 라이터였다. 부딪힌 데가 빨개졌다. 구니코는 그 라이터를 쥐고 데쓰야가 자고 있는 침대 옆에 가서 우뚝 섰다.

"이 새꺄. 나 피곤한 거 몰라서 그래?"
"뭐야."
눈을 뜬 데쓰야의 얼굴에 두려움이 서렸다.
"나도 피곤하다고."
"그래서 물건 집어던져 놓고 잘했다고?"
구니코는 라이터를 켜서 데쓰야의 얼굴 앞으로 가져갔다.
"하지 마."
데쓰야는 라이터를 치우려고 손을 흔들었다. 라이터는 다다미 위를 튀면서 굴러간다. 구니코는 반대로 데쓰야의 손을 사정없이 때렸다.
"너 이 자식, 무슨 짓이야. 나 열 받은 거 안 보여? 야, 이쪽 보란 말이야, 이 새끼야."
"왜 그래, 아침부터?"
"닥쳐. 내 샐러드 네가 처먹었지."
"그 말투 좀 어떻게 못 고치겠냐?"
구니코보다 덩치 작고 가늘게 생긴 데쓰야는 얼굴을 찡그리며 자못 싫은 표정을 지었다. 재작년에 겨우 병원 상대 영업직을 꿰찬 데쓰야는 어깨까지 오던 머리카락을 짧게 잘라 버렸다. 그래서 더욱 궁색해 보인다. 구니코는 그게 마음에 들지 않는다. 시부야 중앙가에서 어슬렁대던 무렵의 데쓰야는 바보이긴 했지만 멋있어 보였다. 두 사람은 구니코가 시부야의 오락실에서 일하던 무렵에 서로 알았다.

당시의 구니코는 지금보다 훨씬 말라서 데쓰야 정도의 남자라면 쉽게 낚을 수 있었다. 하기야 그때 사 댄 옷이며 화장품 때문에 카드 빚을 져서 지금은 어쩔 수 없이 엉덩이에 불붙은 생활을 하고 있지만.
"네가 먹었지. 정직하게 말하고 사과해."
구니코는 이불을 덮고 자던 데쓰야 위에 냅다 올라탔다. 그 무게에 데쓰야가 비명을 지르며 말했다.
"하지 말라잖아."
"말해. 정직하게 말하면 용서해 줄 테니까."
"그래, 어쩔래. 집에 와서 보니까 아무것도 없어서 좀 먹었다."
"네가 직접 사다 먹으면 되잖아."
"알았다고."
데쓰야가 얼굴을 돌리자 구니코는 잽싸게 그의 사타구니를 더듬었다. 그것은 힘없이 축 늘어져 있다.
"뭐야, 발기부전같이. 막 일어났으면 보통 서 있지 않냐."
"저리 비켜."
데쓰야는 진저리 난 투로 불평을 토했다.
"저리 비켜. 무겁다고. 너, 네 몸무게 얼마나 나가는지는 아냐?"
"말을 왜 그따위로 하는데?"
구니코는 넓적다리로 데쓰야의 궁상맞은 목 언저리를 조였다. 데쓰야가 잘못했다고 사과하긴 했으나 목소리가 제대로 나오지 않는다.
"흥."
구니코는 데쓰야 위에서 난폭하게 내려왔다. 최근 데쓰야와의 성생활은 불만뿐이다. 나보다 훨씬 젊으면서. 정말 한심한 남자다.

열이 받은 채 거실로 돌아오니 데쓰야가 꾸물꾸물 윗몸을 일으키는 게 보였다.
"아아, 지각하겠네."
구니코는 알 게 뭐냐고 고개를 돌린 채로 담배에 불을 붙인다. 티셔츠와 요란한 무늬의 사각팬티만 입은 데쓰야가 나오더니, 목을 긁적이며 테이블 위에 놓인 구니코의 멘솔 담배를 하나 빼 물었다.
"내 담배 피우지 마!"
"하나쯤 어때서. 내 거 다 떨어졌단 말이야."
"그럼 하나 20엔." 하고 손을 내민다.
꼭 농담만도 아닌 어조에 데쓰야가 한숨을 푹 쉬었다. 구니코는 뒤도 돌아보지 않고 텔레비전에 빠져들기 시작한다.
15분 후, 데쓰야가 말없이 출근하자 구니코는 자기보다 가느다란 사람 모양으로 파인 침대에 드러누웠다.

구니코가 일어난 것은 오후 2시 무렵이었다.
바로 텔레비전을 켜서 와이드쇼를 틀어 놓고 담배를 피우며 천천히 몸이 깨어나기를 기다렸다. 와이드쇼 내용은 아침에 본 것과 별 차이가 없었지만 신경 쓰이지 않았다.
배가 고프다. 구니코는 세수도 하지 않고 끼닛거리를 사러 나갔다. 단지 입구에 편의점이 있다. 그곳은 우연히도 자신들이 만든 도시락을 파는 체인점이었다.
스페셜 도시락을 손에 들어 보니 '미요시 푸드 히가시야마토 공장 오전 7시 출하'라고 붙어 있다. 틀림없이 자신들 라인이 작업한 도시락이다. 구니코는 달걀부침을 넣는 편한 일을 했더랬다. 나카야마한테 달걀 너무 많이 넣지 말라고 잔소리를 듣기는 했지만. 그 녀석은 정말 짜증이다. 언젠가 본때를 보여 주지 않으면 속이 안 풀릴 것 같다.

어젯밤 근무는 평소와 달리 편했다. 요시에와 마사코한테 붙어 있기만 하면 편한 일을 고를 수 있다. 앞으로도 계속 붙어 있자. 구니코는 나지막하게 웃었다.

방에 돌아가서 구니코는 다시 와이드쇼를 보며 우롱차를 마시고 도시락을 먹었다. 소스가 갈색으로 스며든 돈가스를 입에 넣는데 소스 용기에 발이 걸려 넘어졌던 야마모토 야요이가 생각났다. 오늘 아침의 야요이는 실수투성이였다고 생각하며 구니코는 혀를 찬다. 서로 돕는 것도 못할 만큼 혼이 빠져 있었다. 그래서야 같은 팀인 자신도 피해를 입는다. 남편한테 맞았다니 멍청이 같아. 자기라면 두 배로 갚아 준다.

구니코는 돈가스를 다 먹은 후 딱딱하게 굳은 냉동 슈마이에 간장을 찍고 겨자를 바르면서 야요이의 얼굴을 떠올렸다. 그렇게 예쁘면 자진해 야근 따위 하지 않아도 좋을 법한데. 자기라면 분명 스낵바나 주점에서 일하겠다. 더 수입 좋은, 매춘 비슷한 일이라도 상관없다. 유감스러운 것은 자기 얼굴과 몸매에 자신이 없다는 것뿐이었다.

마침 텔레비전에서 여고생 특집을 하고 있었다. 구니코는 나무젓가락을 내려놓고 저도 모르게 화면에 홀렸다. 갈색으로 염색한 긴 스트레이트 머리카락, 몸매 좋은 여고생이 얼굴에 모자이크 처리되어 변조시킨 음성으로 떠들고 있다.

"아저씨들은 일단 지갑, 지갑이죠. 네, 저요? 아저씨한테 뭘 받았냐고요? 정장. 45만 엔짜리."

"재수 없는 년. 장난해?"

구니코는 화면에 대고 고함쳤다. 45만 엔짜리 정장이라면 아마도 샤넬이나 아르마니일 것이다. 자기도 샤넬 정장이 갖고 싶다. 그런데 이런 젊고 귀여운 여자가 쓸어다 버릴 정도로 굴러다니니까 자신에게 상품 가치가 없어지는 거다.

"용서 못해."

구니코는 몇 번이나 중얼거렸다.

도시락 공장에서 일해 좋았던 점은 단 하나, 마사코와 친분이 생겼다는 것뿐이다. 구니코는 가마니 모양의 차가운 밥을 먹으면서 생각한다. 마사코는 이전에 튼튼한 회사에서 사무를 보다가 정리해고당했다고 한다. 마사코가 그 도시락 공장의 힘든 야근을 계속할 만한 인간이 아니라는 것은 자기도 감으로 안다. 언젠가 준사원으로 승격할 가능성도 있으리라. 아니, 간부도 꿈이 아닐지도 모른다. 그때 마사코에게 붙어 있으면 무슨 좋은 일이 있을 것 같은 기분이 든다. 다만 문제는 마사코 자체가 자기를 그다지 신용하지 않는다는 점이었다.

구니코는 씻을 필요도 없을 만큼 깨끗하게 먹어 치운 도시락 용기를 싱크대 옆 쓰레기통에 버렸다. 그리고 신문에 들어 있던 구인 정보 광고지를 살폈다. 공장 파트타임 수입만 가지고는 부풀어 오른 빚을 갚기는커녕 그 이자나 내는 게 고작이었다. 하지만 주간 파트타임은 시급이 낮다. 주간 여덟 시간과 야간 다섯 시간 반이 같은 돈이니 야근을 그만둘 수는 없다. 그렇게 하면 낮에는 잠을 자야 몸이 버티고. 언제까지고 제자리걸음이다. 구니코는 자기가 게으름뱅이라고는 인정하고 싶지 않았다.

자기 빚이 이제 얼마인지는 생각하고 싶지도 않았다. 최근에는 이자 갚기도 벅찬 실정이라 원금이 줄고 있기는 한 건지, 그 원금이 얼마인지조차도 모르고 있었다.

저녁이 되자 구니코는 화장을 하고 짝퉁 샤넬 정장을 입고 밖에 나갔다. 11시 30분에 출근할 때까지 할 수 있는 괜찮은 아르바이트를 찾은 것이다.

자전거 주차장에 가 보니 옆집 주부가 막 돌아온 참이었다. 슈퍼 같은 데에서 팔 것 같은 싸구려 여름 정장을 입고 녹초가 돼서 장바구니를 들고 있다. 필시 회사에서 실컷 혹사당하고 있는 것이다.

가볍게 고개를 숙였더니 주부가 웃음과 함께 인사하며 코를 킁킁거렸다. 아마도 구니코의 향수에 놀란 것이리라. 오늘은 '코코'를 뿌렸다. 이 여자는 이런 향수가 있는 것도 모를 게 분명하다. 공장에서는 향수 금지지만 어차피 출근 전에 샤워할 거니까 상관없다.

구니코는 자전거에 올라타 쉴 새 없이 차가 오가는 좁은 가도를 불안하게 달렸다. 그 주점은 이웃 역 히가시야마토에 있다. 주차장은 없을 테니까 자전거로 가야 하는 게 결점이라면 결점이다. 비 오는 날은 어쩌면 좋을까. 전차를 타기에는 구니코가 사는 단지가 역에서 멀어 불편했다. 혹시 일이 잘돼서 채용되거든 이사를 해도 좋다.

20분 후, 구니코는 가게 앞에 서 있었다. '벨파레' 라는 가게다. 밑져야 본전이라고 생각하고 온 건데 이런 촌구석에 있는 주점이면 자기라도 채용되지 않을까. 구니코는 용기가 솟아 오랜만에 가슴이 두근거렸다.

"플로어레이디. 18세에서 30세까지. 시급 3600엔. 제복 대여. 손님 마중 및 전송 서비스 있음. 5시부터 1시까지. 술 못 마셔도 괜찮습니다."

고용 조건을 떠올리고는 채용되면 공장을 그만둬도 좋겠다고까지 생각했다. 공장의 힘든 하룻밤 노동이 여기서는 단 두 시간 분 벌이였다. 바로 아까까지는 어떻게 해서든 마사코한테 계속 붙어 있자고 생각했으면서 빨리도 심경이 변했다.

"저어, 채용 일로 전화했던 사람인데요."

입구에 원색 양복을 입은 젊은 남자 몇 명과 호객 중으로 보이는 초미니스커트를 입은 젊은 여자가 서 있었다. 그중 하나에게 말하자 남자는 깜짝 놀랐다는 듯이 구니코를 봤다.

"그거면 뒷문으로 돌아서 들어가."

"감사합니다."

남자들이 구니코의 뒷모습을 보고 웃음을 흘린 것을 구니코는 등 뒤로 느꼈다. 남자가 가리킨 장소에는 '벨파레' 라고 적힌 작은 플레이트가 붙은 알루미늄 문이 있었다.

"실례합니다. 아까 전화했던 사람인데요."

조용히 문을 열고 안을 들여다본다. 검은 옷차림의 중년 남자가 전화를 끊던 참이었다. 남자는 끌로 새긴 것 같은 이마의 깊은 주름을 손으로 쓸어 올리며 구니코를 힐끗 봤다.

"아아, 네, 네. 들어와요."

눈빛은 무섭지만 목소리는 낮고 상냥하다. 남자는 책상 앞에 놓인 소파를 가리켰다.

"거기 앉아요. 사양 말고."

구니코가 점잔 빼며 등을 쭉 펴고 소파에 엉덩이를 걸치자 남자는 명함을 내밀었다. 매니저라고 적혔다. 남자는 가볍게 머리를 숙였는데, 눈을 올릴 때 잽싸게 발끝부터 구니코의 값을 매긴 것을 알 수 있었다. 어째 마음이 편치 않다. 구니코는 긴장하면서 말을 꺼냈다.

"광고에 플로어레이디 모집한다고 씌어 있던데."

"찾아와 줘서 고마워요. 그럼 잠깐 이야기를 나눠 볼까요."

남자는 싹싹하게 말하며 소파 맞은편 의자에 앉는다.

"나이가 어떻게 되죠?"

"스물아홉입니다."

"그래요? 증명할 만한 것 뭐 있나요?"

"아, 오늘은 가지고 오지 않았는데요."

구니코가 말한 순간 남자의 어조가 거만해졌다.

"그래. 이런 일 한 적 있어?"

"아뇨. 처음입니다."

주부는 안 된다면 어쩌지 하고 구니코는 생각하고 있었으나 남자는 그 이상 아무것도 묻지 않고 자리에서 일어섰다.

"사실은 그 광고 내자마자 열아홉 살 먹은 애들이 여섯 명이나 왔거든. 우리는 아마추어 분위기로 밀고 나가고 있기도 하고, 역시 손님들은 젊은 애들을 좋아하니까."

"네에, 그렇군요."
그뿐만은 아닐 것이다. 구니코는 즉시 엘리베이터가 하강하는 것처럼 급속도로 가라앉았다. 얼굴 예쁘고 몸매가 좋다면 나이 좀 먹었던들 어떻게 되지 않을까. 정말로 나이가 문제일까. 구니코 안에 숨 쉬는 뿌리 깊은 열등감이 고개를 쳐든다.
"그래서 찾아와 준 건 고맙지만, 정말 미안하게도 역시 이번에는."
"알겠습니다."
"지금은 무슨 일 하고 있어?"
"근처에서 파트타이머를 하고 있습니다."
"그편이 훨씬 나아. 이런 일 생각보다 힘드니까. 손님은 한 시간에 1만, 2만 엔씩 쓰면 있지, 그냥은 안 돌아가려고 하거든. 그 나이쯤 되면 알지? 한번 달라는 식으로 나오는 거지. 그런 건 싫잖아?"
남자는 상스러운 표정으로 웃는다.
"일부러 여기까지 왔는데 정말 미안해. 이거 교통비."
손에 얇은 봉투를 쥐여 준다. 아마 1000엔이리라고 짐작해 본다. 남자가 의심하는 것처럼 물었다.
"저기 말이야, 사실은 서른 넘지 않았어?"
"아닌데요."
"농담이야."
남자는 모멸을 감추지 않았다.
구니코는 실망해서 가게 뒷문을 나섰다. 앞으로 돌아 나와서 보니 호객꾼들이 있다. 또 그 눈초리로 보는 건 불쾌했으므로 구니코는 뒷골목을 걸어 덮밥 가게 옆을 통해 자전거를 놔둔 곳으로 돌아가려고 했다.
속상하고 배고프다. 구니코는 이 차비를 써 버리려고 덮밥 가게로 들어갔다.
"쇠고기덮밥 하나요."
주문하고 나서 문득 뒤를 돌아보니 커다란 거울이 있었다. 구니코의 두툼한 등과 얼빠진 인상의 못생긴 얼굴이 비친다. 서른셋이라는 진짜 나이가 거기에는 빤히 드러나고 있는 것 같아 구니코는 금방 고개를 돌렸다. 구니코는 공장 동료들에게도 나이를 속이고 있었던 것이다.
한숨을 내쉬며 봉투를 열어 보니 2000엔이 들어 있었다. 럭키. 뭐, 좋다고 치지. 구니코는 멘솔 담배를 입술 끝에 물었다.
공장 출근까지는 아직 시간이 있었다.

소리를 내지 않게 조용히 현관문을 연 순간, 크레졸과 분뇨 냄새가 희미하게 풍겼다. 아무리 환기를 시켜도, 잘 빤 걸레로 다다미를 닦아도, 이 냄새는 요시에의 집에서 사라지지 않는다.
요시에는 잠 부족으로 바들바들 떨리는 눈가를 손가락으로 눌렀다. 이제부터 요시에가 몇 시간의 짧은 수면을 얻기까지 하지 않으면 안 될 일이 있다.
좁은 현관에서 신발을 벗고 올라오면 바로 1.5평 넓이 방이 있다. 낡은 밥상이며 서랍장, 텔레비전이 빼곡하게 놓여 발 디딜 틈도 없었다. 이곳이 요시에와 딸 미키가 식사를 하고 텔레비전을 보는 거실이었다.

현관 앞이라 누가 와도 안이 훤히 보이고, 겨울에는 문틈으로 바람이 들어와 너무 춥다. 미키는 쪽 팔린다고 불평이지만 이 좁은 집에서야 어찌할 도리도 없었다.

요시에는 빨려고 가지고 돌아온 공장 작업복이 든 종이봉투를 방 한구석에 내려놓고 미닫이문이 활짝 열린 3평짜리 큰방을 쳐다봤다. 커튼을 친 방은 어슴푸레하지만 계속 깔아 두고 있는 이불이 미세하게 움직이고 있는 건 기척으로 알 수 있다. 아예 자리에 몸져누운 지 6년이나 지난 시어머니가 잠에서 깬 것이 분명하다.

하지만 요시에는 말을 걸어 볼 생각도 없이 방 한가운데에 우뚝 서 있었다. 공장에서는 씩씩한 척하지만 집에 돌아오면 지쳐 몸도 마음도 넝마가 다 된 걸 확실히 느낀다. 당장 누워서 한 시간만이라도 잘 수 있으면 얼마나 좋을까. 요시에는 자기 손으로 단단하게 근육이 뭉친 어깨를 주무르면서, 아침 해도 들지 않고 낡아 찌들어 어수선한 집 안을 둘러봤다.

오른쪽 작은방은 모든 것을 거부하는 것처럼 미닫이가 굳게 닫혀 있다. 그곳은 미키의 방이다.

미키가 중학생 때까지는 시어머니와 같이 큰방에서 재웠지만 아무래도 사춘기가 되니 차마 강제로 그렇게 재울 수가 없었다. 자신이 시어머니 옆에 이불을 깔고 자기로 하긴 했지만 신경이 쓰여서 잠을 못 잔 덕에 요즘은 그게 무척 큰 짐이다. 자기도 이제 늙었나 보다. 요시에는 좁은 방에 빠끔히 보이는 바닥 부분에 털썩 앉았다.

밥상 위에 있는 찻주전자 안을 들여다본다. 출근 전에 자기가 마셨던 찻잎이 그대로 들어 있었다. 버리고 씻는 것도 성가시니 그래도 상관없다. 남을 위한 수고는 아끼지 않지만 자기 일이 되면 어찌 되든 좋았다. 요시에는 옆에 놓인 포트에서 미지근해진 물을 찻주전자에 부었다. 그리고 멀건 차를 마시면서 얼마 동안 멍하게 있었다. 실은 골치 아픈 일이 있다.

집주인이 이런 낡은 목조 주택은 세입자들이 불편할 테니까 깔끔한 건물로 다시 세우고 싶다고 말한 일이다. 요시에는 자기들을 내쫓기 위한 구실이 아닌지 의심하고 있다. 내쫓기면 달리 갈 곳이 없다. 혹여나 여기로 돌아온다 하더라도 집세는 오를 테고, 다른 건물로 일시적으로 옮기는 데에도 큰돈이 필요하다. 하지만 지금 그런 여유 따위 전혀 없는 아슬아슬한 생활을 보내고 있다.

'돈이 있었으면.'

요시에는 절실하게 생각했다. 남편이 죽었을 때 나온 얼마간의 보험금도 드러누운 시어머니를 위해 써 버렸고 적금도 축내 없앴다. 자기가 중학교밖에 나오지 못한 게 한이 돼서 하다못해 미키만은 전문대학까지라도 보내고 싶지만, 이대로는 그것도 불가능한 데다가 노후 대비는 그야말로 꿈이다.

그래서 힘든 도시락 공장 야근도 결코 그만둘 수 없는 것이었다. 주간에 다른 일을 하고 싶어도 대체 누가 시어머니를 돌본단 말인가. 아무리 요시에라도 앞으로를 생각하면 눈앞이 새까매진다.

한숨 소리가 오죽이나 컸나 보다. 큰방에서 가느다랗게 목소리가 들렸다.

"에미야, 있냐?"

목소리를 내는 것도 힘겹게 들리는 힘없는 목소리다.

"아아, 네. 돌아왔어요."

"기저귀가 축축하구나."

조심스러우면서도 강요하는 기색이다.

"네, 갑니다."

미지근하고 멀건 차를 다시 한 모금 마시고 요시에는 영차 하고 일어났다. 결혼 초기에 시어머니가 자기한테 얼마나 시집살이를 고되게 시켰는지는 이제 잊어버렸다. 지금은 자신이 없으면 살아가지 못하는 가없은 노인에 불과하다.

자신이 없으면 안 된다. 이 생각만이 요시에의 사는 보람이다. 공장에서도 마찬가지다. '스승님'이라고 불리며 자신이 라인을 지휘한다. 그것이 괴로운 노동을 완수하기 위한 원동력, 다시 말해 요시에의 프라이드인 것이다.

속으로는 현실을 직시하는 것이 너무 괴롭다는 사실을 알고 있었다. 왜냐하면 아무도 도와주지 않기 때문이다. 그 대신 프라이드가 가혹한 노동을 견디게 해 준다. 그녀는 모든 문제의 본질을 덮어 두고 마음속 깊은 곳에 걸어 잠근 채, 부지런함을 철칙으로 삼았다. 현실을 보지 않는 것이 삶의 기술이다.

요시에는 잠자코 큰방으로 들어갔다. 대변 냄새가 코를 찔렀다. 망설이는 마음을 다잡고서 커튼을 열고 방에 가득 찬 냄새가 나가도록 창을 조용히 열었다.

창밖에는 요시에의 집과 마찬가지로 낡고 작은 목조주택의 부엌 창문이 바로 1미터 간격을 두고 나 있었다. 아침 일찍 일어난 옆집 주부가 금세 알아차리곤 신경이 곤두서서 부엌 창을 쾅 닫았다. 요시에는 울컥 화가 났다. 하지만 아침부터 병자 대변 냄새를 맡아 좋은 기분이 들겠느냐고 동정도 한다.
"어서 갈아 주려무나."
그런 사실도 알아채지 못하고 시어머니는 꿈지럭꿈지럭 몸을 움직이고 있다.
"움직이지 마세요. 새니까."
"기분 나쁜 걸 어쩌니."
"그야 그러시겠죠. 똥을 쌌는데."
얇은 여름 이불을 들춰내고 시어머니의 잠옷을 여민 끈을 풀면서 아아, 이게 갓난아이 기저귀면 얼마나 좋을까 하고 생각한다. 아기는 대변이 손에 묻든 소변이 옷을 적시든 더럽다고 느낀 적이 한 번도 없었다. 그에 반해 노인의 대소변이 더럽다고 느껴지는 건 어째서일까.
갑자기 요시에는 야마모토 야요이를 떠올렸다. 야요이가 아직 어린아이를 둔 주부이기 때문이다. 아래 아이가 겨우 기저귀를 뗐다고 좋아하던 것이 엊그제가 아니었던가. 그게 얼마나 행복한 시기인지 요시에는 잘 알고 있었다.
하지만 야요이의 상태가 요즘 이상하다. 남편에게 배를 얻어맞았다고 하는데 어지간히 거슬리는 말이라도 한 게 아닐까.
일하는 마누라는 편리한 존재지만 게으름뱅이 남편에게 있어서는 눈엣가시가 된다. 자기 남편이 그랬다. 요시에는 5년 전에 간경화로 죽은 남편을 떠올렸다. 요시에가 시어머니를 잘 섬기고 가계에 보탬이 되고자 부업을 하는 등 안팎으로 열심히 하면 할수록 남편은 요시에를 언짢아했다.
아마 야요이의 남편이라는 작자도 야요이가 척척 해내는 게 마음에 들지 않는 것이리라. 자기 남편처럼 제멋대로인 남자다. 세상은 어떻게 된 노릇인지 제멋대로인 남자에게는 으레 일 잘하는 여자가 붙는다. 하지만 참고 노력할 수밖에 없다. 야요이는 자신과 닮은 구석이 있다고 요시에는 생각한다.

손에 붙은 동작으로 기저귀를 갈았다. 더러워진 천을 화장실에서 세제 푼 물에 헹궜다가 다시 욕실로 가져가서 빨아야 한다. 종이 기저귀라는 편리한 게 있다는 건 알지만 비싸서 쉬이 손이 가지 않았다.

"땀도 흘렸다, 에미야."

방을 나가는 요시에의 등에 대고 시어머니가 잠옷을 갈아 달라고 재촉했으나 그건 나중 일이었다.

"알았다니까요."

"축축해서 기분 나빠. 감기에 걸리면 어쩐다니."

"이거 마치고요."

"일부러 꾸물대는 건 아니고?"

"그런 거 아니에요."

그렇게 대답하면서도 순간 살의를 닮은 감정이 요시에에게 왈칵 밀려들었다. 감기 걸리려면 걸리라지. 폐렴이나 일으켜서 죽어 버리라지. 후련해지겠네. 하지만 요시에는 부지런한 성격상 바로 그 감정을 지워 버렸다. 당치도 않다. 자신을 필요로 하는 사람한테 대고 죽어 버리라고 생각하다니, 천벌 받을 짓이다.

옆에 딸린 작은방에서 자명종 소리가 울렸다. 벌써 7시가 가깝다. 도립 고등학교에 다니는 미키가 일어날 시간이었다.

"미키, 시간 됐다."

요시에가 부르자 미닫이가 열리며 티셔츠에 숏팬츠 차림의 미키가 불쾌한 표정을 하고 나왔다.
"나도 알아."
미키는 참으로 싫다는 양 고개를 돌렸다.
"엄마, 그런 거 든 채로 문 열지 마."
"미안, 잘못했다."
요시에는 사과하고 부엌 옆에 있는 좁은 욕실로 갔으나 미키의 모자란 배려심에 충격을 받고 있었다. 전에는 착하게 아래 수발도 도와주지 않았던가. 사춘기가 돼서 뭐든 친구들과 비교하게 된 미키가 이 환경을 수치스럽게 여기고 있는 건 물론 알고 있었다. 어째서 부끄럽게 여기냐고 꾸짖을 만큼 자신이 호되지 못하다는 것을 요시에는 안다. 하지만 그것을 미키에게 말할 용기는 없었다. 가장 수치스러워하고 비참하게 여기고 있는 건 다름 아닌 자신이니까.
하지만 별수 없다. 누가 구해 준단 말인가. 계속 이렇게 살아가지 않으면 안 된다. 노예처럼 느껴져도, 허드렛일이 영원한 것 같아도, 자신이 하지 않으면 어떻게 방법이 없으니까. 열심히 할 수밖에 없으니까. 그러지 않으면 천벌이 내린다. 방책을 생각하기 전에 다시 요시에의 근면함이 나타난다.
세면대에서 세수를 하는 미키가 새 세안 폼을 쓰고 있다. 비누와는 다른 좋은 향기가 나므로 금방 안다. 콘택트렌즈나 유행하는 헤어무스를 모두 아르바이트한 돈으로 사 모으고 있는 모양이다. 미키의 머리가 아침 햇살에 갈색으로 빛난다.
기저귀를 빨고 손을 소독한 요시에는 거울 앞에서 진지한 얼굴로 머리를 빗고 있는 미키에게 물었다.
"너 머리 물들였니?"
"살짝 좀."
미키는 쉴 새 없이 손을 움직이며 대답했다.
"노랑물이나 들이고, 불량학생처럼."
"누가 요새 불량학생이란 말을 써."
미키는 웃어넘겼다.
"그런 소리는 엄마나 하지. 요즘 애들 다 이러고 다녀."
"그런가."
최근 딸이 화려하게 치장을 하고 다니는 것 같은 기분이 들어 요시에는 걱정됐다.
"너 여름방학 아르바이트는 어떻게 하기로 했니?"
"벌써 정했어."
미키는 긴 머리에 투명 스프레이를 뿌렸다.
"어디?"
"역 앞 패스트푸드점."
"시급이 얼만데."
"고등학생은 800엔이래."
요시에는 충격을 받고 잠시 입을 열지 못했다. 도시락 공장 주간 근무 시급보다 70엔이나 비싸다. 젊다는 것은 그 자체만으로도 가치가 있다는 건가.
"왜 그래?"
의아해하며 미키가 요시에의 얼굴을 봤다.
"별것 아니다. 할머니 어젯밤에 아무 일 없었지?"

요시에는 이야기를 바꿨다.
"자면서 뭐라뭐라 고함을 질러 대던걸. 할아버지 이름 불러 대고 해서 졸라 시끄러웠어."
어젯밤 시어머니는 어찌 된 노릇인지 어린아이처럼 칭얼대며 요시에를 좀처럼 야근에 보내 주지 않으려 했다. 나가려고 하면,
"네가 날 버리고 가는구나." 하고 싫은 소리를 한다.
"어차피 나 따위 짐이라 이거지." 하고 틀어진다. 뇌경색으로 쓰러져 우반신 불수가 되고부터 사람이 바뀐 것처럼 얌전해졌는데, 최근 들어서는 어린애만도 못한 고집을 숨기지 않게 되었다.
"이상하네. 노인네가 노망이 들려고 그러나."
"아아, 짜증 나. 그건 좀 참아 달라고 그래."
"너 그런 소릴랑 말고 땀도 좀 닦아 드리고 해."
"싫어. 집에 오면 졸린데."
미키는 그렇게 툭 내뱉더니 냉장고 안에서 알루미늄 팩 음료를 꺼내 빨대를 꽂아 마시기 시작했다. 그게 편의점에서 파는 아침 식사 대용 식품이라는 것을 요시에는 오랫동안 깨닫지 못했다. 미키는 친구들 사이에서 유행한다고 하니까 사 온 것이다.
그런 걸 먹지 말고 어젯밤에 자신이 지어 둔 밥이랑 된장국으로 아침 식사를 하면 될 텐데. 사치스러운 낭비라는 생각에 요시에의 마음은 가라앉았다. 도시락도 전에는 집에 있는 반찬을 스스로 직접 채워 싸 갔는데 최근에는 친구들과 패스트푸드점에서 먹고 하는 모양이다. 그럴 돈이 어디서 나는 걸까. 요시에는 미키를 무의식중에 관찰하는 눈초리로 보고 있었다.
"왜 그런 눈으로 쳐다봐?"

미키는 시선을 뿌리치는 것처럼 노려본다.

"아무것도 아니다."

"엄마, 그리고 수학여행 비용 말인데. 어떻게 해? 선생님이 내일까지 가지고 오래."

완전히 잊고 있었던 요시에는 놀라서 눈을 치켜떴다.

"얼마랬지?"

"8만 3000엔."

"그렇게 비쌌던가."

"전에 말했잖아."

미키는 화를 냈다.

도저히 그런 여유는 없었다. 요시에가 생각에 잠기자 미키는 얼른 옷을 갈아입고 학교에 갔다. 그나저나 정말이지 돈이 필요하다. 요시에는 마음이 더욱 무거워졌다.

"얘, 에미야. 요시에."

시어머니의 재촉이 들려온다.

요시에는 빨아서 이제 겨우 마른 잠옷을 들고 서둘러 큰방으로 갔다. 중노동인 옷 갈아입히기를 마치고 아침 식사를 시킨 후, 또 한 번 기저귀를 갈고 산더미 같은 빨랫감을 해치운 요시에가 간신히 시어머니 옆에 자리를 깔고 누운 것은 오전 9시가 다 돼서였다.

시어머니도 꾸벅꾸벅 졸고 있다. 하지만 낮이 될 때쯤이면 다시 깨서 시끄럽게 굴기 때문에 마음 놓고 자고 있을 수도 없다. 점심 식사도 차려야만 한다.

그 때문에 요시에는 몇 시간밖에 잠을 잘 수가 없었다. 오후에는 시어머니 간호를 하며 틈틈이 선잠을 잔다. 그리고 출근 전에도 잠깐 잘 수가 있다. 띄엄띄엄 자는 시간이 합쳐서 여섯 시간이 채 못 된다. 아슬아슬한 체력으로 겨우 버텨 내는 생활. 이것이 요시에의 일상이었다. 언젠가 바닥이 나는 것이 아닌지 무서워질 때도 있다.

요시에는 도시락 공장 총무과에 전화를 걸어 봤다. 급료가 입금되는 월말까지는 아직 좀 남았으므로 가불받을 수 없을지 부탁하기 위해서다.

"특례는 인정하지 않고 있어서 말입니다."

공장 경리 주임이 차가운 어조로 말했다.

"그건 알지만 나도 여기서 일 오래 했는데."

"하지만 규칙은 규칙이니까요."

주임의 대답이 쌀쌀맞다.

"그건 그렇고. 아즈마 씨, 일주일에 하루는 쉬어 주시지 않으면 곤란합니다. 노동기준국에서 알면 뭐라고 해요."

요시에는 요즘 휴일 없이 출근하고 있었다. 하루라도 많이 일당을 받고 싶기 때문이었다. 주임은 멸시하는 것처럼 말을 내던진다.

"그 점 주의해 주십시오. 아즈마 씨는 생활보호 지원도 받고 있잖아요. 상한 넘기면 난처해지지 않습니까?"

반대로 사과하는 꼴이 되어 요시에는 머리를 숙이면서 수화기를 내려놨다. 달리 의지할 만한 구석은 마사코밖에 없었다. 이때까지 몇 번인가 위급할 때 도움을 받아 왔다.

"여보세요."

나지막한 목소리가 전화를 받았다. 마사코 본인이었다. 자고 있었던 건지 살짝 코맹맹이 소리였다.

"난데, 자는데 깨웠니?"
"아아, 스승님. 아니, 괜찮아."
"부탁이 있어서. 안 되면 안 된다고 말해."
"그럴게. 뭔데?"
마사코라면 안 되는 건 정말로 거절하리라는 생각에 요시에는 쩔쩔맨다. 쓸데없는 꿍꿍이나 겉치레를 싫어하는 마사코의 솔직함에는 공장에서도 한 번씩 놀랄 때가 있었다.
"돈을 빌려 줄 수 없을까?"
"얼마나."
"8만 3000엔. 미키 수학여행비 내야 하는데 집에 돈이 한 푼도 없어서."
"좋아."
여유가 있는 건 결코 아닐 마사코가 선뜻 그러마고 대답해 줬다는 사실이 요시에는 기뻤다.
"고맙다. 이 은혜 안 잊을게. 덕분에 살았어."
"은행 갔다가 오늘 밤에 들고 갈게."
요시에는 안도에 긴장이 풀려 풀썩 주저앉았다. 마사코에게 빚을 지는 건 비참하긴 하지만, 그런 친구가 있는 것이 기쁘다.

밥상에 엎드려서 선잠을 자고 있자니 현관 초인종이 울렸다. 저녁노을을 등지고 마사코가 서 있었다. 화장기 없는 약간 거뭇거뭇한 얼굴이 요시에를 똑바로 보고 있었다.
"스승님, 생각해 보니까 공장에는 현금 놔둘 데가 없잖아. 그래서 지금 가지고 왔어."

마사코는 은행 봉투를 눈앞에 내밀었다. 은행에서 돈을 뽑은 후에 그런 생각이 나서 바로 자기 집에 들른 것이리라. 정말이지 행동파인 마사코다운 방식이었다. 게다가 공장에서는 남들 눈에도 띈다. 그 점도 고려한 것이리라고, 요시에는 마사코의 배려를 알고 고마워한다.

"고맙다. 월말 되면 꼭 갚을게."

"분할로 줘도 돼."

"그럼 쓰나. 너희도 집 대출금 갚아야 하잖니."

"괜찮아."

마사코는 작게 웃었다. 작업 중에는 좀처럼 느슨한 얼굴을 보이지 않기 때문에 요시에는 귀한 거라도 본 것처럼 마사코의 웃는 얼굴에 넋을 잃었다.

"그렇지만."

"스승님은 신경 쓰지 않아도 돼."

똑 부러지게 말하더니 마사코는 진지한 표정을 지었다. 그러자 생채기처럼 보이는 작은 세로 주름이 오른쪽 눈썹 옆에 생긴다. 그것이 마사코의 어떤 권태로움으로 보여 요시에는 언제나 허둥대는 것이었다. 그 권태로움의 정체는 모른다. 또 알았다고 해 봐야 자기 같은 평범한 여자는 도저히 이해할 수 없지 않을까 하는 불안한 기분이 들었다.

"너 같은 사람이 왜 그런 데에서 일하는 건지 모르겠다."

"뜬금없이 무슨 소리야. 그럼 나중에 봐."

마사코는 손을 흔들며 한길가에 세워 둔 빨간색 카롤라를 향해 걸어갔다.

마사코와 교대라도 한 것처럼 미키가 학교에서 돌아왔다. 요시에는 봉투를 건넸다.
"자, 돈 여기."
미키는 당연한 얼굴로 받아서 안을 들여다봤다.
"얼마 들었어?"
"8만 3000엔."
"땡큐."
미키는 봉투를 검은색 책가방 주머니에 아무렇게나 쑤셔 넣었다. 그 얼굴에 성공이다 하는 표정이 떠오른 것을 엿보고, 수학여행비가 사실은 더 낮은 것 아닐까 하는 의심이 요시에의 마음에 싹텄다. 그러나 평소와 같이 요시에의 본능이 본질을 보기를 피했다. 미키가 거짓말을 할 리가 없지 않은가. 모친의 곤궁함을 바로 옆에서 보고 있는 친딸이. 그럴 리가 없다.

사타케 미쓰요시는 일심불란하게 은색 구슬의 행방을 쫓고 있었다.
새 슬롯머신이 입하됐다고 해서 아침 일찍 일어나 줄 서서 차지한 자리다. 벌써 세 시간이나 하고 있으니 슬슬 확률 변동이 걸릴 것이다. 그때까지 참는 거다. 알록달록한 색깔의 기계를 쳐다보고 있자니 수면 부족 때문인지 계속 눈이 아팠다. 사타케는 앞에 둔 이탈리아제 손가방에서 눈약을 꺼냈다. 도박을 하던 손을 쉬고 눈약을 두 눈에 흘려 넣는다. 약이 건조한 안구를 자극해 눈물이 나왔다. 어렸을 적부터 좀처럼 운 적이 없는 사타케는 뺨을 타고 내리는 액체의 뜨거운 감촉을 즐기며 흐르게 가만히 놔뒀다.

옆 기계 앞에 배낭을 메고 앉은 젊은 여자가 사타케의 얼굴을 힐끗 봤다. 흥미를 느끼는 한편으로 사타케 같은 요란한 차림새의 남자와 연관되고 싶지 않다는 기색이 노골적으로 보인다. 사타케는 눈물에 흐려진 눈으로 젊은 여자의 오동통하게 살이 붙은 뺨을 쳐다봤다. 이제 스무 살을 갓 넘긴 나이일까. 여자를 만나면 순식간에 품평을 하는 버릇이 붙었다.

그녀를 바라보는 사타케는 마흔세 살이다. 짧게 깎은 머리와 두꺼운 목이 체격 좋은 몸에 이어져 있고 전체적으로는 투박해 보인다. 그러나 체격에 비해 작은 여우 눈은 영리한 느낌을 주고 또 콧날이 섰으며, 손가락 길이와 관절이 절묘한 균형을 이루는 보기 좋은 손을 지니고 있었다. 몸은 옹골차면서 섬세한 얼굴과 손. 그 불균형 때문에 사타케는 정체 모를 인상을 풍겼다.

사타케는 심하게 반질거리는 검은색 바지 주머니에서 명품 손수건을 꺼내 고운 손으로 눈시울을 닦았다. 바지와 세트로 마련한 검은 바탕 실크 셔츠에 떨어진 눈물로 얼룩이 생겼다. 사타케는 그 부분도 손수건으로 톡톡 두드렸다. 이 화려한 옷도 맨발에 꿰신은 구찌의 로퍼도 사타케에게 있어서는 변장에 지나지 않는다. 만일 사타케가 정장을 입고 있었더라면 옆자리의 젊은 여자가 좀 더 흥미를 나타냈으리라는 것도 알고 있었다.

사타케는 왼팔에 찬 순금 롤렉스를 봤다. 이미 오후 2시가 가깝다. 약속 시간이 다 됐다. 혀를 차며 돌아갈 준비를 하고자 받침 접시에 남은 구슬을 내려다본 바로 그 순간, 사타케가 앉은 자리에 확률 변동이 걸렸다. 구슬이 포켓으로 쏙 들어가더니 받침 접시가 넘친다.
"젠장맞을."
나쁜 타이밍에 저도 모르게 욕지거리가 나온다. 사타케는 옆자리 여자의 팔을 팔꿈치로 찔렀다. 여자가 놀라서 쳐다봤다.
"시간 없어서 가야 하는데 괜찮으면 이 자리에서 치지."
"어, 그래도 되나요?"
좋아라 하면서도 여자는 경계하는 눈으로 사타케의 얼굴을 쳐다보며 그가 일어설 때까지 자리를 옮기지 않았다. 사타케는 쓴웃음을 지으며 손가방을 손에 들고 재빠르게 일어났다. 그리고 중저음이 강조된 랩이 흐르는 슬롯머신 가게 통로를 걸으면서 방금 그 젊은 여자에게 자신이 어떻게 보였을지를 생각하고 있었다.
소음에 찬 가게 자동문에서 한 걸음 밖으로 나오자 다른 종류의 소음이 사타케를 감쌌다. 영화관 홍보, 남자 고함 소리, 노래방 입구에서 흘러나오는 유행가. 이미 몸에 찌든 가부키초의 공기에 몸을 담그며 어딘지 모르게 안심하면서도, 자신은 여기 있으면 안 된다는 불편함도 느낀다. 사타케는 지저분한 빌딩에 둘러싸인 좁은 하늘을 올려다봤다. 구름이 잔뜩 낀, 당장이라도 비가 쏟아질 것 같은 푹푹 찌는 날씨에 진저리를 친다.
손가방을 옆구리에 끼고 종종걸음으로 걷는다. 고마 극장 앞으로 접어들다가 가죽제 신발 바닥에 붙은 껌이 신경 쓰여서 보도가에 멈춰서 긁어 떼어 냈다. 대기의 습기를 빨아들인 껌이 달라붙어 잘 떨어지지 않아 사타케는 초조했다. 밤새 이 주위에 모여 노는 젊은이들이 먹고 마신 흔적인지 길에 검은 얼룩이 남아서 끈적이고 있다. 밟지 않게 조심해서 걷다가 고마 극장에서 열리는 가요 쇼를 기다리기 위해 늘어선 초로의 여자들 줄에 부딪칠 뻔했다. 오른손을 들어 열을 가르고 지나가려 했으나 여자들은 수다 떠는 데에 정신이 팔려 미동도 않는다. 사타케는 가볍게 혀는 차면서도 미소를 짓곤 크게 돌아서 갔다. 자신과 관계없는 사람들에게는 화가 나지 않는다. 그런 것보다도 신발 바닥에 붙은 껌이 훨씬 더 열 받는다.

전단지 배포, 윤락업소 호객꾼, 요란하게 치장하고 몰려다니는 여고생들은 사타케를 살살 잘 피하고 지나가 주었다. 사타케가 내뿜는 위험한 분위기를 잘 아는 무리들이었다. 사타케는 바지 주머니에 두 손을 찔러 넣은 채 불쾌한 얼굴로 뒷골목으로 들어갔다.

사타케의 가게 '미카'는 구야쿠쇼도오리에서 한 골목 들어간 작은 빌딩 안에 있다. 사타케는 짐승을 떠올리게 하는 민첩함으로 계단을 뛰어 올라가서 2층 맨 끝에 있는 '미카'의 검은색 문을 밀었다.

내부는 휘황찬란하게 조명이 켜져서, 그리스 조각풍으로 부조가 들어간 반투명 유리창으로 희미하게 들어오는 햇빛과 어우러져 묘하게 하얗게 빛났다. 한 여자가 입구에 가까운 테이블 자리에 앉아서 사타케를 기다리고 있었다. 시간에 까다로운 사타케가 약속 시간에 상대를 기다리기를 싫어한다는 사실을 잘 알고 있다는 증거였다.

"수고하네."

"아뇨. 사타케 씨야말로, 일부러 여기까지 오셔서."

억양에 흠이 있기는 하나 완벽한 일본어로 말하는 것은 사타케가 이 가게의 마마로 고용한 대만인 장려화다. 려화는 30대 중반을 넘겨 물 좋을 때는 지난 여자지만, 새하얗고 고운 피부가 자랑으로 목에서 가슴팍까지 크게 파인 블라우스를 입었으며 화장은 새빨간 루주를 바른 게 다였다. 희고 긴 목에는 정교한 조각이 새겨진 비취 펜던트와 금으로 된 커다란 코인 목걸이를 겹쳐서 걸었다. 마침 담배에 불을 붙인 참이었는지 사타케에게 가볍게 머리를 숙이면서 입으로 보랏빛 연기를 후우 토해 냈다.
"바쁜데 미안하게 됐어."
"괜찮아요. 사타케 씨 부름인걸요."
려화의 어조에 여자다운 교태를 느끼면서 사타케는 천연덕스러운 얼굴로 자리에 앉았다. 만족스레 자신의 가게를 둘러본다. 인테리어는 다크로즈를 기본색으로 해서 가구는 로코코풍. 입구 부근에는 노래방 세트와 하얀색 피아노를 뒀고 테이블 자리는 네 개. 한 단 낮은 안쪽 홀의 테이블 자리 열두 개까지 포함해서 그럭저럭 규모 있는 상하이 클럽이 완성됐다. 려화는 사타케와 마주 앉아서 하얀 손가락을 깍지 꼈다. 그 손가락에도 커다란 비취가 빛나고 있다. 사타케는 려화의 기대를 배신하는 것처럼 가게 여기저기에 놓인 커다란 화병을 가리켰다.
"어이, 려화. 화병에 물 안 갈아 주면 꽃들 다 죽어."
어느 화분이나 카사블랑카, 장미, 난처럼 호화로운 품종뿐인데 물이 탁해서 꽃이 맥이 없다.
"아, 네."
려화는 사타케의 시선을 따라서 주위를 둘러본다.
"물 잘 먹게 줄기 끝 좀 잘라 주고 해."
웃으면서 말은 했지만 사타케는 그런 사소한 데에 려화가 둔감한 것이 항상 화가 났다. 하지만 이만큼 장사를 잘하는 인재도 드물다고 생각하며 다시 려화를 본다.
"하실 이야기라는 게 뭔가요?"
화제를 바꾸고 싶은지 려화가 생긋 웃으며 말했다.
"매상에 대해서인가요?"
"아니, 손님 때문에. 최근에 무슨 문제 없어?"
"어떤 걸 말씀하시는 거죠?"
려화는 재빨리 머리를 굴리는 눈초리로 변한다.
"안나한테 들었는데 말이야."
사타케는 몸을 앞으로 내밀었다. 려화가 긴장하는 것이 보였다. 상하이 출신인 리안나는 현재 '미카'의 넘버원 호스티스로 가게에서 가장 높은 매출을 자랑하고 있었다. 사타케가 안나를 소중히 여기기 때문에 다른 가게에 안나를 뺏길까 두려워해 그녀가 하는 말은 뭐든 듣는다는 것을 려화는 잘 알고 있다.
"안나가 뭐라는데요?"
"야마모토라는 손님이 있다고?"
"야마모토 씨라면 많이 있는데. ……아. 네, 네."
생각이 났다는 듯 려화가 고개를 끄덕였다.
"아, 누군지 알겠어요. 안나한테 홀딱 반한 손님 말이죠. 네, 네."
"그렇다며. 돈이나 많이 흘려 주면 고맙겠지만, 그 녀석이 돌아가면서 안나 일 끝나고 나오기를 기다렸다가 뒤를 밟고 다니나 봐."
"그게 정말인가요?"

려화는 몰랐던 모양인지 놀라서 몸을 젖힌다.
"그래. 어제 전화가 와서 말하는데. 어떻게 조사한 건지 요전번에는 그 손님이 안나 맨션까지 따라왔다고 하더라고."
"그 손님 굉장히 구두쇠인데."
려화가 의외라는 듯이 말한다.
"그런 것 같더군. 쥐어짤 것도 없는 가난뱅이라며. 그러니까 다음에 가게에 들어오려고 하거든 잘 쫓아내 줘. 안나한테 그런 놈 붙어 있으면 재수 없어져."
"그건 알겠는데, 어떻게 쫓아내죠?"
"그걸 생각하는 게 마마의 역할이지."
사타케는 냉담하게 밀쳐 냈다. 려화는 꿈에서 깬 것처럼 입술에 힘을 줬다. 장사꾼다운 빈틈없는 얼굴로 변했다.
"알겠습니다. 매니저에게 단단히 일러두겠어요."
매니저도 젊은 대만인 남자인데 어제부터 감기로 쉬고 있었다.
"손님이랑 퇴근 안 할 때는 차 불러서 태워 보내."
"반드시 그렇게 할게요."
려화는 몇 번이나 고개를 끄덕였다. 이야기를 마친 사타케는 그럼 가 보겠다며 일어선다. 려화는 손님을 보낼 때와 마찬가지로 문 앞까지 배웅을 나왔다. 사타케는 거듭 다짐시켰다.
"려화, 화병 물 가는 거 잊지 마."
려화가 애매하게 웃는 것을 보고 사타케는 서둘러 우수한 다음 마마를 찾아야겠다고 생각한다. 가게 호스티스는 전부 미와 젊음과 기품으로밖에 뽑지 않으므로 별개였다. 사타케에게 있어서 호스티스는 살아 있는 상품, 마마는 그것을 잘 파는 판매원일 뿐이다.

사타케는 '미카'를 나와서 그대로 계단을 올라가 한 층 위에 있는 또 하나의 가게 앞에 섰다. 이쪽은 '어뮤즈먼트 파르코'라는 바카라 도박장이다. 안살림을 하는 매니저는 고용해 뒀으므로 오너인 사타케가 가게에 나가는 건 일주일에 사흘 정도다.

1년쯤 전에 사타케는 '미카' 위층 마작장이 불경기인 것을 보고 그 자리를 빌려서, 클럽이 끝나고 나오는 손님들을 겨냥해 바카라 도박장을 시작해 봤다. 영업 허가 따위 받지 않았으므로 클럽에서 흘러드는 손님, 입소문만 가지고 모여드는 손님을 상대로 작게 꾸려 볼 작정이었는데 이게 대박을 터트렸다.

처음에는 미니 바카라 테이블 두 대로 작게 운영했는데, 손님이 쑥쑥 늘어나는 것을 보고 실력 좋은 젊은 딜러를 몇 명 투입해 메인 바카라 테이블도 설치하고 판돈도 크게 해서 대성황 중이다. 이전에는 '미카'가 끝난 후에 몰래 영업하고 있었는데 현재는 당당히 오후 9시부터 아침까지 개장하고 있다.

사타케는 풀려 나온 하얀색 간판 전기 코드를 제대로 감아 놓고 지문이 덕지덕지 묻은 금색 문손잡이를 손수건으로 닦았다. 안으로 들어가 종업원들이 정리해 둔 상태를 점검하고 싶은 욕망과 싸운다. 이곳은 자신이 좋아하는 도박 가게고 돈줄이기도 한 중요한 가게인 것이다.

옆구리에 낀 손가방 안에서 휴대 전화가 울렸다.

"오빠, 어디 있어? 나 미장원 갈래."

서툰 일본어가 사랑스러운 안나의 전화였다. 남자에게 어리광 피우는 것이 능숙한 안나는 누가 가르쳐 준 것도 아닌데 사타케를 이렇게 부른다. 사타케는 안나의 그런 점을 천부적인 재능으로 생각하며 재미있게 여기고 있었다.

"알았다. 금방 갈 테니까 기다리고 있어."

중국인 호스티스를 서른 명쯤 고용하고 있지만 안나의 아름다움과 영리함은 그중에서도 돋보인다. 마침 든든한 후원자가 붙으려는 참이었다. 이제까지도 손님은 전부 사타케가 골라 줬다. 안나에게 끈질긴 가난뱅이 손님이 끼어들 여지는 조금도 없다.

사타케는 가부키초를 빠져나와 플라자 하이지아의 지하 주차장에 세워 둔 하얀 벤츠로 돌아갔다. 거기서 차로 10분 걸리는 오쿠보에 안나가 사는 맨션이 있다. 그곳으로 향하며 사타케는 안나의 맨션이 신축임에도 입구에 자동 잠금장치는 설치되어 있지 않기 때문에, 뒤쫓아다니는 남자가 있다면 어딘가로 이사시키는 편이 좋을 거라 생각했다.

사타케는 6층 안나의 집 앞에서 인터폰을 울렸다.

"나다, 사타케."

"문 열려 있어."

허스키하면서 달달한 목소리가 들려왔다.

문을 열자 발로 차면 픽 쓰러져 죽을 것 같은 토이푸들이 발치를 맴돌며 캥캥 짖었다. 사타케의 발소리를 알아듣고 기다리고 있었던 모양이다. 사타케는 좋아하지 않지만 안나의 애견이니 귀여워하지 않을 수는 없다. 사타케는 신발 끝으로 밀어 개가 밖에 나가지 못하게 하곤 집 안에 대고 말했다.

"안나, 조심성이 좀 없지 않냐."

"조심성이 뭐야?"

안에서 안나가 소리친다.

사타케는 대답 없이 좋아서 날뛰는 장난감 같은 개를 발끝으로 툭툭 치면서 안나를 기다렸다. 맨션 현관에는 신발장에 다 들어가지 않는 다양한 디자인과 색깔의 펌프스며 뮬이 빽빽하게 늘어져 있다. 너무 난잡한 걸 보고 나갈 때 골라 신기 쉽게 종류별로 정리해 준 것은 사타케다.

안나는 굵직굵직한 웨이브가 들어간 검은색 긴 머리를 하나로 묶고 화장기 없는 얼굴에 샤넬 선글라스를 쓰고 있었다. 거기에 금실은실로 자수가 들어간 낙낙하게 내려오는 티셔츠에 호피 무늬 스패츠로 화려한 차림새를 했다. 화장할 필요가 없을 만큼 얼굴이 희고 예쁘다는 건 커다란 선글라스를 쓰고 있어도 알 수 있다. 도톰한 입술이 살짝 말려 올라간 게 남자들이 좋아할 얼굴이라 바람직하다고 생각하며 사타케는 다시금 안나의 얼굴을 살펴봤다.

"평소 가는 데면 되겠냐?"

"응."

안나는 빨간색 페디큐어를 칠한 맨발에 에나멜 뮬을 꿰어 신었다. 홀로 남는 것을 안 개가 뒷발로 서서 미친 듯이 짖어 댔다. 안나가 어린아이 어르듯 달랜다.

"주엘은 오면 안 돼. 엄마 말 알았지?"

두 사람은 복도를 나와 엘리베이터가 오기를 기다렸다. 안나는 오후에 일어나서 쇼핑을 하거나 피부 관리를 받으러 갔다가 미장원에서 머리를 정리하고 간단하게 식사를 한 후 '미카'에 출근하는 것이 일과다. 사타케는 한가할 때는 가급적 안나를 바래다주거나 데리러 가려 하고 있었다. 언제 누가 스카우트를 해 갈지 모르기 때문이다. 사타케와 안나가 엘리베이터에 올라탄 순간 다시 휴대 전화가 울렸다.

"아, 사타케 씨입니까."

"오, 구니마쓰냐."

사타케는 안나를 힐끗 내려다봤다. 구니마쓰는 '어뮤즈먼트 파르코'의 매니저를 시키고 있는 남자였다. 안나가 이쪽을 힐끗 보더니 관심 없다는 듯이 발톱과 같은 색깔로 칠한 매니큐어에 상한 데가 없는지 살피기 시작했다.

"무슨 일이야?"

"가게 일로 말씀드릴 게 있어서 그러는데 오늘 시간 안 나십니까?"

구니마쓰의 새된 목소리가 좁은 상자 안에서 쨍쨍거리며 울린다. 사타케는 휴대 전화에서 귀를 떨어트리고 대답했다.

"좋아. 지금부터 안나를 미장원에 데려가는데 그사이에 보면 딱 좋겠네."

"어느 쪽으로 가시는데요?"

"아아, 나카노니까 그 근처 찻집에서 보자고."

시간과 장소를 지정한 후 사타케는 전화를 끊었다. 엘리베이터는 벌써 1층에 도착했다. 안나는 먼저 나가서 어리광 부리는 표정으로 돌아봤다.

"오빠, 그 얘기 마마한테 해 줬어?"

"그럼. 이제 두 번 다시 가게에는 들이지 말라고 했으니까 안나는 안심하고 일해."

"응."

안나는 마음 놓였다는 듯 선글라스 너머로 사타케의 얼굴을 올려다봤다.

"하지만 가게에는 오지 않아도 여기에 올지도 모르잖아. 괜찮아?"

"괜찮아. 내가 망봐 줄 테니까."

"하지만 이사 가고 싶어, 나."

"알았다. 계속 그럴 것 같으면 생각해 볼게."

"응."

"그 녀석, 가게에서는 어떻지?"

사타케는 가게에 거의 얼굴을 내밀지 않는다.

"다른 애가 가서 앉으면 화낼 만큼 끈질겨."

안나는 얼굴을 찌푸렸다.

"다들 싫어해. 게다가 지난번부터 외상으로 달아 달라고 하지 뭐야. 진짜 싫어. 놀이의 규칙이라는 걸 몰라."

안나는 건방진 소리를 하면서 벤츠 조수석에 올라탔다. 생긴 건 아름다운 인형 같아도 안나는 야무진 상하이 여자다. 일본에 온 뒤로 4년. 일본어 학교에 다니고, 그 후에도 쭉 어학 학교에 다닌다는 명목으로 학생 비자를 갱신하고 있다.

안나를 미장원에 바래다준 후 사타케는 구니마쓰와 약속한 카페로 갔다.

"여깁니다."

먼저 도착한 구니마쓰가 안쪽 테이블에서 작게 손을 들었다.

"여어, 항상 수고하네."

사타케가 푹신한 소파에 앉자 폴로셔츠에 골프웨어를 걸친 구니마쓰가 싹싹하게 웃었다. 마치 스포츠클럽 코치로 보이는 구니마쓰는 아직 마흔이 덜 됐지만 갬블 일은 오래 했다. 오랫동안 긴자의 마작장에서 일하던 것을 사타케가 스카우트해 온 것이다.

"무슨 일로 상담이야?"

사타케는 담배에 불을 붙이고 구니마쓰의 얼굴을 본다.

"그게, 대단한 건 아니지만 조금 신경 쓰이는 손님이 있어서요."

"헤에, 무슨 뜻이야, 그 말은. 경찰이냐?"

튀어나온 말뚝은 얻어맞는 게 이 업계다. 파르코가 성황이라는 소문을 듣고 경찰이 도박장 단속의 희생양으로 삼아 쳐들어오지 않으리라는 보장도 없다.

"아뇨, 그런 게 아닙니다."

구니마쓰는 긴 손가락이 달린 손을 휘휘 내저었다.

"요즘 매일 밤처럼 오는 손님인데, 계속 지고 있어서요."

"바카라 매일 해서 이기는 녀석은 세상에 없지."

경험자인 사타케는 웃었다. 따라서 웃음을 터트린 구니마쓰는 오렌지 주스에 꽂은 빨대를 휘저었다. 구니마쓰도 사타케도 술은 마시지 못한다. 사타케도 주문한 아이스 카페오레를 한 모금 마셨다.

"그 녀석, 얼마나 졌는데?"

"네. 최근 2개월간 대충 4, 500만 정도일까요. 아직 큰돈은 아니지만 말입니다. 가는 녀석들은 억 단위까지도 가니까요."

"소심하게 놀고 있나 보지. 그래서 그게 어쨌는데?"
"그 손님이 어젯밤에 갑자기 이러는 겁니다. 도박 자금을 빌려 달라고요."
기본적으로 사타케의 바카라 도박장에서는 군자금은 빌려 주지 않는 것을 원칙으로 하고 있으나, 예외적으로 친분이 있는 단골손님에 한해 몇십만 정도 빌려 주는 경우도 있다. 그 손님은 어쩌다 그 장면을 목격한 것이리라.
"헛소리하지 마라고 해. 그냥 쫓아내 버려."
사타케는 쓴웃음을 지었다.
"그렇게 했습니다. 정중하게 잘 말했을 뿐입니다만, 하지만 뭐, 감 좋은 녀석이면 위협이라는 걸 알도록 말했죠. 욕을 고래고래 하곤 돌아가더군요."
"별 이상한 게. 뭐 하는 놈이야?"
"평범한 회사원입니다. 어디 시시한 회사에 다니는. 뭐, 그뿐이면 딱히 사타케 씨에게 상담할 필요 없을 텐데요. 실은 아까 마마한테도 전화를 해 봤습니다. 어쩌면 '미카'의 손님일지도 모른다는 생각에. 그랬더니 아무래도 그 녀석, '미카'에서도 출입 금지 먹은 녀석인 모양이더군요."
"야마모토란 녀석인가. 여자와 돈이라."
사타케는 한숨을 내쉬고는 담배를 재떨이에 비볐다. 젊고 아름다운 중국인 호스티스에게 빠진 손님은 많이 있다. 하지만 돈이 끊어지면 연도 끊어지는 법. 여자는 포기할 수밖에 없다. 그러나 필시 야마모토라는 손님은 바카라에서 이겨 돈을 마련하고자 한 것이다. 혹은 여자에게 빠져 있는 동안에 쓴 금액의 크기에 놀라 바카라로 되찾고자 한 것이든가. 어느 쪽이든 야마모토가 스스로 지켜야 할 선이 무너진 건 분명하다. 그렇게 되면 도박도 여자도 놀이가 아니게 된다. 사타케는 그런 예를 질리도록 봐 왔다. 야마모토는 생각했던 것보다 성가신 녀석인지도 모른다. 사타케는 안나와 가게에 미칠 위험을 우려했다.

"그래서 드리는 말씀입니다. 다음에 나타나거든 오너가 직접 뭐라고 해 주실 수 없겠습니까?"

"알았다. 오거든 연락해. 하지만 말해서 들을 녀석이면 좋겠는데 말이지."

"오너는 언뜻 보면 야쿠자로 보이니까 문제없습니다. 야마모토는 두 번 다시 오지 않을 겁니다."

사타케는 잠자코 웃었으나 가느다란 눈 깊숙이에서 시꺼먼 뭔가가 무겁게 번뜩였다. 구니마쓰는 그것을 알아채지 못하고 "이야, 제법 박력이 있다니까요." 하고 놀렸다.

"그래?"

"그 차림새로 째려봐 주면 끝장일 겁니다."

구니마쓰는 웃었다.

"사타케 씨, 상당히 무서워요."

"뭐가 무서운데?"

"상냥해 보이지만 정체 모를 면이 있다고 할까."

구니마쓰의 웃음을 지워 버리듯 사타케의 손가방 안에서 휴대전화가 울렸다. 안나였다.

"오빠? 지금 미장원."

'미장원'이라고 말한 안나의 목소리가 순간 '병원'이라는 속삭임으로 잘못 들리면서(미용원은 일본어 한자로 미용원(美容院)이라 쓰며, 이는 일본어의 '병원'과 발음이 비슷하다.—옮긴이) 사타케의 등줄기에 저도 모르게 비명이 나올 정도의 오한이 일었다.

사타케의 체격 좋은 몸 아래에서 여자가 헐떡이고 있었다. 사타케의 몸은 약간 점성이 있는 뜨겁고 농밀한 액체로 미끈거리다가, 조금 시간이 지나자 여자의 싸늘해진 몸에 휘감기는 것처럼 찰싹 달라붙어 한몸이 되었다. 여자는 황홀함과 고통 사이를 오가고 있다. 사타케는 여자의 입에서 새어 나오는 희열인지 비명인지 분간할 수 없는 것을 안에 가두는 것처럼 입술로 막고 자신이 여자의 옆구리에 뚫은 구멍에 손가락을 깊이 집어넣었다. 거기서 피가 한없이 흐르며 두 사람의 성교를 처절하게 물들이고 있었다. 더욱 여자의 안으로 들어가고 싶다. 둘이서 한데 녹아들고 싶다. 당장이라도 절정을 맞이할 것 같은 사타케가 입술을 뗀 순간, 여자가 귓가에 대고 속삭였다.
"병원, ······병원."
"어차피 못 살아, 포기해."
그때의 자기 목소리를 사타케는 아직 기억하고 있었다.

사타케는 여자를 하나 죽였다.
고등학생 때에 아버지를 때려눕히고 집을 뛰쳐나온 이래 두 번 다시 돌아가지 않고 마작장을 전전하던 중, 사타케는 어느 폭력단 남자의 눈에 들게 되었다. 남자는 신주쿠에서 매춘 조직 운영과 각성제 매매로 큰 수입을 올리고 있었다. 사타케는 매춘부가 도망치는 걸 막는 일을 돕게 되었는데, 그런 어느 날 처참한 사건을 일으켰다. 창부를 다른 조직에 몰래 소개하던 여자 중개인을 폭행하다 죽이고 만 것이다. 사타케가 스물여섯 살 때다. 그 사건으로 사타케가 7년이나 형무소에 들어가 있었다는 건 구니마쓰도 려화도 안나도 모른다. 그래서 사타케는 표면에 나서지 않고 클럽은 려화와 대만인 매니저에게, 카지노는 구니마쓰에게 맡겨 두고 있는 것이다.

20년 가까이 지난 지금도 선명하게 떠오른다. 그 여자의 단말마의 표정과 목소리. 얼어붙은 여자의 손가락이 기어오르는 것처럼 사타케의 등줄기에 다시 오한이 일었다.

죽일 필요는 없었는데, 죽일 때까지 한계를 망각하다니 대체 어찌 된 노릇이었던 걸까. 수치스럽기 짝이 없다고 느낀 한편, 사타케는 자신에게 가학을 즐기는 성향이 있는 것을, 그리고 죽음을 공유한 기쁨이 강렬하다는 사실을 처음으로 깨달았던 것이다.

"너무 심했어, 너."

여자들에게 냉혹한 짓을 수없이 해 온 조직의 남자들마저도 기분 나쁘다는 눈으로 사타케의 얼굴을 봤다. 그 모멸과 혐오의 표정은 잊을 수 없다. 하지만 그때 일은 두 사람밖에 모른다고 사타케는 생각했다.

복역 중에는 여자를 능욕해 죽음에 이르게 했을 때의 생생한 기억이 사타케를 괴롭혔다. 죄악감이 아니라, 다시 한 번 같은 행위를 하고 싶다는 욕망에 시달렸던 것이다.

하지만 겨우 출소해서 막상 여자와 만나고 보니, 얄궂게도 사타케는 이제 두 번 다시 여자와 성교할 수 없는 몸이 되어 있었다.

여자를 죽였을 때의 황홀감이 크고 깊어서 그 체험이 자신을 가둬 버렸다는 사실을 깨달은 것은 상당히 나이를 먹고 나서였다.

자신의 본능을 알았다는 것은 꿈을 봉인한 것과 다를 바가 없다. 사타케는 그 뒤 봉인을 풀지 않도록 주의하고 있다. 그 고독과 자제는 아무도 모를 것이다. 그런데 사타케의 진짜 모습을 모르는 여자들은 무방비하게 사타케에게 몸을 맡기고 어리광을 피우는 것이다. 그래서 사타케에게 있어서 봉인한 꿈을 깨지 않은 여자들은 귀여운 동물에 불과하다.

자신을 진실로 이해하고 천국으로도 지옥으로도 홀리는 여자는 자신이 죽인 여자밖에 없다는 것을 알고 있다. 사타케는 몽환 속에서밖에 여자와 몸을 나눌 수 없고, 황홀감도 얻을 수 없다. 그거면 된다. 지금의 자신만큼 여자에게 다정한 뚜쟁이는 없을 것이다. 그 마음속 밑바닥에 잔혹하게 죽인 여자의 얼굴이 있을 줄이야. 그때 처음 만난, 잘 알지도 못하는 여자의 얼굴이 있을 줄이야. 인생은 정말 얄궂다. 두 번 다시 자신의 지옥을 덮은 뚜껑은 열 생각이 없었는데, '병원'과 비슷하게 들린 안나의 단 한마디 때문에 생각지 못하게 뚜껑이 벗겨질 뻔했다. 사타케는 이마에 배어 나온 땀을 구니마쓰가 모르게 슬며시 닦았다.

미장원에 마중을 가 보니 안나가 가게 밖에서 기다리고 있었다. 조수석 문을 열고 타기를 기다린다. 막 세트한 안나의 헤어스타일이 1970년대풍으로 크게 부풀어 있는 것을 보고 사타케는 웃었다.

"추억의 머리가 됐네. 나 젊을 적에는 여자들 다 그런 머리 하고 다녔지."
"그거 엄청 옛날이지."
"그렇게 되나. 20년도 더 전이니까. 안나는 태어나지도 않았을 때야."
사타케는 눈을 가늘게 뜨고 안나를 봤다. 이런 아름다운 여자가 존재한다니 놀랍다. 머리도 영리하고 배짱도 있다. 최근에는 넘버원의 긍지도 더해져 쉽게 다가서기 힘든 위엄조차 보일 때도 있다. 사타케는 안나에게 빠진 남자들에게 몰래 동정조차 느낀다.
사타케는 운전하면서 조수석에 앉은 안나의 스패츠가 파고든 대퇴부 이음새를 바라봤다. 부드러우면서도 탄력이 있어 살이 차 있는 풍성함을 느끼게 했다.
"언제까지나 그렇게 예뻐야 해. 내가 지켜 줄 테니까."
아름다움이 덧없다는 것도, 나이를 먹으면 또 다른 안나를 찾게 되리라는 것도 알고 있으리라 믿고 한 말이었다.
"그럼 오빠가 한번 자 줘."
안나가 장난만도 아닌 것 같은 투로 유혹하듯 말했다. 사타케는 자신의 과거를 모르는 가게 일꾼들이 오너가 금욕적인 인물이라고 수군댄다는 것을 알고 있었다.
"안 돼. 안나는 소중한 상품이니까."
"나 물건이야?"
"그래. 아름다운 꿈 같은 장난감이지."
장난감이라는 단어를 말한 순간에 다시 그 여자의 얼굴이 눈에 떠올랐으나 앞차 미등에 주의를 기울이는 사이에 금방 사라졌다.
"돈을 가진 남자밖에 손에 넣지 못하는, 굉장히 비싼 장난감 말이야."
"하지만 사랑을 하면 손에 넣을 수 있어."
"안나가 그런 걸 할 리가 없잖아."
사타케는 결코 호락호락하지 않은 안나의 얼굴을 본다.
"아니야. 해."
안나는 핸들에 가볍게 얹은 사타케의 오른손을 가만히 쥐었다. 사타케는 그 손가락을 부드러운 넓적다리 위로 되돌려 놓았다. 어두운 환상을 비밀스레 안고 사는 사타케에게는 스스로가 죽인 여자밖에 필요 없다. 사타케에게는 장난감을 보다 아름답게 가꿔서 원하는 남자들에게 나눠 주고 잘 조종하는 것이야말로 지금의 가장 큰 즐거움이니까. 그래서 사타케는 두 가게의 번성을 바라는 것이다. 우선은 야마모토라는 남자를 못 오게 하는 것이 당면한 과제였다.

그날 밤 사타케가 니시신주쿠에 있는 자기 집에서 외출할 준비를 하고 있자니 구니마쓰에게서 전화가 걸려 왔다.
"지금 야마모토가 왔습니다. 2, 3만 정도 게임을 하고 싶은 모양입니다. 어떻게 할까요, 쫓아낼까요?"
"상관없으니 하게 놔둬. 금방 갈 테니까."
사타케는 새로 맞춘 금녹빛으로 빛나는 회색 정장을 입고 밖으로 나갔다. 안에는 스탠드칼라 셔츠를 맞춰 입었다.
벤츠를 가부키초의 배팅 센터 주차장에 넣고 우선 '미카'에 얼굴을 내밀었다. 안나가 안에서 이쪽을 힐끗 보더니 손을 들었다. 한없이 청순하면서 요염한 프로의 얼굴이다. 다른 호스티스들도 안나에게 지지 않게 아름다웠다. 여자들을 한차례 쭉 감상한 사타케는 만족해서 려화를 불렀다. 려화는 눈에 띄지 않도록 손님들에게 인사를 하면서 사타케가 있는 곳으로 왔다.
"낮에는 번거롭게 미안했네. 덕분에 구니마쓰와도 이야기가 통했어."
"그런가요. 다행이네요. 위에도 다니는 줄은 몰랐어요."
"둘 다 제 뜻대로 될까 봐?"
려화는 쿡 하고 웃었다. 비취색 차이나드레스를 입었다. 평소보다 젊고, 게다가 믿음직스럽게 보였으나 사타케는 코너를 장식한 화병을 힐끗 확인했다. 물은 변함없이 탁하고 꽃은 낮보다 더 축처져 있었다. 아무 말도 하지 않고 가게를 나왔다. 한시라도 빨리 안나를 악착스레 쫓아다니는 야마모토라는 남자를 직접 보고 싶었다.
사타케는 3층 '어뮤즈먼트 파르코'의 자연목 문 앞에 섰다. 일단 단속을 피해 간판 전기는 꺼 뒀지만, 문을 연 순간에 새어 나오는 도박장의 웅성거리는 소음과 흥분은 감출 수 없었다.
조용히 가게 안으로 들어간 사타케는 다시금 자신의 가게를 점검하는 눈으로 살펴봤다. 20평 정도 넓이에 손님 일곱을 받는 미니 바카라 테이블이 두 대, 손님 열넷이 놀 수 있고 판돈도 큰 메인 바카라가 한 대 있다. 어느 테이블에나 손님들은 잔뜩 몰려 있다. 종업원도 구니마쓰를 포함해 남자가 세 명. 음료와 오드블루를 나르는 바니걸이 세 명. 모두 바쁜 듯이 빠릿빠릿하게 움직이고 있다.
미니 바카라의 딜러가 사타케의 모습을 확인하고는 목례를 했다. 그 사이에도 손은 쉴 새 없이 움직이며 플라스틱 칩을 쌓고 있다. 사타케는 고개를 끄덕였다. 마작장을 전전하던 이런 젊은 남자도 훈련시킨 보람이 있어 잘 일해 주고 있지 않은가. 가게 상황은 전체적으로 만족스러웠다.

바카라는 단순한 게임이다. 손님이 플레이어 측과 뱅커 측 중 한 곳에 걸고, 딜러는 뱅커 측의 이긴 돈에서 5퍼센트의 커미션을 받는 것뿐. 말하자면 자릿세다. 손님들이 게임에 열중하도록 능숙하게 조절할 수 있는 것이 좋은 딜러라는 말이 되는데, 게임이 단순한 만큼 손님들은 금방 열광해서 얼마든지 푹 빠져 준다.

룰은, 마지막 자릿수 합계가 9가 될 때 가장 강하다는 건 오이초카부라는 화투놀이와 비슷하지만 세 장째의 카드를 받을 수 있는지 없는지에 몇 가지 규칙이 있다. 플레이어 측이 두 장 받아서 처음부터 8이나 9면 내추럴이라고 해서 이기든가 비긴다. 뱅커 측은 카드를 받을 수 없다. 6이나 7이면 뱅커의 점수를 본다. 5 이하면 카드를 받는다. 그 외에 양자의 합계점에 따라 세밀한 룰이 있다.

누구나 금방 간단히 익힐 수 있다는 게 인기의 비결이었다. 귀갓길의 회사원으로 보이는 젊은 남녀 손님도 많이 있었다. 노름판과는 다른 세련된 분위기이기는 하지만 여기 있는 사람의 반 이상이 금치산자라는 것을 사타케는 알고 있다. 다시 말해 덜 떨어진 놈들이다. 하지만 자기 가게에서 망해서 나가는 건 사양이었다.

"저 녀석입니다. 꼭 딸 거라고 지껄이더니 오늘도 10만 정도 졌습니다."

구니마쓰가 귓속말을 건네며, 철도 모형 디오라마가 놓인 테이블 끝에 걸터앉아 물을 탄 위스키를 마시며 턱을 괴고 다른 손님이 거는 모습을 쳐다보고 있는 남자를 가리켰다. 사타케는 구석에서 몰래 야마모토를 관찰했다.

나이는 30대 중반일까. 하얀색 반팔 셔츠에 수수한 넥타이, 회색 양복바지. 특징 없게 생긴 시시한 남자였다. 길가에 섞여 들어가면 금세 다른 직장인들과 구별 가지 않게 될 것이다.

이런 평범한 남자가 안나에게 반하다니. 안나는 아직 스물세 살이고 어디 하나 빠지지 않는 '미카'에서도 제일가는 미모다. 게다가 넘버원이기까지 하니 분수를 모르는 데에도 정도가 있다. 안나가 말한 것처럼, 그리고 모든 도박에 룰이 있는 것처럼 놀이에는 규칙을 빠트릴 수 없다. 그 선을 넘지 않도록 엄격히 자제를 하고 있는 사타케는 야마모토 같은 손님을 보면 화가 난다.

야마모토가 있는 테이블에서는 승부가 종반에 접어들었다. 앞으로 한두 번으로 슈터 안의 카드가 없어진다. 뜻을 굽힌 야마모토가 얼마 안 남은 칩을 전부 플레이어 측에 걸었다. 그것을 보고 다른 손님들은 거의 다 뱅커 측에 걸고 있다. 야마모토가 운이 없다는 것을 다들 알고 있기 때문에 아무도 그쪽에는 걸려고 하지 않는 것이다. 딜러는 모른 체하며 재빠른 손놀림으로 슈터에서 카드를 나눠 줬다.

플레이어 측에 그림 패 두 장. 0, 다시 말해 바카라다. 운이 없다고 사타케는 생각했다. 그에 대해 뱅커 측이 3. 양쪽 다 세 장째 카드를 받아야만 한다. 야마모토 측에 카드가 가고, 야마모토가 작법대로 양끝을 젖혀 카드를 확인한 후 포기한 것처럼 내던졌다. 그림 패였다. 뱅커 측에 안도의 미소들이 떠오른다. 4였던 것이다. 0대 7로 당연히 뱅커 측의 승리. 운에 버림받았다. 이게 마지막 승부였다.

"별 이상한 바카라 병신이 다 있군."

사타케가 중얼거리자 옆에 서 있던 구니마쓰가 소리를 죽이고 웃었다. 야마모토가 있는 테이블의 딜러가 젊은 여자 딜러로 교대했다. 손님도 몇 명 교대했다. 하지만 야마모토는 칩도 없으면서 심통이 나서 가만히 앉아 있다. 뒤에서 자리가 나기를 기다리던 호스티스풍의 여자가 도와달라는 듯한 얼굴로 구니마쓰를 힐끗 봤다. 나갈 때가 됐다 싶어 사타케는 구니마쓰에게 신호를 보내고 야마모토에게로 다가갔다.

"실례지만 손님."

"뭐야?"

야마모토는 놀라서 사타케의 투박한 몸집과 부드러운 인상의 얼굴, 그리고 도저히 일반인으로는 보이지 않는 복장을 봤다. 하지만 자포자기한 표정은 변하지 않는다. 야마모토 안의 모든 것이 닳아 무뎌진 건지도 모른다.

"참가하지 않으실 거면 이쪽 손님과 교대해 주실 수 있겠습니까?"

"내가 왜?"

"순서를 기다리고 계시니까요."

"뭐가 어때서, 좀 보고 있겠다는데."

야마모토는 취해 있었다. 카지노에서 무료로 제공하는 위스키를 잔뜩 마셔 댄 모양이다. 테이블 위에는 담뱃재가 떨어져 있었다. 사타케는 젊은 부매니저를 불러서 지저분한 것을 치우게 시키고 작은 목소리로 야마모토에게 말했다.

"죄송합니다. 잠깐 드릴 말씀이 있는데 이쪽으로 와 주시기 바랍니다."

"여기서 말해."

같은 테이블에 있는 손님들이 질렸다는 눈치로 야마모토를 봤다. 그중에는 사타케의 차림새에 겁을 집어먹고 고개를 숙인 채 묵묵히 입을 다문 자도 있다.

"그러지 말고 이쪽으로 오십시오."

쳇 하고 들으라는 듯이 혀를 차는 야마모토를 가게 밖으로 데리고 나온 사타케는 빌딩의 어둑어둑한 복도에서 그와 마주 섰다.

"손님, 일전에 돈을 빌려 달라고 하셨다고 들었습니다. 저희는 현금을 빌려 드리고 있지 않으므로 게임을 즐길 돈이 없으시다면 다른 곳에서 빌린 다음에 와 주시기 바랍니다."

"이것도 엄연히 접객업인데 그런 소리를 잘도 하는군."

야마모토는 삐친 어린아이 같은 눈으로 입을 비죽 내밀었다.

"오히려 접객업이기 때문에 이렇게 말하는 겁니다. 그리고 안나의 뒤를 따라다니지 말아 주십시오. 아직 젊은 애라 무서워하고 있습니다."

"무슨 권리로 그런 소리를 하는 거야?"

야마모토의 얼굴이 굴욕에 일그러졌다.

"나는 손님이잖아. 지금까지 돈을 얼마나 쏟아 부었는데."

"그건 참 감사합니다. 하지만 따라다니지 말아 주십시오. 여자아이는 가게에서만 만나는 겁니다."

"뭐가 가게에서만이야?"

야마모토는 코웃음을 쳤다.

"웃기네. 어차피 매춘도 하고 있을 거면서."
"그러니까 너 같은 놈이 손댈 수 있는 여자가 아니라고. 이제 오지 말라는 소리 안 들려? 이 새끼가."
사타케는 화가 나기 시작해 저도 모르게 고함을 쳤다.
"무슨 개소리야. 젠장할!"
갑자기 야마모토가 주먹을 날렸다. 사타케는 두꺼운 오른팔로 막아 피하고 반대로 셔츠 목덜미를 확 잡아 올렸다. 그리고 야마모토의 가랑이에 무릎을 집어넣어 벽에 밀쳐 세웠다. 야마모토는 못 박힌 것처럼 꿈쩍도 못하고 헉헉 숨을 몰아쉬고 있다.
"박살 나기 전에 썩 돌아가. 알겠어?"
몇 명의 회사원 일행이 계단을 올라왔다. 두 사람을 보고는 흠칫거리며 '파르코'로 들어간다. 사타케는 멱살 쥔 손에서 힘을 뺐다. 이런 일 때문에 폭력단이 경영하는 곳이라는 근거도 없는 소문이 퍼졌다가는 영업에 지장이 생긴다.
방심한 틈에 야마모토가 자포자기로 내지른 주먹을 턱에 맞고 사타케는 아픔에 신음했다.
"이 새끼가 미쳤나."
화가 치밀어 온 사타케는 팔꿈치로 사정없이 야마모토의 명치를 찍고, 몸을 앞으로 꺾은 야마모토를 그대로 발로 차 옆의 계단으로 떨어트렸다. 데굴거리며 한 바퀴 구른 야마모토가 계단참에 떨어져 엉덩방아 찧는 것을 보고, 사타케는 주체할 수 없이 피가 끓어오르며 싸움만 해 대던 젊은 시절의 상쾌한 기분을 맛봤다. 하지만 그건 한순간이었다. 사타케의 필사적인 억제 아래 그 감정은 묻혀 들어갔다.

"다시 오면 죽인다, 머저리 같은 놈!"

사타케의 사나운 으름장이 들렸는지 안 들렸는지 야마모토는 피가 난 입가를 닦으며 멍하니 정신을 놓고 있다. 마침 계단을 올라오던 젊은 여자들이 비명을 지르며 달려 내려갔다. 이것 참, 젊은 여자애들을 겁주고 말았군. 사타케는 양복 주름을 펴며 그 생각만 했다. 이후에 야마모토가 어떤 운명을 맞이하든 물론 알 바 아니었다.

증오다. 이 감정을 증오라고 하는 거다.

야마모토 야요이는 거울에 비친 자신의 전신을 쳐다보며 생각했다. 서른네 살 하얀 나신의 거의 중앙 부분인 명치에 눈에 띄는 원형에 가까운 검푸른 멍이 있다. 어젯밤, 남편 겐지의 주먹이 이 자리에 날아왔다.

그것은 야요이의 내부에 확실히 어떤 감정을 불러일으켰다. 아니, 이전부터 있었다. 야요이는 고개를 도리도리 흔들어 댔다. 거울 안에 있는 알몸의 여자도 같이 고개를 흔든다. 이전부터 있었다. 다만 이름을 붙일 수 없었던 것뿐이다.

증오라는 이름을 얻은 순간 그것은 검은 비구름처럼 넓게 퍼져 눈 깜짝할 사이에 마음을 가득 채웠다. 지금 야요이의 마음속에는 증오 말고 아무것도 없다.

"절대 용서하지 않을 거야."

그렇게 말한 야요이는 곧 눈물을 주르륵 흘렸다. 눈물은 그치지 않고 흘러 뺨을 적시고 야요이의 아담하면서도 보기 좋은 유방 사이에까지 내려왔다. 눈물이 명치까지 이르렀을 때, 다시 숨이 멈출 것 같은 고통이 덮쳐 와 야요이는 다다미 위에 웅크렸다. 공기만 닿아도, 눈물만 흘러도 아프다. 아무도 이 아픔을 치유하지 못할 것이다.

기척을 느꼈는지 작은 이불에서 자고 있던 아이가 꾸물꾸물 움직이기 시작했다. 야요이는 당황해서 일어나 눈물을 손으로 닦고 급히 목욕 수건을 몸에 감았다. 결코 아이들에게 이 멍을 보일 수는 없었다. 또한 우는 모습도.

그렇게 생각하니 자신은 이 세상에 혼자서 이 상황을 견뎌 내는 것이라는 세찬 고독감이 엄습해 와 야요이의 눈에 다시 눈물이 흘렀다. 무엇보다도 가장 가까운 인간관계에 지독히 상처받고 있다는 사실이 참을 수가 없었다. 이 지옥에서 어떻게 빠져나가면 좋을지 모르겠다. 야요이는 어린아이처럼 흐느껴 울고 싶은 충동과 싸웠다.

다섯 살 먹은 큰아이가 잠이 깊이 안 드는지 눈살을 찌푸리고 몸을 뒤척였다. 세 살 된 작은아이도 그 여파를 받아 위를 보고 누운 자세가 되었다. 지금 아이들을 깨웠다가는 공장에 갈 수 없다. 야요이는 기어서 거울 앞을 떠나 침실을 나왔다. 소리를 내지 않게 조심조심 방문을 닫고 조용히 잘 자 줬으면 하고 기도하는 심정으로 불을 끈다.

야요이는 발소리를 죽여 작은 부엌과 맞닿은 거실로 가서 식탁 위에 쌓인 채 방치되어 있는 산더미 같은 빨래 가운데에서 자기 속옷을 한 쌍 골라냈다. 슈퍼에서 산 아무런 장식도 없는 싸구려 팬티와 브래지어다. 결혼 전에는 예쁜 레이스가 달린 란제리만 사서 입었던 것을 떠올렸다. 겐지가 좋아했기 때문이었다.
 그 무렵에는 설마 자신들에게 이런 미래가 기다리고 있으리라고는 상상도 하지 못했다. 손에 넣을 수 없는 여자에게 마음을 빼앗긴 바보 같은 남편과, 그런 남편을 증오하는 처. 깊은 강을 사이에 두고 갈려 버릴 줄은 생각도 하지 못했다. 두 사람은 이제 두 번 다시 같은 선상을 걷지 못한다. 왜냐하면 자신이 겐지를 용서하지 않을 것이기 때문이다.
 오늘도 남편이 자신의 출근 시간 전에 돌아오는 일은 없을 것이다. 최근에는 미덥지 못한 겐지에게 아이들을 맡겨 두고 가는 것이 죽도록 걱정됐다. 특히 큰아이는 다른 또래 아이들보다 감수성이 배는 예민해 상처 입기 쉽기 때문에.
 게다가 남편은 3개월 전부터 집에 월급을 가져오지 않고 있다. 자기가 야근으로 버는 적은 수입이 모자 셋을 겨우 먹여 살리고 있다.
 대체 이게 무슨 꼴인가.
 야근 나간 사이에 집에 돌아와 몰래 슬쩍 잠자리에 드는 교활한 남편. 그런 남편과, 아침에 녹초가 되어 돌아와 되풀이하는 끝없는 말다툼. 서로를 쏘아 대는 차갑고 에이는 듯한 시선. 정말로 지쳤다. 야요이는 큰 한숨을 내쉬면서 팬티를 입기 위해 몸을 구부렸다. 그러자 명치가 욱신거리며 아팠다. 저도 모르게 목소리가 새 나온다. 소파에서 몸을 말고 있던 애완 고양이 밀크가 고개를 들더니 귀를 쫑긋 세우고 야요이를 봤다. 어젯밤에는 겁을 먹고 소파 아래에 들어가 가늘고 긴 소리로 울었다.
 그때 일을 떠올리자 야요이의 얼굴이 창백해졌다. 분노와 증오가 섞인, 뭐라 말할 수 없는 어두운 감정이 야요이를 때려눕힌다. 이렇게까지 남을 싫어하게 된 적은 한 번도 없다. 지방 도시 출신인 야요이는 평범하지만 다정한 양친 아래에서 편하게 자란 외동딸이었다.

야요이는 야마나시 지방의 전문대학을 졸업하고 도쿄에 나와 중견 타일 회사에 취직했다. 하는 일은 영업 보조였다. 예쁘고 귀여운 야요이를 남자 사원들이 얼마나 떠받들었는지 모른다. 생각해 보면 그 무렵이 야요이의 인생에 있어 절정기였다. 고르려고 생각만 하면 얼마든지 상대를 고를 수 있었는데, 야요이의 마음이 끌렸던 것은 회사에 드나들던 작은 건축자재 회사에 근무하는 겐지였다.

겐지와 결혼한 건 그가 다른 누구보다도 열렬히 야요이에게 구애했기 때문이다. 결혼하기까지 겐지와의 연애는, 언제나 축복받고 장래의 달콤한 꿈이 한없이 펼쳐지는 멋진 추억뿐이었다. 하지만 결혼과 동시에 야요이의 공주님 기분은 금방 뭉개졌다. 겐지는 야요이를 내버려 두고 술을 마시거나 도박을 하며 집에 붙어 있지 않게 되었다. 겐지는 언제나 손에 넣을 수 없을 법한 남의 것을 가지고 싶어 하는 남자라는 것을 깨달은 것은 최근에 들어서였다. 겐지는 그녀가 회사의 마스코트 같은 존재였기 때문에 원했던 것이다. 자기 것이 되어 버리면 흥미는 사라진다. 언제나 환상을 쫓는 불행한 남자. 그것이 겐지다.

어젯밤에는 무슨 바람이 불어서인지 겐지가 10시 전에 집에 돌아왔다.

겨우 잠이 든 아이들을 깨우지 않도록 소리 죽여 부엌에서 설거지를 하던 야요이는 기척을 느끼고 뒤를 돌아봤다. 바로 뒤에 겐지가 우뚝 서 있었다. 겐지는 자못 싫은 뭐라도 보는 것처럼 떫은 표정을 짓고 야요이의 뒷모습을 쳐다보고 있었다. 놀란 야요이는 저도 모르게 거품이 잔뜩 묻은 수세미를 개수대에 떨어트렸다.
"아아, 깜짝이야."
"왜, 다른 남자인 줄 알았나 봐?"
겐지는 웬일인지 술에 취하지는 않았지만 무척이나 언짢은 상태였다. 하지만 언짢은 겐지의 모습에는 이미 익숙했다.
"응, 딴 남자인 줄 알았어. 요즘은 자는 얼굴밖에 못 보고 있으니까."
수세미를 주워 들면서 야유가 입을 뚫고 나온다. 가능하다면 그 짜증 나는 음울한 얼굴도 보고 싶지 않았다.
"오늘은 왜 빨리 들어온 거야?"
"돈이 없어."
"알 게 뭐람. 당신, 집에 한 푼도 안 가져오잖아."
등을 돌린 채로 말했음에도 불구하고 겐지가 희미하게 웃은 것이 느껴졌다.
"정말로 없다고. 적금도 다 써 버렸고 말이지."
"지금 뭐라고 했어?"
떨리는 목소리로 묻는다. 둘이서 적금한 돈이 500만 엔 넘게 있었을 터이다. 맨션 계약금까지 앞으로 한 발자국이었는데. 무엇을 위해 자신이 그 힘든 노동을 해 왔다고 생각하는 건가.
"정말이야? 어째서. 월급도 안 가져오면서 뭐 하다가."

"도박. 바카라 게임 하다가."
"거짓말."
기가 막혀서 그 말밖에 할 수 없었다.
"진짜야."
"그 돈은 당신 혼자 돈이 아니잖아."
"네 돈도 아니지."
어처구니없는 소리에 입을 다물자 겐지는 이렇게 지껄였다.
"내가 이 집을 나갈까? 그편이 너는 좋지, 응?"
왜 험하게 구는 건가, 뭐가 마음에 들지 않는 건가. 돌아올 때마다 어째서 자기 성질나는 데에 가족을 끌어들이는 건지 참을 수가 없었지만 이때만큼은 그게 문제가 아니었다. 야요이는 차갑게 말했다.
"이게 당신이 나간다고 해결될 문제야?"
"그럼 어떻게 하면 되는데? 말해 봐."
결론을 야요이에게 떠맡긴 겐지의 얼굴은 교활하기 짝이 없었다. 빤히 알면서 저러나 하고 화가 나 받아쳤다.
"얼른 여자한테 차이란 말이야. 그게 모든 악의 근원이잖아."
갑자기 명치에 뭔가 단단하고 무거운 것이 날아와 박혔다. 까무러칠 것 같은 격통이 덮쳐 오며 야요이는 그 자리에 쓰러졌다. 숨이 막히고 눈앞이 캄캄해지면서도 대체 무슨 일이 일어난 건지 까닭을 알 수 없었다. 말 대신 신음 소리만 흘리고 있는데 이번에는 새우처럼 구부린 등을 발로 걷어차여 비명을 질렀다.
"병신 같은 년."
겐지가 소리를 빽 지르고 오른손을 문지르며 욕실로 들어가는 것을 곁눈질로 보고 남편의 오른주먹으로 얻어맞은 거라는 사실을 알았다. 야요이는 아픔에 끙끙대며 얼마 동안 바닥에 쓰러져 있었다. 욕실에서는 세찬 물소리가 났다.

겨우 숨을 쉴 수 있게 되었다. 계속 손에 쥐고 있던 수세미 때문에 거품 범벅이 된 손으로 야요이는 티셔츠를 걷어 봤다. 명치에는 검푸른 멍이 또렷이 나 있었다. 그것이 겐지와 자신의 끝을 알리는 각인처럼 느껴져 길게 숨을 토하는데 미닫이가 열렸다. 장남 다카시가 겁을 먹고 이쪽을 보고 있다.

"엄마, 배가 왜 까매?"

"아무것도 아니야. 넘어져서 그래. 괜찮으니까 얼른 자렴."

그렇게 말하는 게 고작이었다. 다카시는 뭔가를 알아차린 듯 아무 말 없이 미닫이를 닫았다. 자고 있는 동생을 염려한 것임을 금방 알았다. 저렇게 어린아이도 남을 위하는 마음을 가지고 있는데, 겐지의 이 행태는 뭘까. 사람이 바뀐 거다. 아니면 원래 이런 남자였던 건가.

야요이는 명치를 손으로 누르고 어떻게든 식탁 앞에 앉았다. 아픔을 참으며 천천히 호흡을 고른다. 욕실에서는 플라스틱 바가지를 발로 차는 소리가 들려왔다. 바가지에까지 화풀이하고 있어. 야요이는 쿡 웃음을 흘리고는 두 손에 얼굴을 묻었다. 분노보다도, 어째서 이런 남자와 같이 살고 있을까 하는 비참함 때문에 절망하고 있었다.

정신이 들고 보니 속옷 차림 그대로였다. 야요이는 폴로셔츠를 걸치고 청바지를 입었다. 요즘 급격히 마른 탓에 청바지가 골반까지 내려온다. 야요이는 벨트를 찾아 꿰었다.
조금만 있으면 공장에 출근할 시간이다. 가고 싶지 않지만, 오늘 밤에 가지 않으면 마사코나 스승님에게 걱정을 끼치고 만다. 마사코. 그 사람은 다른 사람의 어떤 변화라도 놓치지 않는다. 그게 무섭기도 하지만, 그 사람에게는 뭐든지 다 털어놓고 싶다는 충동에 사로잡히는 건 어째서일까. 마사코는 의지가 된다. 무슨 일이 생기면 매달릴 건 그 사람밖에 없다. 희미한 희망이 보이는 것 같아, 야요이는 조금 빨리 움직였다.
현관에서 무슨 소리가 났다. 겐지가 벌써 돌아왔나 싶어 야요이는 순간 움찔했지만 안으로 들어오는 기척은 없다. 침입자일까. 야요이는 서둘러 현관으로 향했다.
현관 마루 끝에 겐지가 등을 돌리고 앉아 있었다. 어깨를 축 늘어트리고 멍하니 현관의 콘크리트 바닥을 보고 있다. 셔츠 등 부분이 더럽다. 겐지는 야요이가 와서 서 있는 것도 눈치 채지 못한 듯 그저 늘어져 있을 뿐이다. 어젯밤 일이 생각나 야요이의 안에서 갑자기 증오가 부풀어 올랐다.
이런 남자, 영원히 돌아오지 않으면 좋을 텐데.
두 번 다시 낯짝도 보고 싶지 않은데.
"너냐?"
겐지가 고개를 틀었다.
"아직 안 나가고 있었냐?"
싸움이라도 한 건지 겐지의 입술이 부어서 피가 났다. 하지만 야요이는 입을 꾹 다문 채로 가만히 서 있었다. 솟아오르는 이 증오의 격류를 어떻게 다스리면 좋을지 알 수 없었다. 그런데도 겐지는 중얼거렸다.
"뭐야. 때로는 정답게 대해 달라고."
그 순간 뚝 소리가 나며 야요이의 인내의 실이 끊어졌다. 야요이는 스스로도 생각지 못한 민첩한 손놀림으로 가죽 벨트를 허리에서 빼 겐지의 목에 감고 있었다.
"어이." 하고 겐지가 놀라 뒤돌아보려고 했다. 야요이는 비스듬히 뒤편에서 벨트를 당기고 있었다. 겐지는 벨트로 손을 가져갔으나 이미 목을 깊숙이 파고들어 손가락도 들어가지 않는다. 당황해서는 그 자리를 긁어 뜯는 것을 야요이는 싸늘한 눈으로 쳐다보고 있었다. 그리고 점점 힘을 줘 등 뒤로 잡아당겼다. 겐지의 목이 뒤로 쑥 끌려오고, 벨트를 풀기를 포기한 손가락이 의미 없이 허공을 헤친다. 더, 더 괴로워해. 이런 남자, 없어져 버렸으면 좋겠다. 야요이는 양말을 신지 않은 왼발로 바닥을 딛고, 오른발로 겐지의 어깨를 앞으로 차 쓰러트렸다. 겐지의 목 깊숙이에서 으득하는 개구리 우는 것 같은 소리가 났다. 고소했다. 자신의 어디에 이런 난폭한 힘이, 잔혹한 기분이 숨어 있는 건지 신기하고 묘했지만, 그저 상쾌했던 것은 사실이다.
겐지가 축 늘어져 있다. 무릎부터 아래를 현관 바닥에 내려놓고 구두를 신은 채로, 꼴사납게 마루에 엉거주춤 앉아 목이 매여 있다.
"아니. 아직 용서 못해."
야요이는 더욱 졸라 댔다. 이대로 죽어 버리라고 생각한 것은 막연한 기분이었다. 정확하게는 겐지라는 남자의 얼굴을 보고 싶지 않고 지껄이는 것을 듣고 싶지 않다는 그 마음 하나였다.
몇 분이 지났을까. 겐지는 꿈쩍도 하지 않는다. 야요이는 위를 보고 쓰러진 겐지의 목에 손을 뻗어 맥을 짚어 봤다. 맥이 없었다. 바지 앞섶이 조금 젖은 것은 소변을 지린 탓인 듯하다. 야요이는 웃었다.

"당신이 정답게 굴면 되잖아."

그러고서 얼마 동안을 그 자리에 앉아 있었는지 모른다. 밀크의 나지막한 울음소리가 들리고 야요이는 제정신으로 돌아왔다.

"어쩌니, 밀크. 죽여 버렸어."

하얀 고양이는 비명 같은 울음소리를 냈다. 따라서 야요이도 작은 비명을 질렀다. 돌이킬 수 없는 짓을 하고 말았다. 하지만 후회는 조금도 없었다. 이걸로 됐다고, 이 방법밖에 없었던 거라고 스스로의 귓가에 끊임없이 속삭였다.

야요이는 거실로 돌아가 냉정하게 벽에 걸린 시계를 올려다봤다. 11시 정각. 슬슬 출근 시간이었다. 야요이는 마사코의 집으로 전화를 걸었다.

"네, 가토리입니다."

운 좋게 본인이 받았다. 야요이는 숨을 크게 들이켠 후 이야기했다.

"나야. 야마모토."

"아아, 야요이구나. 무슨 일이야? 오늘 쉬게?"

"어떻게 할까 생각 중이야."

"왜?"

그렇게 묻는 마사코의 말투가 염려스러워졌다.

"무슨 일 있었어?"

"응, 있어."

야요이는 뜻을 굳히고 이렇게 말했다.
"나 그 사람 죽여 버렸어."
얼마 동안 침묵이 흐르다가 마사코의 조용한 목소리가 들렸다.
"그거 사실이야?"
"사실이야. 거짓말 아니야. 지금 목 졸라 죽인 참이야."
마사코는 다시 침묵했다. 이번에는 길게 30초 정도 사이가 떴다. 놀라서가 아니라 생각에 잠겨 있기 때문이라는 것을 야요이는 알고 있었다. 그 증거로 아까보다 한층 더 조용한 목소리가 되돌아왔다.
"그래, 너는 어쩌고 싶은데?"
순간 마사코가 한 질문의 뜻을 파악하지 못하고 야요이는 말을 잃었다. 마사코는 이어서 말했다.
"그러니까, 네가 앞으로 어떻게 하고 싶은 건지 알려 달라고. 협력할 테니까."
"나? 나는 이대로 있고 싶어. 아이들도 아직 어리고."
말한 순간 눈물이 복받쳤다. 이제야 혼란이 찾아온 모양이다. 그러자 마사코가 야요이의 말을 끊었다.
"알았어. 바로 너희 집으로 갈 텐데, 그거 아무도 안 봤어?"
"몰라."
대답하고 나서 머리를 굴리다가 다시 소파 아래에 숨어 들어가 있는 고양이에게로 시선을 향했다.
"고양이가 봤어."
"그래?"
희미한 웃음을 머금은 마사코의 어조는 따스했다.

"어쨌든 기다리고 있어."
"고마워."
야요이는 수화기를 놓고 그 자리에 쭈그리고 앉았다. 명치에 팔꿈치가 닿았지만 이제 아픔은 느껴지지 않았다.

마사코는 전화를 끊고 나자 눈앞의 벽에 걸린 달력 글자가 두 겹으로 흔들려 보였다. 충격 때문에 현기증이 나기는 처음이었다.
어젯밤 분명 야요이의 상태가 신경이 쓰이긴 했지만 남의 집 사정에 머리를 들이밀고 싶지는 않다. 그런데 지금 자신은 야요이에게 손을 내밀려고 하고 있다. 정말로 이래도 되는 걸까. 마사코는 벽에 손을 짚고 눈의 초점이 맞기를 기다렸다가 고개를 돌려 등 뒤를 살폈다.
바로 방금까지 거실 소파에 드러누워 텔레비전을 보고 있던 아들 노부키의 모습이 없었다. 모르는 사이에 2층 자기 방으로 올라간 모양이다. 남편 요시키는 반주를 들고 일찍 잠자리에 들었고, 가족 중 누군가가 전화 내용을 들었을 염려는 없어 보였다. 휴유 한숨을 쉬고 안심하면서 이제부터 어떻게 할지 생각을 정리한다. 하지만 그렇게 늑장 부리고 있을 시간은 없었다. 빨리 행동하지 않으면 안 된다. 마사코는 차 안에서 생각하기로 했다.
차 키를 손에 쥐고 2층에 있는 노부키에게 소리쳤다.
"엄마 일하러 가니까 불조심하고 있어."
대답은 없다. 최근 마사코가 없을 때에 노부키가 몰래 술을 마시고 담배를 피운다는 건 알고 있었다. 이제부터 앞으로 어쩌자는 건지, 뭐가 되고 싶은 건지, 아무런 전망도 정열도 없이 17세의 여름을 맞이하려는 아들을 마사코는 가만히 바라볼 수밖에 없었다.

노부키는 도립 고등학교에 입학한 그해 봄에, 누가 떠넘긴 파티 티켓을 가지고 있었다는 이유 하나로 티켓 판매에 가담했다고 해서 퇴학 처분을 받았다. 본보기 같은 엄벌에 충격을 받아서인지 그 뒤로 실어증처럼 말을 하지 않게 된 아들의 마음을 어떻게 열어야 좋을지 아무도 알 수가 없었다. 아마 본인도 닫은 문이 뜻밖에 견고하여 당황하고 있을 것이 분명하다. 마사코가 맞는 열쇠를 찾으려고 갈팡질팡하던 시기는 지났다. 매일 쉬지 않고 아르바이트로 미장이 일을 하러 다니고 있으니 이 정도면 됐다고 생각하고 있었다. 아이를 둔다는 것은 생각처럼 되지도 않거니와 아예 끊어 버릴 수도 없는 인간관계를 안는 것이다.

마사코는 현관 옆 작은방 앞에 섰다. 합판 문 너머로 남편이 가볍게 코를 고는 소리가 들려온다. 남편이 창고로 쓸 예정이었던 이 북향 방에서 잠을 자게 된 것은 언제부터였을까. 마사코는 잠깐 동안 복도에 우두커니 선 채로 생각한다. 잠자리를 따로 하게 된 것은 이 집에 이사 오기 전, 마사코가 아직 회사에 근무하던 무렵부터였다. 그것이 부자연스럽다거나 쓸쓸하다는 생각도 하지 않게 되면서 지금은 가족 세 명이 각자의 방에서 자는 생활에 익숙해졌다.

요시키는 유명한 부동산 회사 계열의 건설 회사에 다니고 있다. 이름만은 일류 기업처럼 들리지만 내실은 불경기로, 사원들은 모회사에 열등감이 심하다고 요시키가 이야기해 준 적이 있었다. 거기서 요시키가 영업사원으로서 어떻게 행동하고 있는지 마사코는 모른다. 요시키가 회사 얘기는 입 밖에 꺼내기도 싫다며 얼굴을 찡그리기 때문이었다.
　두 살 연상인 요시키와는 고등학생 때 알았다. 요시키의 장점은 정신적으로 결벽하달 만큼 세상과 동떨어진 고결함을 가지고 있다는 것이다. 남을 등쳐 먹거나 앞지르는 걸 싫어하는 요시키에게 건설 회사의 호된 영업 일은 맞지 않는다. 그 증거로 요시키는 아직껏 평사원이며 출세 대로에서 완전히 벗어나 있었다. 요시키에게는 요시키 나름대로 사회와 타협하지 못하여 괴로우리라. 쉬는 날에는 신선처럼 속세를 멀리하며 이 방에 틀어박히고 싶어 하는 그 모습은 말을 하지 않게 된 노부키와 조금 닮기도 했다. 마사코는 그 점을 깨닫고부터 함부로 참견하지 않았다.
　학교에서 퇴학당해 말을 하지 않게 된 아들과, 회사로 인해 울적한 요시키, 그리고 정리해고되어 야근을 선택한 마사코. 단 셋뿐인 가족은 각자의 침실을 가진 것과 마찬가지로 각자 무거운 짐을 지고 고독하게 현실과 맞서고 있다.
　다시 취직할 곳을 찾지 못하고 끝내 도시락 공장 야근 파트타임을 선택한 마사코에게 요시키는 아무런 의견도 말하지 않았다. 요시키는 무기력한 것이 아니라 싸움이라는 쓸데없는 짓을 포기하고 자신의 고치를 만들기 시작한 것이라고 마사코는 느꼈다. 그 고치에 마사코는 들어갈 수 없다. 자신의 몸에 닿는 일도 없어진 남편의 손가락은 부지런히 요새를 쌓고 있다. 마사코나 노부키조차도 속세와 이어져 있다고 거절하는 듯한 자세는 그 두 사람을 보이지 않는 곳에서 상처 입히고 있다.
　자신의 가정 일조차 마음대로 풀리지 않는다. 그런 자신이 어떻게 야요이의 사건에 관여할 수 있을까. 마사코는 반문하면서 얇은 현관문을 열고 밖으로 나갔다. 어젯밤보다도 훨씬 시원하게 느껴지고, 하늘을 올려다보니 붉은 달이 흐릿하게 떠 있었다. 마사코는 그게 흉조로 여겨져 눈을 피했다. 바로 방금 야요이가 남편을 죽였다고 한다. 이건 틀림없는 흉조가 아닌가.

카롤라는 작은 주택과 주택 사이에 만들어진 좁은 주차 공간에 세워 놨다. 마사코는 활짝 열 수 없는 운전석 문틈으로 재주 좋게 안에 들어가서 시동을 걸고 바로 출발했다. 밤중인 데다가 밭이 많은 벽촌 주택가라 엔진 소리가 크게 울린다. 시끄럽다고 불평을 듣는 것보다 밤늦게 나가는 이유를 캐물을까 그게 걱정됐다.

야요이의 집은 무사시무라야마의 도시락 공장 바로 근처에 있다. 평소 차를 세우는 주차장에 들어가기 전에 야요이의 집에 몰래 들러야만 한다. 마사코는 구니코와의 약속을 떠올렸다. 오후 11시 30분에 주차장에서 만나 함께 공장에 가자는 약속이다. 아마도 그 약속에는 늦으리라. 감정 잘 상하고 눈치 빠른 구니코가 아무 냄새도 못 맡으면 좋겠는데.

하지만 이렇게 이것저것 애태우고 있어 봤자 근처 사는 사람들이 야마모토 가에서 일어난 사건을 이미 알고 있을지도 모르고, 야요이가 경찰에 자수하러 갔을지도 모른다. 혹은 전부 야요이의 망상에서 나온 가공의 이야기일 가능성도 있다. 마사코는 마음이 앞서 저도 모르게 액셀을 밟아 대고 있었다.

열린 차창으로 도로변 화단에 핀 치자의 단내가 들어와서는 눈 깜짝할 사이에 어둠 속으로 사라져 갔다. 그와 마찬가지로 야요이에 대한 동정심은 흔적도 없이 사라지고 '대체 나보고 어쩌라는 건가, 귀찮게.' 하는 생각까지 머리에 떠올랐다가 사라졌다. 야요이의 얼굴을 본 뒤에 도와줄지 말지 정하기로 결심했다.

야요이의 집이 있는 동네 블록 담 모퉁이에 하얀 사람 그림자가 보였다. 여자다. 마사코는 당황해서 브레이크를 밟았다.

"마사코 씨."

낙심한 표정으로 야요이가 말을 걸어왔다. 하얀 폴로셔츠에 헐렁한 청바지를 입었다. 깜깜한 어둠 속에 하얀 셔츠가 도드라져 보이는 너무나도 무방비한 그 모습에 마사코는 숨을 삼켰다.

"뭐 하는 거야?"

"고양이가 도망쳤어."

차 옆에 선 야요이가 눈물을 글썽였다.

"애들이 그렇게 귀여워했는데 나를 보고는 도망쳐 버렸어."

마사코는 말 대신 검지를 자기 입술에 댔다. 야요이는 그제야 생각이 미쳤다는 듯 주위를 봤으나 차창에 댄 손가락이 희미하게 떨리고 있었다. 그것을 본 순간 마사코는 야요이를 궁지에서 구해 내기로 결심했다.

마사코는 조용히 차를 몰며 차창으로 부근에 지어진 집들을 올려다봤다. 평일 11시가 지난 시각. 대부분의 집은 침실인 듯한 방에 약한 조명을 켜 놨을 뿐 쥐 죽은 듯 조용하다. 오늘 밤은 시원한 만큼 에어컨을 켜지 않고 창을 열어 둔 집이 많았다. 무슨 소리가 들리지 않게 조심해야만 한다. 샌들을 신은 야요이가 찍찍 소리를 내면서 걸어오는 게 신경 쓰였다.

골목 제일 안쪽에 야요이가 세 들어 사는 집이 있다. 15년 정도 전에 분양된 단층 주택이다. 좁고 불편한 데다가 집세가 비싸서 야마모토 부부는 이곳을 벗어나기 위해 적금을 들었다고 알고 있다. 그것도 전부 수포로 돌아갔다. 뭔가에 홀린 것처럼 사람은 바보 같은 짓을 하곤 한다. 야요이는 뭐에 홀렸던 걸까. 아니면 뭔가에 홀려 배신한 남편에게 분노한 것인가. 마사코는 그런 생각을 하면서 소리를 내지 않고 차에서 내려 이쪽으로 뛰어오는 친구를 쳐다봤다.
"마사코 씨, 놀라면 안 돼."
갑자기 기가 죽은 야요이는 쭈뼛쭈뼛 현관문을 열었다. 그것은 자신이 저지른 일에 대해서가 아니라, 문을 연 바로 정면에 얼굴도 몸도 이완되어 늘어진 겐지가 쓰러져 있기 때문이라는 것을 알았다. 겐지는 목에 갈색 가죽 벨트가 감긴 모습 그대로 혀를 조금 내밀고 눈을 반쯤 뜬 채 죽어 있었다. 울혈은 없고 안색은 오히려 창백할 정도였다.
충격을 각오하고 있던 마사코였으나, 실제로 쓰러져 있는 시체를 보니 놀라우리만큼 마음이 냉정해졌다. 겐지와는 모르는 사이라 그런지 여기 누운 시체는 우스꽝스러울 정도로 느슨한 표정을 지은 움직이지 않는 인간으로밖에 느껴지지 않는다. 하지만 현모양처의 전형으로 여겨졌던 야요이가 사람을 죽였다는 사실에는 아직 익숙해질 수가 없었다.
"아직 따스해."
야요이가 걷어 올린 바지로 튀어나온 정강이에 손을 댔다. 야요이의 손은 죽음을 확인하는 것처럼 정강이를 오갔다.
"사실이었구나."
마사코는 가라앉은 목소리로 말했다.

"거짓말인 줄 알았어? 나는 거짓말 안 하는 성격이야."
 마사코의 어두운 기분과는 반대로 야요이는 쿡쿡 웃었다. 아니, 웃은 게 아니라 입술을 일그러트린 것뿐인지도 모른다.
 "그래, 어떻게 할 거야? 정말로 자수할 생각은 없어?"
 "없어."
 야요이는 단호하게 고개를 저었다.
 "내가 이상해진 건지도 모르겠지만 나쁜 짓을 했다는 기분이 하나도 안 들어. 이런 사람은 죽어 마땅하다고 생각해. 그러니까 이 사람은 집에 돌아오기 전에 어디로 가 버린 거라고 생각하기로 했어."
 마사코는 생각에 잠기면서 손목시계를 힐끗 봤다. 이미 11시 20분이 되려 하고 있었다. 아무리 늦어도 45분까지는 공장에 들어가야만 했다.
 "어디 가 버려서 돌아오지 않는 사람은 많이 있어. 하지만 너희 남편이 여기 돌아온 걸 누가 봤으면 어떻게 하니?"
 "역에서 여기까지는 사람도 잘 안 다니고, 괜찮을 거라고 생각해."
 "돌아오는 길에 누구한테 전화라도 걸었으면 끝장이야."
 "그래도 집에 안 왔다고 하면 돼."
 야요이는 세게 밀어붙였다.
 "그래? 경찰이 와서 묻고 해도 모른다고 잡아뗄 수 있겠어?"
 "가능해, 해내 보이겠어. 그러니까."
 야요이는 눈을 크게 뜨고 고개를 끄덕였다. 서른네 살로는 보이지 않는 귀여운 얼굴이다. 이 가련한 용모라면 아무도 야요이를 의심하지 않을지도 모른다. 하지만 선뜻 나서기에는 승산이 너무 나쁜 도박이었다. 마사코는 신중하게 말했다.
"그래서 어쩌라는 건데?"
"마사코 씨 차 트렁크에 숨겨 줘. 그리고."
"그리고?"
"내일이라도 버리러 갈래."
그것밖에 방법은 없으리라. 마사코는 어이없을 만큼 간단히 동의했다.
"알았어. 그럼 시간 없으니까 둘이서 옮기자."
"고마워. 꼭 사례할게."
"돈은 필요 없어."
"어째서. 그럼 왜 이렇게까지 해 주는 건데."
야요이는 겐지의 겨드랑이 아래로 팔을 집어넣으면서 마사코에게 물었다.
"글쎄, 나중에 생각하지."
마사코는 일찍이 야요이의 남편이었던 남자의 힘 빠진 두 다리를 잡고 들어 올렸다. 겐지는 168센티미터 정도로 마사코와 키가 비슷했지만 남자의 몸은 뼈가 굵은 건지 무거웠다. 두 사람은 간신히 겐지를 현관 바깥으로 옮겨 나갔다. 여자 둘에게 들린 겐지는 그 이완된 표정이며 늘어진 목이며, 취해 곤드라진 남자로밖에 보이지 않았다. 목에 감긴 벨트가 땅에 끌린다. 마사코는 야요이가 그것을 거칠게 풀어 자기 허리에 차는 것을 잠자코 지켜보고 있었다.
"옷이나 잊어버린 물건 없어?"

"괜찮아. 오늘은 빈손이었고, 입고 있던 옷은 이것뿐이니까."
팔다리를 접어 겐지를 트렁크에 밀어 넣은 후 마사코는 야요이에게 말했다.
"우리 둘 다 일은 쉬면 안 돼. 네 알리바이도 만들어야 하고. 그러니까 하룻밤 주차장에 놔두기로 하고, 처분은 공장에서 생각하자."
"알았어. 나는 평소처럼 자전거로 가는 편이 좋겠지."
"물론, 아무 일도 없다는 얼굴로."
"그럼 마사코 씨, 미안하지만 겐지를 부탁해."
시체가 집에서 없어지자 야요이는 갑자기 사무적으로 변했다. 표정에는 짐을 덜었다는 해방감마저 피어오르고 있다. 진심으로 겐지가 갑자기 저절로 이 세상에서 소멸했다고 믿고 있는 게 아닐까. 평소와 달라진 야요이의 모습에 공포를 느끼면서 마사코는 차 운전석으로 돌아가 안전벨트를 찼다. 그리고 나지막한 목소리로 속삭였다.
"너무 들떠 있으면 들통 날 거야."
흥분을 억누르는 것처럼 야요이는 손으로 입을 막았다. 마사코는 운전석에서 야요이의 커다란 눈을 쳐다봤다.
"나 그렇게 들떠 보여?"
"조금."
"저기, 마사코 씨. 그보다 고양이 어쩌지? 애들이 울 거야. 야단났네."
"돌아오겠지."
하지만 야요이는 확신이라도 있는 것처럼 고개를 젓고는 거듭 말했다.

"야단났네. 이걸 어쩐다."

마사코는 시동을 걸고 바로 야요이의 집을 뒤로했다. 얼마 달리다 보니 트렁크에 든 겐지의 시체가 신경 쓰이기 시작했다. 만에 하나 검문이라도 있으면 만사가 끝이고, 추돌 사고라도 일으켰다가는 끝장이다. 그렇게 생각한다면 자연히 안전 운전하도록 유의해야 할 텐데, 마사코는 마치 무언가에 쫓기는 것처럼 속도를 높여 밤의 가도를 달리고 있었다. 쫓아오는 건 트렁크에 든 움직이지 않는 물체라는 것도 마음 한 곳으로는 알고 있다. 진정하라고 스스로를 타이른다.

겨우 주차장에 도착한다. 구니코의 골프는 늘 정해 놓은 위치에 들어져서 서 있었다. 약속 시간까지 오지 않자 먼저 간 것이리라. 마사코는 차 밖으로 나가 담배에 불을 붙이고 주위를 둘러봤다. 하지만 이날 밤만은 튀김 냄새도 불쾌한 배기가스 냄새도 나지 않는다. 자신 역시 흥분하고 있는 건지도 몰랐다.

마사코는 카롤라 뒤에 가서 서서 트렁크를 쳐다봤다. 여기에 시체를 넣어 뒀다가 내일 처분한다. 지금 자신은 이때까지 상상조차 한 적 없는 짓을 하고 있다. 손금 들여다보듯 뻔한 자기 인생이 이로써 한 치 앞도 알 수 없게 되었다고 마사코는 생각했다. 그렇게 보면 야요이의 해방감이 이해되지 않는 것도 아니다.

마사코는 트렁크가 잘 닫혀 있는지 다시 한 번 확인하고 담배를 손에 든 채 어두운 밤길로 걸음을 내딛었다. 시간이 얼마 안 남았다. 오늘 밤만은 굳이 평소와 다르게 행동해서 남의 눈에 띄고 싶지 않았다.

폐옥이 된 공장 옆을 종종걸음으로 지나가려던 그때, 갑자기 왼쪽 암흑에서 튀어나온 야구모자를 쓴 남자에게 팔을 붙잡혀, 마사코는 평정을 잃었다. 치한 소동이 있었던 것을 새까맣게 잊어버리고 있었다.

갑작스러운 일에 소리를 지를 틈도 없이 마사코는 남자의 센 힘에 도로변의 황폐한 폐공장터 처마 밑으로 끌려 들어가고 있었다.

"이거 놔!"

간신히 나온 목소리는 어둠을 찢는 것처럼 날카롭고 높다랗다. 당황한 남자는 겨드랑이 밑으로 오른손을 밀어 넣어 마사코의 입을 막고 우거진 여름풀 속에 쓰러트리려고 한다. 하지만 마사코의 키가 큰 탓에 손은 어깨에 밀려 위치가 입에서 조금 벗어났다. 마사코는 그 틈을 타 백을 휘둘러 날뛰면서 입을 덮으려던 남자의 손에서 달아났다. 하지만 왼팔은 단단히 잡혀 당장이라도 눌려 쓰러질 것 같았다. 구니코가 이야기하던 것처럼 덩치 큰 남자는 아니었지만, 튼실하게 근육이 붙은 몸에서 향료 냄새가 났다.

"나 따위 상대하지 마. 젊은 여자는 얼마든지 있잖아."

그렇게 고함을 지르자 왼팔을 잡은 남자의 손에 주저가 느껴졌다. 자신이 얼굴을 아는 공장 남자라고 확신한 마사코는 왼팔도 뿌리치고 도로 측으로 달리려고 했다. 남자는 잽싸게 앞으로 돌아서서 마사코를 황무지 끝으로 몰아넣으려고 한다. 분명 이 근처에 썩은 강을 덮는 속도랑이 있었다. 군데군데 콘크리트 덮개에 구멍이 있었던 것을 기억한다. 여기서 구멍에 빠졌다가는 큰일이다. 마사코는 한 발 한 발 풀숲에 발 디딜 곳을 확보하면서 남자의 얼굴을 필사적으로 봤다. 용모는 알 수 없지만 어렴풋한 붉은 달빛에 모자 아래로 검은 눈이 힐끗 보였다.
"당신, 미야모리 아냐?"
어림짐작으로 말한 거였는데, 마사코에게는 남자가 경악한 것처럼 보였다.
"미야모리 가즈오인가 하는 사람이지."
마사코는 거듭 확인한다.
"아무한테도 말 안 할 테니까 놔줘. 오늘은 지각하고 싶지 않아서 그래. 나중에 만나 줄 테니까. 거짓말 아니야."
남자는 한번 숨을 삼키더니 마사코가 한 뜻밖의 말을 듣고 생각에 잠겼다. 마사코는 다시 말했다.
"부탁이니까 오늘은 그냥 보내 줘. 나중에 둘이서만 만나."
그러자 남자는 특이한 일본어로 대답했다. 목소리를 들으니 미야모리가 틀림없다고 마사코는 생각했다.
"정말? 언제."
"내일 밤에 여기서."
"몇 시에."
"9시."
하지만 남자는 대답을 하는 대신 난데없이 마사코를 끌어안고 막무가내로 입술을 맞부딪쳤다. 단단한 바위 같은 몸에 눌려 숨을 쉴 수 없었다. 몸부림을 치자 두 사람의 다리가 비틀거리며 공장 반입구의 녹슨 셔터에 몸이 부딪쳐 큰 소리가 났다. 남자는 그 소리에 놀라 동작을 멈추고 주위를 살폈다. 그 틈에 마사코는 남자를 밀쳐내고 백을 주워 잽싸게 홱 돌아섰다. 굴러다니던 알루미늄

캔에 발을 헛디뎌 넘어질 뻔하자 화가 나 욕지거리를 했다.
"더 젊은 여자랑 놀라고."
남자는 두 팔을 힘없이 늘어뜨리고 멍하니 있다. 마사코는 남자의 타액이 묻은 입술을 손등으로 닦고 키 큰 여름풀을 가르고 나아갔다.
"내일 기다릴게요."
남자가 낮은 목소리로 애원하는 것을 등 뒤로 들으며, 마사코는 속도랑에 덮인 콘크리트 덮개를 발로 조심조심 딛고 건너 도로를 향해 필사적으로 달렸다. 설마, 하필이면 이런 날 평소에 주의하던 자신이 치한을 만나다니. 방심한 데에 대한 후회와 분한 마음이 뒤섞여 오랜만에 시꺼먼 분노가 치밀어 오르는 것을 느꼈다. 게다가 치한이 미야모리 가즈오였다니. 어젯밤에 지나치며 인사를 나눴던 것마저 화가 났다.

손으로 흐트러진 머리카락을 고치며 도시락 공장 2층으로 뛰어 올라간다. 위생 감시원 고마다는 그만 들어가려던 참이었다.
"좋은 아침."
헐떡거리는 마사코의 목소리에 뒤를 돌아본 고마다가 놀라서 재촉한다.
"서둘러. 마사코 씨가 마지막이야."
등에 접착테이프 롤러를 굴리면서 고마다가 드물게도 웃었다.
"뭘 하고 와서 풀이랑 흙이 이렇게 붙었어?"
"지금 막 뛰어오다가 넘어져서."
"뒤로 자빠진 거야? 큰일 날 뻔했네. 손은 다치지 않았고?"

작은 긁힌 상처 하나만 있어도 식품에 손을 댈 수 없다. 당황해서 손과 손가락을 살펴보자 손톱 사이에 흙이 끼기는 했지만 상처는 없었다. 마사코는 안도하며 고개를 가로저었다.
절대로 치한을 만났다는 사실을 들키면 안 됐다. 마사코는 애매하게 웃으며 탈의실로 뛰어들었다. 이제 아무도 안 남았다. 마사코는 재빨리 자신의 작업복으로 갈아입은 후 비닐 앞치마와 주름모자를 들고 화장실에 들렀다. 거울을 보자 입술에 살짝 피가 배어났다.
"젠장."
마사코는 혼잣말을 토한 후 물로 헹궜다. 왼쪽 팔 윗부분에도 퍼런 멍이 있었다. 풀숲에 끌려들 뻔했을 때 들었나 보다. 그 남자의 흔적 따위 무엇 하나 이 몸에 남겨 두고 싶지 않다. 지금 당장 알몸이 되어 확인하고 싶을 정도였으나, 꾸물거리고 있다가는 타임카드에 지각 기록이 남아 버린다. 마사코는 초조한 마음을 필사적으로 억눌렀다. "내일 기다릴게요."라던 미야모리의 말을 떠올리고, 신고해 잡아들일 수도 없는 입장에 있는 자신을 깨닫자 한층 더 화가 났다.
화장실에서 나와 손을 잘 씻고 아래층 공장으로 뛰어 내려간다. 타임카드의 기록은 11시 59분이었다. 힘들게 시간은 맞췄지만 평소의 마사코로 치자면 눈에 띄는 행동이라고 할 수도 있다. 끌끌 혀를 차고 싶은 기분이다.
공장 문 앞에서는 마침 줄을 지은 작업원들이 안으로 들어가며 손 소독을 시작한 참이었다. 앞쪽에 서 있던 요시에와 구니코가 이쪽을 보며 손을 흔들었다. 마사코는 손을 들며 고개를 끄덕인다. 어느새 옆에 모자와 마스크를 착용해 표정을 알 수 없는 야요이가 우뚝 섰다. 작은 목소리로 말한다.
"늦었네. 걱정했어."
"미안해."
"무슨 일 있었어?"
야요이는 마사코의 눈을 들여다본다.
"별로. 그보다 너야말로 어때. 손 같은 데 안 다쳤어? 그랬다가는 기록에 남아."
"괜찮아."
야요이는 커다란 냉장고 같은 공장 안을 주시했다.
"나, 왠지 강해진 것 같은 기분이 들어."
하지만 목소리가 조금 떨리고 있는 것을 마사코는 놓치지 않았다.
"잘해. 네가 선택한 길이니까."
"알고 있어."
두 사람은 소독하는 줄 맨 뒤에 가서 붙었다. 요시에는 이미 컨베이어 라인 선두에 서서 빨리 쫓아오라는 것처럼 이쪽을 돌아보고 있다.
"저기, 그거 말인데."
마사코는 수도꼭지에서 세차게 뿜어져 나오는 물로 팔꿈치부터 손가락 끝까지 꼼꼼히 씻으면서 속삭였다.
"어떻게 처리할 생각이야?"
"아직 모르겠어."
처음으로 피로를 느낀 것처럼 야요이는 공허한 눈을 했다.

"자기가 한 일이니까 스스로 생각해."

마사코는 그렇게 할 말만 하고 컨베이어 맨 앞에서 자신을 기다리는 요시에에게로 걸어갔다. 도중에 주의 깊게 파란색 주름 모자를 쓴 브라질인 종업원들을 살폈으나 미야모리 가즈오의 모습은 없었다. 치한은 미야모리가 틀림없다고 마사코는 확신했다.

"오늘은 정말 고마웠어."

갑자기 요시에가 머리를 숙이는 바람에 마사코는 놀랐다.

"감사받을 일을 했던가?"

"얘 좀 봐. 너한테 돈 빌렸잖니. 저녁에 일부러 집까지 들고 와 주고. 덕분에 살았어, 정말로. 월급 들어오거든 바로 갚을게."

요시에는 '갈비 도시락 850세트'라는 품목서를 돌리며 마사코의 옆구리를 팔꿈치로 찔렀다. 저녁에 있었던 일이 한참 옛날처럼 느껴져 마사코는 저도 모르게 쓴웃음을 지었다. 긴 하루였다.

"오늘은 어쩌다 늦으셨어요?"

마사코가 라인에 서는 것이 늦은 덕에 요시에에게 용기 건네는 일을 약삭빠르게 확보한 구니코가 물었다.

"아아, 미안. 나오면서 일이 생겨서."

"어머, 그래요? 저 나오기 전에 혹시나 싶어서 전화 걸었더랬는데."

"아무도 안 받았지? 아마 나 나간 후였을 거야."

"그렇군요. 하지만 그런 것 치고는 늦으셨네요."

"장 보는 데에 시간이 걸렸거든."

그렇게 잘라 말하자 구니코는 얌전히 물러났지만 마사코는 시끄럽다고 느꼈다. 역시 묘하게 감이 좋은 구니코는 요주의다.

요시에가 '밥 내놓기' 준비를 하면서 때때로 컨베이어 하류에 있는 야요이를 쳐다보는 게 눈에 들어왔다. 따라서 시선을 향해 보니 야요이는 정신이 나간 것처럼 멍하니 서 있다. 어젯밤에 넘어졌을 때 작업복에 묻은 돈가스 소스가 그대로였다. 이미 말라붙었지만 갈색 얼룩이 허리와 등에 크게 퍼져서 인목을 끈다.

"너희들, 무슨 일 있었니?"

요시에가 물었다.

"왜 갑자기?"

"저 애는 멍하니 있지, 너는 늦었지."

"어제부터 그렇잖아. 그보다 스승님, 나카야마 오니까 얼른 시작해."

마사코는 하는 사람이 없는 '고기 고르기' 위치에 서서 요시에를 재촉했다. 요시에는 캐묻기를 포기하고 고개를 가볍게 끄덕인 후 컨베이어의 스위치를 켰다. 품목서가 흘러간다. 다음으로 덜컹 소리가 나면서 밥 나오는 자동화 기계가 움직이기 시작했다. 구니코가 요시에에게 한 장씩 건네는 용기에 스테인리스 기계 입구에서 네모진 밥이 떨어져 들어간다. 힘들고 긴 작업이 시작됐다.

마사코는 비틀려서 겹쳐진 차가운 갈빗살을 납작하게 펴면서 시선을 느끼고 눈을 들었다. 어느새 라인 맞은편에서 '고기 고르기'에 선 야요이가 이쪽을 보고 있었다.

"왜 그러는데."

"이렇게 돼 버리면 모르겠지."

야요이는 몇 번이나 고기에 시선을 떨어트리며 말했다. 그 눈에 광기라고도 할 수 있을 빛이 서려 있었다.

"입 다물어."

마사코는 작은 소리로 꾸짖었다. 슬며시 옆에 선 일꾼을 훔쳐봤으나 아무도 두 사람의 대화에는 주의를 기울이고 있지 않았다. 마사코는 꾸짖듯이 야요이를 쳐다본다. 야요이는 마사코의 시선을 깨닫고는 겁먹은 표정을 지었다. 들떠 있는가 싶으면 주의를 받고 침울해져 바로 눈물을 머금는다. 마사코는 야요이가 과연 앞으로의 난관을 헤쳐 나갈 수 있을지 진지하게 염려했다. 그것은 야요이를 도운 자기 자신의 문제이기도 했다.

스테인리스 상자 같은 공장 안에서는 바깥 날씨를 알 수 없다.

아침 5시 30분, 겨우 작업이 끝나서 녹초가 된 다리를 끌고 2층으로 올라가다 보니 앞에 가던 종업원이 "어머나, 비 오네." 하고 놀라서 말하는 것이 들렸다. 마사코는 순간 세찬 빗발을 맞는 카롤라의 트렁크를 뇌리에 그렸다. 어떻게 할지 빨리 정해야만 한다.

"오늘 서두르나 봐?"

요시에가 일회용 마스크를 떼어다가 기름때가 진 신발을 닦으면서 마사코에게 물었다.

"왜 그렇게 생각해?"

마사코도 마찬가지로 공장에서 신는 테니스 슈즈 옆에 진 얼룩을 마스크로 닦으며 되물었다.

"어쩐지 무서운 표정 하고 있기에 물어봤어."

키가 작고 각진 몸매의 요시에가 정반대의 체구를 한 마사코의 얼굴을 힐끗 올려다봤다. 그러나 마사코는 창문 아래 신발장에 테니스 슈즈를 집어넣고 창밖에 펼쳐진 회색 아침 하늘을 쳐다보고 있다. 상상과는 달리 가늘고 약해 보이는 비가 도로 건너편에 보이는 자동차 공장 테스트 코스의 횡경사면을 까맣게 적시고 있었다.

"미간에 주름 짓고, 무슨 생각을 그렇게 하나 싶어서."

요시에는 알랑거리는 것처럼 말했다.

"중요한 볼일이 있어서."

중얼거리고서 마사코는 생각한다. 야요이는 오늘 이제부터 겐지의 시체를 처리할 작정인 것 같지만, 집에 돌아가서 걱정하는 아내를 연기하는 편이 좋으리라. 그렇다면 자신이 처리를 해야 한다. 그럴 각오는 되어 있었지만 혼자 힘으로는 시체를 트렁크에서 꺼낼 수도 없다. 마사코는 얼마 동안 얇은 눈썹이 탐스러운 요시에의 얼굴을 쳐다보다가 눈 딱 감고 말했다.

"스승님, 부탁이 있어."

"좋아, 널 위한 거라면. 내가 네 은혜를 얼마나 입었는데."

부탁받으면 싫다는 말을 못하는 성격의 요시에는 기쁜 듯이 대답한다. 어떻게 설명할지 고민하면서 마사코는 타임카드를 찍는 줄에 섰다. 야요이는 어떤지 보니까 느릿느릿 발을 끌며 제일 뒤에서 계단을 올라온다. 반대로 구니코는 얼른 먼저 올라가 버렸다. 구니코는 구니코 나름대로 야요이와 마사코 사이에 뭔가가 일어났음을 느꼈을 터였다. 거기에 자기만 껴 주지 않는다고 부루퉁해진 건지도 모른다. 요시에가 마사코를 쫓아갔다.

"아무한테도 말 안 할 거야?"

마사코는 다짐을 시킨다.

"내가 설마 말할까."

요시에는 버럭 성을 냈다.

"뭔데?"

그래도 차마 말을 꺼내지 못하고 마사코는 타임카드를 찍은 뒤 입을 다문 채 얼마 동안 팔짱을 끼고 있었다.

"나중에 얘기할게. 둘만 있을 때."

"그렇게 하든가."

요시에는 태평히 대답하고는 고개를 돌려 하늘을 살폈다. 자전거 통근이므로 비를 맞으며 돌아가고 싶지 않은 것이리라.

"그리고 구니코 씨한테는 비밀로 해 줘."

"물론이지."

여기까지 말하자 큰일이라는 것을 알아챈 건지 요시에는 입을 꾹 다물었다. 두 사람은 복도를 꺾어 휴게실에 들어가려 했다. 그러자 위생 감시원 고마다가 야요이에게 주의를 주는 목소리가 들려왔다.

"야마모토 씨, 그 옷 좀 빨아다가 입어요. 아무리 그래도 소스 냄새를 사흘이나 풍기고 있으면 안 되지."

"죄송합니다."

사과한 야요이는 주름 모자를 벗고 망사로 머리가 비어져 나온 채로 마사코에게 왔다. 눈 아래가 거뭇거뭇하지만 평소보다 아름다워 보였다. 아르바이트 학생인 듯한 금발 머리 젊은 남자가 마스크와 모자가 걷혀 드러난 야요이의 얼굴을 깜짝 놀라 쳐다봤다.

"잠깐만."

마사코는 야요이를 사람들 안 보이는 곳으로 불렀다.

"너, 오늘은 빨리 돌아가서 집에 가만히 있는 편이 좋겠다."
"하지만."
"그건 나랑 스승님 둘이서 어떻게 할 테니까."
"스승님하고?"
야요이는 당혹스러움을 감추지 못하고 탈의실을 엿보는 시늉을 했다.
"스승님한테 얘기한 거야?"
"아직. 하지만 혼자서는 도저히 옮길 수 없으니까. 만일에 스승님이 거절하면 너도 도와줘야 해. 하지만 잘 생각해 보면 제일 먼저 의심당할 건 너인걸. 반드시 시치미 뚝 떼고 있어야 해."
처음 깨달았다는 것처럼 야요이는 한숨을 흘렸다.
"그것도 그러네."
"집에 돌아가서 평소랑 똑같이 굴어. 그리고 오후에 남편 회사에 전화를 걸어서 회사에 출근했냐고 물어봐. 안 나왔다고 하거든, 집에도 어젯밤에 안 돌아왔다고 해. 걱정된다고. 그래서 상대편이 수색원 내라고 하거든 얌전히 그렇게 하는 거야. 알겠어? 그렇게 하지 않으면 네가 의심받아."
"알았어. 그렇게 할게."
"우리 집에는 오늘 하루 동안 전화하지 말고. 무슨 일 있거든 이쪽에서 연락할 테니까."
"마사코 씨. 대체 어쩔 셈인데."
"네가 말했잖아."
마사코는 쓴웃음을 지었다.
"그 말대로 할 거야."

"에."

야요이의 안색이 금세 새하얘졌다.

"정말로?"

마사코는 인간의 얼굴이 핏기를 잃는 모습을 응시했다.

"할 거야. 해 보겠어."

"고마워."

야요이의 눈에 다시 눈물이 맺힌다.

"정말 고마워. 그렇게까지 해 주다니 믿어지지 않아."

"잘될지 안 될지는 아직 몰라. 하지만 산을 찾아 구멍을 파서 묻는 것보다는 좋다고 생각해. 묻으면 시체 자체는 남는 거잖아. 증거는 절대 남기지 않을 거야."

작업 중에 화장실 순번이 돌아와 공장 구석에 있는 화장실에 갔을 때, 야요이가 내비친 말이 옳다고 생각한 것이다. 화장실 앞에 쓰레기를 버리는 커다란 파란색 통이 여러 개 있어서, 바닥에 떨어졌던 식품이 아무렇게나 버려져 있었다.

"하지만 그거 역시 범죄지. 내가 끌어들인 거야."

야요이는 기어 들어가는 소리로 미안한 듯이 말한다.

"나도 알아. 시체 처리는 싫은 일이라고 생각해. 하지만 쓰레기로 내버리면 돼. 그게 제일 좋은 방법이야. 네가 그래도 괜찮을 경우의 얘기지만. 너희 남편이 토막 나서 부엌 쓰레기로 버려지는 건데, 괜찮겠어?"

"괜찮아."

야요이는 예의 희미한 웃음으로도 보이는, 입술을 일그러트리는 표정을 지었다.

"꼴좋은데 뭐."
"무서워라."
마사코는 야요이를 주시한다.
"너 무섭구나."
"마사코 씨도 무서운 사람이야."
"아니, 나는 조금 달라."
"어떻게 다른데?"
"나는 이게 업무라고 생각하고 있으니까."
야요이는 알 수 없다는 표정을 지었다.
"마사코 씨는 대체 뭐 하던 사람이야?"
"너랑 같아. 남편이 있고 아이가 있고 직장이 있고, 하지만 고독하고."
순간 야요이는 눈물을 숨기기 위해서인지 고개를 숙였다. 어깨가 축 처졌다.
"울지 마."
마사코는 야단을 쳤다.
"이제 끝난 일이니까. 네가 스스로 종지부를 찍은 거잖아."
몇 번이고 고개를 끄덕이는 야요이의 등을 밀어 둘이서 나란히 휴게실로 들어갔다. 이미 옷을 다 갈아입은 요시에와 구니코가 마주 앉아 커피를 마시고 있었다. 구니코는 가느다란 담배를 입술 끝으로 물고 마사코와 야요이를 의심하는 눈으로 쳐다보고 있다.
"구니코 씨, 오늘은 먼저 돌아가. 스승님이랑 잠깐 할 얘기가 있으니까."
구니코는 무슨 꿍꿍이냐는 것처럼 요시에를 봤다.

"저만 빼놓고 무슨 상담이실까."

"돈 얘기야, 돈. 나, 이 사람한테 좀 꿔야 해서."

요시에의 대답에 구니코는 마지못해 고개를 끄덕이며 샤넬의 모조품으로 보이는 금색 체인 백을 어깨에 메고 일어섰다.

"미안."

마사코는 손을 흔들고 탈의실로 들어갔다. 구니코를 잘 쫓아낸 요시에는 설탕이 듬뿍 든 자판기 커피를 맛있게 홀짝이고 있다.

마사코는 재빠르게 작업복을 청바지와 폴로셔츠로 갈아입고 남들 모르게 최근에 출근하지 않게 된 종업원의 비닐 앞치마를 두 장 종이봉투에 넣었다. 일회용 비닐장갑도 몇 켤레 공장에서 챙겨 와 주머니에 들어 있었다. 시치미를 뚝 떼고 휴게실로 가서 구니코의 엉덩이 온기가 아직 남아 있는 다다미 바닥에 앉아 담뱃갑을 꺼냈다. 옷을 다 갈아입은 야요이가 같이 앉으려는 것을 마사코는 눈빛과 표정으로 얼른 돌아가라고 재촉했다.

"그럼 저는 먼저 갈게요."

커다란 불안을 등에 진 야요이가 힐끔힐끔 마사코 쪽을 돌아보며 휴게실을 나간다. 그 뒷모습이 보이지 않게 됨과 동시에 요시에가 목소리를 낮추고 물어왔다.

"대체 무슨 일인데? 아무 말도 안 하니까 조바심 나잖아."

"놀라지 말고 들어."

마사코는 요시에의 얼굴을 정면에서 주시했다.

"저 애가 남편을 죽였어."

세로로 자잘한 금이 들어간 입술을 연 요시에는 얼마 있다가 간신히 중얼거렸다.

"어떻게 안 놀라니."
"응. 하지만 저질러 버린 건 어쩔 수 없잖아. 그래서 나는 저 아이를 도와주기로 결심했어. 협력해 줄 수 없을까?"
"너 제정신이니?"
요시에는 소리쳤다가 주위를 신경 쓰며 목소리를 죽였다.
"얼른 자수하는 게 좋아."
"하지만 애들도 아직 어리고. 거기다가 구타당하고 하다 보니 못 견디고 그런 건데. 그 애 얼굴, 후련해 보이던걸."
"하지만 죽이다니."
요시에는 숨을 삼켰다.
"스승님도 시어머니 죽이고 싶다고 생각한 적 많이 있을 거 아냐?"
마사코는 전부 다 알고 있다는 양 요시에의 굳어진 얼굴을 쳐다봤다.
"그야 있지. 하지만 생각하는 거랑 실제로 행동에 옮기는 건 달라."
요시에는 소리를 내며 남은 커피를 들이켰다.
"응, 달라. 하지만 그 아이는 그 선을 어쩌다 그만 넘어 버리고만 거야. 그런 일도 있을 법하지 않아, 스승님? 게다가 나는 어떻게든 잘 숨길 수 있지 않을까 생각해."
"어떻게?"
요시에는 비명 같은 소리를 질렀다. 휴게실 여기저기 뭉쳐 있던 단짝 무리들 몇몇이 대체 무슨 일인가 하고 일제히 요시에에게 눈을 돌린다. 언제나 벽 근처에 진을 치고 있는 브라질인 남자들 그

룹도 대화를 그치고 흥미롭다는 듯이 요시에를 살피고 있다. 요시에는 기가 죽었다.

"무리야. 절대로."

"무리라도 해야 해."

"어째서 그렇게까지 해 주는데? 나는 싫다. 살인을 거드는 건."

"거드는 게 아니지. 우리가 죽인 것도 아닌데."

"하지만 시체 유기인가 뭐라고 하잖니."

"시체 유기 및 손괴."

마사코가 말하자 요시에는 영문을 알 수 없다는 듯 몇 번이고 입술을 핥았다.

"어쩌려고? 어떻게 할 셈인데?"

"토막 내서 버릴 생각이야. 그리고 야요이는 모르는 척 시치미 떼고 지내고. 그렇게 하면 남편은 행방불명 처리되는 식으로 어떻게든 될 거야."

요시에는 완고하게 고개를 가로저었다.

"난 안 돼. 못 해, 그런 짓. 절대로."

"그럼 돈 돌려줘."

마사코는 테이블 너머로 손을 내밀었다.

"어제 빌려 준 8만 3000천 엔, 오늘 전액 돌려줘."

요시에는 차마 어떻게 대답하지 못하고 생각에 잠겼다. 마사코는 요시에의 빈 커피 종이컵에 담뱃불을 껐다. 단 설탕과 인스턴트 커피 냄새가 젖은 담배꽁초와 섞여 뭐라 이루 말할 수 없는 싫은 냄새가 풍겼다. 그러나 마사코는 태연히 다음 담배에 불을 붙인다. 마침내 요시에가 결심했다.

"돈을 갚는 건 불가능해. 그러니까 협력할 수밖에 없겠네."
"고마워. 스승님이라면 해 줄 거라고 생각했어."
마사코는 감사를 전했다.
"하지만."
요시에는 항의하는 것처럼 고개를 들었다.
"나는 네게 의리가 있으니까 하는 거야. 별수 없이 말이지. 그런데 너는 어째서 그렇게까지 야요이를 위하는 거니?"
"글쎄, 어째서인지 나도 잘 모르겠어. 하지만 나는 스승님이 같은 짓을 했더라도 분명 도왔을 거야."
요시에는 말없이 입을 다물었다.

종업원 대부분이 공장을 나간 후였다.
마사코는 요시에와 함께 바깥으로 나왔다. 이른 아침 비가 축축하게 보슬보슬 내리고 있다. 요시에는 현관 앞 우산 꽂이에 넣어 뒀던 자기 우산을 꺼냈다. 마사코는 놔둔 우산이 없으므로 젖은 채 주차장까지 가야만 한다.
"그럼 9시에 우리 집으로 와."
"알았어. 꼭 갈 테니까."
요시에는 마음이 무거워져서 빗속으로 자전거를 타고 갔다. 마사코는 그 뒷모습을 한참 보다가 주차장까지 가는 길을 서두른다. 그때 우거진 플라타너스 그늘에 한 남자가 서 있는 것을 깨달았다. 미야모리 가즈오였다. 하얀 티셔츠에 청바지 차림으로 챙 달린 까만 모자를 쓰고 아래를 보고 있다. 투명한 비닐우산을 손에 들고 있으면서 자기는 쓰지도 않고 젖은 채 서 있었다.

"기분 엿 같다를 포르투갈어로 뭐라고 할까?"

지나치면서 마사코가 거칠게 말하자 가즈오는 난처한 듯이 시선을 헤맸다. 마사코는 상관 않고 걸어간다. 가즈오가 뒤를 쫓아와 비닐우산을 내민다.

"우산."

"필요 없어, 이런 거."

마사코는 손으로 밀쳐 냈다. 우산은 가장자리가 빠진 콘크리트 보도 위에 떨어졌다. 주위는 자동차 공장의 긴 회색 벽이 이어지는 길이라 다니는 차도 사람도 없다. 비닐우산이 떨어진 소리가 울려 퍼지고, 마사코는 가즈오가 소스라치는 것을 느꼈다. 어젯밤, 야요이에게 인사했다가 무시당했을 때도 마찬가지로 상처 입은 표정을 지었던 것을 떠올린다.

아직 젊은 나이다. 마사코는 갈 곳을 잃고 난처해하며 뒤를 따라오는 가즈오를 돌아보고 그 젊음을 성가시다고 여겼다. 모자 아래에서 반짝이는 검은 눈은 어젯밤 붉은 달에 비춰졌던 것과 같았다.

"따라오지 마."

"미안합니다."

가즈오는 서둘러 마사코 앞으로 돌아 나와 갑자기 자신의 두터운 가슴에 두 손을 얹고 말했다. 진심으로 사과한다는 뜻이라는 건 금방 알았지만 마사코는 무시하고 모퉁이를 오른쪽으로 꺾었다. 그 길이 폐공장이 줄지은 치한이 나오는 길이었다. 뒤에서 가즈오가 계속 따라오는 것이 기척으로 느껴진다. 어젯밤 일은 생각하고 싶지도 않고 오로지 분통이 터질 뿐이었다.

"오늘 밤 와 주지 않겠습니까."

"갈 리가 없잖아."

"하지만."

마사코는 가즈오를 따돌리기 위해 달리면서, 바로 오른쪽으로 보이는 폐공장의 트럭 반입구 주변을 쳐다봤다. 가즈오가 마사코를 밀어붙였던 녹슨 갈색 셔터는 찌그러진 곳도 없이 빗속에서 그 색을 점점 짙게 물들이고 있었다. 그렇게 짓밟아 댔다고 생각했던 여름풀은 아무 일도 없었던 것처럼 꼿꼿이 우거졌다. 이전과 아무 것도 변하지 않았다는 사실에 마사코는 갑자기 발끈했다. 어젯밤 느꼈던 굴욕감과 자조적인 기분이 급격하게 도져 온다.

마사코는 멈춰 서서 가즈오가 따라잡기를 기다렸다. 치밀어 오르는 분노를 참을 수가 없었다. 가즈오는 손에 우산을 든 채로 마사코의 얼굴을 보고 우뚝 서 있다.

"잘 들어. 또 그러면 경찰에 신고할 거야. 주임한테도 말해서 일 못 다니게 할 거라고."

"네."

안도한 것처럼 고개를 끄덕인 후, 가즈오는 이게 웬일이냐는 듯 거무스름한 얼굴을 들었다. 내심 신고당할 것을 두려워하고 있었던 모양이다.

"용서한 거 아니야. 우쭐하지 마."

그렇게 내뱉듯 소리친 후 마사코는 발길을 돌렸다. 가즈오는 더 쫓아오지 않는다. 주차장 입구에 도착해서 겨우 돌아보자 가즈오가 아직 같은 자리에 우뚝 서 있는 게 보였다.

저 바보가! 마사코는 그렇게 외치고 싶은 떨리는 마음을 억누르고, 그게 대체 무엇에 대한 욕지거리인지를 생각하면서 천천히 자신의 카롤라를 봤다. 물론 어젯밤과 같은 자리에 있다.

트렁크 안에 있는 것을 떠올리자 그것이 생명 없는 움직이지 않는 물체인데도 밤이 지나 아침이 밝은 것이, 그리고 지금 비가 내리고 있는 것이 참을 수 없이 신기했다. 그러자 방금까지 필사적으로 사과하던 제멋대로인 젊은 남자조차도 이 트렁크 안의 시체를 마사코가 떠올리게 하기 위한 존재가 아니었나 하고 생각하기에 이르렀다. 욕을 먹을 대상은 다름 아닌 이 움직이지 않는 시체와 그에 연관된 자기 자신이었다.

마사코는 잠긴 트렁크를 열었다. 그리고 트렁크 뚜껑을 10센티미터 정도 들어 올리고 가만히 들여다봤다. 회색 바지와 털이 무성한 왼쪽 정강이가 보였다. 어젯밤 야요이가 아직 따스하다며 만졌던 곳이다. 피부 색깔은 창백하고 털이 말라붙은 실밥처럼 지저분해 보인다. 물체다. 단순한 물체다. 마사코는 중얼거리면서 트렁크를 닫았다.

욕실

마사코는 욕실 입구에 서서 창문으로 들려오는 빗소리를 듣고 있었다.
　마지막으로 쓴 노부키가 정리한 건지 물은 다 빠졌고 플라스틱 욕조 덮개는 포개져 욕조 위에 얹혀 있었다. 벽도 타일도 다 말랐지만 욕실에는 아직 청결한 탕 냄새가 들어차 있다. 온화하고 평화로운 가정의 냄새다. 마사코는 창문을 활짝 열고 습기 찬 공기를 들이고 싶은 충동에 휩싸였다.
　이 작은 집은 자신에게 많은 것을 강요해 왔다. 구석구석까지 쓸고 닦을 것, 손바닥만 한 정원의 잡초를 뽑을 것, 담배 냄새를 지울 것, 그리고 거액의 대출금을 갚을 것. 그럼에도 마사코는 이곳이 자기가 있을 곳이라는 느낌이 도무지 들지 않았다. 언제나 셋방살이 하는 것처럼 안정이 되지 않는 건 어째서일까.
　트렁크에 겐지의 시체를 넣은 채로 주차장을 나섰을 때, 마사코의 마음은 이미 결정되어 있었다. 집으로 돌아오자마자 욕실로 직행해 여기에 어떻게 겐지를 눕혀 놓고 어떻게 작업을 할지 이것저것 궁리하고 있는 게 좋은 증거다. 제정신이라고 볼 수 없는 짓이긴 하지만 이 상황을 어떻게 뛰어넘을까 자신을 시험하는 마음이 생겨나 있었다.

마사코는 맨발로 욕실 타일 바닥에 서서 위를 보고 드러누워 봤다. 겐지와 자신의 키는 거의 같다. 그렇다면 이렇게 대각선으로 눕히면 거뜬히 들어갈 것이다. 집을 지을 때에 요시키의 바람대로 욕실을 크게 만들기를 잘했다는 얄궂은 생각이 밀려 올라온다.

마사코는 마른 타일 위에서 그 차가운 감촉을 등으로 느끼며 창을 올려다봤다. 하늘은 온통 회색이라 그 깊이를 헤아릴 수가 없다. 마사코는 비에 푹 젖은 미야모리 가즈오를 떠올리고 폴로셔츠 소매를 걷어서 왼팔에 생긴 멍을 봤다. 가즈오의 굵은 엄지손가락 자국이 틀림없다. 멍이 날 정도로 센 남자의 힘을 느낀 적은 지금까지 없었다.

"뭐 하는 거야?"

어두침침한 데에서 목소리가 들려 마사코는 상반신을 일으켰다. 파자마를 입은 요시키가 욕실 입구에서 이쪽을 살피고 있었다.

"이런 데에서 뭐 하는 거야?"

요시키는 거듭해서 물었다. 마사코는 당황해서 욕실 바닥에 일어서서 폴로셔츠 소매를 내리고 요시키의 얼굴을 봤다. 지금 막 일어난 것으로 보이는 요시키는 푸석푸석한 머리를 헝클어트리고 안경도 쓰지 않은 채로 기분 나쁘다는 듯이 마사코를 쳐다보고 있다. 초점을 맞추려고 가늘게 뜬 눈언저리가 노부키를 쏙 빼닮았다.

"그냥. 샤워라도 할까 싶어서."
어설픈 거짓말을 하자 요시키는 의심스러운 양 창밖을 봤다.
"오늘은 안 덥잖아. 비도 오고."
"공장에서 땀 흘렸단 말이야."
"흐음. 뭐, 그럼 됐고. 난 또 머리라도 이상해진 건가 했지."
"어째서?"
"어두운 데에 멍하게 서 있다가 뭘 보나 싶더니 갑자기 벌렁 드러누우면 그야 놀라고말고."
마사코는 무방비한 자신의 등을 요시키가 잠자코 관찰하고 있었다는 생각에 불쾌해졌다. 요시키는 최근 일정한 거리를 두고 마사코나 노부키를 관찰자처럼 바라보고 있을 때가 많다. 그 거리가 공기의 요새를 만들고 있다.
"보지만 말고 말을 걸든가."
요시키는 아무 대답도 하지 않고 어깨를 으쓱인다. 마사코는 욕실에서 나와 요시키와 세탁기 사이의 좁은 공간을 아무 데도 닿지 않게 빠져나갔다.
"식사할 거지?"
대답은 들리지 않았지만 마사코는 부엌에 가서 요란스러운 소리를 내는 커피 메이커에 커피콩을 넣었다. 평소와 같이 토스트와 스크램블드 에그로 아침 식사 준비를 할 생각이었다. 타이머를 맞춘 전기밥솥에서 밥 짓는 냄새가 나지 않은 지 오래다. 노부키가 갑자기 도시락을 싸지 않게 된 후로 아침에 한 솥 가득 밥을 짓는 일은 이제 없다.
"비가 오면 음침해서."

세수를 하고 거실로 온 요시키가 베란다로 밖을 내다보곤 테이블 앞에 앉아 중얼거렸다. 날씨뿐만이 아니라 이 집안 분위기를 가리키는 거라고 마사코는 생각한다. 텔레비전도 라디오도 켜지 않고 비 오는 날 아침에 부부끼리 마주 앉아 있는 건 숨이 막힌다. 마사코는 잠 부족으로 지끈거리는 관자놀이를 양손으로 문질렀다. 요시키는 커피를 한 모금 마시고 조간을 폈다. 그사이에서 광고지가 좌라락 쏟아진다. 마사코는 그 무게 있는 아트지 다발을 펼치고 슈퍼 광고를 훑어봤다.
"팔, 어쩐 거야?"
무슨 소리인지 모르고 마사코는 시선을 들었다.
"당신 팔 말이야, 팔. 멍이 들었던데."
요시키는 왼팔 위쪽을 가리켰다. 마사코는 눈살에 살짝 주름을 지었다.
"공장에서 부딪쳤어."
요시키는 납득한 건지 안 한 건지 그 이상 아무 말도 하지 않았다. 아까 마사코는 멍을 보면서 미야모리 가즈오의 엄지를 생각하고 있었다. 민감한 요시키가 수상쩍게 느꼈을 것은 분명하다. 하지만 그 이상 아무것도 물으려 하지 않았다. 아무것도 알고 싶지 않은 거다. 마사코는 포기하고 담배에 불을 붙였다. 담배를 피우지 않는 요시키는 불쾌한 듯이 연기를 피해 고개를 돌린다.
기세 좋게 계단을 내려오는 소리가 났다. 요시키의 전신이 희미하게 긴장하며 굳어졌다. 마사코는 입구로 눈을 향했다. 큼지막한 티셔츠에 무릎길이까지밖에 안 되는 헐렁한 바지를 골반에 걸친 노부키가 부엌에 들어왔다. 계단을 내려온 터질 것 같은 젊은 기세는 자취를 감추고 눈 깜짝할 사이에 죽은 가면을 쓰는 것이 느껴진다. 하지만 모든 것이 마음에 들지 않는다는 눈은 예리하며, 큼지막한 입은 아무 말도 하지 않겠다는 듯 굳게 닫혀 있었다. 그 지나친 의사가 드러난 젊은 얼굴은, 그것만 없어지면 요시키의 젊을 무렵과 판박이였다. 노부키는 냉장고로 직행하더니 문을 열고 생수 페트병을 꺼내 입을 대고 마셨다.
"컵에 따라 마셔."
꾸짖었으나 노부키는 마사코를 무시하고 계속 물을 마시고 있다. 눈에 띄기 시작한 울대뼈만이 짐승처럼 오르내리는 것을 보자 마사코는 참을 수가 없어졌다.
"말은 못하더라도 귀는 들릴 거 아냐."
저도 모르게 자리에서 일어나 노부키의 손에서 페트병을 빼앗으려 한다. 그러나 노부키는 목소리 하나 내지 않고 팔꿈치로 마사코를 세게 밀쳤다. 키도 갑자기 크고 아르바이트를 하러 다니게 되고부터 몸도 딱 벌어지게 변한 아들의 팔꿈치는 아팠다. 마사코는 옆쪽 싱크대에 골반을 사정없이 부딪쳤다. 그사이 노부키는 시치미 뚝 뗀 얼굴로 천천히 페트병 뚜껑을 닫아 냉장고에 넣고 있다.
"말하고 싶지 않으면 안 해도 돼. 하지만 네 멋대로는 굴지 마."
노부키는 부루퉁한 얼굴로 입을 삐죽 내밀고 답답하다는 것처럼 마사코를 내려다봤다. 아들인데도 모르는 남, 그것도 호감 가지 않는 남인 것 같은 기분이 든 마사코는 저도 모르게 노부키의 뺨을 오른손으로 후려쳤다. 순간 만져진 노부키의 뺨 감촉은 살이 적고 팽팽해 이미 부드러운 소년의 그것이 아니었다. 내갈긴 손이 아프다. 스스로 놀라 서 있자니 노부키는 마사코의 옆을 지나 재빨리 욕실로 사라졌다. 역시 한 마디도 하지 않았다.
 뭘 기대하고 있었던 걸까. 이 언동들은 무더운 불볕의 사막에 물을 뿌리는 것처럼 소용없는 짓이었다. 마사코는 빨개진 오른 손바닥을 쳐다보다가 요시키를 돌아봤다. 그러나 요시키는 노부키 따위 존재하지 않는 것처럼 신문에 눈을 고정시킨 채 움직이지 않는다.
 "내버려 둬. 쓸모없는 짓이야."
 요시키는 노부키가 저절로 고쳐질 때까지 놔두기로 생각한 모양이다. 요시키는 정신적인 고상함을 추구하는 나머지 그것에 익숙지 않은 자를 초조하게 만든다. 그러나 노부키는 자신이 어려움에 처했을 때 아버지가 아무런 도움도 주지 않았다고 원망하고 있다. 무엇 때문에 함께 생활하고 있는 건지 알 수 없을 정도로 세 사람이 제각기 엇갈리고 있었다.
 '우리 차 트렁크에 시체가 들어 있다.' 고 말하면 두 사람은 어떤 반응을 보일까. 노부키는 오랜만에 놀란 목소리를 지를까. 요시키는 감정이 폭발하여 자신을 때릴까. 아니, 두 사람 다 믿지도 않을 것이다. 마사코는 자기야말로 이 가족 안에서 가장 어긋나고 먼 지평으로 가 버린다는 실감이 솟았다. 외롭지는 않았다.
 이윽고 남편과 아들이 각자 바삐 출근해 버리자 집 안은 더욱 고요해졌다. 마사코는 커피를 다 마시고 조금이라도 눈을 붙이려고 거실 소파에 누웠다. 하지만 잠은 오지 않았다.

 인터폰이 울렸다.

"나야."

조심스러운 요시에의 목소리가 들렸다.

오지 않을지도 모른다고 반쯤 각오하고 있었는데 요시에는 성실했다. 마사코는 현관문을 열었다. 아침과 마찬가지로 초라하게 무릎이 해진 저지 소재 바지를 입고 색 바랜 분홍색 티셔츠를 입은 요시에가 겁에 질려 마사코의 집 안을 엿봤다.

"여기 아냐. 트렁크에 들었어."

마사코가 현관 바로 옆에 있는 차를 가리키자 요시에는 너무도 가까운 거리에 자지러지게 놀랐다.

"나 역시 못하겠다. 거절해도 되겠니?"

요시에는 현관 안으로 들어와 시멘트 바닥에 냅다 무릎을 꿇고 절을 했다.

마사코는 개구리처럼 납죽 엎드린 요시에의, 언제 파마한 건지 알 수 없이 한참 자란 머리를 바라봤다. 대충 그러리라고 생각하고 있었으므로 놀라지는 않았다.

"안 된다고 하면 경찰에 신고할 거야?"

마사코의 말에 고개를 든 요시에의 얼굴은 창백했다.

"아니."

고개를 젓는다.

"신고 안 해."

"하지만 돈은 못 갚지. 그 말은, 딸 수학여행은 보내도 내 평생 소원은 못 들어준다는 거네."

"하지만 너, 그건 보통 부탁이 아니잖니. 살인을 거드는 건데."

"그러니까 평생의 소원이라고 하잖아."

"하지만 살인이야."

"다른 거라면 괜찮고? 도둑이나 강도면 괜찮은 거야? 그게 그렇게 달라?"

마사코가 생각에 잠기자 요시에는 질린 건지 눈을 크게 뜨며 살짝 웃었다.

"당연히 다르지."

"누가 그러는데?"

"누가 그랬다는 건 아니지만, 사람 사는 세상이 당연히 그런 거야!"

마사코는 잠자코 요시에를 쳐다봤다. 요시에는 흐트러진 머리칼을 양손으로 몇 번이나 쓸어 올리며 시선을 내리깔고 있다. 그것이 요시에가 곤혹스러워할 때의 버릇이라는 사실은 알고 있었다.

"알았어. 그 대신 그거 옮기는 것만 도와주지 않겠어? 혼자서는 욕실까지 못 옮기니까."

"나, 노인네 일어날 텐데 가야지."

"금방 끝나."

마사코는 요시키의 샌들을 꿰신고 밖으로 나갔다. 비는 아직도 내린다. 덕분에 나다니는 사람은 적었다. 게다가 마사코의 집 맞은편은 조성 공사가 되다 만 상태라 파헤쳐진 붉은 점토질 흙이 밖으로 드러나 있었다. 옆집과는 뺨과 뺨을 마주 댄 것처럼 처마를 잇대고 있지만 마사코의 집 현관은 사각(死角)이라 어디서도 보이지 않을 것이다.

마사코는 주머니에 든 차 키를 쥐고 주위를 잽싸게 살폈다. 마침 사람 왕래가 끊겨 기회가 좋았다. 그러나 요시에는 현관에서 나오지 않는다. 마사코는 초조한 마음에 소리쳤다.
"어쩔 거야. 도와줄 거야, 말 거야?"
"옮기는 것만이면."
별수 없이 요시에가 나왔다.
마사코는 미리 현관 앞에 준비해 뒀던 튼튼한 파란색 돗자리를 손에 들었다. 요시에는 아직 어쩔 줄 몰라서 주차장에 우뚝 서 있다. 마사코는 차 뒤로 가서 트렁크를 열었다.
"앗!"
등 뒤에서 들여다본 요시에가 숨을 삼키는 소리가 들렸다. 곧바로 죽은 겐지의 얼굴이 눈에 들어왔다. 눈을 반쯤 뜨고 표정은 변함없이 이완됐다. 입 안에 고여 있었던 건지 침이 뺨에 실을 그리며 말라 있었다. 팔다리는 딱딱하게 경직됐고, 가볍게 무릎을 굽힌 모습으로 두 손을 허공에 올려서 뭔가를 손에 잡으려는 것처럼 손가락을 굽혔다. 부자연스럽게 길게 늘어난 목에 테가 둘러진 것처럼 붉은 자국이 남아 있는 것이 생생하다. 마사코는 어젯밤 야요이가 이 목에서 빼낸 벨트를 다시 허리에 감았을 때를 떠올렸다. 요시에가 뭐라고 중얼거렸다.
"지금 뭐라고 했어?"
마사코가 고개를 돌리고 묻자 요시에는 두 손을 모으고 목소리를 조금 키웠다. 나무아미타불 하고 몇 번이고 염불을 외우고 있었다. 마사코는 요시에의 합장한 손을 가볍게 두드렸다.
"그런 짓 하면 눈에 띄잖아. 그보다 얼른 집 안으로 들여 넣어."
뿌루퉁한 요시에를 놔두고 마사코는 돗자리로 겐지를 푹 덮고 튀어나온 팔과 머리를 안아 들었다. 어서 거들라고 눈짓한다. 요시에가 마지못해 다리를 잡고 바싹 당긴다. 두 사람은 작게 기합 소리를 내며 겐지를 트렁크에서 끌어냈다. 시체는 경직돼서 옮기기 쉬웠지만 무겁고 들기가 어려워서 두 사람은 비틀거렸다. 그러나 현관까지는 겨우 몇 미터 거리라서 어떻게 금방 집 안에 들여놓을 수는 있었다. 마사코는 숨을 헐떡이며 말했다.

"스승님, 욕실까지 가야 해."

"알았어."

요시에는 애들 실내화 같은 무명 운동화를 벗고 마사코의 집 안으로 들어갔다.

"욕실이 어딘데?"

"제일 안쪽."

두 사람은 복도에서 몇 번인가 내려놓고 쉬면서 욕실 입구까지 겨우 겐지를 옮겼다. 마사코는 시체를 덮었던 돗자리를 벗겨 내서 이번에는 그것을 욕실 바닥 타일 위에 잘 깔았다. 타일 틈에 살점이라도 달라붙었다가는 큰일이라고 생각한 것이다.

"이 위에 놔 줘."

요시에는 이미 포기했는지 얌전히 고개를 끄덕였다. 다시 한 번 둘이서 들어서 마사코가 미리 생각했던 것처럼 겐지를 장방형의 욕실 바닥 대각선상에 트렁크 안에서 취했던 자세와 마찬가지로 옆을 보게 눕혔다.

"가엾게도. 이렇게 돼서. 설마 자기 처한테 죽임당할 줄은 생각도 못했겠지. 이승을 헤매지 말고 성불해 줬으면 좋겠는데."

"글쎄, 과연 어떨까."

"너 참 쌀쌀맞구나."

나무라는 요시에의 목소리에 침착함이 조금 돌아와 있었다. 마사코는 잽싸게 부탁했다.
"가위 가져올 테니까 옷 잘라서 벗기는 거 도와줘."
"벗긴 옷들은 어쩌려고?"
"잘게 찢어서 버릴 거야."
요시에는 큰 한숨을 내쉬었으나 목소리는 침착했다.
"주머니 안에 뭐 들어 있지 않니?"
"응. 지갑이나 정기권 들어 있을지도 모르니까 봐 봐."
마사코가 침실에서 커다란 재봉 가위를 가져와서 보니 요시에는 주머니에서 꺼낸 것들을 욕실 입구에 늘어놓고 있었다. 모서리가 닳은 검은색 가죽 지갑. 열쇠고리. 정기권. 잔돈.
마사코는 지갑 안을 조사했다. 신용카드 몇 장과 현금이 3만 엔가량 들어 있었다. 열쇠는 집 열쇠인 것 같다.
"전부 없애야지."
"돈은 어쩔 거니?"
"스승님한테 줄게."
"하지만 야요이 거잖니." 하다가 요시에는 혼잣말을 한다.
"그것도 이상한가. 죽인 처한테 돌려줄 것 없나."
"그래. 수고비로 받아 두지?"
요시에의 얼굴에 안도의 표정이 떠올랐다. 마사코는 열쇠고리와 텅 빈 지갑, 신용카드, 사원증이 든 정기권 케이스 등을 작은 비닐봉지에 넣었다. 이 주변은 밭이나 공지가 많다. 어디다 몰래 묻어 버리면 모를 것이다.
요시에는 현금을 자기 바지 주머니에 넣고서, 역시 아무래도 미

욕실 135

안하다는 표정을 지었다. 그리고 목을 졸랐는데 넥타이를 매고 있다니 어쩐지 불쌍하다고 진지하게 말하며 겐지의 넥타이 매듭을 손으로 풀어 주고 있다. 매듭이 꽉 묶여 있는 건지 시간이 걸린다. 마사코는 초조했다.

"그러고 있을 시간 없어. 언제 몇 시에 누가 돌아올지 모르니까. 그런 거 그냥 잘라 버려."

"넌 죽은 자에 대한 예의도 없니?"

요시에가 화를 냈다.

"독한 애구나. 네가 그런 사람인 줄 몰랐다."

"죽은 자?"

마사코는 겐지의 신발을 벗겨 봉투에 넣으면서 대답했다.

"이건 그냥 물체라고 생각하고 있어."

"물체? 사람이 아니라? 무슨 소리 하는 거야."

"원래는 사람이었지만 지금은 물체야. 나는 그렇게 생각하기로 했어."

"그건 아니지."

요시에는 드물게 성을 냈다. 목소리가 부들부들 떨린다.

"그럼 내가 돌보고 있는 우리 노인네는 뭐니?"

"살아 있는 사람이잖아."

"아니야. 이 남정네가 물체면 우리 노인네도 물체야. 즉 우리 살아 있는 사람도 물체, 이것도 물체. 그러니까 차이는 없는 거야."

그렇게 되나. 마사코는 요시에의 말이 와서 박히는 기분이 들어 오늘 아침에 주차장에서 트렁크를 열었을 때를 떠올렸다. 밤이 밝고, 비가 내리고, 자신들은 살아서 변화하고 있다. 그러나 시체는 변하지 않는다. 그러니까 물체다. 그렇게 생각하려 했던 것은 공포가 낳은 자기 편한 대로의 생각이었을까. 요시에가 말했다.

"그러니까 살아 있는 사람이 사람이고 시체가 물체라는 네 생각은 잘못된 거야. 오만이라고."

"그 말이 맞아. 그럼 마음이 편하네."

"어째서?"

"나는 무서워서 물체라고 억지로 생각하고 있었는데, 그게 아니라 나와 같다고 생각하면 할 수 있을지도 몰라."

"뭘."

"토막 내는 거."

"어째서. 어째서 얘기가 그렇게 되는 건지 모르겠어."

요시에가 소리쳤다.

"벌을 받을 거야. 우리 둘 다 천벌을 받을 거야."

"상관없어."

"왜? 왜 상관없는데?"

벌을 받는다면 그 벌이 어떤 것인지 알고 싶다. 그렇게까지 바라는 자신의 기분을 어차피 요시에는 이해하지 못할 것이다. 마사코는 입을 닫고 겐지가 신고 있는 검은 양말을 벗기기 시작했다.

처음으로 시체의 피부를 맨손으로 만지자 오싹할 정도로 차가웠다. 자신은 정말로 이 시체를 토막토막 해체할 수 있을까. 피가 많이 나올 것이다. 기분 나쁜 내장이 비어져 나올 것이다. 자신을 시험하고자 했던 아침의 기분이 시들었다. 심장이 쿵쾅거리고 현실감이 사라져 간다. 시체를 보거나 만지는 것은 정말 인간의 본

능에 반하는 일이라고 마사코는 생각한다.

"얘, 나 직접 만지는 거 싫어. 장갑 없니?"

사람 생각은 마찬가지인지 요시에가 쭈뼛쭈뼛 말을 꺼냈다. 마사코는 공장에서 슬쩍해 온 비닐장갑을 두 장의 앞치마와 함께 가져왔다. 요시에는 풀어 낸 넥타이를 잘 접어 놓고 셔츠 단추를 하나씩 아래쪽에서부터 풀고 있다. 마사코는 요시에에게 장갑을 건네고 자신도 그것을 낀 후 바짓단부터 잘라 찢기 시작했다. 겐지는 금방 벌거숭이가 되었다. 트렁크 안에서 아래쪽으로 됐던 몸의 옆쪽 부분에 피가 고여 보라색 반점이 생겼다. 요시에가 축 늘어진 성기를 쳐다보면서 중얼거렸다.

"우리 남편이 죽었을 때도 이렇게 벗겨서 씻어 줬었지. 야요이는 마지막 모습 보지 않아도 되나. 우리가 이런 짓 해도 정말 괜찮을까."

요시에가 비닐 앞치마를 손에 든 채로 말한다. 마사코는 끝없이 이어지는 요시에의 풍부한 감수성에 진저리를 치고 있다.

"괜찮아. 자기가 좋다고 했으니까 나중에 후회하든 어쩌든 그건 그 애 문제야."

요시에가 두려워하는 눈으로 마사코를 보며 커다란 한숨을 쉬었다. 마사코는 그게 거슬려서 일부러 말했다.

"처음에 머리를 자르자. 얼굴이 있으면 불쾌하니까. 생리적으로 용서가 안 돼."

"용서가 안 된다니…… 말도 잘하는구나."

"벌 받는다고 하려고?"

"그런 건 아니지만."

"그럼 스승님이 해 봐."
"싫어, 얘."
요시에가 겁을 먹었다.
"나는 못한다고 했잖니."
혼자서 해체하는 건 너무 힘들 것 같았다. 어떻게든 요시에의 협조를 받고 싶다. 마사코는 머리를 썼다.
"야요이가 사례한다고 했으니까 돈을 받으면 돼. 그거면 할 거야?"
철렁한 것처럼 요시에는 고개를 들었다. 공허한 눈에 망설임이 있었다.
"나는 거절했지만 생각해 보면 받는 편이 좋을지도 몰라. 그편이 맺고 끊기 좋은걸."
"얼마 정도?"
요시에가 동공이 열린 겐지의 탁한 눈을 기분 나쁜 듯이 보면서 작은 소리로 묻는다.
"얼마나 받고 싶은데. 내가 교섭할게."
"그럼 10만."
"적어. 50만 어때?"
"그만큼 있으면 이사도 갈 수 있을지 모르겠네."
요시에는 중얼거렸다.
"그러니까 다시 말해서 너는 나를 돈으로 꼬드길 작정인 거구나."
그 말이 옳았다. 하지만 마사코는 대답하지 않고 다짐을 시켰다.
"도와줘. 부탁이야, 스승님."

욕실 139

"알았어. 이제 도망칠 수 없겠지."

돈이 궁한 요시에는 끝내 단념한 모양이다. 비닐 앞치마를 두르고는 흰 양말을 벗고 저지 바지를 척척 걷어 올렸다.

"피 묻을라. 바지는 벗는 편이 좋아."

마사코는 그 말을 따라 욕실에서 청바지를 벗고 입구에 놓인 세탁물 바구니를 뒤져 안에 들어 있던 숏팬츠를 입었다. 문득 눈앞의 거울을 보자 지금까지 본 적도 없는 험악한 표정을 지은 자신이 비친다. 반대로 요시에는 몹시 난감해하는 멀건 얼굴을 하고 있었다.

욕실로 돌아온 마사코는 어느 부위에 톱질을 할까 하고 겐지의 목을 조사했다. 싫어도 커다란 울대뼈에 눈이 가서 왕성하게 오르내리던 노부키의 울대뼈가 생각났다. 마사코는 그 연상을 뿌리치고 요시에에게 물었다.

"목을 톱으로 자를 수 있을까?"

"톱은 살점이 끼니까 처음에는 부엌칼이나 나이프로 칼집을 넣는 게 좋아. 그렇게 해도 안 되면 다시 생각해 보자."

돈 받고 하는 일이라고 자신을 설득한 듯한 요시에는 공장 라인의 선두에 있는 것처럼 갑자기 지휘를 하기 시작했다. 마사코는 서둘러 부엌에 가서 가장 잘 드는 회칼과 톱이 든 공구함을 가져왔다. 그리고 부엌 쓰레기로 내놓을 때 쓸 비닐봉지가 필요하다. 살점을 잘라 내는 대로 담아 가는 편이 좋을 것이다. 마사코가 사둔 봉지 수를 세어 보자 백 장은 있었다. 근처 슈퍼에서 산 건데, 도쿄도 권장 탄산칼슘 혼입 봉지이므로 거기서 꼬리가 잡히지는 않을 것이다.

"스승님. 봉지를 이중으로 해서 부엌 쓰레기 쉰 개로 내놓으려면 어떻게 하면 좋을까?"

"우선 관절째 자르고. 그리고 가능한 한 작게 만드는 편이 좋지 않겠니?"

요시에가 회칼이 얼마나 날카로운지 살피면서 대답한다. 그 손이 희미하게 떨리고 있었다. 마사코는 겐지의 울대뼈 아래 경추 간격을 손끝으로 짚어 보고 과감하게 부엌칼을 대고 눌렀다. 금방 뼈에 부딪혀서 그 주위를 째자 시커먼 피가 울컥울컥 대량으로 흘러나왔다. 그 많은 양에 놀라 손이 멈춘다.

"이게 경동맥?"

"그렇겠지."

눈 깜짝할 사이에 비닐 돗자리가 피바다가 되었다. 마사코는 성급히 욕실 바닥의 배수구 망을 뽑았다. 점도 높은 피가 소용돌이치며 흘러든다. 전날 밤 욕실에서 쓰였던 아무런 관계도 없는 물과 겐지의 피가 하수도에서 섞이고 있다고 생각하니 묘한 기분이었다. 얼마 안 가 마사코가 낀 장갑 끝이 끈적거려 손가락이 움직이지 않게 되었다. 요시에가 호스를 찾아 수도꼭지에 이어 피를 씻어 준다. 하지만 좁은 욕실은 피 냄새로 가득 차 메스꺼웠다.

톱을 쓰자 목을 자르는 것은 쉬웠다. 빠각 하고 둔탁한 소리가 나며 겐지의 목이 잘리고 나자 겐지의 시체는 기묘한 모양을 한 물체로 바뀌었다. 마사코는 검은 비닐봉지를 두 겹으로 씌워 머리를 넣고 덮개가 얹힌 욕조 위에 놓았다.

"피를 빼는 게 좋을지도 모르겠다."

요시에는 영차 하고 목이 잘린 시체의 두 다리를 들어올렸다.

기관의 구멍은 뻥 뚫려 붉은 살이 보이고, 동맥에서는 아직 여전히 피가 흘러나오고 있었다. 그것을 봤을 때 귀신이다, 귀신이 하는 짓이다 하고 마사코는 온몸의 털이 곤두섰다. 그러나 뜻밖에 마음은 차갑게 가라앉아 어서 이 일을 끝내 버리고 싶다고 바라는 것이었다. 수순만을 생각하면 확실히 신경 중에서 가장 예민한 부분이 마비되어 가는 것이 느껴진다. 그것은 아마도 분명 공포였다.

마사코는 다음으로 두 다리 주위를 부엌칼로 쨌다. 누런 지방층에 부엌칼이 미끄러진다. 꼭 닭 손질 하는 것 같다고 요시에가 중얼거렸다. 간신히 대퇴골까지 다다라서 마사코는 왼쪽 발을 겐지의 넓적다리 위에 올리고 마치 통나무 써는 것처럼 두꺼운 뼈를 톱질했다. 시간은 걸렸지만 생각보다 다리는 쉽게 잘렸다.

그러나 어깨 관절은 어디에 칼집을 넣어야 할지 몰라 어려움을 겪었다. 게다가 사후경직 때문에 어떻게 하기가 힘들다. 마사코의 이마에 땀방울이 맺혔다. 요시에가 애를 태웠다.

"빨리 안 하면 노인네가 깰 거야."

"알아. 그럼 자르는 것 좀 더 도와줘."

"하지만 톱은 하나뿐이잖니."

"집에서 가져와 달라고 부탁할걸."

"그러면 여기에 안 왔겠지."

요시에는 아연실색한다.

"그건 그래."

마사코는 갑자기 웃음을 터트리고 싶어졌다. 확실히 바보 같은 상황이기는 했다. 자신들과는 아무런 관계도 없는 겐지를 이렇게 힘들게 해체하고 있다니. 두 사람은 피투성이가 된 두 손을 축 늘어트리고 시체를 사이에 두고 선 채 서로를 쳐다보고 있었다.
"스승님네는 가연성 쓰레기 수거 언제야?"
"우리는 목요일이니까 내일."
"우리도 그러니까 내일 아침에 버려야지. 역시 분담해서 버리지 않으면 안 되겠어."
"하지만 이런 봉지를 몇 개씩이나 갖다 버리라고? 드는 것만도 큰일이다."
"차로 가면 되지."
"빨간색 차가 버리고 갔다고 말이 나올 거야. 쓰레기장은 다들 감시하고 있는걸."
"그렇겠네."
쓰레기 처리를 간단하게 생각하고 있었음을 깨닫고 마사코는 입술을 깨물었다. 요시에가 재촉한다.
"얘, 우선 빨리 마치자. 쓰레기는 나중에 생각하고."
"나도 알아."
톱을 손에 들고 어깨 관절을 자른다. 팔을 떨어트린 후에는 내장 처리였다. 마사코는 작정하고 회칼을 손에 들고는 목부터 사타구니까지를 갈랐다. 회색 장이 비어져 나오자 썩기 시작한 내장과 어젯밤 겐지가 마신 것으로 여겨지는 알콜 냄새가 진동을 해 두 사람은 급히 호흡을 멈췄다.
"이거, 흘려 버릴까."
마사코는 요시에에게 배수구 마개를 열게 시켰으나 도중에 막히면 큰일이라고 생각을 고치고 봉지에 넣어 버리기로 했다.
그때 현관 인터폰이 울려 두 사람은 손을 멈췄다. 이미 10시 30분이 지났다.

"가족 누구?"

요시에가 걱정스레 묻는다. 마사코는 고개를 저었다.

"아무도 돌아올 때 안 됐는데."

"그럼 없는 척해."

물론 그럴 생각이다. 인터폰이 몇 번인가 울리다가 조용해졌다.

"누굴까?"

요시에가 불안을 감추지 않고 말했다.

"글쎄. 어디 영업 사원 아닐까? 나중에 누가 묻거든 자고 있었다고 하지, 뭐."

마사코는 지방으로 미끌미끌거리는 톱을 들었다. 얼마간 더 이 지옥의 귀신 같은 일을 계속하지 않으면 안 되는 진퇴양난의 상황이었다.

마사코와 요시에가 시체를 상대로 악전고투를 시작했을 무렵, 조노우치 구니코는 평탄한 히가시야마토 시내를 차로 빙글빙글 떠돌고 있었다.

갈 곳도 의지할 곳도 없다. 구니코 치고는 드물게도 침울한 상태였다. 구니코는 역 앞 로터리에 있는, 생긴 지 얼마 안 된 분수 옆에 차를 세웠다. 비 내리는 아침의 분수는 의미 없이 헛된 행위를 상징하는 것 같아 기분이 우울해진다. 마치 지금의 자신 같다며 1년에 한 번 정도밖에 느끼지 않는 자기 성찰 같은 기분이 드는 것이 불쾌했다.

구니코는 역 앞 건설 예정지 울타리 너머에 보이는 공중전화를 몇 번이나 고개를 돌려 쳐다보고는 고민하고 있었다. 역시 눈 딱 감고 마사코에게 전화해 돈을 빌려 달라고 할까 하고 마음을 굳혀 간다. 무슨 생각을 하고 있는 건지 자신은 상상도 할 수 없는 마사코를 내심 두려워하고는 있지만 그런 걸 따지고 있을 때가 아니었다. 어쨌든 오늘 안에 돈을 마련하지 않으면 안 되니까. 구니코는 차에서 나와 우산을 펼쳤다. 그러자 정차해 있던 버스가 꼭 혀를 차는 것처럼 슉슉 에어브레이크로 위협했다. 운전사가 창을 열고 소리친다.

"거기, 주차 금지."

병신 새끼, 시끄러워. 속으로 하는 욕지거리도 평소와 달리 기운이 없었다. 구니코는 캔버스 톱이 다 젖어 비참한 골프로 맥없이 돌아가 시동을 걸었다. 정처 없이 차를 출발시켜 그대로 무심코 밀리는 도로로 나가 버리고 나니 공중전화는 더 이상 눈에 띄지 않았다. 게다가 비로 평소보다 교통량이 많은 길은 얼마 안 가 구니코의 차를 오도 가도 못하게 만들었다.

이제부터 대체 어쩌면 좋을까. 구니코는 낡은 안개 제거 장치 때문에 흐린 정면 유리창을 통해 거리 이곳저곳을 바라보고는 한숨을 내쉬고, 방책이 전혀 없어서 미칠 것 같은 기분이 들었다.

오늘 아침 야근에서 돌아와 보니 자고 있어야 옳을 데쓰야의 모습이 없었다. 전날 부부 싸움에 화를 내고 어디서 외박한 것이 틀림없었다. 흥, 그런 자식, 안 보이니까 속이 시원하네 싶어서 일찍 침대에 파고들어 슬슬 잠이 들려던 순간에 전화가 걸려 왔다. 아직 아침 7시였다.
 기분이 상해서 전화를 받은 구니코에게 상대편 남자는 은근히 건방진 투로 말했다.
 "조노우치 구니코 씨입니까. 아침 일찍부터 정말 죄송합니다."
 "그런데요. 무슨 일이시죠?"
 "이쪽은 밀리언 소비자 센터입니다."
 구니코는 비명을 터트릴 뻔했다. 잠기운은 날아가고, 어째서 이런 중요한 것을 잊고 있었나 하고 자신을 저주한다. 남자는 익숙한 말투로 담담하게 술술 말했다.
 "깜빡 잊으신 게 아닌가 싶어서 전화 드렸습니다. 어제 20일은 결제일이었으나 지정 계좌에 입금이 확인되지 않았습니다. 결제 금액은 알고 계시겠지만 다시금 말씀드립니다. 4회째, 5만 5200엔입니다. 만일 오늘 입금하지 않으시면 이자가 붙게 되므로 이쪽에서 수금을 위해 방문하도록 하겠습니다. 부디 잘 부탁드립니다."
 사채업자의 전화였다. 자동차 대출금 외에 카드 할부금이 크게 부풀어 구니코는 최근 몇 년 동안 그 지불에 쫓기고 있다. 원금은 줄지 않고 이자만 치르고 있는 상태임을 깨달은 것은 바로 작년이다. 그것도 연체되자 소비자금융에서 닥치는 대로 빌려 가까스로 이자만큼은 갚았지만, 다음에는 소비자금융에서도 갚으라고 독촉이 들어오는 것은 당연한 이치였다. 결국 이중 채무를 졌을 뿐, 얼마 안 가 카드사에서도 소비자금융에서도 이대로는 블랙리스트에 올라갈 거라고 위협을 받게 되었다.
 어떻게 할 방법이 없어 '매월 결제가 힘든 분, 급하신 분'이라고 써 붙인 사채업자에게 달려들어 거기서 돈을 빌린 것이 돌려

막기의 시작이었다. 나이도 지긋한 중년 여자가 친절한 척 "그래 가지고 참 힘들겠네요." 하고 구니코의 면허증과 남편 회사 이름만 가지고 30만을 빌려 줬던 것이다. 그 돈으로 카드사와 소비자 금융의 이자는 결제했지만 이번에는 이쪽 빚이 줄지 않는다.

그것도 그럴 터, 30만밖에 빌리지 않았는데 이자를 40퍼센트나 떼이게 되어 있을 줄은 생각도 하지 못했다. 나중은 생각하지 않고 눈앞에만 급급하게 살고 있기 때문이지만, 구니코는 체면을 차릴 수 없었다. 그래도 데쓰야에게서 돈을 받아 갚고 나니 여자는 다시 금방 "50만 대출 가능해요." 하고 말했다. 구니코는 무심결에 손을 내밀었다.

구니코는 생활비가 든 쿠키 캔을 열었다. 어찌된 영문인지 잔돈밖에 보이지 않는다. 언제 다 쓴 걸까. 이상하게 여기면서 백에 든 모조 구찌 지갑을 열었다. 월급날 전이라 만 몇천 엔밖에 들어 있지 않다. 이렇게 되면 데쓰야를 잡아다 돈을 뱉어 내게 할 수밖에 없겠다.

"그 자식, 어디 간 거야?"

구니코는 수첩을 뒤져 데쓰야의 회사에 전화를 했으나 이른 아침이라 아무도 출근한 사람이 없다. 어차피 전화해 봤자 데쓰야는 도망 다니며 잡히지 않을 게 분명하다. 구니코는 초조해졌다. 오늘 결제를 하지 못하면 야쿠자 같은 남자들이 집까지 들이닥칠 것이다. 성격은 비뚤어졌으면서도 소심한 구니코는 그것을 가장 두려워했다.

구니코는 서둘러 침실로 들어가 서랍장 가장 아랫단을 열었다. 만일을 대비해 속옷이며 양말을 보관한 서랍에 비자금을 숨겨 놨던 곳이다. 그러나 난잡하게 처넣어 둔 브래지어나 스타킹을 아무리 뒤지고 또 뒤져 봐도 거기에는 아무것도 남아 있지 않았다.

꺼림칙한 예감이 들어서 다른 서랍이나 옷장을 열어 보자 데쓰야의 속옷이며 옷이 사라지고 없었다. 데쓰야가 부부 싸움의 화풀이로 집안의 돈을 다 가지고 가출했다는 사실에 생각이 미친 것은 한참이 지나서였다.

한숨도 자지 못한 구니코는 차를 몰아 역 앞 자동 인출기로 달렸다. 두 사람 공통의 은행 예금 잔고를 조회해 보니 완벽한 제로다. 그것도 데쓰야의 짓이 틀림없었다. 이대로는 집세도 밀릴 것이다. 구니코는 화가 난 나머지 머리카락을 쥐어뜯었다.

구니코는 겨우 정체를 빠져나와 신호에서 왼쪽으로 꺾어 단층 도영주택들이 늘어선 부근으로 들어섰다. 주위 환경에 비해 유일하게 새것인 전화박스가 눈에 띄었다. 구니코는 차를 길가에 세우고 우산도 쓰지 않고 공중전화로 달렸다.

"여보세요, 맥스 약품이죠. 영업부 조노우치 있나요."

돌아온 대답은 생각지 못한 것이었다.

"조노우치는 지난달에 그만뒀습니다만."

바보, 머저리라고 욕하고 얕봐 왔던 데쓰야에게 자신은 완전히 당한 것이다. 구니코는 불타는 듯한 분노에 사로잡혀, 전화박스 안에 있던 모서리가 말린 전화번호부를 손으로 후려쳐서 떨어트리고 비에 젖은 신발로 몇 번이나 짓밟았다. 얇은 종잇장은 찢어지고 종잇조각이 전화박스 안에 날렸다. 그래도 부족해서 구니코는 전화 훅에 체중을 있는 대로 실어 망가져라고 매달렸다.

물론 그래도 화는 가라앉지 않는다. 젠장, 빌어먹을. 나는 어쩌면 좋지. 오늘 돈을 받으러 오면 대체 어디로 도망치면 좋지.
역시 마사코를 의지할 수밖에 없겠다고 구니코는 결심했다. 오늘 아침 요시에도 마사코에게 돈 빌릴 얘기를 하고 있었지 않은가. 그렇다면 자신도 부탁한다고 뭐 나쁠까. 자기한테만 빌려 주지 않는다면 그건 마사코의 심술이라고밖에 생각할 수 없다. 무슨 일이나 자기중심적으로 생각하는 구니코의 결론은 자신도 당연히 빌릴 수 있다는 건방진 것이었다.
다시 한 번 전화카드를 넣고 마사코의 전화번호를 누른다. 그러나 망가진 건지 전화는 걸리지 않았다. 몇 번 넣어도 전화카드가 뱉어져 나온다. 구니코는 혀를 차며 전화 걸기를 포기하고 마사코의 집으로 직접 가자고 생각했다.
마사코의 집은 여기서 그렇게 멀지 않다. 한 번밖에 간 적이 없어서 기억은 어렴풋하지만 어떻게든 찾을 수 있을 것이다. 구니코는 차로 돌아가 커다란 단지를 오른편에 두며 신 오우메 가도로 나갔다.

마사코의 집은 작긴 해도 세운 지 얼마 안 된 주문형 맞춤 주택이었다. 그것만으로도 샘이 났지만 마사코의 촌스러운 옷을 생각해 보면 결코 넉넉한 생활은 아닐 것이라고, 돈을 빌려 달라고 할 입장이면서 구니코는 자신을 달랬다.
집 맞은편은 밭을 갈아엎어 택지를 조성 중이다. 구니코는 그 점토질의 흙더미 앞에 차를 세우고 마사코의 집으로 다가갔다. 현관 앞에 눈에 익은 자전거가 있다.

스승님이다. 스승님이 와 있다. 구니코는 요시에가 한 발 먼저 돈을 빌리러 와 있는 거라고 지레짐작하고 애가 탔다. 요시에가 오늘 당장 돈이 필요한 게 아니라면 자기한테 먼저 돌려 달라고 할 수 없을까. 그렇다, 그렇게 부탁해 보자.

구니코는 초인종을 눌렀다. 그러나 대답이 없다. 몇 번인가 눌러 봤지만 집 안은 고요하다. 어디 나간 걸까. 그렇게 보기에는 마사코의 카롤라도 있고 요시에의 자전거도 있다. 이상하다. 둘이서 자고 있는 건지도 모른다. 자신도 잠이 부족한 구니코는 그런 생각을 했다. 그러나 요시에는 몸져누운 병자가 집에 있는데 남의 집에서 잠에 곯아떨어질 수는 없을 터였다.

수상하게 여긴 구니코는 우산을 쓴 채로 집 주위를 빙 돌아가 봤다. 마당 앞에서 베란다 너머로 거실로 여겨지는 곳을 엿봤으나 조용히 가라앉아 있고 어두침침하다. 그러나 복도 안쪽에 조명이 켜져 있는 것이 레이스 커튼 너머로 보였다. 안에 있어서 초인종이 들리지 않았던 건지도 모른다.

주차장이 딸린 현관 앞으로 되돌아왔다가 반대편으로 돌아가서 보니 집 뒤 욕실쯤 돼 보이는 곳이 밝았다. 창문으로 마사코와 요시에가 수군거리는 소리가 들려온다. 이런 데에서 뭘 하고 있는 걸까. 구니코는 알루미늄 창살 사이로 유리창을 똑똑 두드렸다.

"저기, 구니코인데요."

창 너머는 갑자기 조용해졌다.

"저기, 죄송합니다. 부탁드릴 게 좀 있어서 들렀어요. 스승님도 거기 계시죠?"

다시 얼마 동안 침묵한 뒤 유리창이 슥 열리더니 험악한 표정을 한 마사코가 얼굴을 엿보였다.
"왜? 무슨 일이야?"
"부탁드릴 게 있는데요."
구니코는 있는 힘껏 귀엽게 보이게 꾸민 목소리로 말했다. 마사코의 동정을 사서 돈을 빌려야만 한다. 최소 5만 5200엔은 필요하지만 당분간의 생활비도 빌리지 않으면 살아갈 수가 없다.
"무슨 부탁?"
"여기서는 말하기가 조금 그래서."
구니코는 바로 뒤의 옆집을 돌아봤다. 옆집은 그곳이 화장실 위치에 해당하는 듯 자그마한 창이 살짝 열려 있었다.
"지금 바쁘니까 거기서 말해."
마사코는 신경이 곤두서서 재촉했다.
"그건 좀."
처음으로 구니코는 마사코와 요시에가 욕실에서 뭘 하고 있는 건지 의심스럽게 생각했다. 안에서는 희미하게 비릿한 좋지 않은 냄새가 났다. 콧구멍을 벌름거리자 마사코는 서둘러 유리창을 닫으려 했다.
"잠깐만요. 마사코 씨."
구니코는 필사적으로 창문을 바깥에서 누르며 어떻게든 이야기를 들어 달라고 물고 늘어졌다.
"저 지금 굉장히 곤경에 처해 있어요."
"알았어. 현관으로 돌아 나와. 지금 문 열 테니까."
구니코의 목소리가 이웃에 들리는 게 싫은 것이리라. 마사코가 꺾여 줘서 안도한 구니코는 가슴을 쓸어내렸다. 그러나 마사코가 닫은 창문 틈새로 묘한 것이 보여 순간적으로 구니코의 가슴은 불안하게 두근거렸다. 고깃덩이 같은 게 보였기 때문이다. 고깃점을 발라내고 있기라도 하는 걸까. 그런 것 치고는 거대했고, 욕실에서 그런 일을 하는 것도 이상하다. 그곳에 있을 요시에도 모습을 보이지 않고 마사코의 태도도 묘했다.

고개를 갸웃거리면서 현관 앞에서 기다리고 있었으나 마사코는 좀처럼 문을 열어 주지 않았다. 구니코는 기다리는 데에 질려 다시 욕실 창문 아래로 되돌아갔다. 물 흐르는 소리가 났다. 뭔가를 씻는 모양이다. 둘이서 말하는 목소리가 다시 들리고 있었다. 구니코는 마사코와 요시에가 뭘 하고 있는 건지 알아보자고 생각했다. 거기서 돈 냄새가 풍기고 있을 것 같은 예감이 든다.

마사코가 욕실을 나오는 소리가 들렸으므로 구니코는 서둘러 현관으로 돌아갔다. 시치미 뚝 뗀 얼굴로 기다리고 있자니 겨우 살짝 문이 열렸다. 폴로셔츠에 숏팬츠를 입은 마사코가 서 있다. 하나로 묶은 머리가 헝클어져서 아침에 헤어졌을 때보다도 사나워 보였다. 구니코는 조금 겁이 났다.

"왜?"

"저기, 잠깐 들어가도 될까요?"

"무슨 일인데?"

변함없이 쌀쌀맞다. 구니코는 어리광 피우는 목소리로 말한다.

"여기서는 말하기 그래서."

"알았어."

별수 없다는 투로 마사코는 문을 크게 열었다. 구니코는 안으로 들어가 현관을 둘러봤다. 넓지는 않지만 깔끔하게 정리되어 있었다. 그러나 그림 한 장, 꽃 한 송이 장식되어 있지 않다. 그야말로 마사코다운 집이었다.

"그래서."

키가 크고 여윈 마사코는 이 이상은 안에 들이지 않겠다는 것처럼 구니코가 안쪽을 엿보는 시선을 앞에서 막아섰다. 구니코는 마사코에게서 항상 느끼는 위압감을 더욱 의식하면서 작은 증오가 끓어오르는 것을 느꼈다.

"저기 죄송한데 돈을 빌릴 수 없을까요. 어제가 결제일인 걸 깜빡했는데 지금 집에 돈이 한 푼도 없어서요."

"너희 남편 있잖아."

"그게, 집에 있는 돈을 전부 가지고 가출해 버렸거든요."

"가출?"

되물은 마사코의 뺨이 살짝 누그러지는 것을 보고 구니코는 다시금 증오를 느꼈다. 그러나 그런 낌새는 내색도 않고 온순하게 고개를 숙여 보인다.

"네, 그래요. 어디로 갔는지 알 수가 없어서. 막다른 골목이에요."

"그래? 그래서 얼마 필요한데."

"5만, 아니, 4만도 괜찮아요."

"그런 돈 없어, 은행에 다녀오지 않으면."

"다녀와 주실 수 없을까요. 부탁드려요."

"갑자기는 무리야."

"하지만 스승님한테는 빌려 주셨잖아요."

구니코가 필사적으로 부탁하자 마사코는 불쾌한 듯이 눈살을 찌푸렸다.
"확실히 말하겠는데, 갚을 수 있다는 보장은 있는 거야?"
"있어요. 그러니까."
거짓말을 하며 사정한다. 마사코는 생각에 잠겨서 손가락을 턱 아래로 가져갔다. 그 손톱 사이에 검붉은 피 같은 것이 끼어 있는 것을 보고 구니코는 철렁했다.
"하지만 오늘은 안 돼. 내일이라도 괜찮으면 어떻게 될지도 모르지만."
"내일은 안 돼요. 오늘 입금하지 않으면 야쿠자들이 들이닥칠지도 몰라요."
"그건 네 책임이잖아."
구니코는 입을 다물었다. 말이야 바르지만 마사코의 말투는 언제나 지나치게 노골적이다. 뒤에서 갑자기 요시에의 목소리가 들렸다.
"내가 말하는 것도 뭐하지만, 융통해 줘. 친한 동료끼리."
마사코가 분노를 드러내며 요시에를 돌아봤다. 요시에가 참견했기 때문이 아니라 그녀가 이 자리에 모습을 드러낸 데에 화를 내고 있는 모양이다. 요시에는 공장에서 봤던 차림 그대로였는데 눈 아래 기미가 또렷이 눈에 띄고 완전히 피폐해진 상태였다.
분명 자신에게 알리고 싶지 않은 짓을 둘이서 하고 있는 것이다. 구니코는 반격의 기회라고 생각했다.
"저기, 두 분이서 뭘 하고 계셨어요?"
마사코는 대답하지 않는다. 요시에는 당황해서 눈을 피한다. 구니코는 다시 한 번 물었다.

"욕실에서 뭘 하고 계셨어요?"
"뭘 하고 있었을까?"
마사코가 희미하게 웃으며 구니코를 본 순간, 어째서인지 구니코의 몸에 소름이 돋았다.
"모르겠는데요."
"뭔가 봤어?"
"네, 그 뭔가, 고기 같은 거."
"보여 줄게. 이리 와."
요시에가 놀라서 항의하는 소리를 질렀다. 마사코는 구니코의 손목을 세게 붙잡았다. 구니코의 내부에서 공포심이 빨리 여기를 떠나라고 속삭이고 있었다. 그러나 보고 싶다는 호기심과, 어쩌면 돈벌이에 관계된 건지도 모른다는 기대가 뒤섞인, 지금까지 경험한 적 없는 욕망이 그 공포를 웃돌았다. 요시에가 마사코의 팔을 끌고 힐문했다.
"얘, 어쩌려고. 그래도 되겠어?"
"괜찮아. 구니코 씨한테도 도와달라고 하지, 뭐."
"나는 모른다!"
요시에가 심통이 나서 소리쳤으나 그게 꼭 비명처럼 들렸다. 구니코는 당황해서 요시에에게도 물었다.
"스승님, 뭘 돕는 건데요?"
요시에는 아무 대답 없이 팔짱을 낀 채로 고개를 숙이고 있다. 구니코는 마사코에게 복도 안쪽 욕실로 질질 끌려갔다. 별수 없이 따라간 구니코는 이윽고 환하게 비춰진 욕실에 굴러다니는 인간의 다리를 보고 실신할 뻔했다.

"이게 뭐예요?"

"야요이네 남편이야."

마사코가 담배에 불을 붙이고 연기를 토하면서 말했다. 구니코는 마사코의 손톱 사이에 낀 마른 피며 비릿한 냄새를 떠올리고 토할 뻔했다. 손으로 입을 막고 필사적으로 구역질을 가라앉힌다.

"어째서, 어째서."

자신이 보고 있는 것이 현실로는 여겨지지 않고, 귀신의 집에 있는 공작물이 구니코를 깜짝 놀라게 하기 위해 놓여 있는 것 같은 기분마저 들었다.

"야요이가 죽여 버렸다는구나."

요시에가 한숨 섞인 목소리로 말했다.

"그런데 왜 이러고 있는 건가요?"

마사코는 귀찮은 듯이 돌아봤다.

"사무적인 일이라고 생각하기로 했어."

"이런 건 일이 아니에요."

"일이야."

마사코는 단호하게 잘라 말한다.

"너도 돈이 필요하면 거들어."

돈이라는 말을 듣자 구니코 안에서 또 다른 회로가 움직이기 시작했다.

"거들라니, 뭘 하는 건데요?"

"작게 만들어서 봉지에 담을 테니까 너는 버리러 가기만 하면 돼."

"버리기만 하면 되는 건가요?"

"그거면 돼."

"그러면 얼마 주실 건데요?"

"얼마나 받고 싶어? 야요이한테 교섭해 줄게. 그 대신 너도 공범. 아무한테도 말하면 안 돼."

"알아요."

그렇게밖에 대답 못하고 자신의 입을 봉하기 위한 마사코의 덫에 걸린 것을 느끼며 구니코는 망연자실했다.

한 발 먼저 공장을 나온 야마모토 야요이는 낡은 빨간색 우산을 쓰고 자전거를 몰고 있었다.

우산의 빨간 색깔이 비쳐서, 드러난 두 팔을 가슴 설레는 붉은 장밋빛으로 보이게 하고 있다. 아마도 자신의 뺨도 젊은 처녀 같은 장밋빛으로 빛나고 있으리라고 야요이는 생각했다.

그러나 모는 속도에 따라 천천히 이동하는 붉은 시야 가운데, 비에 젖은 검은 아스팔트 길도, 그 양쪽에 선 짙은 녹색 나무들도, 아직 문을 꼭 닫고 잠든 주택도, 모두 반대로 새까맣게 그늘을 드리운 것처럼 눈에 비쳤다.

우산 안에 있으면 장밋빛이지만 바깥세상은 무시무시함을 더한 경치가 되어 야요이를 에워싸고 있다. 그것이 자꾸만 남편 겐지를 죽인 후의 세상을 상징하는 것처럼 여겨졌다. 야요이는 밖을 보지 않으려고 우산 안에서 몸을 움츠렸다.

야요이는 겐지를 죽였을 때를 똑똑히 기억하고 있었다. 확실히 이 손으로 목을 졸라 죽여 버렸다. 하지만 한편으로는 겐지는 어디 나가 그대로 사라져 버린 거라는 상상도 강해졌다. 자기 편리를 위한 환상을 만들어 낸 거라고도 생각하지 않았다. 왜냐하면 겐지의 마음은 이미 자신과 아들들이 있는 집에서 멀리 떨어져 있었기 때문이다. 그러니까 얼마 안 가 그 상상이 남편을 죽였다는 현실을 능가해 버릴 것임에 틀림없다.

나일론 우산이 비를 흠뻑 빨아들여 무거워졌다. 야요이는 우산을 든 왼손을 내려다봤다. 장밋빛 세상에서 빠져나와 비슷비슷한 작은 집이 늘어선 주택가가 평소의 눈에 익은 색깔로 바뀌는 것을 천천히 바라본다. 부드러운 빗발이 온몸에 내렸다. 얼마 안 돼서 머리칼이, 얼굴이 푹 젖어 간다. 야요이는 자신이 다시 태어난 것 같은 기분이 들어 용기가 솟아났다.

자택 앞 골목으로 꺾어지는 블록 담으로 접어들자 어젯밤 여기서 마사코의 차를 기다리고 있었을 때가 생각났다. 마사코가 자신을 버리지 않고 도와주었다. 그 감격은 평생 잊지 못할 것이다. 마사코를 위해서라면 뭐든지 하리라고 생각했다. 겐지의 시체 문제도 마사코에게 맡겨 버리면 괜찮으리라 생각하며, 어깨의 짐을 내린 것 같은 기분이었다.

잠긴 자택 현관문을 따고 야요이는 아직 어슴푸레한 집 안으로 들어갔다. 아이가 있기 때문인지 양지에 있는 강아지 같은 그리운 냄새가 배어 있는 자기 집이다. 그것도 자신과 사랑하는 아이들만 있는 집이 되었다. 안도한다. 겐지는 이제 돌아오지 않는 것이다. 앞으로는 겐지가 죽었음을 알고 있다는 사실을 눈치 채이지 않을 노력이 필요하다. 남편의 실종을 걱정하는 아내를 능숙하게 연기할 수 있을지 없을지, 야요이는 그게 걱정이다.

하지만 현관에서 등 뒤로 목이 졸린 남편의 죽은 얼굴을 떠올리자 다시 고소해졌다.

'꼴좋다.'

이런 천박한 말은 한 번도 쓴 적이 없는데, 게다가 사냥을 해 본 적도 없는데 황야에서 작은 동물이라도 쫓아다니는 것처럼 거친 기분이 드는 건 어째서일까. 자신은 사실 원래 이런 인간이었던 건지도 모른다.

냉정해진 야요이는 남편의 유류품이 없는지 꼼꼼히 확인하면서 현관에서 신발을 벗었다. 겐지가 어떤 신발을 신고 죽어 갔는지 기억이 없어 신발장을 열어 봤다. 새 구두가 없다. 안심한 것은 겐지가 새 구두를 신고 죽어 갔기 때문이 아니라, 마사코에게 더러운 구두 처리를 부탁하지 않아도 됐기 때문이었다.

야요이는 제일 먼저 아이들이 자고 있는 침실을 들여다봤다. 두 아이 다 자고 있는 것을 보고 마음이 안정된다. 야요이는 작은아이가 차 낸 이불을 잘 덮어 주고 아이들에게서 영구히 부친을 빼앗은 것을 아주 조금 미안하게 생각했다.

"하지만 아빠는 이미 예전의 아빠가 아니었는걸."

작은 목소리로 중얼거린다. 갑자기 다섯 살짜리 큰아들 다카시가 눈을 떠서 야요이는 놀라 심장이 멎을 뻔했다. 다카시는 불안스레 눈을 깜박이며 엄마를 찾고 있다. 야요이는 토닥토닥 등을 두드려 줬다.

"엄마 왔어. 괜찮으니까 어서 자."

"아빠 있지?"

"아빠는 아직 안 왔어."

걱정스러운 듯 일어나려고 하는 다카시의 등을 계속해 가만히 토닥이는 사이 장남은 다시 잠에 빠져들었다. 야요이는 이제부터 일어날 일을 생각하며 조금은 자 두는 편이 좋겠다고 판단하고 옆에 편 이불 속으로 파고들었다. 도저히 잠을 자지 못할 것 같았는데 퍼런 멍이 든 명치 부근을 손으로 문지르고 있자니 금세 잠이 찾아와 주었다.

"엄마, 밀크 어디 갔어?"
작은아이 유키히로가 난폭하게 이불 위에 올라탄 바람에 눈이 뜨였다. 꿈속을 헤매고 있던 야요이는 현실 세계로 끌려나왔다. 급히 자명종 시계를 보자 오전 8시가 넘었다. 9시 전에는 아이들을 보육원에 보내야만 했다. 옷도 갈아입지 않고 자고 있던 야요이는 벌떡 일어났다. 기온이 조금 올라간 때문인지 땀을 흘렸다. 손으로 이마를 닦는다.
"엄마, 밀크가 없어."
유키히로가 다시 부르짖었다.
"어머, 그래? 어디 집 안에 있겠지."
이불을 개서 치우면서 어제 있었던 일을 돌이켜 본다. 겐지를 죽인 후, 현관문 틈새로 도망쳐 버린 애완 고양이를 겨우 떠올렸다. 마치 먼 옛날 일처럼 또렷하지 못한 기억이 많은 것이 신기했다.
"아무 데도 없다니까."
성질은 사나우면서도 고양이를 귀여워하던 작은아이는 반울상을 짓고 있었다. 야요이는 착한 형 다카시에게 동생을 맡기려고 장남을 찾았다.

"다카시, 어디 있니. 같이 밀크 찾아 주렴."

파자마 차림의 다카시가 근심스러운 얼굴로 나타났다.

"아빠 벌써 회사 갔어?"

귀가가 늦는 겐지만 현관 옆 작은방에서 자게 된 지 오래였다. 다카시는 일어나서 먼저 그곳을 들여다본 모양이다.

"아니, 다른 데서 주무셨나 봐. 어제 돌아오지 않으셨는걸. 왜?"

"거짓말. 아빠 집에 왔잖아."

소스라치게 놀란 야요이는 아들의 얼굴을 바라봤다. 사내아이 치고는 살이 희고 예쁘장한 얼굴을 걱정스레 찌푸리고 있다. 그렇게 하면 눈초리가 내려가 자신을 꼭 닮은 얼굴이 된다는 사실을 다시금 발견하면서 야요이는 되물었다.

"그거 몇 시?"

말꼬리가 떨리고 있음을 깨닫고, 이것은 앞으로 일어날 일들의 전초전이니 어떻게든 얼버무려야 한다고 결의한다.

"시간은 모르겠어."

다카시는 어른스러운 대답을 했다.

"하지만 온 것 같은 소리가 났어."

안도와 함께 야요이는 시치미를 뗐다.

"소리? 그럼 엄마가 일하러 나가는 소리랑 착각한 거 아닐까? 빨리 안 하면 늦는다."

"하지만."

계속 물고 늘어지는 다카시를 놔두고 야요이는 소파 아래며 부엌 식기장 뒤를 들여다보며 고양이를 찾고 있는 동생 유키히로에

욕실 161

게도 말했다.

"밀크는 엄마가 찾아 둘 테니까 얼른 준비해."

있는 반찬으로 아침 식사를 차려 먹이고 아들 둘에게 비옷을 입혀서 자전거 앞뒤에 태워 보육원에 데려다 준 다음 야요이는 방심 상태에 빠졌다. 한시라도 빨리 마사코에게 전화해 그 뒤로 어떻게 했는지 묻고 싶은 기분이 솟아난다. 아니, 그 정도가 아니라 이대로 자전거를 몰아 보러 가고 싶을 정도였다. 하지만 마사코는 자신이 전화할 때까지 기다리라고 했다. 야요이는 연락 취하기를 포기하고 집에 가는 길을 서둘렀다.

집 앞 골목에서 근처 중년 주부가 우산을 쓰고 쓰레기장을 청소하고 있는 데에 마주쳤다. 부근 아파트 주민들이 내놓은 쓰레기가 어질러져 있는 것을 투덜투덜 불평하며 치우고 있다. 야요이는 별수 없이 정중히 인사했다.

"안녕하세요. 항상 수고하시네요."

상대는 야요이임을 확인하더니 뜻밖의 말을 했다.

"저거, 그 집 고양이 아닌가요?"

주부가 가리킨 방향으로 하얀 고양이가 전신주 그늘에 가만히 서 있다. 확실히 밀크였다.

"어머, 정말이네. 밀크, 이리 와."

야요이는 손을 내밀었으나 하얀 고양이는 겁에 질려 뒷걸음질 치며 날카롭게 울었다.

"비 맞을라. 얼른 들어와."

"어머나, 왜 그러지. 별일이네."

놀란 주부가 의아해했다. 야요이는 주부 앞에서 내심 초조해져서 필사적으로 고양이의 이름을 불렀다.

"밀크, 밀크, 이리 와."

그러나 고양이는 빗속을 어딘가로 달려가 버렸다. 겐지와 마찬가지로 두 번 다시 돌아오지 않을 것이다. 야요이는 단념하기로 했다.

야요이는 야근을 마치고 이른 아침에 귀가하면 그대로 철야로 겐지와 아이들의 아침 식사를 차려 먹이고 보육원에 데려다 준 후에 겨우 잠드는 숨가쁜 생활을 하고 있었다.

야근 따위 하고 싶지 않지만 아이들이 아프면 쉴 수밖에 없는 주부를 풀타임으로 고용해 주는 곳은 쉽게 없었다. 도시락 공장에 나가기 전에는 파트타임으로 계산원 일을 했다. 일요 출근을 안하고 아이들이 갑자기 아파 몇 번인가 쉬었더니 어이없이 잘리고 말았다. 심야 근무는 육체적으로는 힘들지만 시급도 주간보다 좋고 아이들이 잠든 후에 천천히 나올 수 있는 것이 이점이다. 거기다 마사코나 요시에 같은 좋은 동료들도 주위에 있고.

그러나 앞으로는 겐지의 수입도 없어진다. 어떻게 하면 좋을까. 하지만 최근 몇 개월 힘들게 가계를 꾸려 오던 것을 생각하면 똑같다고 생각을 고쳐먹었다. 어떻게든 된다, 어떻게든 해 보이겠다. 어젯밤 후로 야요이는 자신이 강해졌다고 생각하고 있었다.

겐지의 회사에 당장 안부를 걱정하는 전화를 하고 싶었다. 하지만 너무 빠르면 의심을 받을지도 모른다. 야요이는 평소처럼 지내며 시간을 죽이고자 수면제를 반 알 먹고 자리에 누웠다. 이번에는 좀처럼 잠이 들지 못하다가 간신히 졸음이 왔다 싶더니 옆에 겐지가 누워 있는 생생한 꿈을 꾸고 식은땀을 잔뜩 흘렸다.

어느새 깊이 잠이 들어 있었다. 멀리서 울리는 전화 소리에 눈이 떠졌다. 마사코일지도 모른다고 급히 일어났더니 아직 약효가 남아 있어서인지 현기증이 났다.

"히로사와라고 합니다만 남편 분 계십니까."

겐지가 다니는 작은 건축자재 회사의 사원이 걸어온 전화였다. 드디어 왔다 하고 야요이는 호흡을 가다듬었다.

"아뇨, 회사에 출근하지 않았나요?"

"아직 나오지 않아서요."

야요이의 말에 상대는 당황한 듯했다. 야요이는 고개를 들어 거실 벽에 걸린 시계를 봤다. 오후 1시가 조금 지났다.

"실은 어젯밤에 집에 돌아오지 않았거든요. 어디 다른 데에 묵었는지도 모르지만 회사에는 출근했을 거라고 생각했는데. 전화해서 확인하면 또 화를 낼 것 같기도 하고, 어쩌면 좋을지 싶어서."

"그렇습니까."

같은 남자로서 느끼는 바가 있는지 히로사와는 당황해서 말했다.

"그것 참 걱정되시겠군요."

"이런 일은 처음이라 저도 어떻게 하면 좋을지 몰라서요. 하지만 슬슬 회사에 전화해 보는 게 좋을까 하고 망설이고 있었던 참이에요."

히로사와라면 분명 직속 상사인 영업부장이었다. 그 마르고 궁색해 보이는 생김새를 머리에 떠올리며 야요이는 수치심과 걱정이 엇갈리는 아내를 연기하라고 스스로를 다그쳤다.

"괜찮습니다. 어디서 취해 쓰러져 있는 거 아닐까요? 아, 그것도 부인께는 걱정이시겠군요. 하지만 야마모토는 한 번도 무단결근을 한 적이 없으니까, 그거 아니겠습니까. 그 왜 스트레스랄까, 어디로 떠나고 싶다고 할까, 그런 충동은 다들 있고요."
"가족에게도 연락하지 않고 말인가요?"
야요이는 따지고 들었다.
"으음." 하고 대답을 흐린 뒤 히로사와는 난처하다는 듯 입을 다물어 버렸다.
"저는 어떻게 하면 좋을까요?"
"저기 말입니다, 부인. 이렇게 하시지 않겠습니까? 저녁까지 기다려 보다가 아무런 연락도 없으면 수색원을 내기로요."
"그건 어디서 하는 건가요. 파출소에서?"
"아뇨, 아마 아닐 겁니다. 그럼 제가 조시해 볼 테니 부인께서는 부디 그대로 기다리고 계십시오. 걱정되시겠지만 남자는 워낙 생각 없는 짓을 잘하니 괜찮을 겁니다. 행방불명된 게 아니니까요."
히로사와의 전화는 끊겼다. 야요이는 갑자기 잠잠해진 실내를 둘러보고 겨우 비가 그쳤다는 것을 알았다. 갑자기 공복감을 느낀다. 그리고 보니 어젯밤부터 아무것도 먹지 않았다. 아이들에게 먹이고 남은 반찬과 전기밥솥에 든 흰밥으로 때우고자 식사를 차렸으나 막상 먹을 것을 보니 위가 받아들이지 못한다. 젓가락으로 깨작대고 있자니 다시 전화가 울렸다.
"아아, 안녕하십니까. 히로사와입니다."
"아, 네. 어떻게 되었나요?"

"저기 말입니다. 저희로서는 내일 아침까지 기다려 보는 게 어떨까 싶은데요. 어떻습니까?"

"그렇군요."

한숨을 내쉰다.

"소란 피웠는데 아무 일도 없었던 거면 부끄러우니까요."

"아뇨, 그럴 리가요. 하지만 일단 그렇게 해 봐 주십시오. 그리고 내일 아침이 돼도 돌아오지 않거든 최악의 경우 사고를 당했을 수도 있으니 경찰에 전화해 봐 주십시오."

"경찰 말인가요?"

"그렇습니다. 110번으로 걸면 된다고 합니다."

그건 즉 내일 오전 중에는 경찰에 신고를 해야만 한다는 말이었다. 겐지는 이제 두 번 다시 결코 돌아오지 않을 테니까.

"하지만 저 걱정되니까 저녁에는 전화해 보겠어요."

"경찰에 말입니까?"

"네. 만일에 사고로 어디 실려 가 있는 거면 불쌍하고요. 이런 일은 처음이에요. 왠지 불안해서."

"그렇습니까? 뭐, 그러는 편이 덜 불안하실 것 같거든 그렇게 하시는 게 좋을 거라고 생각합니다. 하지만 아마 곧 돌아올 겁니다. 쑥스러운 얼굴 하고서요."

그런 일은 없다. 마음속으로 히로사와에게 대답하곤, 야요이는 오늘 중에 경찰에 전화를 해 버리자고 결심하고 있었다. 그러는 게 남편이 없어져 불안해하는 느낌이 날 거라고 생각했기 때문이다. 어느새 야요이의 안에서 대담하고 천연덕스러운 계산이 이루어지고 있었다.

4시가 지나고 보육원에 아이들을 데리러 갈 준비를 하고 있자니 다시 전화가 울렸다.
"난데."
낮고 무뚝뚝한 목소리가 들렸다. 마사코였다.
안도하는 마음과, 혹시나 무슨 안 좋은 일이라도 생겼나 싶은 걱정이 섞여 야요이는 쭈뼛쭈뼛 물었다.
"아, 정말 미안했어. 어떻게 됐어?"
"전부 끝났으니까 아무것도 걱정할 필요 없어. 다만 상황이 조금 바뀌었어."
"무슨 뜻이야?"
"스승님이랑 구니코가 도와줬어."
사건을 요시에에게 이야기할 것은 각오하고 있었지만 구니코도 도왔다니 의외였다. 공장에서는 함께 작업하며 사이좋게 지내고 있지만 허영심 덩어리인 구니코를 야요이도 그다지 신용은 하지 않는다. 야요이는 갑자기 걱정이 됐다.
"구니코 씨, 괜찮을까? 어디 가서 얘기하지 않을까?"
"그거 말인데, 갑자기 와서 그걸 봐 버렸거든. 거기다가 생각해보면 그 아이는 네가 남편한테 배를 맞은 것도, 남편이 도박으로 돈을 날린 것도 다 알고 있으니까. 걔가 경찰에 그 사실을 지껄였다가는 네가 의심받을 거잖아."
그 말이 옳다는 생각에 야요이는 새파랗게 질렸다. 모든 것은 시간을 거슬러 올라가면 얽힌 실을 풀어내는 것처럼 스스로 그 모습을 드러내기 마련이리라. 멍이나 도박 이야기를 한 그저께 밤에는 겐지를 죽일 줄은 상상도 하지 못했으니 별수 없지만 마사코의 말이 옳았다. 역시 마사코는 의지가 된다.

"작업하던 것을 보이고 해서 공범으로 끌어들여 줬어. 그런데 있지, 스승님도 구니코도 단도직입적으로 말해 돈을 바라거든. 갑자기 미안하지만 너 50만 정도 마련 못하겠니?"

돈을 낸다니 의외였지만 마사코가 하는 말에는 따를 작정이다.

"둘이 합쳐서 50만이면 되는 거야?"

"응. 스승님 40에 구니코 10이면 돼. 구니코는 쓰레기 버리는 게 다니까. 그렇게 하면 그 사람들, 만족할 거라고 생각해. 네가 죽이고 네가 돈을 내서 처리를 부탁한다. 말하자면 이런 거야."

"알았어. 친정에 부탁해서 돈을 빌릴게."

야마나시에 사는 야요이의 친정은 그렇게 유복하지 않다. 부친은 회사원인데 이제 곧 정년이었다. 의지하기는 싫었으나 적금도 없어진 지금 생활비도 부족했다. 어차피 언젠가는 신세를 지게 되리라. 그게 빠르냐 늦느냐.

"그렇게 해 줘. 그리고 네 일은 어떻게 했어?"

마사코는 척척 물었다.

"아까 회사에서 전화가 와서 무단결근하고 있으니 내일 아침이 돼도 돌아오지 않거든 수색원 내 달래. 하지만 나는 걱정돼서 못 기다리겠으니 저녁에는 경찰에 전화하고 싶다고 했어."

"잘했어, 그편이 당황하는 티가 나서 좋아. 그럼 너는 오늘 결근하는 거지?"

"응."

"그러는 게 좋아. 그럼 내일 다시 전화할게."

용건을 마친 마사코는 곧 전화를 끊으려고 했다. 야요이는 당황해서 멈췄다.
"마사코 씨, 잠깐만."
"왜?"
"그거, 어떻게 했어?"
"아아. 힘들었지만 잘 토막 냈어. 셋이서 분담해서 내일 아침 일찍이라도 버리러 갈 거야. 목요일이 가연성 쓰레기 수거일이잖아. 탄산칼슘 봉지에 넣었으니까 들통 나지 않을 거라고 생각해."
"하지만 어디에 버릴 건데."
"너무 멀리는 못 가니까 위험할 줄은 알지만 근처 쓰레기장. 가능한 한 남들 눈에 띄지 않을 곳을 몰래 돌자고 얘기가 됐어."
"알겠어. 잘 부탁해."

바로 방금 전에 쓰레기장 청소를 하던 주부가 투덜대던 것을 떠올리며 야요이는 그 계획에 차질이 없기를 바랄 뿐이었다.

야요이는 다시 수화기를 움켜쥐고 마음을 굳힌 후 난생처음 걸어 보는 번호를 눌렀다. 얼마 안 가 남성의 목소리가 들렸다.

"110번입니다. 무슨 일이십니까?"
"저어, 남편이 집에 돌아오지 않는데요."

어이없이 생각할까 싶었으나 대응은 사무적이었다. 주소와 성명을 묻고는 그대로 기다리라고 하더니 다른 남자의 목소리로 바뀌었다.

"이쪽은 생활안전과입니다. 남편께서 돌아오지 않은 것이 언제부터입니까?"
"어젯밤부터요. 회사에도 나가지 않은 듯합니다."
"무슨 트러블이라도 있었습니까?"

"아뇨, 짚이는 건 없는데요."
"그렇다면 부인. 하룻밤 더 기다려 보시고 그래도 돌아오지 않거든 이쪽에 오셔서 신고를 해 주시기 바랍니다. 무사시야마토 서입니다. 장소는 아시죠?"
"하지만 못 기다리겠어요. 안절부절못하겠어서."
"이쪽에 오셔도 신고하는 것뿐이고 찾아드리는 건 아닙니다."
남자의 목소리는 부드러워졌다. 야요이는 거기서 한 번 한숨을 쉬었다.
"걱정이에요. 이런 일은 처음이라."
"뭐, 어린애나 노인이 아니니까 하룻밤 더 기다렸다가 와 주십시오."
"알겠습니다."
이것으로 오늘 해야 할 일은 다 끝났다. 전화를 끊은 후 야요이는 크게 숨을 토했다.

셋이서 간소하게 저녁 식사를 하고 있자니 다카시가 말했다.
"엄마, 오늘도 일 나가?"
"오늘은 쉬는 날."
"어째서?"
"아빠가 안 돌아오시니까 걱정돼서."
"다행이다. 엄마도 역시 걱정되는구나."
안심한 것처럼 다카시가 말하자 간이 떨어질 뻔했다. 아이는 보지 않는 것 같으면서 인간관계의 본질을 보고 있는 거라는 생각에 야요이는 어쩐지 두려워졌다. 어쩌면 어젯밤 겐지가 돌아왔을 때에 일어난 일을, 이 아이는 전부 다 들었는지도 모른다. 야요이는 두려웠다. 만일 그렇다면 입막음을 해야만 한다. 생각에 잠겨 있자니 유키히로가 입을 삐죽 내밀고 호소했다.
"엄마, 있잖아. 밀크가 마당에 있는데 아무리 불러도 안 들어와."
갑자기 야요이는 저도 모르게 고함을 질렀다.
"그냥 놔둬. 그깟 고양이. 엄마는 지금 그게 문제가 아니란 말이야."
평소에는 다정한 야요이가 와락 터뜨리자 유키히로는 놀라 젓가락을 떨어뜨렸다. 다카시는 아무것도 보고 싶지 않다는 듯이 눈을 깔았다.
아이들의 반응을 보고 반성하면서 다카시와 고양이 문제를 어떻게 하면 좋을지 마사코에게 상담해 보자고 야요이는 생각했다. 어느새 마사코를 완전히 의지하고 있다.
옛날 사이가 좋았을 무렵에는 겐지에게 이처럼 의지하고 있었다는 사실을 깡그리 잊어버리고 있었다.

마사코는 욕조 덮개 위에 따로 돗자리를 깔고 거기에 마흔세 장의 비닐봉지를 올려놓았다. 남자가 하나 올라가는 정도의 중량이라 플라스틱 덮개는 그 무게로 휘었다.
"피는 없어졌는데도 무게가 꽤 나가네."
마사코가 혼잣말을 하자 "싫어, 믿을 수 없어." 하고 구니코가 한숨과 함께 고개를 저었다.

"지금 뭐라고 했어?"

"믿을 수 없다고 했어요. 이런 짓을 하고 용케 태연한 얼굴이시다 싶어서요."

구니코는 입을 삐죽 내밀고 마사코에게 대들었다.

"나라고 태연한 거 아니야."

마사코는 반박했다.

"너처럼 여기저기 빚지고 하면서도 외제 차 타면서 나한테 돈 빌리러 오는 굵은 신경이 나한테는 더 대단하게 느껴지는데."

순간 구니코는 화장을 하지 않은 작은 눈에 눈물을 그렁거렸다. 평소에는 공들여 화장을 하고 있으면서 오늘 아침에는 그런 여유도 없었나 보다. 그러나 그 얼굴이 오히려 젊고 소박하게 보였다.

"그럴까요? 제 쪽이 나을걸요, 절대로. 비교하는 게 이상해요. 나, 속았어."

"어라. 그럼 돈은 필요 없는 거네."

"아뇨, 돈은 필요해요. 그러지 않으면 저는 파멸인걸요."

"그러지 않아도 이미 파멸했어, 너는. 난 너 같은 인간을 많이 알아."

"어떻게요?"

"예전 직장에서 많이 봤으니까."

마사코는 구니코의 눈을 조용히 쳐다봤다. 이런 못돼 먹은 여자는 재기 불능 상태로 만드는 것이 제일이다. 바꾸려고 하면 바꿀 수 있는 인간관계는 주위에 얼마든지 굴러다닌다.

"예전 직장이라니 어떤 데인데요?"

구니코는 호기심이 생긴 모양이다. 마사코는 고개를 가로저었다.

"그건 지금 상황이랑 아무런 관계도 없잖아."
"없긴 뭐가 없어요? 근거 없는 소리나 갖다 붙이고."
"근거 없지 않아. 돈이 필요하면 그에 합당한 일을 해."
"그야 하겠지만. 할 일의 범위랄까, 그런 게 인간에게는 분명 있다고 생각하는데요."
"너 그런 소리 하고 있을 상황이야?"
마사코가 비웃자 돈을 받으러 올 사채업자가 생각났는지 구니코는 갑자기 말을 집어삼켰다. 눈물은 사라지고 대신 모공이 눈에 띄는 콧등에 땀이 났다.
"너는 돈을 받고 싶어서 도왔어. 훌륭한 공범 아냐? 혼자 고상한 척하지 마."
"하지만."
말을 하려다가 구니코는 다시 분한 마음에 눈물을 글썽이며 입을 다물고 말았다.
"저기, 이야기 도중에 미안한데, 이제 그만 가 봐야겠는데."
그런 분쟁은 안중에도 없는지 요시에는 잠 부족으로 눈 아래가 부은 얼굴을 하고 시간을 신경 쓰고 있다.
"노인네가 일어났을 거야. 나는 이제부터 할일이 아직 많으니까."
"알아. 스승님, 미안하지만 이거 조금 가지고 돌아가."
마사코가 고기 조각과 뼛조각이 섞인 봉지를 손가락으로 가리키자 요시에는 노골적으로 싫은 표정을 지었다.
"나 자전거야. 바구니에 이걸 싣고 가라는 거니? 우산 쓰고."
마사코는 창밖을 봤다. 비는 그쳤고 구름 틈새로 푸른 하늘이

군데군데 보인다. 이제부터 기온이 올라갈 것 같았다. 서두르지 않으면 부패가 진행될 것이다. 이미 내장은 썩어 가고 있다.
"이제 비 안 와."
"하지만 나 싫다, 얘."
"그럼 어떻게 버리라고."
마사코는 타일 벽에 기대서 팔짱을 끼고, 욕실 입구에 선 채로 얼어붙어 있는 구니코 쪽을 봤다.
"너도 가지고 가."
"제 차 트렁크에 싣는 건가요?"
"당연한 걸 뭘 물어. 네 멋진 차에 싣는 게 싫다는 거야?"
어째서 이런 간단한 걸 알아차리지 못하는 건지 마사코는 짜증이 났다.
"이 일은 말이지, 공장처럼 라인이 멈춘다고 끝이 아니야. 이걸 적당한 데에 버려서 발견되지 않고 둘이 돈을 받아야 끝이지. 만에 하나 발견돼도 신원을 모르면 되고, 알았다 하더라도 우리 짓이라는 게 발각 나지 않으면 돼."
"야요이 씨가 말할지도 모르잖아요."
"그 애한테 협박당했다고 하면 되잖아."
"그럼 제가 마사코 씨한테 협박당했다고 해도 되는 거네요."
오기가 생겨서 구니코가 말한다.
"좋아. 그 대신 처음부터 그럴 작정이면 돈은 안 내."
"너무해. 정말 사람이 너무해요."
구니코는 오열을 참으며 이야기를 바꿨다.
"그럼 이 죽은 사람은 불쌍하잖아요. 아무도 슬퍼하지 않고 아무도 큰일이라고 생각하지 않는다니."
"그만 해!"
마사코는 고함쳤다.
"그런 건 알 바 아냐. 그건 야요이와 이 남자 문제야."
"하지만 내 생각에는 말이지."
요시에가 절실한 어조로 끼어들자 마사코와 구니코는 그쪽을 향했다.
"이상한 얘기지만, 이렇게 해 줘서 죽은 남자도 기뻐하고 있지 않을까 하는 생각이 들었어. 나, 지금까지 토막 살인이라고 하면 그 무슨 잔인한 짓이냐 싶었는데 그게 아니야. 잘 해체한다는 건 죽은 자를 정중하게 다룬다는 거야."
현실을 보는 대신 좋은 쪽으로 만사를 생각하는 요시에의 자기 합리화가 다시 시작됐다고 마사코는 생각했다. 하지만 마흔세 장의 봉지에 고깃덩이를 담는 작업은 확실히 정중하다고 말 못할 것도 없다. 마사코는 다시금 덮개 위에 놓인 비닐봉지를 쳐다봤다.
목을 제일 먼저 잘라 내고, 다리, 팔을 잘라 그것을 관절 부분에서 해체했다. 발목부터 앞을 다시 둘로, 정강이와 넓적다리도 둘로 나눠 다리 한쪽만도 여섯 장의 봉지에 들어갔다. 팔 부분은 다섯 장이 필요했다. 지문은 만일의 경우를 생각해 요시에에게 시켜서 회를 뜨는 것처럼 떠내게 했다. 그러니까 팔다리만으로 스물두 조각.
문제는 동체 부분이었다. 여기에는 시간이 걸렸다. 우선 세로로 갈라 내장을 긁어내서 내장으로 여덟 조각. 겉의 살을 도려내고 늑골을 부러트려 통째로 썬다. 다 해서 이것도 스무 조각. 처음에 잘라 낸 머리를 합하면 마흔세 부분이라는 계산이 나온다. 좀 더 작게 나누고 싶었지만 익숙지 않은 작업에 걸린 시간은 세 시간. 이미 오후 1시가 지났다. 시간도 체력도 한계였다.

　탄산칼슘이 든 도쿄도 권장 쓰레기봉투에 넣어 묶은 봉투 입을 다시 아래로 젖혀 폭 덮어서 두 겹으로 했다. 그리고 그것을 또 한 장의 봉투에 넣었으므로 비쳐 보이지 않는다. 내용물만 발각 나지 않으면 이대로 '가연성 쓰레기'로 잘 처분될 것이다. 다만 한 개의 중량이 1킬로그램 이상은 되니까 언뜻 보기에 인간의 살덩이라고 생각하지 못하게 각종 부위의 고기 조각을 섞어 넣었다. 내장과 발등, 어깨와 손가락 끝, 이렇게. 그것은 울며 꺼려했으나 구니코에게 시켰다. 신문지 같은 것으로 싸자고 요시에가 말했으나 신문 배달 지역이 드러날 것을 염려해 그러지 않았다. 문제는 버릴 장소였다.

　"스승님은 자전거니까 다섯 개만 가져가. 구니코 씨는 열다섯. 나는 남은 전부랑 머리를 처리할 테니까. 봉지에 지문 찍히니까 장갑 끼고 만져."

　"얘, 머리님은 어쩔 셈이니?"

　요시에는 그것만 검은 비닐봉지에 감싸인 물체를 기분 나쁜 듯이 쳐다봤다. 가장 처음에 잘라 낸 그것은 역시 머리의 관록을 보이며 욕실 덮개 위에서 이상하게 앉음새가 좋다.

　"머리님?"

　마사코는 요시에의 표현에 저도 모르게 웃음을 흘렸다.

　"나중에 어디 묻으려고. 그것밖에 방법이 없잖아. 머리가 나오면 들통 나는데."

"썩으면 되잖니."
요시에가 말했다.
"치과 치료 흔적인지 뭔지로 보지 않나요?"
아는 척하는 얼굴로 구니코가 끼어들었다.
"비행기 사고 때는 그러잖아요."
"어쨌든 가능한 한 이 주변에서 떨어진 장소에서 몇 곳에 나눠서 쓰레기로 내놔 줘. 그리고 알고 있겠지만 남들한테 보이지 않게 조심하고."
"그럼 오늘 밤 공장 갈 때가 좋을까."
요시에가 말했다.
"하지만 고양이나 까마귀가 봉지를 뜯을지도 모르겠군."
구니코가 덧붙였다.
"역시 이른 아침이 좋지 않나요?"
"누가 망을 보고 있을 만한 데만 아니면 어느 쪽이든 좋아. 하지만 가능한 한 멀리."
"저기, 마사코 씨. 아까 얘기 말인데요."
구니코가 머뭇머뭇 말을 꺼냈다.
"돈, 어떻게 안 될까요? 오늘은 5만, 아니 4만 5000엔이라도 괜찮아요. 그러면 당장 내야 할 돈은 어떻게든 되거든요. 하지만 내일 이후 생활비가 없으니까 내일이라도 다시 조금 빌려 주실 수 없을까요?"
"별수 없지. 네 몫에서 뺄 테니까."
"제 몫이 얼만데요?"
울고만 있던 구니코의 눈에 빈틈없는 빛이 나타났다. 요시에는 거북한 것처럼 바지 주머니를 위에서 꼭 누르고 있다. 겐지가 가지고 있던 돈을 요시에가 챙긴 것은 마사코밖에 모른다.
"글쎄. 너는 봉지에 담기만 하고 힘든 일은 안 했으니까 10만 정도면 되지 않겠어? 그 대신 스승님은 40만. 야요이가 그만큼 낼 수 있을지는 알 수 없지만."
순간 구니코와 요시에는 얼굴을 마주 봤다. 동시에 두 사람의 얼굴에는 또렷한 실망이 떠올랐으나 요시에는 따로 챙긴 게 있으니 그것으로 됐다고 생각했는지, 구니코는 그런 지독한 작업을 할 정도라면 이것으로 충분하다고 여겼는지, 혹은 두 사람 다 마사코가 무서웠던 건지 그 이상 아무 말도 하지 않았다.
"그럼 난 이만 갈게."
그렇게 말하더니 요시에는 뒤도 돌아보지 않고 얼른 나가 버렸다. 구니코도 걸음을 옮기려다가 말고 돌아봤다.
"마사코 씨. 오늘 밤 주차장에서 만나서 갈까요?"
"아아, 그건 이제 됐어. 따로따로 가."
구니코가 가지고 돌아갈 봉지를 검은 비닐봉지에 넣으면서 마사코가 대답하자 구니코는 미심쩍은 듯이 마사코의 눈을 봤다.
"어젯밤에 무슨 일 있었나요? 그러고 보니 늦으셨죠."
"아무 일도 없었어."
"그래요?"
입으로는 그렇게 말하면서도 구니코는 의심스러운 듯이 마사코를 머리부터 발끝까지 훑어봤다.

두 사람이 돌아간 후 마사코는 자기 몫의 비닐봉지와 찢어 낸 겐지의 옷이며 소지품을 차 트렁크에 넣으러 갔다. 이것은 오늘 밤, 출근하기 전에 차로 여기저기 예비 조사를 해서 오늘 밤이나 내일 아침에 버릴 작정이다.

그 후 바닥용 솔을 이용해 꼼꼼히 욕실을 청소했다.

그러나 타일 틈새에는 억센 솔로 몇 번을 문질러도 끈적거리는 피가 들러붙어 있는 것처럼 여겨졌고, 창을 크게 열고 환기팬을 돌려도 피와 부패하기 시작한 장기의 비린내는 사라지지 않는 것 같은 기분이 들었다.

약해진 마음에서 오는 환각이라고 마사코는 생각했다. 요시에는 손에 묻은 냄새가 지워지지 않는다며 피부가 반질반질해질 때까지 크레졸에 손을 담그고 있었다. 고기 조각을 봉지에 담았을 뿐인 구니코는 해체된 겐지를 보고 두 번 다시 고기를 먹지 않겠다며 변소에서 토하고, 울면서 봉지에 담았다. 자신은 어떻게든 침착하게 잘 해내지 않았는가.

지금 자신이 세제를 써서 몇 번이나 솔로 문지르는 것은 만에 하나 경찰 조사가 들어왔을 때 루미놀 반응이 두렵기 때문이다. '기분 탓'에 시달리는 것은 도리에 어긋나는 짓을 배척해 온 자신의 수치다.

벽에 머리카락이 한 올 붙어 있었다. 억세고 짧은 남자 머리카락이었다. 마사코는 손가락으로 집어서 그것이 남편의 것인지 아들의 것인지, 혹은 겐지의 시체에서 떨어진 것인지를 생각했다. 그러다가 어리석게 느껴졌다. DNA 감정이라도 하면 또 모르지만 자신들이 일상적인 생활을 하는 데에 있어서는 단순히 떨어진 한 올의 머리카락에 지나지 않는다. 산 남자에게서 떨어졌든, 시체에게서 떨어졌든 똑같은 쓰레기다. 마사코는 그것을 배수구에 흘려 보냈다. 그 순간 마사코의 '기분 탓'도 같이 쓸려 내려갔다.

　마사코는 야요이에게 전화를 걸어 돈 문제를 의논한 후 겨우 자기 침대에 누웠다. 이미 오후 4시가 지나 있었다. 평소라면 오전 9시부터 자서 딱 4시경에 일어난다. 그래서 몸은 지쳐 있었으나, 반대로 신경은 잔뜩 곤두서서 잠은 좀처럼 와 주지 않았다.

　마사코는 냉장고를 열고 캔맥주를 꺼내 한번에 들이켰다. 이렇게 흥분되기는 회사를 그만뒀을 때 후로 처음이었다. 마사코는 침대로 돌아갔으나 여름의 해 질 무렵 찌는 듯한 침실에서 몇 번이나 몸을 뒤척였다.

　잠깐 몇 시간 누워 있을 생각이었는데 눈이 뜨였을 때에는 열어둔 창으로 습기 찬 밤공기가 밀려 들어와 있었다. 마사코는 풀지도 않고 잤던 시계를 보고 일어났다. 오후 8시. 시원해졌는데도 티셔츠가 땀에 젖었다. 몇 가지 괴로운 꿈을 꿨으나 내용은 잊어버렸다.

　현관문이 열리는 소리가 났다. 요시키나 노부키이리라. 저녁 식사를 준비하지 않은 채 자 버렸다. 마사코는 느릿느릿 거실로 향한다.

　노부키가 식탁에 앉아 편의점에서 사 온 도시락을 먹고 있는 참이었다. 한번 돌아왔다가 아무것도 없는 것을 보고 사러 나갔다 온 모양이다. 마사코가 테이블 옆에 서자 노부키는 표정만 딱딱하게 굳혔을 뿐 아무 말도 하지 않았다. 하지만 평소와 다른 분위기를 알아챈 건지 무서워하는 것처럼 마사코의 등 뒤 공기를 쳐다보는 몸짓을 했다. 마사코는 그 모습을 보고 노부키가 감수성 예민한 아이였던 것을 떠올렸다.

"내 몫은 없니?"

노부키는 도시락에 시선을 떨어트리고 뭔가를 지키려는 듯한 완고한 표정을 지었다. 대체 뭘 지키겠다는 걸까. 어머니인 자신은 진작 지킬 것 따위 내버렸는데.

"맛있어?"

물음에 대답하지 않고 노부키는 나무젓가락을 놓고 먹던 도시락을 쳐다보고 있다. 마사코는 밥알이 붙은 플라스틱 뚜껑을 들고 제조 장소와 시간을 봤다. '미요시 푸드 히가시야마토 공장 오후 3시 출하'라고 쓰여 있다. 우연인지 아니면 노부키의 고의인지, 틀림없이 자기들 공장에서 주간에 만들어진 스페셜 도시락이었다. 그 점이 애달프게 느껴져 마사코는 징돈된 거실을 둘러봤다. 낮에 여기서 자신들이 해 댄 짓이 거짓말처럼 여겨진다. 노부키는 다시 젓가락을 들고 조용히 먹기 시작했다.

마사코는 노부키의 맞은편에 앉아서 말을 하지 않는 아들이 도시락을 먹는 모습을 멍하니 쳐다봤다. 오늘 구니코에 대해 느꼈던 그 감정. 바꿀 수 있는 인간관계라면 바꿔 버리고 싶다는, 그 야만적이라고도 할 수 있을 기분을 떠올리고, 여기에 죽어도 바꿀 수 없는 인간관계가 있는 것을 알고는 무력감에 사로잡혔다.

마사코는 일어나서 어두컴컴한 욕실로 향했다. 불을 켜자 세제로 말끔히 닦은 욕실은 이제 다 말라서 언뜻 보기에 무척이나 청결했다. 마사코는 욕조에 뜨거운 물을 채운다.

물이 차 가는 것을 보고 옷을 벗은 후 욕실 바닥에 서서 샤워를 한다. 미야모리 가즈오의 흔적을 즉각 지워 버리고 싶다고 어젯밤 공장 화장실에서 생각했던 것을 기억해 냈다. 그 후로 자신은 복사뼈까지 겐지의 피로 더럽히고 손톱 사이에 세포 조각이 끼어서 토막을 냈다. 그런데 이 샤워로 씻어 내고 싶다고 생각하는 것은 아직껏 미야모리 가즈오의 흔적이었다. 살아 있는 인간도 시체도 마찬가지라는 요시에의 말을 떠올리고 마사코는 샤워기에서 쏟아지는 물을 맞으면서 고개를 끄덕이고 있었다. 시체는 역겹게 느껴져도 움직이지 않는다. 살아 있는 가즈오는 자신에게 영향을 준다. 살아간다는 것이 훨씬 음울하다.

차 트렁크에 겐지의 시체에서 나온 다양한 부분과 머리가 든 봉지를 넣고 마사코는 평소보다 두 시간 빨리 집을 나섰다. 요시키는 아직 집에 돌아오지 않았다. 그 점이 마사코는 안심되었다. 요시키는 바꿀 수 없는 인간관계에 속하므로 구니코에 대한 것과 같은 감정이 드는 것을 피하고 있는지도 모른다.

마사코는 밤의 신 오우메 가도를 타고 도심 방향으로 차를 몰았다. 상행선은 비어 있었으나 마사코는 천천히 좌우 경치를 보면서 운전했다. 출근 시간이나 트렁크에 든 물체를 머리에서 털어 내고, 지금까지 보아 와 익숙한 경치가 지금의 자신에게 어떻게 비칠지 흥미가 있었다.

왼편에 정수장이 자리 잡은 커다란 육교를 지난다. 육교 꼭대기로 먼 밤하늘에 세이부 유원지에 있는 거대한 관람차의 조명이 코인의 윤곽처럼 빛나고 있는 게 보였다. 이 경치를 까맣게 잊고 있었다. 저것을 탄 것은 노부키가 어렸을 적, 먼 옛날이었다. 지금은 이제 노부키가 자신이 모르는 어른 남자로 변모한 것처럼 자기 자신도 경계를 넘어 변해 가는 거라고 생각했다.

오른편에 고다이라 공동묘지의 콘크리트 담이 잠시 동안 이어진다. 거대한 새장 같은 골프 연습장이 다가오자 마사코는 오른쪽으로 꺾어 다나시 시로 들어갔다. 밭 가운데에 있는 주택가를 달리다 보니 목표로 하고 온 커다란 맨션이 보였다.

다나시 시는 전에 근무하던 회사가 있던 곳이라 잘 알고 있다. 그 맨션은 세대수가 많으면서 관리가 잘 안 돼서 뒤편의 쓰레기장에 누구나 언제든 자유로이 출입할 수 있다는 것을 기억하고 있었다. 마사코는 쓰레기장 옆에 차를 세우고 아무렇지 않게 봉지 다섯 뭉치를 들고 내렸다. 커다란 파란색 쓰레기통이 몇 개나 놓여 있고 '불연성 쓰레기', '가연성 쓰레기'라고 큼지막하게 씌어 있다. 이미 양쪽 다 대량의 쓰레기봉투가 아무렇게나 비져져 있었다. 마사코는 쓰레기봉투를 들어내고 아래쪽에 가져온 봉지를 밀어 넣었다. 겐지의 몸은 가정에서 나온 부엌 쓰레기며 휴지와 구분이 가지 않게 되었다.

마사코는 커다란 맨션을 발견할 때마다 우선 쓰레기장을 찾아 들어갈 수 있을 것 같으면 몰래 봉지를 두고 왔다. 모르는 심야의 주택가를 느린 속도로 달리며 인기척이 없는 쓰레기장이 있으면 아래쪽에 자연스럽게 두고 떠나기를 되풀이했다. 이렇게 해서 겐지의 육체와 옷은 토막 나고 찢긴 것뿐이 아니라 서로 떨어진 장소에 아무렇게나 버려졌다. 이제 남은 것은 머리와 주머니 안에 들어 있던 소지품뿐이다.

슬슬 공장으로 향하지 않으면 지각할 시간이 되었다. 트렁크가 비자 마사코의 기분은 한결 가벼워졌다. 차가 없는 요시에가 어디에 버릴지가 걱정됐지만 봉지 수가 적으니까 어떻게든 될 것이다. 게다가 요시에는 야무진 성격이다. 문제는 구니코였다. 그 신용할 수 없는 여자에게 열다섯 뭉치나 맡기는 건 무모했다고 후회하며, 아직 버리지 않았다면 자신이 처분하는 게 좋을지도 모른다고 생각했다.

마사코는 온 길을 반대 방향으로 다시 30분 정도 달려서 겨우 공장 주차장에 도착했다. 구니코는 아직 도착하지 않았다. 차 안에서 잠시 기다려 봤으나 구니코의 화려한 차는 나타나지 않는다. 어쩌면 오늘의 쇼크로 쉴 작정인지도 모른다. 화가 나지만 구니코가 결근해도 상황에 변화는 없다고 생각을 고쳤다.

차 밖으로 나가자 7월 치고는 건조한, 그리고 오늘 아침 무렵에 비하면 훨씬 차가운 공기에 느끼한 튀김 기름 냄새가 선명하게 감돌고 있는 것을 느꼈다.

마사코는 폐공장 자취 앞 속도랑의 콘크리트 덮개 여기저기에 뚫린 구멍을 떠올렸다. 거기에 겐지의 열쇠고리와 지갑을 던져 넣어 버리면 아무도 모를 것이다. 겐지의 머리는 내일 낮에라도 사야마 호수 주변 산중에 묻어 버리면 된다.

마사코는 겐지의 소지품을 빨리 버리고 가뿐해지고 싶다고 생각했다. 폐공장의 셔터와 우거진 여름풀을 보니 어젯밤 미야모리 가즈오가 "기다릴게요."라고 말했던 것이 뇌리에 떠올랐다. 그러나 아침의 일에서 보더라도 가즈오가 기다리고 있을 리는 없다. 그래도 만일을 위해 주위를 살폈으나 인기척은 없었다.

마사코는 속도랑 깊은 곳으로 다가가 눈을 크게 뜨고 구멍을 찾았다. 콘크리트 덮개 틈새로 구멍은 몇 개나 발견됐다. 마사코는 봉지에서 빈 지갑과 열쇠고리를 꺼내서 구멍 안으로 던져 넣었다. 퐁당 하는 소리가 난 것을 듣고 안심하며 마사코는 암흑 속으로 걸음을 디뎠다. 앞에 펼쳐진 어두운 밤 가운데에 도시락 공장의 조명이 빛나고 있다.

전날 밤 자신을 억눌렀던 녹슨 셔터 아래에 미야모리 가즈오가 웅크리고 있다는 사실은 전혀 눈치 채지 못했다.

구니코는 마사코의 집에서 해방된 순간 참지 못하고 심호흡을 했다.

날씨는 회복될 기미를 보이며 구름 틈새로 드문드문 푸른 하늘마저 보인다. 비가 갠 후의 축축하게 습진, 그러면서 맑은 공기가 콧구멍으로 들어오자 조금 숨이 트였다. 하지만 이 오른손에 든 검은 봉지에는 끔찍한 것이 가득 들어 있는 것이다. 구니코는 "웩." 하고 소리를 내면서 얼굴을 찡그렸다. 순간 방금 들이켰던 공기조차도 미적지근하고 속이 울렁거리는 것처럼 느껴진다.

봉지를 땅바닥에 내려놓고 서툰 손놀림으로 골프의 트렁크를 연다. 먼지와 기름이 섞인 차 특유의 냄새에 구니코는 다시 구역질이 났다. 그 안에 더욱 속을 버릴 만한 것을 넣어야만 한다. 트렁크 바닥 가득 흩어진 공구며 우산, 신발을 한곳으로 밀어 자리를 비우면서도, 구니코는 자신이 저지른 짓이 아직도 믿어지지 않았다.

고무장갑 너머로 분홍빛 살점을 집어 들었을 때 들었던 섬뜩한 감촉. 쪼개진 하얀 뼈. 체모가 그대로 붙어 있는 창백한 피부도 있었다. 그 자세한 모양이 뇌리에 선명히 되살아나며, 제대로 요리도 못하면서 앞으로 고기 요리는 결코 만들지 않겠다는 생각마저 한다.

마사코 앞에서야 입바른 의견을 내놨지만, 이런 건 한시라도 빨리 버려 버리고 싶다. 그 정도가 아니라 자신의 소중한 차에 이런 섬뜩한 것을 잠시도 넣어 두고 싶지 않았다. 금방 부패해 지독한 냄새를 풍기는 건 아닐까. 그 냄새는 이 매끄러운 차 시트에도 배어들어 자동차 방향제로도 지워지지 않고 영원히 자신에게 근심을 지우리라. 그런 상상을 하니 안절부절못하게 되어 차라리 이 주변에 버려 버릴까 하고 구니코는 마사코의 집 주위를 둘러봤다.

밭을 골라 만들어진 조성지인 듯, 언덕처럼 솟아오른 농지 위에 새로 지은 티가 나는 작은 가옥이 한데 모여 오밀조밀 서 있다. 그때 마침 주택과 농지 경계에 콘크리트 벽이 둘린 쓰레기장이 있는 것이 보였다. 구니코는 마사코의 집을 돌아보며 그녀의 모습이 보이지 않는 것을 확인한 후 거기까지 검은 비닐봉지를 옮겨 갔다.

여기서 발견돼서 꼬리가 밟히든 말든 구니코는 아무래도 좋았다. 멋대로 떠맡긴 거니까. 구니코는 깔끔하게 청소된 쓰레기장에 검은 비닐봉지를 통째로 털썩 내던졌다. 봉지 끝이 조금 터져서 안의 반투명 봉지가 보였지만 가능한 한 보지 않도록 구니코는 얼굴을 돌리고 달렸다. 그때 남자 목소리가 들려 구니코는 덜컥 놀라 멈춰 섰다.

"거기, 잠깐."

살이 검게 탄 작업복 차림의 노인이 씩씩대며 쓰레기장 앞에 서 있었다.
"자네, 이 주변 사람 아니지."
"그런데요."
"이런 짓 하면 안 되지."
노인은 구니코가 지금 막 버렸던 봉지를 거뜬히 들어 구니코에게 다시 디밀었다. 그리고 흐뭇한 표정으로 밭을 가리켰다.
"가끔 자네같이 괘씸한 자가 있어서 내가 저기서 망을 보고 있거든."
"잘못했습니다."
남이 꾸짖는 데 약한 구니코는 노인이 내민 봉지를 들고 도망치듯이 그 자리를 떠났다. 차에 돌아와, 이번에는 주저 없이 트렁크에 봉지를 던져 넣고 서둘러 시동을 건다. 뒷거울로 살짝 엿보니, 노인은 멀리서도 계속 이쪽을 보고 있다. 구니코는 급히 차를 출발시켰다.
"빌어먹을 영감탱이, 얼른 뒈져 버려라!"
뒷거울을 향해 욕지거리를 하며 그대로 정처 없이 차를 몰아 나갔다. 얼마 동안 달리면서 문제의 봉지를 눈에 띄지 않게 버리는 것이 얼마나 어려운지를 깨닫고, 자기가 대체 무슨 일에 가담한 건지 다시금 암담한 기분에 빠져들었다. 열다섯 개나 떠맡았으니 말이다. 무게도 상당하다. 들고 걷기에도 눈에 띈다. 하지만 어떻게 해서든 빨리 처분하고 싶다. 구니코는 어디다 버려 줄까 생각하며, 핸들을 쥐면서 시선을 이리저리 돌렸다. 하지만 기분만 앞서서 몇 번이나 신호가 났는데도 못 움직이다가 뒤차가 경적을 울리는 형편이다.

아침에도 지났던 작은 도영 주택이 있는 구역을 지나친다. 초라한 어린이 공원에 아이들을 데리고 나온 젊은 엄마들이 눈에 들어왔다. 과자 봉지를 벤치 옆에 놓인 쓰레기통에 버리고 있다. 순간 좋은 생각이 구니코의 머리에 떠올랐다. 공원에 버리면 된다. 공원이라면 여기저기에 쓰레기통이 있고, 사람 눈도 많지 않다. 그렇다, 공원에 버리자. 출입이 자유로운 큰 공원이라면 더욱 좋다. 자신의 아이디어에 무척 만족한 구니코는 갑자기 마음이 편해져 콧노래를 흥얼거리며 전방을 쳐다봤다.

K 공원에는 공장 사람들과 꽃구경을 온 적이 있다. 확실히 도쿄에서 가장 큰 공원이 아니던가. 이곳이라면 문제의 역겨운 쓰레기를 버려도 들통 나지 않을 것이다.
구니코는 차를 공장 뒤 샤쿠지이 강의 둑 가장자리에 세웠다. 다행히 평일 낮이라 사람은 없었다. 구니코는 마사코에게 받은 비닐장갑을 손에 끼고 시체가 담긴 검은 비닐봉지를 트렁크에서 꺼냈다. 그리고 그것을 들고 뒷문으로 공원 안에 들어갔다. 자연의 잡목림이 그대로 남아 있는 공원 안은 키 큰 수목들이 울창하게 우거져 심록의 냄새에 숨이 막힐 지경이었다. 길을 벗어나 비에 젖은 수풀을 가르고 들어가자 구니코의 하얀색 플랫슈즈가 축축하게 젖었다. 더위에 장갑 속 손바닥에 땀이 난다. 그 불쾌감과 봉지의 무게에 구니코는 숨을 몰아쉬었다. 의심을 사지 않고 봉지를 버릴 수 있는 장소가 없을까. 그 생각밖에 머리에 없다. 하지만 잡목림 속에 쓰레기통은 하나도 없었다.
잡목림이 열리고 광대한 들이 눈앞에 펼쳐졌다. 비가 그치고 얼마 안 되어 그곳은 꽃구경 때 사람들이 우글대던 게 거짓말처럼 한산했다. 캐치볼을 하는 젊은 남자가 두 명. 태평하게 산보 중인 남자가 한 명. 젖은 잔디 위에 은색 돗자리를 깔고 붙어서 시시덕대고 있는 수영복 차림의 커플. 어린아이를 데리고 나온 주부 무리들. 커다란 개를 데리고 산책로를 걷는 초로의 남자. 구니코의 눈에 띈 것은 이 정도였다. 이걸 버리는 데에 이보다 좋은 장소는 없다. 구니코는 혼자 조용히 웃었다.

구니코는 눈에 띄지 않도록 나무 그늘에서 그늘로 걸으면서 쓰레기통을 찾아다녔다. 처음에 발견한 테니스 코트 옆 커다란 바구니 모양 쓰레기통에 하나 던져 넣었다. 다음에는 어린이용 놀이기구가 있는 광장 쪽 쓰레기통에 두 개. 도중에 산보 중인 노인 집단과 마주쳐서 시치미를 뚝 떼고 숲으로 도망쳤다. 여기저기 쓰레기통을 찾아서 사람의 눈을 피해 버리는 방법으로 열다섯 개 전부 버리기까지 대략 한 시간쯤 공원 안을 서성였다.

안심이 된 건지 갑자기 허기가 느껴졌다. 아침부터 아무것도 먹지 않았다. 구니코는 매점을 찾아 장갑과 텅 빈 검은 비닐봉지를 백에 넣으면서 달려갔다. 핫도그와 콜라를 사서 나무 벤치에 앉아 먹었다. 종이그릇과 종이컵을 쓰레기통에 버리려고 안을 들여다보니 흩어진 볶음국수에 쉬파리가 꾀었다. 그 쓰레기봉투 안에 든 것도 터지면 내용물에 이렇게 쉬파리가 잔뜩 꾀어들 것이다. 썩어서 파리가 꾀고 구더기가 끓고. 또다시 구역질이 나면서 시큼한 침이 구니코의 입 안을 채웠다.

빨리 돌아가서 자야겠다. 구니코는 멘솔 담배를 물면서 비에 젖은 풀을 밟고 걷기 시작했다.

졸린 데다 마사코의 집에서 본 것에 대한 쇼크와 공원에서 치른 큰 건 탓에 휘청거리면서 자기 집 문 앞에 서는데, 개방 복도 구석에서 한 젊은 남자가 천천히 다가왔다. 구니코는 아무 생각 없이 남자의 모습을 봤다. 수수한 양복을 입고 검은색 서류가방을 든 방문 판매원 같은 인상이었다. 괜히 강매라도 당했다가는 큰일이다. 서둘러 문을 따고 집으로 뛰어들려고 하는 구니코를 남자가 불러 세웠다.
"조노우치 씨 되십니까?"
들은 기억이 있는 목소리였다.
어째서 자신의 이름을 알고 있는 걸까. 구니코는 의심하는 눈을 남자에게 향했다. 남자는 상냥하게 웃으며 다가온다. 수수한 체크무늬 삼베 양복에 노란빛 넥타이. 옷 입는 감각도 좋고 호리호리한 체구에 머리를 갈색으로 물들여 겉모습은 나쁘지 않다. 텔레비전에서 곧잘 보는 젊은 탤런트를 닮은 것 같은 기분이 들어 구니코는 호기심이 생겼다.
"실례합니다, 불러 세워서. 저는 주몬지라고 합니다."
남자는 양복 앞주머니에서 꺼낸 명함을 익숙한 손놀림으로 구니코에게 건넸다. 구니코는 그것을 보고 저도 모르게 외마디 소리를 쳤다. 명함에 '밀리언 소비자 센터 대표이사 주몬지 아키라'라고 적혀 있었기 때문이다.
마사코에게서 5만 엔을 빌리는 데 성공해 놓고, 문제의 봉지를 버리는 데에 정신이 쏠린 나머지 은행에 가는 것을 완전히 잊고 있었다. 이래서야 무엇을 위해 그 짓을 하며 마사코에게 돈을 빌린 건지 알 수 없는 노릇이다. 정말 나는 바보야. 항상 얌전 빼는 구니코가 초조함을 감추지 못한다.
"저기, 저, 죄송합니다. 돈은 있는데 입금하는 걸 깜빡해서. 저어, 정말 있어요."
지갑을 백에서 끄집어내는데 일회용 비닐장갑이 걸려 지저분한 콘크리트 바닥에 떨어졌다. 주문지가 허리를 굽혀 주워서는 조금 의아한 듯 쳐다본 후 돌려줬다.
구니코는 더욱 조급해졌으나 한편으로는 추심하러 온 남자가 야쿠자 따위가 아니라 뜻밖에 미남이라는 데에 안도하고 있다. 어떻게든 될 것 같다고 평소대로 낙관적인 마음이 생겼다.
"5만 5200엔이었죠. 거스름돈 주세요."
구니코는 지갑에서 마사코에게 빌린 5만 엔과 가지고 있던 1만 엔을 합쳐 내밀었다. 주문지는 고개를 가로저었다.
"여기서는 좀 그러니까요."
"아, 그럼 지금 입금하러 갈까요?"
구니코는 손목시계를 봤다. 오후 4시가 가깝지만 자동화 기계라면 입금할 수 있다.
"아뇨, 그럴 필요까지는 없습니다. 여기서 받겠습니다. 다만 이웃 분들의 시선도 있지 싶어서."
"그런가요. 죄송합니다."
구니코는 맥을 못 추고 머리를 숙였다.
"뭐랄까, 많이 힘드시지요. 잘 압니다. 저도 조노우치 씨의 성의는 충분히 느꼈습니다."
주문지는 거스름돈과 영수증을 건네고는 걱정스러운 듯이 속삭였다.

"남편 분께서는 회사를 그만두셨다고 하더군요."
"아, 네."
거기까지 조사한 건가. 내심 부르르 떨며 구니코는 대답했다.
"잘 아시네요."
"그게, 실례인 줄은 압니다만 일단 이런 일이 있으면 체크를 하도록 하고 있으니까요. 그래서 이번에는 어디에 근무를 하고 계십니까?"

주몬지는 변함없이 웃음을 띠며 이야기한다. 부드러운 말씨와 상냥한 표정이 거미줄처럼 자신을 휘감는 것을 느끼며, 구니코는 말해서는 안 될 사실까지 입 밖에 내고 있었다.

"그게 저기, 모르겠습니다."
"그 말씀은 즉?"

주몬지는 이해가 안 된다는 것처럼 고개를 갸웃거렸다. 퀴즈 프로그램에 나온 젊은 탤런트가 간단한 문제에 고개를 갸우뚱거리는 것 같아 귀엽게 보였다. 구니코는 가르쳐 주고 싶은 충동에 휩싸여 쓸데없는 소리를 나불댔다.

"저기, 어제 저녁부터 돌아오지를 않아서요. 어쩌면 가출한 것 아닐까 걱정하고 있는 중이에요."
"실례지만 혼인신고는 하셨지요?"
"아뇨, 그게 사실혼 관계라."

구니코가 기어 들어가는 소리로 대답하자 주몬지는 숨을 토했다.

"호오. 그러셨던가요."

옆집 문이 열리며, 장이라도 보러 가는 건지 아기를 업은 주부가 접은 유모차를 들고 얼굴을 내밀었다. 구니코를 보고 고개 숙여 인사는 하지만 구니코와 이야기하는 남자가 누굴까 하는 호기심을 조금도 감추지 않는다. 주몬지는 신경 써서 주부의 모습이 보이지 않게 될 때까지 그저 애매하게 고개만 끄덕이고 있었다. 구니코를 진지하게 걱정하는 것 같다.

"만일 남편 분께서 가출하신 것이 사실이라면 앞으로 어떻게 하실 겁니까? 이런 소리 하는 건 실례지만, 생활비는 괜찮으십니까? 주제넘은 이야기라 죄송합니다."

구니코는 축 가라앉았다. 바른말이었다. 자신이 도시락 공장 야근으로 버는 20만 남짓 되는 임금은 거의 대출금 이자 갚는 데에 털어 넣고, 생활비는 전부 데쓰야의 적은 수입에 의존하고 있었던 것이다. 데쓰야가 도망갔다면 물론 파트타임 수입만으로는 버텨 길 수 없다.

"그러네요. 취직을 해야 할지도."

"흠."

주몬지는 생각에 잠기는 것처럼 다시 고개를 절묘한 각도로 기울였다.

"취직해서 봐야 아마도 생활을 꾸려 나가는 게 고작이겠지요. 실례지만 말입니다. 대출금이 문제로군요."

"그러네요."

금세 구니코는 풀이 죽었다.

"괜찮으시다면 금후의 상환 계획에 대해 잠시 이야기하시지 않겠습니까?"

주몬지는 문 안으로 들어가고 싶은 듯 말했다. 구니코는 당황했

욕실 193

다. 오늘 아침에 미친 듯이 화를 내며 뛰쳐나온 그대로라 집 안은 엉망으로 어질러진 상태다. 이런 멋진 남자를 들이는 건 도저히 내키지 않는다.

"어디 패밀리 레스토랑 같은 곳이 없을까요? 차로 왔거든요."
구니코의 초조함이 누그러진다.
"그럼 죄송하지만 잠깐 기다려 주실 수 있을까요? 집에 한 번 들르고 싶어서요."
"아래에서 기다리겠습니다. 주차장에 세운 남색 시마입니다."
주몬지는 사람 좋아 보이는 웃음을 짓더니 가볍게 고개 숙여 인사하고는 그곳을 떠났다.

남색 시마래. 패밀리 레스토랑에서 금후의 상환 계획을 얘기하재.
구니코는 마사코의 집에서 있었던 일도 잊고 마냥 신이 나서 집에 들어갔다. 어째서 오늘 같은 날 맨얼굴로 집을 뛰쳐나갔던 걸까. 어째서 오늘 같은 날 이런 청바지에 낡은 티셔츠 따위를 입고 있었던 걸까. 이래서야 꼭 스승님 같다.
그나저나 어째서 자신은 추심원이 야쿠자가 틀림없다고 생각하고 있었을까. 저렇게 젊고 멋진 남자일 줄은 꿈에도 생각 못했다. 구니코는 서둘러 파운데이션을 얼굴에 처바르며 명함을 꺼내 바라봤다. '밀리언 소비자 센터 대표이사 주몬지 아키라'라고 쓰여 있다.
대표이사라는 건 사장님이라는 거다. 구니코는 사장이 직접 상태를 살피러 나타나는 이상한 태도나 연예인 이름 같다는 수상쩍은 냄새보다도 사장 본인에게 완전히 흥미가 쏠려 있었다.

주몬지는 패밀리 레스토랑의 묽고 맛없는 커피를 마시면서 정면에 앉은 구니코의 얼굴을 쳐다보고 있었다.
자신을 차에서 기다리게 해 놓고 화장을 한 모양인지 공단 주택의 어슴푸레한 개방 복도에서 만났을 때보다는 조금 나아 보였다. 하지만 눈 주위에 그린 두꺼운 아이라인하며, 잘 먹지 않은 파운데이션하며, 짙은 화장 때문에 도리어 정체불명, 연령 미상의 수상쩍은 여자 같아 보였다.
본래 스무 살 넘은 여자를 좋아하지 않는 주몬지는 그런 구니코가 주는 것 없이 혐오스러웠다. 여자는 나이를 먹으면 더러워진다는 주몬지의 가치관을 온몸으로 나타내고 있는 것 같은 여자이기 때문이다.
'이 녀석도 불량 채무자다.'
주몬지는 그렇게 생각하며 도시락 공장 일이 얼마나 힘든지를 지껄이고 있는 구니코의 툭 튀어나온 앞니만 보고 있었다. 거기에 로즈핑크 색상의 루주가 묻어 있었기 때문이었다.
"그럼 조노우치 씨는 정규직을 가지실 생각은 없으십니까?"
"있죠. 하지만 좀처럼 제게 맞는 게 없어서요."
구니코는 축 처져서 대답한다.
"어떤 일을 하고 싶으십니까?"
"사무 일을 하고 싶은데, 적당한 곳이 없어서."
"찾으면 있지 않겠습니까?"

되는대로 대답하면서, 설령 있다 한들 절대 취직되지 않으리라고 주몬지는 생각하고 있었다. 방종하고 무책임한 여자라는 게 해파리 연골처럼 빤히 비친다. 아직 서른한 살밖에 안 되었지만 이런 인간은 산더미만큼 봐 왔다. 잠깐 눈을 떼면 회사 비품 사무용품을 슬쩍하고, 사적인 전화를 해 대고, 무단결근을 밥 먹듯 하는 녀석들이다. 들통만 안 나면 공금 유용을 해도 된다고 생각하기도 한다. 자신이 경영자라면 절대 고용하지 않을 타입이다.
"그럼 조노우치 씨. 밤에 하는 일만 해 나가실 생각이십니까?"
"아이 참. 밤에 하는 일이라고 하니까 꼭 물장사 같잖아요."
구니코는 교태를 지으며 웃었다. 웃고 있을 상황이냐. 네가 물장사인들 할 수 있을까 봐. 여기저기 빚이 천지면서. 주몬지는 불쾌하게 생각하며 투박한 커피 잔을 받침 접시에 쨍 소리가 나게 내려놨다. 이 여자가 몹시 싫어졌다.
"확실히 말씀드리겠는데, 괜찮겠습니까?"
"아, 네."
구니코는 일단 착실한 표정을 지었다.
"외람된 말이지만, 다음 달 입금은 괜찮으시겠습니까?"
주몬지는 걱정되어 견딜 수 없다는 표정을 지어 보인다. 그런 것처럼 모양 좋은 눈썹 양 끝이 축 처지면서 자신의 자랑인 진지해 보이기도 하고 순진해 보이기도 하는 표정이 되었다. 이러면 여자들의 감정이 누그러진다는 사실을 알고 있다. 아니나 다를까 구니코는 당황하고 있다. 그러나 순진한 사채업자가 어디 있으랴. 있을 리가 없다. 사악한 주몬지는 속으로 그렇게 생각한다.
"저어, 어떻게든 하겠습니다. 갚아야죠, 당연히."

"그야 그렇습니다. 하지만 글쎄요. 이대로 남편 분의 행방을 알 수 없게 되면 새로 보증인이 필요하니 말이지요."

구니코의 실종된 남편은 근속 기간은 2년밖에 안 됐지만 2부 상장 회사에 근무하고 있었다. 그래서 선뜻 80만이나 턱 빌려 줬던 것이다. 구니코는 요술 방망이처럼 가면 무조건 빌릴 수 있는 줄 아는지도 모르지만, 사실혼이든 뭐든 남편이라는 보증이 없으면 빌려 주지 않았다. 그런 남편이 회사도 그만두고 모습을 감췄다니 자금 회수가 불가능해진 것과 같다.

'누가 너 같은 가치 없는 여자한테 돈을 빌려 주느냐.'

주몬지는 구니코의 둔감함에 이를 갈고 싶은 기분이다.

"하지만 그런 사람 마땅히 없으시죠."

구니코는 보증인 생각은 하지도 않았던 모양이다. 크게 놀란 표정을 지었다.

"양친께서는 홋카이도에 계셨죠."

주몬지는 지참한 신청 용지를 봤다. 구니코는 양친의 주소와 근무처는 적었지만 친척 칸은 비어 있었다.

"아버지가 홋카이도에 계시긴 한데 편찮으셔서."

"하지만 따님이 이렇게 난처한데 도와주시지 않을까요."

"어려울 거예요. 병원 들락날락하시는 처지에 돈도 없고."

"그럼 어떤 분이든 좋습니다. 친척이나 친구나. 사인과 막도장이면 됩니다."

"그런 사람 없는데요."

"큰일이군요."

주몬지는 과장스레 한숨을 내쉬었다.

"차는 아직 할부가 남아 계시죠."
"네. 앞으로 2년, 아니, 3년인가."
"카드 빚은?"
"너무 깊게 생각 안 하려고 하고 있어요."
주몬지가 질릴 정도로 무책임하게 대답한 후, 갑자기 구니코는 담배를 피우는 것도 잊고 멍해졌다. 분홍색 유니폼을 입은 웨이트리스가 나르는 햄버그스테이크를 보고 있는 것 같다. 그 이마에 비지땀이 배어난 것을 주몬지는 이상하게 여기며 쳐다봤다.
"왜 그러십니까?"
"아뇨, 고기가 조금 기분 나빠서."
"싫어하십니까?"
"거북해요."
"체격은 좋으신데."
그런 건 아무래도 좋았다. 저도 모르게 야유가 입을 뚫고 나간다. 주몬지는 쓴웃음을 지었으나, 자칫 구니코에게 마음을 쓰는 듯 보이는 행동을 그만두고 말 것 같았다. 주몬지의 머릿속에는 이 어딘가 멍청하고 자기 입장을 제대로 모르는 여자에게서 어떤 방법으로 돈을 회수하느냐 하는 생각밖에 없었다.
만에 하나 결제가 연체돼서 윤락업소에 넘겨 버린다 해도 이 얼굴과 몸으로는 돈벌이도 바랄 수 없을 것이다. 어디 허술한 사채 회사에서 돈을 빌리게 시켜 이쪽으로 돌려 막게 하려고 해도 남편이 없으면 빌리기 힘들지도 모른다. 역시 남편의 행방이 문제인가. 앞으로 들어갈 수고를 생각하며 주몬지는 진저리를 친다. 갑자기 구니코가 고개를 들었다.

"하지만 저, 돈 들어올 곳이 좀 있으니까 어떻게든 될 겁니다. 그리고 앞으로 바로 주간 직장을 찾을 테니까요."
"오, 돈 들어올 곳이라니, 아르바이트 같은 겁니까?"
"네, 뭐. 대충 그런 거예요."
"얼마나 들어올까요."
"20만 정도는 반드시."
무책임한 소리로 상황을 모면할 셈인가 싶어 주몬지는 초점이 정확하지 않은 구니코의 눈을 봤다. 그러나 그녀의 눈은 짐승처럼 깊숙이서 빛을 발하고 있었다. 주몬지는 섬뜩해졌다.
일찍이 불량 채권 추심 업무를 하던 시절에 위험한 남자는 몇 명이나 본 적이 있다. 빌린 돈을 못 갚고 강도가 되거나 사기를 치는 등 터무니없는 짓을 저지르는 녀석들이다. 남자는 막다른 곳에 몰리면 외부를 향해 파열한다. 그러나 구니코에게는 그런 위험함이 아니라, 좀 더 음습한 그늘 같은 것이 느껴졌다. 그러고 보니 딱 한 명 비슷한 경우를 본 적이 있었다. 주몬지는 기억의 서랍에서 한 여자의 얼굴을 찾아냈다. 그 여자는 주몬지 일행이 다녀간 후 원한 담긴 유서를 길게 써 놓고 아이를 산 채로 다리에서 강에 던져 빠트린 후 남편을 남기고 자살해 버렸다.
그런 여자는 자신이 저지른 짓을 모두 남의 탓으로 돌린다. 피해망상이 부푸는 한편, 차라리 길동무로 삼겠다고 관계없는 사람까지 제멋대로 수렁에 끌어들인다.
구니코에게서 꺼림칙한 요기가 풍겨 오는 기분이 든다고 느낀 주몬지는 급히 눈을 돌려 가게 안에서 담배를 피우는 여고생의 루즈삭스를 신은 다리를 쳐다봤다.

"주몬지 씨, 어쩌면 50만 들어올지도 몰라요."

구니코가 희미하게 웃으면서 말하는 것을 주몬지는 가로막았다.

"정기 수입이 될 만한 겁니까?"

"정기 수입은 못 되지만."

구니코는 옆을 향했다.

"네, 정기 수입은 못 되지만, 그에 가까워질 거라고 생각해요."

비밀스러운 좋은 돈줄이 있는 건지도 모른다. 어디 영감쟁이를 속여 넘기든 아니면 몸을 팔든, 그런 건 아무래도 좋았다. 어쨌든 이 여자의 사정에 깊이 파고 들어가는 건 관두자고 주몬지는 결심했다. 이쪽은 돈만 갚아 주면 상관없으니까. 어쨌든 보증인만 확보해 두고 잠시 상태를 보자.

"알겠습니다. 아직 연체된 것도 아니고요. 그럼 이렇게 합시다. 내일이나 모레쯤에 저희 회사로 와 주십시오. 제가 다시 한 번 찾아뵈어도 좋겠고요. 그때까지 보증인의 도장을 받아 주십시오."

"갚는다는 가망이 있어도 보증인은 필요한 건가요?"

구니코는 납득 못하겠다는 것처럼 입술을 삐죽 내밀었다.

"네, 정말 죄송합니다만 남편 분 일도 있어 조금 불안해서요. 오늘 밤 중에라도 찾아 주십시오. 부탁드립니다."

"그런가요."

구니코는 마지못해 끄덕였다.

"그럼 그렇게 잘 부탁드리겠습니다."

"네에."

구니코는 고개를 숙인 채 혀끝으로 맛보는 것처럼 로즈핑크 색깔 루주를 핥고 있다.

"그럼 이만 실례하겠습니다."

주몬지는 계산서를 들고 일어섰다. 구니코의 얼굴에 집까지 바래다주지 않나 보다 하는 노골적인 실망이 드러난 것을 알았으나, 커피 값을 내 주는 것도 아깝다고 여기며 그녀를 홀로 남기고 얼른 패밀리 레스토랑을 나왔다. 불량 채권으로 여겨지는 인간을 만나면 언제나 느끼는 짜증을 떨쳐 내는 것처럼, 주몬지는 출구에서 양복에 붙은 실밥을 손가락으로 퉁겨 떨어트린다.

주몬지는 추심 업무가 싫지는 않았다. 대개의 인간은 빚이 사라지지 않는 것을 알면서도 어떻게든 회피하고자 한다. 그것을 미리 읽고 선수를 쳐서 돈을 뱉어 내게 하는 거다. 막다른 곳으로 몰아넣는 것이 참을 수 없도록 재미있었다.

패밀리 레스토랑의 넓은 주차장에 세워 둔 중고 시마로 돌아가서 보니 옆 주차 공간에 창이 어둡게 코팅된 검은색 글로리아가 서 있는 게 눈에 띄었다. 주머니에서 열쇠를 꺼내서 운전석 문을 열려고 할 때, 글로리아의 창에서 마른 남자가 얼굴을 내밀었다.

"어이, 아키라. 아키라 아니냐."

소가라는 이름의 선배였다. 아다치 구에 있는 다케노즈카 중학교의 두 학년 위. 졸업 후 폭주족에 들어갔다가 후에 어느 폭력단의 구성원이 되었다고 들었다.

"아아, 소가 선배. 정말 오랜만에 뵙습니다."

주몬지는 놀라서 소가를 보고 섰다. 5년쯤 전에 아다치의 스낵바에서 마주쳐서 한잔 한 뒤로 처음이었다. 변함없이 깡마르고 간 질환이라도 있는 사람처럼 퍼렇고 누런 삐죽한 얼굴이다. 그 무렵에는 보잘 것 없는 말단이었는데 지금은 출세한 모양이다. 주몬지는 소가의 위세 좋은 차림새를 쳐다봤다. 머리를 올백으로 넘기고 하늘색 양복에 옅은 분홍색 셔츠 옷깃을 맵시 있게 내놨다.
"오랜만이고 뭐고. 너 이런 촌구석에서 뭐 하고 있는 거냐."
소가는 히죽히죽 웃으면서 차에서 나왔다.
"어디 집회라도 있냐?"
"집회라니, 폭주족은 이제 졸업했는데요."
주몬지는 웃음을 터트렸다.
"사업입니다, 사업."
"사업이라. 무슨 사업인데, 응?"
소가는 바지 주머니에 두 손을 집어넣은 채로 주몬지의 차 안을 들여다봤다. 깔끔하게 정리되어 지도첩 말고는 아무것도 없다. 소가가 놀렸다.
"차도 어째 얌전하니, 재미없잖아."
"그만 하세요. 옛날이야 요란했지만."
"머리스타일도 이래가지고, 그래서 누구 잡을 수나 있겠어? 어려 보이기나 해서."
소가는 어이없다는 듯 가운데에서 가르마를 탄 주몬지의 머리형을 쳐다봤다.
"그런 짓 안 한다니까요."
"갱생한 거냐?"
소가는 주몬지의 재킷 옷깃을 쥐고 희미하게 웃었다.
"사채업하고 있습니다."
"그거 좋네. 너 옛날부터 짠돌이였으니까. 다 저 할 일 찾아 하게 되는구나."

"소가 선배는요?"

주몬지는 몸을 뒤로 젖히며 물었다.

"나는 이거."

소가는 손가락으로 무슨 모양을 만들어 보였다. 아다치 구 안에서 노점상 관리를 도맡아 하며 세력을 떨치고 있는 폭력단의 표지였다.

"그거야 알고 있고요."

주몬지는 쓴웃음을 짓는다.

"여기는 어쩐 일로?"

"저거."

소가는 옆을 본다. 주차장 끝에 세워진 두 대의 차가 있었다. 주몬지는 시선을 따랐다. 추돌 사고 처리 때문인지 중년 남성이 벌벌 떨며 고개를 숙이고 있다. 요란한 차림새를 한 젊은 남자가 그 앞에서 따발총처럼 쏘아 대고 있었다. 일본산 차 한 대의 범퍼가 크게 찌그러졌다.

"사고입니까?"

"그래, 뒤쪽이 파여서 말이야."

"과연."

최근 도내에서 차량을 이용한 자해 공갈 집단이 대량으로 흘러들어오고 있다는 정보가 있었던 것을 주몬지는 떠올렸다. 그 자해 공갈 집단 차량 번호를 동업자가 메일로 보내왔다.

목표 차량 앞에서 갑자기 사이드브레이크를 당겨 뒤에서 추돌시킨다. 추돌한 자가 놀라서 뛰어나오면 상대의 대응을 봐서 이리저리 돈을 뜯어낼 획책을 한다. 그게 자해 공갈 수법인데, 소가가

속한 폭력단이 출장 와 있는 줄은 몰랐다.
"그러고 보니, 그런 소문 들었습니다. 소가 선배네였습니까?"
"뭐냐, 듣기 사납게. 저 녀석이 받은 거라고. 피해자라고."
소가는 히죽거리며 말한다. 레스토랑 출구에서 구니코가 이쪽을 흠칫거리며 보고 있다. 구니코는 주몬지의 시선을 깨닫고 도망치는 것처럼 발길을 돌렸다. 이로써 필사적으로 보증인을 찾을 마음이 들었으리라고, 주몬지는 소가와 함께 있는 게 효과를 내어 만족했다.
"소가 씨, 이제부터 병원 갑니다."
중년 남성과 이야기하던 젊은 남자 하나가 보고하러 돌아왔다. 차가 있는 곳에 남아 있는 한 사람은 과장스레 목을 누른 채로 수그리고 있다. 중년 남성이 쭈뼛쭈뼛 말을 걸고 있다. 저 녀석, 된통 당하겠다고 주몬지는 생각했다. 동정 따위 하지 않는다. 멍청한 녀석이라고 비웃는다.
"오, 그러냐."
소가는 의젓하게 고개를 끄덕이고는 주몬지에게 힘줄이 불거진 손을 내밀었다.
"아키라, 명함 하나 줘라."
"아, 이거 실례했습니다."
주몬지는 안주머니에서 꺼낸 명함을 직업적인 손놀림으로 건넸다.
"잘 부탁드립니다."
"뭐냐, 이거. 너 주몬지라는 이름을 쓰고 있냐?"
명함을 보자마자 소가는 웃음을 터트렸다. 주몬지의 본명은 야마다 아키라. 너무 평범하여 좋아하는 경륜 선수 이름을 따서 바꾼 것이다.
"이상합니까."
"안 이상하냐, 그럼. 예명도 아니고. 그러고 보면 너 옛날부터 허영이 심했으니까. 그렇게 따지면 어울리는 것도 같다."
소가는 명함을 앞주머니에 집어넣었다.
"뭐, 여기서 만난 것도 인연인데 앞으로도 옛날처럼 어울려 보자고. 알았지?"
"그거 좋지요."
주몬지는 쾌히 말한다. 지금은 그 그림마저 감쪽같이 감췄지만 주몬지도 일찍이 소가와 같은 폭주족의 멤버였다.
"그렇지. 사채업이면 해결사 빌려 줄까?"
"손이 부족할 때는 부탁드릴지도 모르겠습니다만, 저희는 작은 회사라 다들 대단한 것 없습니다."
그것은 즉 너무 심하게 닦달하면 내빼 버린다는 말이었다. 그랬다가는 본전도 못 찾는다. 온순한 녀석은 온순한 녀석 나름대로 돈을 잘 받아 내야 한다. 이 일은 그게 어려웠다.
"바쁠 때는 사양하지 말고. 하지만 네 녀석이야 뭐, 아이돌같이 예쁘장하게 생겨 가지고 성격은 꽤나 독하니까."
소가는 주몬지의 뺨을 손으로 찰싹찰싹 때렸다.
"정말 나쁜 녀석이지. 너같이 잔머리 돌아가는 녀석이 아래 있으면 편한데 말이야. 다들 머리가 나빠서 고생이 이만저만이 아니지 뭐냐. 이 녀석들 죄다 폭주족에서 근성 좀 바로잡아 주고 싶다."

날카로운 눈길로 부하들을 쳐다본다.

"소가 선배, 그보다 돈 되는 얘기 없습니까?"

"인마, 그런 게 있으면 다들 가만히 있겠냐?"

소가는 주몬지에게서 시선을 돌리고는 진지한 얼굴로 돌아와서 글로리아로 향했다. 운전사 겸 보디가드로 여겨지는 금발의 젊은 남자가 문을 열고 고개를 숙인 자세로 쭉 기다리고 있었다. 주몬지는 인사하고 배웅하다가 소가 일행의 차가 나간 것을 확인한 후 주차장을 나왔다. 저런 덜떨어진 깡패 놈들보다 돈 되는 일이나 만났으면 좋겠다고 진심으로 바랐다. 돈이라면 얼마가 있어도 부족하다.

히가시야마토 역 뒷골목에 척 보기에도 배달 전문으로 망하기 직전인 초밥집이 있다. 포렴은 때가 지고 배달용 오토바이에는 흙탕물 튄 얼룩이 그대로 남아 있다. 가게 뒤에서는 젊은 점원이 화장실 청소용 솔로 초밥통을 씻고 있다. 당장이라도 보건 당국에 영업 정지를 먹을 것 같은 가게였다.

그 옆으로 난 새 건축자재 냄새가 진동하는 계단을 올라가서 막다른 곳에 주몬지의 회사가 있었다. 주몬지는 삐걱거리는 계단을 기세 좋게 달려 올라갔다. '밀리언 소비자 센터'라고 하얀 플레이트가 붙은 합판 문을 연다.

"다녀오셨어요."

두 명의 사원이 이쪽을 향했다. 컴퓨터가 한 대. 그리고 전화가 몇 대. 그 앞에 따분한 얼굴을 한 젊은 남자가 하나, 또 나이에 안 맞게 소바주(sauvage, 깔끔치 않게 야성미를 남긴 헤어스타일의 일

종으로 프랑스의 헤어디자이너 장 루이 다비드가 처음으로 선보였
다.—옮긴이) 머리를 한 중년 여자가 있었다.
"어이, 좀 어때?"
"오후에는 아무 일도 없었는데요."
주몬지는 소용없다는 것을 알면서 젊은 남자 사원에게 구니코
의 남편 데쓰야의 소재를 찾도록 명령했다.
"아마 무리일걸요."
"알아. 돈이 들어가야 할 것 같으면 때려치워."
처음부터 의욕이 없던 젊은 사원은 안심한 것처럼 고개를 끄덕
였다. 소바주 머리의 여자는 자기는 모른다는 얼굴로 빨갛게 칠한
손톱을 보면서 일어섰다.
"사장님, 먼저 퇴근해도 되나요? 저, 5시까지 근무니까요."
"수고했어."
이 중년 여자를 젊은 여자 사원으로 바꾸려고 생각했던 적이 있
는데, 도움이 되지 않을 것 같아 관뒀다. 이 여자한테 접객시키기
때문에 손님이 붙는 것도 알고 있다. 그렇다면 젊은 남자를 자를
까. 최근 머리 굴리는 일이라야 자금 운용에 대한 것뿐이었다.
주몬지는 구니코의 돈 들어올 구석이라는 게 무엇일지 호기심
이 자극되어 창밖을 쳐다봤다. 울타리를 두른 역 앞 개발지의 풀
밭이 보인다. 그 너머에서 여름 해가 지고 있었다.

여기저기서 벌레 우는 소리가 난다. 밤이슬에 젖은 풀을 연상시
키는 습지고 조용한 울음소리다. 이건 상파울루와는 다르다. 상파

울루는 덥고 바싹바싹 메말랐으며 여름 벌레는 바람에 울리는 종처럼 아름다운 음색을 낸다.
미야모리 가즈오는 우거진 여름 풀숲 속에 두 무릎을 안고 웅크리고 있었다. 아까부터 끈질긴 모기가 몇 마리 날아다니며 가즈오의 몸에 붙어 떨어지지 않는다. 티셔츠에서 나온 팔을 몇 군데 물렸는지 모르지만, 어쨌든 움직여서는 안 된다. 가즈오가 자신에게 내린 일종의 시련이었다. 언제나 어떤 시련을 자신에게 내려 참아내는 것이 가즈오의 방식이다. 시련을 내리지 않으면 자신이라는 인간은 금세 구제불능이 된다고 생각한다.
암흑 속에서 귀를 기울이고 있자니 벌레 소리뿐 아니라 물 흐르는 소리도 조용히 들려왔다. 졸졸졸도 아니고 쏴아도 아닌, 주룩주룩 농도가 느껴지는 소리다. 그게 저 참기 힘든 냄새를 풍기는, 속도랑의 썩은 시궁창 물이라는 사실을 가즈오는 알고 있었다. 분뇨며 동물의 시체며 쓰레기가 한데 섞여 썩은 탁한 물조차도 그칠 새 없이 흐르는 소리를 내는 것이다.
바람이 불어와 풀숲이 바스락바스락 흔들렸다. 동시에 가즈오의 등 뒤에 있는 녹슨 셔터도 살아 있는 동물이 울부짖는 것처럼 고오오 소리를 냈다. 그 뒤에 움막처럼 펼쳐진 폐공장의 공허함을 연상케 하는 쓸쓸한 소리였다. 저곳에 그 사람을 강제로 밀어붙였었다. 가즈오의 등에 싸늘한 땀이 흘렀다. 대체 무슨 짓을 한 걸까. 어젯밤의 자신은 정말 어떻게 됐던 거다. 시련을 잊으면 자신은 단순히 저질 인간으로 굴러 떨어지고 만다.
가즈오는 눈앞에 있는 강아지풀을 뜯어 고양이 꼬리 같은 이삭 끝을 손가락으로 건드렸다.

미야모리 가즈오의 아버지는 전쟁 후 이민이 재개된 1953년에 미야자키 현에서 단신으로 브라질에 건너갔다. 아직 열아홉 살이었다. 상파울루 교외의 일본계 농원에서 일하는 친척을 의지해 신세를 펴 보고자 온 것이었는데, 전후의 자유교육을 받은 세대와 전전에 건너가 고생한 일본계 이민자들 사이에 의식 차는 컸다. 독립심이 강한 가즈오의 아버지는 이윽고 농원을 뛰쳐나와 아는 사람이라고는 아무도 없는 상파울루의 거리를 방황했다.

거기서 그를 도와준 것은 유대가 강한 일본계가 아니라 마음씨 착한 브라질인 이발사였다. 가즈오의 아버지는 이발소 견습이 되었고 서른 살을 넘길 무렵 가게 관리를 맡게 되었다. 생활이 안정된 그는 뮬라토라고 불리는 백인과 흑인 혼혈인 아름다운 소녀와 결혼했고, 얼마 안 가 로베르토 가즈오가 태어났다. 그러나 가즈오가 겨우 열 살 때에 아버지는 사고로 어이없이 죽고 말았다. 그래서 가즈오는 아버지 나라의 말도 문화도 거의 모른다. 가즈오에게 남겨진 일본의 흔적은 그 국적과 가즈오라는 이름뿐이다.

상파울루의 고등학교를 나와 인쇄소에서 일하기 시작한 가즈오는 어느 날 길가에서 한 장의 포스터를 봤다. 거기에는 "일본에서 일할 근로자 모집, 절호의 찬스!"라고 적혀 있었다. 일본 국적을 가진 일본계 브라질인은 비자를 받을 필요도 없이 일본에 입국할 수 있으며 내키는 햇수만큼 일할 수 있다고 한다. 게다가 일본은 경기가 좋아서 노동자가 부족해 일자리가 많다고 한다.

사실일까. 아는 일본계 사람에게 물어보자 일본만큼 풍요로운 나라는 세계 어디에도 없다고 대답했다. 가게에 가면 없는 것이 없고, 일본의 주급은 인쇄소에서 받는 급료의 1개월분에 가깝다고 했다. 가즈오는 자신이 일본인의 피를 이어받은 사실이 자랑스러웠다. 언젠가는 아버지의 고향을 볼 수 있기를 바랐다.
  몇 년 후, 가즈오가 일본에 대해 상담했던 일본계 사람이 새 차를 타고 가즈오 앞에 나타났다. 차가 갖고 싶은 마음에 일본의 자동차 공장에서 2년 동안 일하다 돌아온 참이라고 했다. 가즈오는 몹시 부러웠다. 브라질에서는 언제 끝날지도 모를 불황이 이어지고 있었다. 인쇄소에서 받는 낮은 급료로는 차를 사는 건 영원히 꿈에 그칠 것이다. 가즈오는 일본에서 일하기로 결심했다. 2년간 참으며 일하면 차를 가질 수 있는 것이다. 좀 더 버티며 돈을 모으면 집도 살 수 있으리라. 거기다 아버지의 나라도 보고 싶었다.
  가즈오는 어머니에게 일본행 이야기를 꺼냈다. 반대하지 않을까 내심 겁을 먹고 있었는데 뜻밖에도 어머니는 선뜻 가라고 말해 주었다. 말을 모르더라도, 문화가 다르더라도, 가즈오에게 흐르는 피의 반은 일본인이니까 동포일 터다. 동포에게는 반드시 친절하게 대해 주는 것이 인정이 아니겠느냐고.
  같은 일본계라도 성공한 자의 아이들은 대학에 가서 높은 수준의 교육을 받아 브라질에서도 손꼽는 엘리트가 되어 간다. 하지만 자신은 다르다. 도심지 이발사의 아들이다. 그렇다면 아버지 나라 일본에 가서 돈을 모아, 그 돈을 가지고 돌아와서 브라질에서 성공해 보이는 거다. 그편이 독립심이 왕성했던 아버지의 아들인 자신답다고 생각했다.
  가즈오는 6년간 일했던 인쇄소를 그만두고 반년 전 나리타 공항에 내려섰다. 아버지가 열아홉 살에 단신으로 브라질에 건너갔던 것을 생각하면 감개무량했다. 가즈오는 스물다섯 살에, 거기다

2년이라는 기한을 정해 취업하러 온 것이었다.

그러나 아버지의 조국은 그 피를 잇는 가즈오를 동포로 인정해 주지 않았다. 가즈오는 공항에서, 거리에서, 자신을 외국인으로 보는 눈과 마주할 때마다 소리치고 싶었다. "나는 반 일본인이다. 일본 국적을 가지고 있다."라고.

그러나 일본인은 자신들과 얼굴 생김새가 다르거나 일본어를 하지 못하면 결코 같은 일본인으로 인정하지 않았다. 결국 일본인이란 겉모습으로 판단하는 사람들이었다는 사실을 가즈오는 깨달았다. 애당초 이 나라 사람들에게는 동포라는 의식 그 자체가 희박하다. 동포란 형이상적인 인식의 문제인데 그 의식은 없는 것과 같다. 이 얼굴과 몸이 있는 한 자신은 영원히 외국인이라는 것을 깨달은 가즈오는 절망했다. 도시락 공장에서의 노동도 브라질에서의 일에 비하면 단순하면서 힘들어 점점 의욕이 떨어졌다.

그래서 가즈오는 일본에서의 나날을 시련이라고 생각하기로 한 것이다. 2년간의 시련. 돈을 모으기 위한, 차를 손에 넣기 위한 시련. 그러나 열렬한 가톨릭 신자인 어머니와는 다르다. 가즈오가 생각하는 시련이란 그의 의지에서 비롯된 목적에 다다르기 위한 금욕과 자율이지, 신이 내린 것이 아니다. 어젯밤은 드물게 그 시련을 잊었던 것이다.

가즈오는 강아지풀을 입에 물고 하늘을 우러렀다. 브라질과는 비교도 못할 정도로 별의 숫자가 적었다.

어제는 닷새에 한 번 있는 휴일이었다. 도시락 공장의 브라질인 노동자에게는 항상 닷새 주기로 차례대로 휴일이 돌아온다. 그 또

한 체내에 키워 왔던 이때까지의 시간관념을 마비시킨다. 그 때문에 휴일인 닷새째가 올 무렵에는 다들 녹초가 되어 있었다.

기다리고 기다리던 휴일이었으나, 가즈오는 피로해서 하루 종일 누워 있을까 생각했다. 어찌 된 영문인지 기분이 몹시도 우울했다. 아마도 처음 겪어 보는 일본의 장마 때문이리라고 가즈오는 생각했다. 공기 중의 습기가 가즈오의 윤기 있는 검은 머리카락을 끈끈하게 달라붙게 만들고, 거무스름한 피부를 생기 없게 보이게 한다. 빨래는 마르지 않고 기분은 축 처진다.

가즈오는 마음먹고 군마 현과 사이타마 현 경계에 있는 리틀 브라질이라고 불리는 마을까지 쇼핑을 겸해 멀리 나갔다 오기로 했다. 차로 가면 오래 걸리지 않지만 가즈오는 면허도 차도 없다. 전차와 버스를 갈아타며 두 시간 가까이 걸려서 갔다.

브라질리언 플라자에 있는 서점에 서서 축구 잡지를 읽고 없어서는 안 될 브라질의 일상 식품을 사고 비디오 가게를 구경했다. 무사시무라야마에 돌아갈 무렵에는 완전히 고향 생각에 빠져 있었다. 상파울루가 그리웠다. 가즈오는 늦게 돌아가려는 듯 레스토랑에 들어가 브라질 맥주를 퍼마셨다. 친구는 없었지만 모르는 브라질인과 이야기를 나누고 있자니 상파울루의 도심지에 있는 것처럼 즐거웠다.

도시락 공장 옆에 회사 명의로 계약된 브라질인 단신 노동자를 위한 아파트가 있다. 1DK(방 하나에 주방이 딸린 구조를 가리킴—옮긴이)에 두 사람씩. 가즈오는 알베르토라는 남자와 함께 살고 있다. 9시가 지난 시각, 리틀 브라질에서 어두운 방에 취해서 돌아와 보니 그는 식사라도 하러 나갔는지 모습이 보이지 않았다. 비

번인 가즈오는 긴장이 완전히 풀어지고 취기도 있어 2단 침대 위층에서 꾸벅꾸벅 잠이 들었다.

신음 소리에 눈이 뜨인 것은 한 시간 후였다. 어느새 돌아온 걸까. 아래층 침대에서 알베르토와 여자 친구가 한창 일을 벌이고 있었다. 두 사람은 가즈오가 자고 있다는 사실을 조금도 깨닫지 못한 듯 거리낌이 없다. 여자의 달콤하고 절절한 목소리를 귀 가까이에서 듣는 것은 오랜만이었다. 가즈오는 귀를 막았으나 이미 늦었다. 몸속에 있는 뭔가에 불이 붙은 것 같았다. 기껏 시련을 위해 화약 그 자체를 깊숙이 숨겨 놨는데 도화선은 몸 안에 확실히 존재하고 있었다. 도화선에 불이 붙으면 이윽고 폭발할 것이다. 가즈오는 돌아 버릴 것 같아서 필사적으로 귀를 막고 입을 누르고 위층에서 소리 죽여 몸부림쳤다.

근무 시간이 가까워 온 두 사람은 채비를 히고 넘쳐흐르는 키스를 나누면서 나갔다. 가즈오는 방을 구르듯이 뛰쳐나와 여자를 찾아 밤길을 떠돌았다. 어쨌든 불이 붙어 버렸다. 이 몽롱한 기분을 가라앉히지 않으면 죽을 것 같다. 이만큼 절박한 기분은 지금까지 살아오면서 경험한 적이 없었다. 가즈오는 자신이 내리고 있는 시련이 지금의 폭발을 흉포하게 부추기고 있는 거라고 생각하면 어쩐지 두려웠지만 그것을 도저히 멈출 수 없었다.

가즈오는 아파트에서 공장으로 향하는 어두운 길까지 왔다. 폐공장이며 폐쇄된 볼링장이 늘어선 적적한 길이다. 여기서 기다리다 보면 파트타이머 한둘은 지나가리라고 생각한 것이다. 그녀들의 대부분이 자신의 어머니와 동갑이거나 연상이라는 것도 알고 있었으나 그런 사실조차 아무래도 좋았다. 그러나 시간이 늦은 건지 이제 아무도 지나가지 않았다.
 이걸로 됐다고 안도하는 한편 사냥감이 오지 않아 애가 타는 사나운 사냥꾼의 마음으로, 가즈오는 복잡한 심정이 되어 어두운 길을 쳐다보고 있었다. 바로 그때 그 사람이 홀로 종종걸음으로 밤길을 걸어온 것이다.
 여자는 뭔가에 마음이 쏠린 듯, 가즈오가 말을 걸려고 다가가도 알아차리지 못했다. 그래서 저도 모르게 팔을 잡아챈 것이다. 반사적으로 뿌리치며 눈에 공포의 빛을 띤 것이 어둠 속에 보인 순간, 가즈오는 여자를 풀숲으로 끌어들이고 있었다.
 강간할 생각이 털끝만큼도 없었다고 하면 거짓말일까. 가즈오는 그저 여자에게 다정하게 끌어안기고 싶은 것뿐이었다. 그 부드러운 감촉을 품 안에 바란 것뿐이었다. 그런데 저항에 부딪히자 억지로 쓰러트리고 싶어졌다. 여자는 자신의 얼굴을 알아보고 냉정하게 말했다.
 "당신, 미야모리 아니야?"
 그 순간 공포가 엄습해 왔다. 잘 보니 자신도 여자의 얼굴을 알고 있었다. 그 예쁜 여자와 함께 있는, 키가 크고 잘 웃지 않는 여자다. 그 얼굴 표정은 자신과 마찬가지로 뭔가 괴로운 것을 견뎌내는 것처럼 보인다고 항상 생각하고 있었다. 그 생각의 장본인이었던 것이다. 가즈오의 공포는 거센 후회로 뒤바뀌었다. 자신이 지금 범죄를 저지르고 있음을 깨달았기 때문이다.
 여자가 "둘이서만 만나."라고 말했을 때 가즈오는 매달렸다. 순간, 훨씬 나이 많은 이 여자와 사랑을 하고 싶다는 마음이 든 것은 확실했다. 그러나 곧바로 그것이 이 상황에서 벗어나기 위한 여자의 방편이었음을 알고, 이번에는 시꺼먼 분노가 치솟았다.

쓸쓸한 것뿐인데 어째서 용서되지 않나. 강간을 하고 싶은 게 아니다. 다정함을 느끼고 싶은 것뿐인데 어째서 받아들여지지 않는 건가. 이런 감정의 격류에 어떻게 대처하면 좋을지 알지 못하고 가즈오는 여자를 셔터에 밀어붙이고 억지로 키스했던 것이다.

부끄러운 짓을 했다.

가즈오는 참지 못하고 두 손에 얼굴을 묻었다. 그 후에 일어난 일도 부끄러웠다.

여자가 가즈오를 뿌리치고 달아나는 것처럼 가 버린 후, 공장의 주임이나 경찰에 통보할지 몰라 가즈오는 두려웠다. 치한 소동이 있었음을 떠올린 것이다. 최근 공장 부근에 치한이 나타난다는 소문은 브라질인 노동자들 사이에서도 유명했다. 악질적인 헛소문에 지나지 않는다는 둥, 누가 수상하다는 둥, 모이기만 하면 그 애기만 하는 녀석들도 있다. 결단코 자신은 범인이 아니다. 하다못해 그 사실을 그 사람에게 해명하고 용서를 청해야 한다.

한숨도 들지 않고 주위를 어슬렁대며 가즈오는 아침이 되기를 기다렸다. 비가 내리기 시작했다. 가즈오가 싫어하는, 음울하게 부슬부슬 내리는 일본의 비다. 가즈오는 방에 딱 하나 있던 우산을 가지러 갔다가 공장 출구에서 여자를 기다렸다. 그러나 젖으면서 기다리고 있었는데 겨우 나타난 여자는 몹시도 싸늘했다. 자신의 사죄에 귀도 제대로 기울이지 않았을 뿐 아니라, 그는 범인이 아니라는 해명조차도 하지 못했다.

당연하다. 만일 자신의 연인이나 모친이 그런 꼴을 당했다면 상대를 반쯤 죽여 놓지 않으면 분이 풀리지 않을 것이다. 그만한 죄를 저지른 것이다. 가즈오는 여자가 용서해 줄 때까지 계속 사죄할 것을 자신에게 명했다. 새로운, 그리고 어려운 시련이었다. 그래서 이렇게 약속한 9시부터 쭉 이 풀숲에서 꿈적 않고 기다리고 있는 것이다. 오지 않을지도 모르지만 자신은 약속을 다한다.

주차장 쪽에서 발소리가 다가왔다. 가즈오는 놀라서 몸을 굽혔다. 키 큰 여자 같은 그림자가 이쪽을 향해 온다. 그 사람이다. 풀숲에 숨어 엿보던 가즈오의 가슴은 미미하게 춤췄다. 그대로 지나쳐 가나 싶었는데, 여자는 가즈오가 숨은 풀숲 앞에서 멈춰 섰다. 어쩌면 어젯밤 약속을 지키러 와 준 걸까. 가즈오는 기뻐졌다.

그러나 그것이 달콤한 환상이었음을 금방 알았다. 여자는 가즈오가 숨은 풀숲에는 눈도 한번 돌리지 않고 백에서 뭔가를 꺼내더니 속도랑 위에 덮인 콘크리트 덮개 틈으로 던져 넣었다. 가즈오의 귀는 그것이 금속이라는 것을 분간해 냈다. 퐁당 하는 물소리와 동시에 바닥에 부딪친 챙 하는 소리가 들렸던 것이다. 여자는 도랑에 대체 뭘 버린 걸까. 가즈오는 의아하게 생각했다. 여기 자신이 숨어 있음을 알고 보라고 저런 걸까. 아니, 저 사람은 절대로 자신의 존재를 알아채지 못했다. 내일 아침에 날이 밝거든 뭘 버린 건지 한번 보자.

여자의 모습이 시야에서 사라짐과 함께, 가즈오는 저린 다리를 펴고 일어섰다. 피가 돌면서 모기에 물린 곳이 갑자기 가려워졌다. 가즈오는 그 자리를 긁어 대며 왼쪽 손목에 찬 시곗바늘을 어둠에 비춰 봤다. 오후 11시 30분. 자신도 슬슬 출근할 시간이었다.

같은 공장에서 저 여자가 서서 일하고 있다고 생각하니 주눅도 들고 기대도 됐다. 시련이라고 생각했던 무기질적인 기간 속에,

처음으로 살아 있다는 실감을 붙잡은 밤이었다.

휴게실에 들어간다. 그 여자의 모습이 바로 눈에 띄었다. 입구 옆에 놓인 음료수 자판기 앞에 서서 언제나 같이 있는 선배 여자와 뭐라고 수군수군 이야기를 나누고 있었기 때문이다.

청바지 위에 주머니가 앞에 달린 커다랗고 빛바랜 셔츠를 입고 단단히 팔짱을 끼고 있었다. 평소와 같은 꾸밈없는 차림새를 하고 있음에도, 이른 아침 야근을 끝내고 나온 그녀를 봤을 때와 인상이 다르다는 사실에 가즈오는 놀라 여자의 얼굴을 쳐다봤다. 여자가 가즈오를 돌아봤다. 예리한 눈매에 가즈오는 허둥댔으나 간신히 인사를 했다.

"좋은 아침입니다."

여자는 아무 말도 하지 않고 가즈오를 무시했다. 그러나 같이 있던 키 작고 나이 든 여자가 미소를 보이며 고개를 끄덕여 주었다. 이 중년 여자가 주위에서 인정받는 숙련공으로 '스승님'이라고 불리고 있다는 사실은 브라질인들 사이에서도 유명했다.

가즈오는 좀 더 말을 하고 싶은 마음에 아는 일본어 어휘에서 이것저것 찾아 생각하고 있었으나, 그사이 두 사람은 재빨리 탈의실을 향해 가 버렸다. 낙담한 가즈오도 탈의실에서 자기 작업복이 걸린 옷걸이를 찾아 잽싸게 갈아입었다. 그리고 언제나 브라질인 종업원들이 무리 지어 있는 휴게실 구석에 눈에 띄지 않게 앉아 담배를 입에 물고 심장의 고동을 억누르며 탈의실의 여자 쪽을 훔쳐봤다.

탈의실에 커튼 따위는 없으므로 옷걸이에 걸린 작업복이며 의

복 너머로 여자들이 옷을 갈아입는 모습이 훤히 보인다. 그 여자의 험악한 얼굴이 힐끗 보였다. 꾹 다문 입술 옆에 주름이 있다. 가즈오도 여자의 나이가 생각했던 것보다도 위라는 것 정도는 알고 있었다. 아마 마흔여섯 살이 되는 자신의 어머니와 그렇게 다르지 않을 것이다. 그렇게 뭘 생각하고 있는 건지 알 수 없는 여자는 만난 적이 없다. 그 전까지는 항상 같이 있는 예쁘고 젊은 여자가 취향이었는데, 가즈오는 이 비밀스러운 여자에게 끌리는 것을 느꼈다.

여자가 청바지를 벗는 장면을 목격했다. 가즈오의 담배를 든 손가락이 가늘게 떨렸다. 반사적으로 시선을 낮췄다가, 그래도 보고 싶다고 얼굴을 든 순간 여자와 눈이 마주쳤다. 작업 바지를 다 입고 난 자리에 뭉쳐진 청바지가 떨어져 있다. 가즈오는 부끄러움에 얼굴을 붉혔다. 그러나 여자의 시선은 가즈오를 뚫고 뒤에 있는 벽을 보고 있다. 무표정하다. 여자의 인상이 오늘 아침과 다르다고 느낀 것은 자신에 대한 분노가 사라진 것처럼 여겨졌기 때문이다. 하지만 이제 자신 따위 아무렇게도 생각하고 있지 않은 거다. 가즈오에게는 그게 훨씬 더 충격이었다.

여자와 스승님은 하얀색 주름 모자를 손에 들고 다시 휴게실로 나왔다. 두 사람은 그대로 공장으로 내려가려는 듯, 가즈오의 앞을 말없이 지나간다. 가즈오는 순식간에 여자의 작업복에 달린 이름표의 한자 모양을 기억했다.

종업원들 대부분이 아래 공장으로 내려갔다. 가즈오는 타임카드가 있는 곳에서 여자의 타임카드를 뺐다. 그리고 일본어를 할 수 있는 브라질인을 찾아서 부탁했다.

"이것은 뭐라고 읽습니까?"
"가토리 마사코."
감사 인사를 하자 30년 전에 브라질에 이주했다가 다시 일본으로 돌아온 남자가 놀렸다.
"뭐야. 마음 있어? 나이 꽤 많은데."
가즈오는 진지한 표정을 지었다.
"빌린 것이 있습니다."
"돈?"
남자는 웃었다.
돈이라면 그나마 괜찮다. 가즈오는 상대 않고 몰래 카드를 되돌려 놓았다.
가토리 마사코라는 이름을 안 순간, 여자는 특별한 존재가 되었다. 되돌려 놓기 전에 확인한 타임카드에는 매주 토요일을 휴일로 하는 근무 상황이 기록되어 있었다. 어제 날짜를 보면, 11시 59분에 공장에 들어갔다고 되어 있다. 그것은 틀림없는 자신 탓이었으나 유일한 인연의 증거이기도 했다. 가토리 마사코라는 라벨이 붙은 신발장에는 모양이 망가진 운동화가 한 켤레 들어 있었다. 가즈오는 그 온기를 상상했다.
가즈오는 수세 소독을 급히 마친 후 위생 감시원의 체크를 받고 공장으로 이어진 계단을 천천히 내려갔다. 바로 아래에 작업이 시작되기를 기다리는 여자 작업공들이 모여 있는 것을 알고 있었기 때문이다. 역시나 계단 바로 아래에 문이 열리기를 이제나저제나 기다리는 파트타이머들 집단이 줄을 이루고 있었다. 똑같이 모자에 마스크 차림새라 알아보기 힘들었지만, 가즈오는 마사코의 모습을 찾았다.
 마사코는 바로 눈앞에 서 있었다. 혼자 열에서 떨어져 뭔가를 응시하고 있었다. 그 시선 끝을 쫓은 가즈오는 그것이 쓰레기를 넣는 파란색 플라스틱 쓰레기통이라는 사실에 놀랐다. 그 안에 신경 쓰이는 것이라도 들어 있는 걸까. 가즈오는 몸을 굽혀 안을 들여다봤다. 주방에서 바닥에 떨어졌던 돈가스며 튀김 등의 식재가 버려져 있다. 고개를 돌린 가즈오를, 마사코의 싸늘한 시선이 주시하고 있었다. 가즈오는 굳은 결심과 함께 말을 걸었다.
 "저기⋯⋯."
 "뭔데?"
 마사코는 마스크 안에서 탁해진 낮은 목소리로 대답했다.
 "잘못, 했습니다."
 달리 말을 모르는 가즈오는 저도 모르게 그렇게 말했다. 그리고 더듬거리면서 덧붙였다.
 "이야기하고 싶습니다."
 그러나 뒤에 한 말이 그 귀에 들렸는지 안 들렸는지, 마사코는 갑자기 앞을 향하더니 타인을 거절하는 딱딱한 표정으로 전방의 문만 쳐다보고 있었다. 가즈오는 무시당한 데에 충격을 받고, 마사코가 알아주기를 바랐던 어설픈 자신이 한심해졌다.
 작업 개시 시각 12시가 되고 문이 열렸다. 파트타이머들이 졸졸 들어가서 수세 소독을 시작한다. 가즈오는 식재를 손수레로 날라 주방에서 보충하는 일을 하고 있으므로 작업 시간에는 공장 옆에 있는 주방에 들어가야 한다. 가즈오는 마사코와 파트타이머들이 있는 곳을 떠나 주방으로 향했다.

그러나 이때까지는 고통스러웠던 일이 갑자기 기대가 됐다. 가즈오는 밥통에 든 무거운 식은 밥을 라인 선두에 있는 밥 내놓기 자동화 기계에 넣는 일을 맡고 있었다. 늦으면 라인이 멈추고 마는, 책임이 막중한 힘든 일이었다. 그러나 라인 선두에는 스승님과 함께 반드시 마사코의 모습이 있을 것이었다.

흰밥을 옮겨 가자 예상대로 마사코와 스승님이 한가운데 라인의 작업 지휘를 하고 있었다.

"빨리 넣어 줘. 다 떨어질라."

스승님의 재촉에 가즈오는 무거운 밥통을 두 손으로 들어 올려 차가운 밥을 기계에 넣었다. 용기를 내놓는 마사코는 가즈오 쪽을 보지도 않는다. 가즈오는 마사코에게서 1미터도 안 되는 거리에서 그녀의 옆모습을 훔쳐봤다. 주름 모자와 마스크에 덮여 눈밖에 보이지 않지만 그 눈이 근심하는 것처럼 내리깔렸다. 스승님이라고 불리는 여자도 평소에는 더 웃고 화내고 시끄러운데 오늘 밤은 조용했다. 가즈오는 함께 작업하는 그 예쁜 여자와 살찐 여자가 둘 다 라인에 없다는 사실을 깨달았다.

"엄마, 어디 갔다 왔어요?"

녹초가 다 된 요시에가 마사코의 집에서 돌아오니 안에서 뜻밖의 목소리가 들렸다. 설마 하며 놀라 신발 벗는 시간도 안타까워 뛰어 들어간다. 역시 가즈에가 와 있었다.

공장 동료들 아무에게도 이야기한 적 없지만, 요시에에게는 딸이 둘 있다. 그 말을 하지 않았던 것은 가즈에가 자기 딸이면서도 견디기 힘든 존재이기 때문이다.

가즈에는 분명 이제 스물한 살이었다. 고등학교를 중퇴하고 열여덟 살 때에 사랑의 도피처럼 연상의 남자와 나간 후로 소식이 뚝 끊겨 얼굴을 보기는 실로 3년 만이었다. 요시에는 그리운 마음과 귀찮은 문제를 떠안는 것 아닌가 하는 경계심에서 커다란 한숨을 내쉬었다. 그러나 못난 딸이라고는 해도 오랜만에 얼굴을 보니 안도가 된다. 마사코의 집에서 있었던 일하며, 오늘은 생각지 못한 일만 일어난다. 요시에는 놀라움과 당혹감을 어떻게든 가라앉히고자 3년 만에 만난 가즈에의 얼굴을 물끄러미 쳐다봤다.

가즈에는 부자연스러운 갈색으로 염색한 생머리를 허리 부근까지 길렀다. 그 머리카락 끝을 어린 사내아이가 두 손으로 잡고 요시에를 올려다보고 있었다. 이것이 2년 전에 태어났다고 풍문에 들은 자신의 첫 손자인 듯하다. 그 변변치 못한 남자를 빼닮았다. 요시에는 그다지 귀엽다고 생각 못하고 쳐다봤다. 비쩍 마르고 안색이 나쁜 데다가 요즘 아이들 치고는 드물게 싯누런 콧물을 흘리고 있다. 가즈에의 상대는 제대로 된 직장에도 들어앉지 못하고 길가나 어슬렁대고 다니는 이도 저도 아닌 남자였다. 그런 요시에의 마음을 아는 건지, 아이는 기분 나쁘다는 눈으로 갑자기 나타난 할머니의 지친 얼굴을 마주 쳐다보고 있었다.

"너, 이제 와서 뭐 하러 온 거야? 이때까지 전화 한 통 없더니. 이렇게 갑자기 찾아오면 나도 난처하다고."

나온 말은 무뚝뚝했다. 걱정되고 화가 나던 시기는 진작 지났다. 지금 남몰래 품은 고민거리는 차녀인 미키가 가즈에를 닮는 것 아닌가 하는 것이었다. 자칫 이대로 눌러앉게 됐다가는 미키에게 악영향을 줄 것이 틀림없다. 게다가 자신은 범죄를 저지르고 왔다. 그 뒤처리도 아직 남아 있었다.
"뭐 하러 왔냐니, 딸이 3년 만에 돌아왔는데 기쁘지도 않아요? 봐요, 자기 손자 얼굴."
가즈에는 여고생처럼 가늘게 그린 눈썹을 과장스레 치켜 올렸다. 젊게 꾸미고 있어 봤자 생활의 피로가 배어 나온 것은 한눈에 보인다. 모자 모두 입은 옷은 낡고 초라해 전체적으로 쪼들려 보였다.
"손자라니, 이름은 뭔데?"
그것조차도 모르고 살았다는 한을 담아 요시에는 물었다.
"잇세이라고 해요. 한 일(一)에 날 생(生)이라고 써서. 왜, 있잖아요. 디자이너 중에 같은 이름이."
"난 모르겠구나."
불쾌하게 말하자 가즈에는 벌레 씹은 표정을 지었다. 말투가 천박해져서 옛날을 방불케 했다.
"뭐야, 기껏 돌아와 줬더니 태도가 왜 그래요? 열 받게. 대체 뭐예요, 피곤해 죽겠는 표정으로. 그렇게 시원찮은 얼굴 하고 있으면 있는 복도 날아갈걸."
"도시락 공장에서 야근 파트타임 일 하고 있어서 그래."
"헤에, 이렇게 늦게까지?"
"아니, 잠깐 친구한테 들렀다가 오느라."
요시에는 마사코의 집에서 가지고 돌아온 겐지의 시체가 담긴 봉지가 신경 쓰였다. 한데 모아 튼튼한 종이봉투에 넣어 뒀다. 가즈에에게 변명을 하면서 그것을 조용히 부엌 쓰레기 모아 두는 곳에 숨겼다.

욕실 223

"그럼 잠은 언제 자요? 그러다 몸 다 망가지려고."
몸집이 조금 통통해지고 관록이 붙은 가즈에는 말로만 걱정했다. 그러나 가즈에야말로 지금의 미키와 같이 몸져누운 노인이 있는 좁은 집을 싫어해 뛰쳐나간 것이다. 그때의 마음고생은 지금 이야기해 봤자 아무 소용도 없으리라. 싫은 일이나 불편한 일, 머리를 싸매야 하는 일은 전부 자신이 떠안는다. 근면을 무엇보다 중요시하는 요시에라도 거리낄 것 없는 딸이 상대가 되니 저도 모르게 푸념이 나온다.
"그럼 살림은 누가 하니? 낮에 아무도 없잖아. 네가 한 번 도와준 적 있었니?"
"그러지 말아요."
"그러니까 어쩔 수 없다고. 그보다 할머니 어떠니. 괜찮으셔?"
아침 식사를 시키고 기저귀를 갈아 준 후 혼자 딸랑 놔두고 마사코에게 가 버렸던 요시에는 걱정이 되어 안쪽 세 평짜리 방을 들여다봤다. 시어머니는 잘 누워 있었지만 두 사람의 이야기를 듣고 있는지 눈을 크게 뜨고 있었다.
"죄송해요, 늦어져서."
요시에가 사과하자 시어머니는 입가를 일그러트렸다.
"흥. 어디서 뭘 하고 있었던 게야? 날 혼자 놔두고. 이러다 죽는 줄 알았다."
요시에의 마음에 분노가 소용돌이치며 거센 물보라가 일었다. 어째서 다들 이기적인 소리만 하는 건가. 내가 강철로 된 로봇이라고 생각하는 건가. 정신이 들었을 때, 요시에는 고함을 치고 있었다.

"그럼 죽으세요. 죽으면 제가 어머님을 조각조각 토막 내서 쓰레기로 내놔 드릴 테니까. 제일 먼저 그 주름 자글자글한 머리를 잘라 내 드리죠."

화들짝 놀랄 사이도 없이, 시어머니가 소리 내어 울기 시작했다. 눈물은 조금밖에 나지 않는다. 오열만이 크게 들리고, 그 사이사이에 염불처럼 중얼거리고 있다.

"이제야 본성이 나왔구나. 이 못된 것. 얌전하게 생겨서 하는 짓은 귀신 같아. 그런 며느리 수발이나 받고 있으니, 어이구, 어이구."

그쪽도 본성을 드러내 놓고 무슨 소리인가. 아직 분노가 가라앉지 않은 요시에는 여름 이불의 색 바랜 병아리 무늬를 보면서 우뚝 서 있었다. 그러나 서서히 감정의 바다가 잔잔해지자 괴로울 만큼의 후회에 휩싸였다.

자신은 엄청난 소리를 하고 말았다. 자신은 변해 버린 걸까. 그것도 마사코가 그런 일에 자신을 끌어들였기 때문이다. 마사코가 나쁜 거다. 아니, 죽인 야요이인가. 아니, 돈 때문에 가담한 자신이 나쁜 거다. 그렇다, 집에 돈이 없는 게 모든 문제의 근원인 것이다.

잠자코 밥상 앞에 앉아 있던 가즈에가 참견했다.

"엄마도 참. 고함질러서 뭐가 해결된다고."

"그것도 그렇지."

그 말에 요시에는 힘이 쭉 빠져 거실로 돌아왔다. 시어머니는 아직 찔찔 짜고 있다. 가즈에가 싸움을 수습하는 것처럼 말했다.

"엄마, 나 아까 기저귀 갈아 뒀어요."

"아, 그래. 고맙다."

긴장이 풀린 요시에는 밥상 앞에 주저앉았다. 주위에는 사내아이가 가져온 자동차 장난감이 어질러져 발 디딜 곳도 없다. 요시에는 정교한 경찰차며 소방차를 화풀이처럼 상 아래에 내쳤다. 아이는 눈치 채지 못하고 미키의 방에 멋대로 들어가 놀고 있다.

"시청에 도우미 같은 거 부탁했어요? 와 준대요, 일주일에 몇 시간인가."

"부탁했다. 하지만 일주일에 3시간 가지고는 장 봐 오는 게 고작이지."

"흐음."

한숨도 자지 못한 요시에는 지끈거리는 머리를 흔들고 마음에 걸리던 이야기를 꺼냈다.

"그런데 너, 이제 와서 뭐 하러 온 거니?"

"그거 말인데요."

가즈에는 쉴 새 없이 입술을 핥았다. 그것이 가즈에가 거짓말을 할 때 버릇이라는 것을 요시에는 기억하고 있었다.

"남편이 지금 오사카 쪽에 돈 벌러 갔거든요. 그래서 나도 일하러 가고 싶어서 돈 좀 빌릴 수 없을까 해서요."

"돈이 어디 있다고. 오사카에 간 거면 쫓아가면 되잖아. 가족끼리 살면 되지."

"하지만 어디로 간 건지 모르겠는걸요."

요시에는 입을 쩍 벌렸다. 다시 말해 모자가 함께 버림받았다는 건가. 이 좁은 집에 장녀와 손자가 눌러 살겠다고 하면 어떻게 하나. 요시에는 안절부절못했다.

"애는 보육원에 넣고 일하든가."
"그럼 그렇게 할 테니까 돈 빌려 줘요."
가즈에는 손을 내밀었다.
"부탁이에요. 조금 정도는 모아 둔 돈 있을 거 아니에요. 아까 옆집 아주머니한테 들었는데 여기 철거하고 새 아파트 세운다면서요. 그럼 우리도 와서 살아도 되죠?"
"이사 비용이 어디 있다고."
"거짓말."
가즈에는 신경이 곤두서서 소리쳤다.
"생활보호에 파트타임 월급도 있고 미키도 아르바이트 시키고 있잖아요. 복지 수당도 있겠고. 부탁이에요, 나 잇세이 햄버거 사 먹일 돈도 없단 말이에요."
가즈에는 눈물을 그렁거리며 애원했다. 아이는 작은 보폭으로 촐랑촐랑 걸어와서 울상을 하고 있는 모친을 이상하다는 듯이 보고 있었다.
요시에는 주머니를 뒤져 겐지의 소지금을 꺼냈다. 전부 2만 8000엔 정도 됐다.
"이거 가지고 가. 그걸로 버텨. 지금 그것밖에 없어. 미키 수학여행 비용도 빌려서 냈으니까."
"아아, 살았다."
가즈에는 돈을 주머니에 소중히 넣고 볼일은 다 봤다는 것처럼 일어섰다.
"그럼 나 이제부터 일자리 찾으러 갈게요."
"너, 어디 사니?"

"미나미센쥬. 교통비도 무시 못 한다니까요."

가즈에는 바로 옆 현관에서 바닥에 두꺼운 코르크가 붙은 싸구려 샌들을 신었다.

"아이는?"

"미안하지만 엄마가 맡아 줘요."

"애, 잠깐."

"부탁해요. 곧 찾으러 올 테니까."

마치 짐짝처럼 내뱉더니 가즈에는 현관문을 열었다. 의아한 표정의 아이가 자기를 놔두고 간다는 것을 알고 당황해서 외친다.

"엄마, 어디 가?"

"잇세이, 할머니 집에 얌전히 잘 있어야 한다. 엄마가 금방 데리러 올 테니까."

요시에는 말도 걸지 못하고 잽싸게 나가는 딸을 쳐다봤다. 그러려니 생각은 하고 있었으므로 놀랍지도 않다. 가즈에의 등에는 아이를 놓고 간다는 죄책감은 털끝만큼도 없이, 속이 다 시원하다는 해방감에 가득 차 있었다. 자신도 그러고 싶었다. 귀찮은 것, 싫은 것, 전부 이 더러운 집에 버려 버리고 나가고 싶었다. 요시에는 가즈에가 부러워 멍하니 정신을 빼고 있었다.

"엄마, 엄마."

아이가 두 팔을 축 늘어트리더니 자동차 장난감을 아래에 떨어트리고 선 채로 외친다.

"이리 와라. 할머니가 안아 줄게."

"싫어."

아이는 생각지 못한 힘으로 요시에의 손을 뿌리치고 엎어져서 울기 시작했다. 집구석 세 평짜리 방에서도 아직 힘없는 울음소리가 나고 있다.

아아, 못 견디겠다. 요시에는 지쳐 어질러진 다다미 위에 누웠다. 눈을 감고 가만히 두 사람의 울음소리를 듣고 있다. 아이 쪽이 금방 울음을 그쳤다. 중얼중얼 혼잣말을 하면서 다시 자동차를 주워 놓기 시작한다. 남에게 맡겨지는 데에 익숙한 모양이다. 하지만 그런 손자가 가엾게는 여겨지지 않았다.

가엾은 것은 바로 자신이다. 요시에의 뺨에 눈물이 흘렀다. 지금 요시에의 마음을 메우고 있는 것은 처에게 살해당해 마사코와 자신에게 토막 난 불쌍한 겐지의 돈을 이런 형태로 써 버렸다는 한심한 마음이었다.

끝내 선을 넘은 것이다. 야요이가 남편을 죽였을 때도 같은 기분이 들었으리라.

그날 밤, 주절주절 불평하는 미키에게 아이를 맡기고 도시락 공장에 출근한 요시에를 마사코가 기다리고 있었다.

두 사람은 휴게실 끝에서 서로의 얼굴을 얼마 동안 말없이 쳐다봤다. 마사코는 벌써 옛날에 감정을 죽였는지, 그 표정에 무시무시함이 늘었다. 이게 이 사람의 진짜 모습인지도 모른다고 요시에는 두려움을 안고 쳐다봤다. 자기 얼굴은 이 사람에게 어떻게 보이고 있을까. 요시에는 그런 게 신경 쓰였다.

"스승님, 기분은 어때?"

처음에 마사코가 입을 열었다. 얼굴 표정은 냉랭하지만 목소리에는 다정함이 있었다.

"최저야."
 설마 행방불명됐던 딸이 갑자기 나타나 아이를 두고 겐지의 돈을 가져갔다는 말은 남에게 못한다.
 "잤어?"
 마사코의 질문은 언제나 간결했다. 요시에는 거의 자지 못했지만 고개를 끄덕였다.
 "그 쓰레기 어쨌어?"
 "괜찮아. 오기 전에 여기저기 버리고 왔으니까."
 "고마워. 스승님이니까 안심은 하고 있었어. 그보다 걱정은 구니코야."
 "응."
 두 사람은 주위를 둘러봤다. 시간이 다 됐는데 구니코는 출근하지 않았다.
 "안 왔네."
 "쇼크로 드러누운 거 아니니?"
 요시에의 말에 마사코는 작게 혀를 찼다.
 "귀찮게 됐네. 상태를 보러 가는 편이 좋을지도 몰라."
 "그래 줘라."
 "내가 가면 그 아이, 겁먹고 기가 죽을지도 모르는데."
 "하지만 거기서 들통 나면 큰일이야."
 요시에는 자판기의 '잔돈 없음' 표시에 불이 들어온 것을 쳐다보면서 대답한다. 들통 나면 끝인 것이다. 그렇게 생각하니 무서워진다. 자신의 인생도 이미 경고등이 들어와 있는 게 아닐까.
 "그건 구니코도 마찬가지니까 경찰을 찾거나 하지는 않을 거라고 생각해. 하지만 그 아이는 사람이 약해서 걱정이네."

마사코는 생각에 잠기며 미간의 작은 주름을 더 깊이 새겼다.

"어쨌든 난 네게 다 맡길게. 그보다 야요이가 주기는 주는 거지?"

요시에는 수치심을 버리고 물었다. 이렇게 된 거, 이것저것 애태우고 생각하는 건 마사코에게 맡기는 편이 좋다. 집에서 그 역할을 질리도록 하고 있는 요시에는 마사코의 강인함에 의지하는 쾌감을 느끼기 시작하고 있었다. 가장 마음에 걸리는 것은 들어올 예정이던 돈이 들어오지 않게 되는 점이다.

"응, 그건 괜찮아. 부모님한테 빌려서라도 주겠다고 했으니까. 그 아이, 드디어 내일 수색원 내는 모양이야."

둘이서 수군수군 머리를 맞대고 의논하고 있자니 낯익은 브라질인 젊은이가 인사하고 갔다. 일본계인 듯하나 몸매도 딱 벌어지고 외국인으로밖에 보이지 않는 남자다. 요시에는 반사적으로 대답했으나 마사코가 개의치도 않는 것이 신경 쓰였다.

"왜 그래?"

"뭐가?"

"저 사람한테 쌀쌀맞네."

요시에는 남자를 힐끗 봤다. 남자는 당혹스러운 것처럼 못이 박혀 서 있다가 탈의실로 들어갔다. 마사코는 마음에도 두지 않고 요시에에게 물었다.

"구니코네 집 어디인지 알아?"

"응, 분명 고다이라에 있는 단지였어."

마사코의 머릿속에서는 지도가 펼쳐져 금후의 예정이 이것저

것 계획되고 있으리라. 마사코에게 있어서 이 일은 완전한 업무인 것임을 요시에는 느꼈다. 그것도 실패가 용서되지 않는 업무. 하지만 처음에 야요이의 살인 행위를 비난했던 자신에게는 돈벌이로 변했다. 요시에는 부끄러워졌다. 또다시 한심하다는 생각이 요시에를 후려친다.

"얘, 인간 땅에 떨어지는 거 금방이구나."

요시에가 중얼거리자 마사코는 가엾다는 듯이 요시에를 봤다.

"그래. 다음은 브레이크 망가진 자전거가 비탈길 굴러가는 것 같은 거지."

"아무도 멈출 수 없다는 말이니?"

"부딪치면 멈춰."

자신들은 무엇에 부딪치는 걸까. 앞으로, 모퉁이 너머에 뭐가 기다리고 있는 걸까. 요시에는 공포에 전율했다.

까마귀

간단한 저녁 식사를 위해 부엌에서 감자 껍질을 깎고 있자니, 갑자기 서쪽에서 햇빛이 눈에 들어왔다. 야요이는 부엌칼을 든 손을 이마에 올리고 눈부심에 눈을 돌렸다.
1년 중 가장 해가 긴 이 시기가 되면 꼭 일몰 직전에 부엌 창문 정면으로 햇빛이 비쳐 드는 시간대가 생긴다. 야요이는 그것이 죄를 범한 자신에 대한 신의 단죄가 아닐까 하고 순간적으로 생각했다. 마치 레이저 광선처럼 자기 안의 나쁜 부분을 태워 죽음에 이르게 하기 위한 빛. 그렇다면 자신은 죽지 않으면 안 된다. 자신은 남편을 죽인 대죄인이니까.
하지만 그렇게 생각하는 것은 야요이 안에 간신히 남아 있는 이성이라고도 할 수 있는 부분이며, 실제로는 그날 밤 시체를 실은 마사코의 차를 배웅한 뒤로 쭉 겐지는 어둠 속으로 사라져 버린 것 같은 기분이 들었다. 아이들이 아빠는 왜 안 오냐고 물을 때마다, 정말 왜 안 오는 걸까 대답하며 그날 밤의 짙은 어둠마저 떠오르지 않게 되었다. 단 사흘밖에 지나지 않았는데 겐지를 자기 손으로 목 졸라 죽인 감촉마저 멀어져 버린 것은 대체 어찌 된 일일까.

야요이는 눈을 돌린 채로 서둘러 수제 무명 커튼을 쳐서 빛을 막았다. 아이의 도시락 주머니를 만들고 남은 파란 천에 빛이 차단된 부엌은 그 순간 어슴푸레해졌다. 그 광량의 차에 익숙해지지 못하고 야요이는 얼마 동안 눈시울을 누르고 가만히 있었다.

아이 돌보기나 집안일로 달래고 있었을 근심 걱정이 늪 밑바닥에서 쿨럭쿨럭 올라오는 기포처럼 마음에 떠올라 와 야요이의 심장을 세차게 때렸다.

근심거리는 겐지가 아니었다. 새로운 근심의 씨앗은 바로 구니코였다.

어제 오후, 전화도 없이 갑자기 구니코가 찾아왔다.

"계세요?"

인터폰에서 여자 목소리가 들려 나가 보니 구니코가 서 있었다. 유행하는 하얀색 민소매 미니드레스에 하얀 구두로 화려한 차림새를 하고 있었지만 살찌고 피부가 하얘서 어울리지 않았다.

"어머나, 어서 와."

야요이는 생각지 못한 방문에 놀라 집에 들일지 말지 망설였다. 아이들은 보육원에서 낮잠을 자고 있을 시간대였다.

"뭐야, 건강해 보이잖아요."

구니코는 어이없다는 얼굴로 야요이를 봤다. 그 말투에 자신은 야요이가 저지른 짓을 알고 있다는 우월감이 뚜렷하게 느껴져 야

야요이는 순식간에 기분이 나빠졌다. 아니, 이 하얀 돼지 같은 여자를 보고 있기만 해도 생리적으로 불쾌한 것이라고 자신 안의 깊은 우물에서 목소리가 메아리쳐 들려온다.

"응, 그럭저럭."

야요이는 당혹스러워하면서도 대답했다.

"무슨 일이야?"

"야마모토 씨, 최근 공장에 코빼기도 안 비치기에 문안 온 거죠."

"와 줘서 고마워."

굳이 뭘 하러 온 걸까. 구니코가 문안 따위를 올 리가 없다. 야요이는 쌓여 가는 불신감으로 구니코의 옴팡눈을 쳐다봤다. 그러나 아이라인이 두꺼워 표정이 좀처럼 읽히지 않는다. 구니코는 주저하는 야요이를 무시하고 무턱대고 합판 문을 잡았다.

"들어가도 되나요?"

별수 없이 현관문을 크게 연다. 들어온 구니코는 주위를 둘러보더니 목소리를 낮췄다.

"저기요, 어디서 죽였어요?"

"뭐?"

저도 모르게 되묻자 구니코는 야요이를 바라봤다.

"어디서 죽였냐고 묻잖아요."

공장에서 구니코는 가장 젊다는 티를 내면서 항상 경어를 쓰고 공손한 태도를 무너트리지 않았다. 그러나 여기 있는, 뻔뻔스러운 웃음을 띤 여자는 대체 누굴까. 야요이는 애가 타서 손바닥에 땀을 쥐었다.

까마귀 237

"무슨 말인지 모르겠는데."
"시치미 떼지 말아요."
구니코는 코웃음 쳤다.
"남편 분의 역겨운 살을 봉지에 채워 버리는 일을 떠맡은 건 바로 저라고요."
힘이 쭉 빠지는 것을 느끼고, 야요이는 마사코에게 하소연하고 싶어졌다. 이런 여자가 동료라니. 구니코는 뮬을 벗고 멋대로 복도로 올라왔다. 땀이 찬 발바닥이 마룻바닥에 착착 달라붙는 소리가 났다.
"야마모토 씨, 어디서 죽였어요? 왜, 나오잖아요, 살인 현장 사진이라면서. 그런 데에는 유령 같은 게 떠다닌다고 하잖아요."
구니코는 자신이 서 있는 바로 그 자리가 겐지의 숨이 끊어진 곳이라는 사실도 모르고 그런 소리를 했다. 야요이는 이 이상 들이면 안 되겠다는 생각에 자기보다 체격이 큰 구니코의 앞에 막아섰다.
"저기, 대체 무슨 일이야. 그런 소리 하러 온 거야?"
"아아, 여기 덥네요. 에어컨 없어요?"
구니코는 야요이를 밀어내고 안으로 들어간다. 야요이네 집의 좁은 거실은 절약을 위해 에어컨을 켜지 않고 있었다.
"있는데 안 켰네요. 참을성도 강하시지."
이야기 소리가 새어 나가면 곤란하다. 야요이는 서둘러 구니코를 쫓아가 에어컨 스위치를 켜고서 여기저기 창문을 닫으러 뛰어다녔다. 구니코는 에어컨 바람이 닿는 곳에 우뚝 서서 야요이가 급하게 움직이는 모습을 재미있다는 듯이 쳐다보고 있다. 그 이마에는 커다란 땀방울이 빛나며 흘러내리고 있었다.

"정말 뭐 하러 온 거야. 말해 줘."

야요이가 불안을 감추지 못하고 거듭 묻자 구니코는 경멸을 감추지 않았다.

"깜짝 놀랐어요. 야마모토 씨, 귀엽게 생겼잖아요. 그런 사람이 남편을 죽이다니, 제가 얼마나 놀랐는지. 정말이지 사람은 생긴 것 가지고는 모르겠구나 했죠. 하지만 그거, 자기 아이들 아버지를 죽인다는 거잖아요. 대단한 일이죠. 아이들이 자라서 어머니가 아버지를 죽였다고 알면 대체 어쩌시려고. 그런 생각 조금이라도 한 적 있어요?"

"그만 해. 듣고 싶지 않아."

야요이는 귀를 막았다. 그러자 구니코가 야요이의 왼팔을 잡았다. 땀을 흘린 피부가 끈적거려 기분이 나빠 도망치고자 몸부림쳤으나 힘이 세서 뿌리치지 못한다.

"듣고 싶지 않아도 별수 없잖아요. 잘 들어요, 저는 싫은데도 야마모토 씨 남편 분의 살을 이렇게 집어서 쓰레기봉투에 넣었다고요. 그게 얼마나 기분 나쁘고 꺼림칙한 짓인지 알아요? 네, 아냐고요."

"알아, 알아."

"아니, 야마모토 씨는 몰라요."

구니코는 다시 야요이의 두 팔을 잡았다. 야요이는 비명을 지르며 "그만 해." 하고 외쳤으나 구니코는 힘을 빼지 않았다.

"네? 그 사람들이 조각조각 토막 냈다고요. 그게 얼마나 엄청난 일인지 모르고 있어요. 야마모토 씨는 죽인 후 남편의 시체도 제대로 안 봤죠. 난 몇 번이나 토했어요. 기분 나쁘지, 냄새 나지. 정말 최악이라니까요. 인생관이 바뀐다니까요."
 "부탁이야, 말하지 말아 줘. 부탁이야."
 "말을 안 하려고 해야 안 할 수가 있어야죠. 제가 야마모토 씨를 위해 그런 짓을 할 의리 따위 없으니까요."
 "미안해. 용서해 줘."
 야요이는 작은 동물처럼 쭈그리고 앉아 몸을 웅크렸다. 구니코는 손을 슥 놓고 얄궂은 웃음을 흘렸다.
 "뭐, 좋아요. 그런 소리 하러 온 게 아니니까요. 저기, 저랑 스승님한테 돈 준다고 들었는데, 진짜죠."
 "응, 줄게. 꼭 줄게."
 그것 때문에 일부러 여기까지 온 건가. 구니코의 의도가 보이자 야요이는 안심이 돼서 몸을 감싸기 위해 들고 있던 두 팔을 내렸다. 에어컨의 찬바람을 쐰 구니코의 뺨에서 땀이 급격히 가시고 그 피부가 말라 건조해진 것을 조금 진정된 눈으로 바라본다.
 구니코가 스물아홉 살이라는 건 거짓말이고 사실은 자기보다 연상이 아닐까. 문득 그런 생각이 들었다. 그런 쓸데없는 데에 허세를 부리며 일하는 동료들까지 속이는 구니코에게 깊은 혐오를 느낀다.
 "그 돈, 언제 줄 거예요?"
 "나도 가진 게 없어서 친정에서 빌려야 하니까 조금만 기다려 줄 수 없을까?"
 "그래요? 저는 10만이라는 건 정말이고요?"
 "마사코 씨가 정해 줬으니까……."

야요이는 말을 흐렸다.

"그러니까 그 정도라고 알고 있는데."

마사코의 이름이 나오자 구니코는 울컥해서 튀어나온 배 위로 팔짱을 꼈다. 갑자기 말투가 난폭해졌다.

"그거 말인데, 당신 마사코 씨한테는 얼마 줘?"

"그 사람은 필요 없다고 했어."

구니코는 믿기지 않는다는 것처럼 과장스레 눈을 부릅떴다.

"무슨 생각 하는 거지, 그 여자. 항상 혼자 잘난 척 지시나 해대고."

"하지만 도와줬고."

"아아, 그러네."

구니코는 귀찮은 듯이 고개를 끄덕이며 화제를 바꿨다.

"그래서 말인데, 나 받을 10만, 50만으로 올려 주면 안될까?"

"응."

어떻게 반론할 수 있으랴. 야요이는 받아들일 수밖에 없었다.

"하지만 금방은 못 줘."

"언제면 되는데?"

"아버지께 부탁해 볼 테니까, 2주 후나 그보다 뒤. 그것도 나눠서 줘야 할 거야."

요시에보다 올려 주면 요시에가 불평하지 않을까. 그런 점이 걱정되어 야요이는 망설였다. 아주 잠깐 구니코는 생각에 잠겼다.

"그럼 돈은 나중에 줘도 되니까, 일단 여기 사인하고 도장 찍어 주지 않겠어? 막도장도 되니까."

구니코는 비닐제 토트백에서 종이를 한 장 꺼내 거실 테이블 위에 올려놓았다.

"이건 뭐야?"

"보증인 계약서."

구니코는 멋대로 의자를 내고 앉아서 항상 피우는 멘솔 담배에 불을 붙였다. 야요이는 손님용 재떨이를 구니코 앞에 놓은 후 조심조심 종이를 손에 들었다. '밀리언 소비자 센터'라는 곳에서 이자 40퍼센트로 빌렸다고 적혀 있는 것 같다. '지연동률' 등 잘 모르겠는 말이 작은 글자로 인쇄되어 있고 보증인 칸이 비어 있었다. 거기에는 야요이의 사인을 기다리는 것처럼 연필로 흐리게 동그라미 표시가 되어 있었다.

"이거, 왜 내가 도장을 찍어?"

"보증인이 필요하거든. 연대 아냐, 그냥 보증인. 안심해. 나도 남편이 없어져서 어렵거든. 하지만 누구든 좋대서. 살인자의 도장이라도 좋대서."

야요이는 구니코의 말을 듣고 따졌다.

"남편이 없어지다니, 무슨 말이야?"

"아무래도 좋잖아. 난 죽인 거 아니니까."

구니코는 큰소리치면서 웃음을 띤다.

"하지만."

"저기 있지. 아무리 나라도 당신한테 빚을 떠넘기고 하지는 않아. 그렇게까지 나쁜 년 아닌걸. 당신 나한테 50만도 줄 거잖아. 그럼 그걸로 됐으니까, 얼른 찍어 줘."

구니코의 말에 일단 안심하며 야요이는 도장을 찍고 사인했다. 그러지 않는 한 구니코는 돌아가 줄 것 같지 않았고, 슬슬 보육원에 아이들 데리러 갈 시간도 다 됐기 때문이다. 거기다 거절했다가 아이들 있을 때 다시 쳐들어와도 난처하다.
"이거면 됐어?"
"땡큐."
구니코는 담뱃불을 재떨이에 끄고 볼일은 다 끝났다는 것처럼 일어섰다. 현관까지 배웅하자 구니코는 뮬을 꿰신고 생각났다는 듯이 돌아봤다.
"저기, 사람 죽이는 거 어떤 기분이야?"
야요이는 대답 없이 땀에 누렇게 찌든 구니코의 옷 겨드랑이 부근을 멍하니 보고 있었다. 그 말이 협박이라는 사실을 겨우 깨달은 참이었다.
"대답해 봐, 어떤 기분이야?"
"어떤 기분이냐고 해도."
"말해."
구니코는 끈질겼다.
"어땠어?"
"나는 뭐랄까, '꼴좋다.'라고 생각했어."
작은 목소리로 대답하자, 구니코는 처음으로 주춤한 것처럼 한 걸음 물러났다. 그때 10센티미터는 되는 뮬의 힐이 삐끗해 넘어질 뻔했다. 구니코는 당황해 신발장 끝을 잡고 겁에 질린 눈으로 야요이를 봤다.
"나, 여기서 목 졸랐어."
야요이는 자신이 선 곳을 발로 통통 밟아 보였다. 따라서 그 자리를 본 구니코의 눈에는 공포가 있었다. 그것을 보고 야요이는

까마귀 243

자신이 저지른 짓이 이 한심한 구니코까지도 겁먹게 한다는 데에 놀랐다. 그날 밤 뒤로 자신 안의 뭔가가 닳아 없어진 건지도 모른다는 생각은 하지 않았다.
"당분간 공장에는 안 오는 거야?"
구니코는 다시 태도를 추스르고 오만하게 턱을 치켜들었다.
"가고 싶지만, 얼마 동안 집에 있으라고 마사코 씨가 시키니까."
"뭐든지 마사코 씨, 마사코 씨. 당신들 레즈비언 아냐?"
구니코는 그렇게 내뱉은 후 인사도 없이 나갔다.
돼지! 나가 버려! 야요이는 불쾌한 기분을 곱씹으면서 현관 복도에 우뚝 서 있었다. 바로 이틀 전 밤, 남편이 죽은 그 자리에서.
마사코에게 전화를 걸어 지금 있었던 일을 얘기해 두고자 수화기를 들었으나 도장을 찍은 것을 혼낼 것 같아 불안해져 벨소리가 울리는 도중에 끊어 버렸다.

그대로 아무에게도 이야기하지 않고 오늘이라는 날이 된 것이었다.
설령 혼난다 하더라도 이 일은 마사코에게 상담해야 하리라. 야요이는 겨우 결심을 하고, 껍질을 벗긴 감자를 물에 담가 놓고 전화 앞에 섰다.
바로 그때 인터폰이 울렸다. 야요이는 숨을 삼켰다. 작은 비명마저 나왔다. 또 구니코가 왔을지도 모른다. 쭈뼛쭈뼛 인터폰을 받아 보니 약간 쉰 남자의 목소리가 들려왔다.
"무사시야마토 경찰서에서 나왔습니다."

"아, 네."
경찰임을 알고 야요이의 고동이 빨라졌다.
"부인 되십니까."
남자의 말투는 정중하고 상냥했지만 야요이는 당황했다. 설마 경찰이 이렇게 빨리 오다니. 대체 무슨 일이 일어난 걸까. 야요이의 뇌리에 어제오늘 구니코가 경찰에 가서 불었을지 모른다는 의심이 솟아올랐다. 이제 틀렸다, 들통 난 거다. 야요이는 맨발로라도 도망치고 싶어졌다.
"몇 가지 여쭙고 싶은 게 있어서 왔습니다."
"네, 잠시만요."
야요이는 기운을 내 현관으로 향했다. 문을 열자 팔에 웃옷을 든 반백발의 궁상맞게 생긴 남자가 애교 있게 웃으면서 서 있었다. 생활안전과 과장 이구치였다.
"아, 안녕하십니까, 부인. 남편께서는 돌아오셨습니까?"
이구치는 야요이가 수색원을 내러 창구에 갔을 때 담당 직원이 없어 대신 신고 방법 등을 친절하게 가르쳐 준 남자였다. 처음에 건 전화를 받았던 것도 이구치이며 야요이에게 친절했기 때문에 인상은 좋았다.
"아뇨, 아직요."
야요이는 불안을 억누르며 대답했다.
"그렇습니까."
이구치의 표정이 살짝 흐려졌다.
"실은 오늘 아침, K 공원에서 토막 살해된 남자의 시체가 발견되어서 말입니다."

그 말을 듣고 기분이 나빠지며 야요이의 몸에서 핏기가 가셨다. 현기증이 나고 상반신이 흔들렸다. 빈혈의 징조였다. 야요이는 바닥에 쓰러질 것 같은 것을 문에 기대 버텼다. 역시 들통 났다. 어쩌면 좋을까. 그러나 야요이의 공포에 질린 표정을 이구치는 실종된 남편을 걱정하는 아내의 불안이라고 받아들인 모양이다. 위로하는 것처럼 당황해서 덧붙였다.

"괜찮습니다. 아직 댁의 남편 분이라고 밝혀진 건 아니니까요."

"네에."

"다만 이 부근에서 수색원 제출이나 행방불명 신고를 하신 댁을 방문해 좀 더 자세한 이야기를 들으려는 것뿐입니다."

"그렇군요."

일단 안도의 미소를 띠었으나, 그것이 틀림없이 겐지라는 것을 알고 있는 야요이는 맨정신으로 있을 수가 없었다.

"잠깐 실례해도 괜찮겠습니까?"

이구치는 발끝으로 문을 누르고 마른 몸을 슬쩍 디밀어 넣었다. 그때 이구치의 등 뒤에 몇 명의 파란 제복을 입은 남자들이 있는 것을 깨달았다.

"집이 어둡군요."

거실에 들어온 이구치는 말했다. 서쪽 햇살을 차단하는 커튼이 아직까지 쳐져 있다. 바깥은 밝은데 방이 어슴푸레하니 문란한 느낌이 든다. 자신이 질책당한 것 같은 기분이 들어 야요이는 서둘러 창가로 달려가 커튼을 걷었다. 저녁 햇살은 이미 서서히 기울기 시작해 천장을 새빨갛게 물들이고 있다.

"저녁이 되면 서쪽에서 빛이 들어와서요."

이구치는 껍질을 깎다 만 감자를 쳐다봤다.
"아하. 부엌이 서향이로군요. 여름에는 참 더우시겠습니다."
냉방이 되지 않은 방에 질린 건지 이구치는 손수건을 꺼내 땀을 닦았다. 야요이는 급히 에어컨 스위치를 켜고 열린 창을 닫으러 뛰어다녔다. 마치 어제 구니코가 왔을 때 같았다.
"너무 신경 쓰지 마십시오."
이구치는 태평히 말하면서도 방 여기저기에 날카로운 시선을 향하고 있다. 야요이에게 그 눈이 멈췄을 때, 야요이는 몸이 움츠러드는 불안을 명치에 느끼고, 처음으로 중력을 무거운 짐으로 느낀 것처럼 꿈쩍도 하지 못하게 되었다. 그러나 그 명치에는 바로 겐지와의 다툼의 증거가 새겨져 있었다. 이건 절대 보이면 안 된다며 야요이는 자연스럽게 팔짱을 꼈다.
"남편 분이 다니시던 치과, 그리고 지문, 장문을 채취해도 괜찮겠습니까?"
야요이는 겨우 갈라진 목소리로 대답했다.
"치과는 역 앞 하라다 치과라는 곳입니다."
이구치는 묵묵히 메모를 했다. 감식원으로 여겨지는 남자들은 뒤에 선 채로 이구치의 지휘를 기다리고 있다.
"부인, 남편 분이 쓰시던 컵이나 일용품 있습니까?"
떨리는 다리로 야요이는 세면소로 남자들을 안내했다. 손가락으로 가리키자 감식원들은 그 즉시 하얀 분말 같은 것을 꺼내 작업을 시작했다. 이구치는 예상과는 달리 태평하게 작은 마당에 내놓은 세발자전거 같은 것을 내려다보고 있다.
"자제 분이 아직 어립니까?"

까마귀 247

"네, 다섯 살, 세 살 되는 사내아이들입니다."
"지금은 놀러 나갔습니까?"
"아뇨, 보육원에 보냈거든요."
"부인께서 일을 하고 계시나 보군요. 무슨 일을 하십니까?"
"전에는 슈퍼에서 계산대 일을 했지만 지금은 도시락 공장에 야근을 다니고 있습니다."
"호오, 야근이라. 힘드시겠습니다."
이구치의 얼굴에 동정하는 빛이 떠올랐다.
"네, 뭐. 그렇기는 하지만 아이들이 보육원 가 있는 사이에 잘 수 있으니까요."
"과연. 그런 여자 분들이 최근 많이 계신 것 같더군요. 저건 댁의 고양이입니까?"
야요이는 놀라서 이구치가 가리킨 곳을 보았다. 세발자전거 옆에 갈 곳이 없는 밀크가 웅크리고 이쪽을 보고 있었다. 하얀 털이 이미 다 지저분해졌다.
"그렇습니다."
"하얀 고양이라. 집에 들여 주지 않아도 괜찮겠습니까?"
이구치는 에어컨을 켜느라 창을 다 닫아 버린 집을 신경 썼다.
"괜찮습니다. 바깥을 좋아하니까요."
그날 밤 도망쳐 나간 후로 결코 안에 들어오려 하지 않는 애완 고양이를 야요이는 미워하고 있었다. 자연스레 내뱉는 어조가 되었다. 이구치는 딱히 신경 쓰는 느낌 없이 손목시계를 확인했다.
"슬슬 자제 분들 데리러 가셔야죠."
"네. 그런데 장문이라는 게 뭔가요?"

마침내 야요이는 마음에 걸리던 것을 물었다.
"손바닥에도 무늬가 있거든요. 그 유체는 말입니다, 토막 난 부분 조금씩에 손가락은 지문이 도려내져서 없었습니다. 하지만 손바닥이 남아 있었기 때문에 그것으로 어떻게든 신원을 확인하고자 하는 겁니다. 남편 분이 아니기를 바랍니다만, 다만 혈액형과 추정 연령이 일치합니다. 그것만 전해 두겠습니다."
이구치는 빠른 어투로 말하더니 시선을 깔았다.
"토막이 났다고요."
야요이는 중얼거렸다. 이구치의 말투가 설명조로 바뀐다.
"네, K 공원에서 발견된 것은 전부 열다섯 부분으로, 모두 이 정도 크기입니다. 하지만 그것을 전부 합쳐도 전신의 5분의 1 정도랄까요. 지금 온 공원을 필사적으로 수색하고 있습니다. 발견 계기는 까마귀였습니다."
"까마귀?"
야요이는 영문을 알 수 없었다.
"네, 까마귀. 청소하는 아주머니가 까마귀한테 먹이를 주려고 쓰레기통을 찾다가 발견했습니다. 그런 생각을 안 했더라면 영원히 몰랐을지도 모르지요."
야요이는 동요를 눈치 채이지 않도록 하는 데에 필사적이었다.
"만일 그게 남편이라면 어째서 그렇게 된 걸까요?"
이구치는 아무 대답도 하지 않고 반대로 질문을 했다.
"최근 남편 분께서 무슨 문제에 휘말려 들었다거나 하는 일은 없었습니까? 어디서 빚을 졌다든가."
"없다고 알고 있습니다."

까마귀 249

"남편 분의 귀가는 언제쯤?"

"제가 야근 가기 전까지는 항상 돌아와 주는데요."

"도박 같은 건."

도박이라고 듣고 바카라가 머리에 떠올랐으나 야요이는 고개를 갸우뚱했다.

"그런 이야기는 듣지 못했지만, 최근 들어 술은 자주 마셨던 것 같습니다."

"실례지만 부부 싸움은 하시지 않으셨습니까?"

"가끔은 했지만, 아이들을 귀여워하는 좋은 남편……입니다."

저도 모르게 과거형이 될 뻔해서 야요이는 말이 막혔다. 그리고 아이들에게 있어서는 정말로 좋은 아버지였음을 떠올리고 눈물지을 뻔했다. 탄식이 이어질 것을 꺼려한 건지 이구치는 자리에서 일어났다.

"죄송하지만, 혹시나 만일에 신원이 확인되거든 서까지 와 주실 수 있겠습니까?"

"네."

"하지만 자제 분들도 어린데, 그게 사실이 됐다가는 큰일이겠군요."

고개를 들어 보니 이구치는 다시 세발자전거를 쳐다보고 있었다. 고양이는 아직 거기에 있었다.

이구치와 감식원들이 돌아간 후, 야요이는 바로 마사코에게 전화했다. 이제 아무런 주저도 없었다.

"무슨 일이야?"

마사코는 야요이의 어조에서 무언가 일이 생겼음을 알아챈 듯

민감하게 되물었다. 야요이는 K 공원에서 토막 난 시체가 발견됐음을 이야기했다.

"구니코 짓이야. 그런 무신경한 여자한테 맡긴 게 잘못이었어."

마사코는 분해하고 있는 건지 가라앉은 목소리로 말했다.

"그렇다 쳐도, 까마귀라니."

"나, 어쩌면 좋아."

"장문이라는 걸로 알 수 있는 거면 틀림없이 너희 남편이라고 확인될 거야. 늦든 빠르든. 그러면 너는 끝까지 딱 잡아떼고 있을 수밖에 없겠지. 집에는 돌아오지 않았다, 아침에 나가는 걸 본 게 마지막이다, 부부 사이는 보통이었다라고."

"하지만 여기 돌아온 걸 본 사람이 있으면 어떻게 해?"

야요이는 마사코와 이야기하는 중에 점점 반대로 걱정이 되고 있었다.

"그건 네가 괜찮다고 네 입으로 말했잖아."

"그건 그렇지만."

"정신 똑바로 차려. 이 정도 일은 예상했잖아."

"하지만 우리가 그걸 옮기는 모습을 누가 보지 않았을까?"

마사코는 그게 버릇인 건지 조용히 생각에 잠겨 있다. 겨우 나온 대답은 야요이를 안심시키지 못했다.

"모르지."

"저기, 물론 배에 난 멍은 알려지지 않게 해야겠지?"

"당연하지. 하지만 너는 그날 밤 알리바이가 있고 운전도 못하니까 어떻게든 될 거야. 공장에도 나왔고, 다음 날 아침에 보육원도 가고 했잖아."

"응. 쓰레기장에 있던 아주머니와 이야기도 했고."
야요이는 자신을 안심시키기 위해 덧붙였다.
"너희 집과 우리 집을 연결 짓는 건 없다고 생각하니까 안심해. 너희 집 욕실을 조사해도 아무것도 나오지 않을 테니까."
"그러네."
야요이는 자신을 납득시킨다. 그때 구니코 일이 생각났다. 또 하나의 불안이. 야요이는 그제야 이야기할 마음을 먹었다.
"실은 어제 구니코 씨가 와서 나를 협박하고 갔어."
"무슨 말이야?"
"10만을 50만으로 올려 달라고."
"그 아이가 할 만한 짓이네. 실수나 저질러 놓고 못됐다니까."
"그리고 빚보증을 서게 됐어."
"어디 빚?"
"소비자금융 같은데 잘 모르겠어."
그것만은 마사코도 생각 못한 일이었는지 또다시 침묵했다. 기다리는 사이 야요이는 마사코에게 몹시 야단맞는 것이 아닌지 움찔거렸다. 그러나 마사코는 조용히 말했다.
"그건 확실히 큰일이네. 너희 남편 일이 밝혀져서 그 업자가 차용증 이야기를 꺼내거나 하거든 누구나 구니코가 무슨 협박을 한 게 아닌가 하고 생각할 거야. 너한테는 구니코의 보증인이 될 의리 따위 없으니까."
"그럴까?"
"하지만 그쪽은 겉에 드러나지 않을 거라고 생각해. 구니코도 당장 네게 빚을 갚아 달라고 한 건 아니지? 그 아이는 금치산자지만 그 이상도 이하도 아니니까."

"돈을 주고 싶어도 집에 현금이 없다고 했더니 사인해 달라고 말을 꺼냈어."

물론 야요이도 구니코의 말을 있는 그대로 믿지는 않는다. 그 가슴속에서 흔들흔들 춤추는 불안을 어떻게든 필사적으로 억누르고 있자니 마사코가 침착한 목소리로 말했다.

"지금 생각났는데, 신원이 확인되면 좋은 일이 딱 하나 있어."

"뭔데?"

"보험금이 나오는 거. 너희 남편 생명보험 들었을 거 아냐?"

그랬다. 야요이는 얼이 빠졌다. 겐지는 총액 5000만 엔의 생명보험에 가입된 상태다. 부부 싸움 끝에 남편을 죽이고, 토막 내서 버려 준 데에 대한 사례금을 치르는 데에 고심하던 야요이였으나, 사건은 생각지 못한 방향으로 나아가고 있었다. 야요이는 지나친 놀라움에 정신을 빼고 해가 저물어 어두워진 방에서 홀로 수화기를 쥐고 있었다.

마사코는 전화를 끊고 바로 시계를 봤다. 오후 5시 20분.

공장도 쉬는 날이라 언제 돌아올지 모르는 남편과 아들 신경도 쓸 일 없이 느긋한 기분으로 저녁을 보내고 있었는데 순식간에 스위치가 꺼졌다. 사태는 의외로 빨리 움직이고 있다. 생각대로 되겠지 하고 얕보기 시작하면, 파탄은 틀림없이 준비되어 있으면서 발을 거는 것처럼 갑자기 앞에 모습을 나타낸다. 뭔가를 돌파한다는 건 이런 거다. 아마도 차례차례 칠흑 같은 어둠이 모습을 드러내 자신들을 집어삼키려 할 것이다. 마사코는 잠시 단단한 연필심 끝을 뾰족하게 세심히 깎는 것처럼 신경을 팽팽하게 긴장시키고 있었다.

마사코는 테이블 위에 있던 텔레비전 리모컨을 손에 들었다. 전원을 켜고 뉴스가 어디 나오고 있지 않은지 여기저기 채널을 돌려봤다. 그러나 아직 뉴스 할 시간이 아니었다. 어쩌면 석간신문에 나온 것을 미처 못 봤을 수도 있다. 마사코는 텔레비전을 끈 후 대충 보고 소파에 내팽개쳐 뒀던 신문을 다시 손에 들었다.

사회면 하단에 작게 「공원에서 토막 살인 시체」라는 기사가 나 있는 것을 발견했다. 어째서 이것을 보지 못한 걸까. 사태를 얕보고 있던 증거인지도 모른다. 반성하면서 마사코는 서둘러 그 짧은 기사를 읽었다.

그에 따르면, 오늘 아침 일찍 공원의 청소 직원이 공원 내 쓰레기통에서 비닐봉지에 담긴 시체의 일부를 발견했고 한다. 경찰이 공원 안을 다시 수색한 결과, 쓰레기통 이곳저곳에서 합계 열다섯 봉지의 성인 남성 시체 부분이 발견되었다고 나왔다. 그 이상은 아무것도 적혀 있지 않았다.

장소와 개수로 봐서 문제의 봉지를 억지로 떠안은 구니코가 귀찮아서 공원 안 쓰레기통에 버리고 돌아다닌 것이 분명했다. 구니코를 한패로 끌어들인 것은 큰 오산이었던 것이다. 애초에 신용하지 않았으니 그 봉투는 맡기지 말았어야 했다. 자신이 저지른 커다란 실수에 마사코는 초조해져서 오랜만에 손톱을 깨물었다.

공원의 시체가 겐지라고 들통 나는 것은 시간 문제였다. 이미 끝나 버린 일은 별수 없다 치더라도, 이 이상 실수를 하지 않기 위해 구니코에게는 다짐을 시켜 둬야 하리라. 그 다짐이라는 것이 협박으로 변하는 것은 할 수 없는 일이다. 우선은 요시에에게 가서 이 일을 보고해 두는 편이 좋을 듯하다.

요시에는 오늘도 출근할 예정인지도 모른다. 그렇다면 빨리 가자고 마사코는 일어섰다. 마사코와 동료들은 금요일 밤, 다시 말해 토요일 조조를 일주일에 하루의 휴일로 정해 두고 있었다. 그것은 단순히 일요일에 출근하면 시급을 10퍼센트 높게 받을 수 있으므로 일요일 휴일을 토요일로 돌린 데 지나지 않는다. 그러나 요시에만은 하루치라도 더 돈이 필요해 휴일 없이 일하는 날이 많다.

요시에의 집에 달린 누런색 볼품없는 플라스틱 초인종을 누르자 금방 현관문이 열렸다. 문이 잘 안 맞는지 열리는 소리가 귀에 거슬렸다.

"어라, 무슨 일이야?"

요시에는 저녁 식사 준비 중이었는지 집 안에서 국물 우려내는 습기와 열기가 흘러나왔다. 거기에 요시에의 집 특유의 크레졸 냄새가 희미하게 섞였다.

"스승님, 잠깐 나올 수 있어?"

마사코는 머뭇거리며 중얼거렸다. 거실로 꾸며진 현관 앞 작은 방에서 미키가 숏팬츠에서 뻗어 나온 다리를 안고 텔레비전을 쳐다보고 있었기 때문이다. 미키는 마치 어린아이처럼 만화에 빠져서 마사코를 돌아보지도 않는다.

요시에는 뭔가를 깨달았는지 낯빛을 바꿨다. 살짝 땀이 배어난 그 얼굴은 애처로우리만큼 또렷이 피로가 새겨져 있었다. 마사코는 얼굴을 돌리고 한 발 먼저 밖으로 나와 요시에가 나오기를 기다렸다.

요시에의 집 현관 옆에는 작은 정원이 있어 개인 채소밭이 일궈져 있었다. 거기에 빨간 토마토가 휘어지도록 열린 것을 마사코는 신비한 기분으로 쳐다보고 있었다.

"기다렸지. 뭐 보고 있어?"

나타난 요시에는 등 뒤에서 마사코가 보고 있는 것을 들여다봤다.

"토마토. 풍작이구나 싶어서."

"자리만 있으면 벼농사도 짓고 싶어."

요시에는 손바닥만큼도 안 되는, 지붕 아래에 조금 있는 게 다인 흙을 보며 웃었다.

"토마토만으로는 질리는걸. 하지만 흙이랑 잘 맞는지 무척 달아. 얘, 하나 가져가라."

요시에는 큼지막한 토마토를 하나 따서 마사코의 손에 얹었다. 집도, 이 집의 주인도 지칠 대로 지친 상태인데 그 열매만은 속이 꽉 차서 윤기 있고 풍요로웠다. 마사코는 얼마 동안 토마토를 손바닥에 올린 채 침묵했다.

"무슨 일이야?"

요시에가 재촉한다.

"아아." 하고 마사코는 돌아봤다.

"스승님, 석간신문 읽었어?"

"우리 신문 안 봐."

요시에는 부끄러운 듯이 말했다.

"그렇구나. K 공원에서 그 봉지가 발견됐어."
"K 공원에서? 나 아니다."
요시에는 외쳤다.
"알아. 구니코야, 틀림없어. 그래서 수색원을 낸 야요이의 집에 경찰이 왔대."
"벌써 개네 남편이라고 알아낸 거니?"
"아니, 아직."
마사코는 요시에가 미간을 찌푸리는 모습을 보면서 대답했다. 어젯밤 공장에서 만났을 때보다 눈 아래에 기미가 더 검어졌다.
"어쩌니."
요시에는 허둥댔다.
"들통 날 거야."
"신원은 들통 나, 틀림없이."
"그럼 어쩌면 좋으니?"
"스승님은 오늘 공장에 갈 거지."
"응."
요시에는 망설이고 있다.
"혼자라도 갈 작정이었는데, 어쩔까. 가는 편이 좋을까?"
"가. 어쨌든 눈에 띄는 짓은 하지 말고 평소처럼 굴어. 그리고 그날 우리 집에 왔던 건 아무도 모르지."
"응."
요시에는 잠시 생각하는 듯한 몸짓을 했으나 곧 몇 번이나 고개를 끄덕였다.
"알고 있겠지만 그 얘기 아무한테도 하지 마. 그리고 야요이가 제일 먼저 의심받을지도 모르니까 혹시나 경찰이 오더라도 부부 싸움 얘기나 맞았다는 얘기는 절대로 입 밖에 내면 안 돼. 그러지 않으면 우리 모두 이거야."

마사코는 양손이 묶인 시늉을 했다.

"알았어."

요시에는 침을 꿀꺽 삼키면서 마사코의 뼈가 불거진 손목을 봤다. 그때 작은 동물이 비칠거리면서 다가오더니 요시에의 다리에 붙었다.

"할머니."

그 동물은 서툴게 더듬더듬 지껄인다. 바싹 마른 어린 사내아이가 무릎이 해진 요시에의 바지에 달라붙어 있었다. 집에서 요시에를 쫓아 나온 듯 팬티만 입고 위는 알몸, 게다가 맨발이었다.

"이 아이는?"

"내 손자야."

요시에는 어린아이의 손을 꼭 쥐고 멋대로 뛰어다니지 못하게 하면서 부끄러운 듯이 대답했다.

"손자가 있어? 처음 들어."

마사코는 놀라서 아이의 머리를 만졌다. 부드러운 머리카락이 손가락에 얽혀 들자 노부키가 아기였을 적이 떠올라 그리웠다.

"네게 말은 안 했지만 내게는 딸이 또 하나 있거든. 그 애 자식이야."

"맡아 주고 있는 거야?"

"그래."

요시에는 한숨을 내쉬며 어린아이를 내려다봤다. 아이는 마사코가 가진 토마토를 바라며 손을 뻗고 있다. 마사코가 건네주자 아이는 토마토의 냄새를 맡고 뺨을 비볐다. 마사코는 그 모습을 보고 중얼거렸다.

"생명의 결정체네."

"그렇지."

요시에는 동의했다.

"하지만 참 이상하지. 그걸 토막 낸 후에, 이런 걸 떠맡게 되고, 미칠 것 같아."

"이렇게 어려서야 큰일이겠네. 아직 기저귀도 안 뗐지."

"기저귀도 두 사람분이니까."

요시에는 웃었지만 그 눈 깊숙이에는 타인의 죽음과 삶을 떠맡게 된 자의 두려움과 한탄이 있었다. 마사코는 그것을 주시했다.

"그럼 무슨 일이 생기면 또 올 테니까."

"너, 머리님 어쨌니?"

목소리를 낮추며 손자의 귀마저 신경 쓰고 있다. 아이는 두 손에 다 차지 않는 토마토를 소중하게 받쳐 든 채 어른들의 대화에는 주의를 기울이지 않고 있다. 마사코는 뒤를 돌아보며 지나가는 자전거를 보낸 후 대답했다.

"다음 날 묻고 왔어. 괜찮아."

"어디 묻었니?"

"듣지 않는 편이 좋아."

마사코는 큰길에 세워 둔 카롤라를 향해 걸음을 옮겼다. 요시에에게는 구니코가 야요이를 협박한 것도, 야요이에게 겐지의 보험금이 나올지도 모른다는 것도 고하지 않을 작정이었다. 이 이상 요시에의 마음고생을 늘려 봤자다. 하지만 사실 마사코는 아무도 신용하고 있지 않았다.

어딘가 가까이서 두부 장수가 흔드는 종소리가 들린다. 집집마다 열린 창문에서는 식기며 텔레비전 소리가 울리고 있었다. 주부가 집에서 바쁘게 집안일을 할 시간대였다. 마사코는 자기 집의 깔끔하게 정리된 공허한 부엌과 그 작업을 해낸 욕실을 생각했다. 부엌보다 건조한 욕실이 지금의 자신에게 어울렸다.

구니코가 사는 단지는 지도로 확인했다. 옆 고다이라 시 외곽이다.

단지 현관에 목제 우편함이 나란히 설치되어 있었다. 긁힌 아이들용 판박이며 「성인 광고지 사절」 스티커가 난잡하게 붙어 지저분했다. 어느 호수나 세입자가 자주 바뀌는지 몇 번이나 이름을 바꿔 쓴 흔적이 있다. 심한 곳은 매직으로 쓴 이름을 면봉으로 지우고 그 옆에 또 매직으로 다른 성이 적혀 있다. 그 우편함으로 확인해 본 결과 구니코의 집은 5층이었다.

마사코는 우편함과 마찬가지로 너저분한 엘리베이터에 올라타 5층에서 내렸다. 구니코의 집 앞에 서서 인터폰을 누른다. 몇 번 눌러도 아무도 나오지 않는다. 아래 있는 주차장에 구니코의 골프가 있었던 것을 보면 어디 가까이에 뭐라도 사러 나간 게 틀림없었다. 여기서 돌아오기를 기다리자고 생각한 마사코는 단지 개방 복도 구석에 눈에 띄지 않게 섰다.

형광등의 창백한 불빛을 향해 작은 날벌레가 날아들어서는 부딪쳐서 어이없이 떨어진다. 마사코는 담배를 꺼내 불을 붙이고 콘크리트 바닥에 떨어진 벌레를 헤아리며 구니코를 기다렸다.
20분 정도 지나서 엘리베이터 쪽에서 편의점 봉지를 든 구니코가 걸어오는 것이 보였다. 쪄 죽는 더위에 온통 시꺼멓게 빼입고 콧노래를 흥얼거릴 것처럼 기분이 좋았다. 마사코는 그 모습을 보고 공원의 까마귀를 연상했다.
"아이, 깜짝이야."
어둠 속에 선 마사코를 보고 구니코는 기겁했다.
"얘기가 있는데 괜찮아?"
"새삼스레 무슨 얘기요?"
구니코는 울컥해서 마사코의 얼굴을 봤다.
"새삼스레고 뭐고, 너 때문에 큰일 났어."
마사코는 신문함에 든 석간신문을 바깥에서 빼서 구니코의 눈앞에 쑥 들이밀었다. 거칠게 뽑아내느라 소리가 복도에 크게 울려 퍼져 구니코는 주위를 염려했다.
"무슨 소리예요?"
"보면 알아."
마사코의 노한 얼굴에 겁을 집어먹은 건지 구니코는 당황해서 잠긴 문을 열었다.
"어질러졌지만 들어오세요. 이런 데서는 곤란하니까요."
마사코는 구니코를 따라 집 안으로 들어갔다. 본인이 말하는 만큼 어질러져 있지는 않았다. 그러나 가구 취미는 유치함과 세련됨이 뒤섞여 꼭 구니코 자신을 나타내고 있는 것 같다.
"그 대신 금방 돌아가 주시겠어요?"
구니코는 냉방을 켜고 쭈뼛쭈뼛 마사코 쪽을 돌아봤다.

"좋아. 금방 끝나니까."

마사코는 석간신문을 펴서 사회면의 그 기사를 찾아 구니코 앞에 놓고 가리켰다. 구니코는 편의점 봉지를 바닥에 놓고 놀라서 기사를 읽었다. 가면을 쓴 것처럼 떡칠한 파운데이션 아래로 명백하게 동요가 엿보였다. 그것을 확인하고 마사코는 캐물었다.

"너지. 이런 데에 버린 거."

"공원이면 되겠다고 생각했던 건데……."

"바보구나. 공원은 관리가 엄중하다고. 그래서 가정 쓰레기로 내놓으라고 했잖아."

"마사코 씨한테 바보 소리 들을 이유 없다고 생각하는데요."

구니코는 부루퉁한 얼굴을 한다.

"바보니까 바보라는 거야. 네 실수 때문에 야요이 집에 경찰이 왔다고."

"예, 벌써요?"

깜짝 놀란 구니코는 표정을 일그러트린다.

"그래. 벌써 왔어. 아직 들통은 안 났지만, 이것저것 조합해 보면 금방 알 일이야. 내일은 큰 소동이 돼 있을걸. 그 아이가 죽였다는 게 들통 나면 우리도 공범이야."

구니코는 사고가 정지해 버렸는지 멍하니 마사코의 얼굴을 보고 있다. 마사코는 구니코를 마주 봤다.

"그게 무슨 뜻인지 알지? 만일 잘해서 우리가 잡히지 않는다고 하더라도, 그 아이가 잡히면 너나 스승님한테 돈은 들어가지 않아."

그제야 구니코는 심각성을 깨달은 모양이다.

"돈은커녕, 네가 억지로 사인시킨 빚 보증인도 문제가 될걸. 남편이 토막이 났으니까. 너는 사건의 공범에, 게다가 공갈이 되는 거야."

"이걸 어째."

구니코는 외쳤다.

"그런 것까지는 생각 못했어요."

"무슨 소리야. 네가 가서 협박해 놓고."

"저도 어려운 형편이라 도움을 조금 받으려고 했던 것뿐이에요. 서로 도와줘도 좋잖아요. 그만한 일을 해 줬고요."

구니코는 횡설수설하며 얼굴에서 엄청난 땀을 흘렸다. 마사코는 구니코의 멍한 얼굴을 싸늘하게 흘겨봤다. 지금 마사코가 가장 두려워하고 있는 것은, 만일 겐지의 보험금이 나왔을 때 구니코에게 돈을 빌려 준 업자가 보증인의 돈이라고 뜯어먹으러 오는 것이었다. 살인 사건 따위 그들에게는 아무래도 좋을 터다.

"서로 돕기는 뭐가. 같이 발만 잡아당기고 있는 주제에."

마사코는 구니코 앞에 손을 내밀었다.

"자, 그 보증인 계약서 어디 있어. 이리 내놔 봐."

"아까 주고 와 버렸어요."

구니코는 애를 태우며 손목시계를 본다.

"어디에?"

"역 앞 금융회사. 밀리언 소비자 센터라는 곳에요."

"사채업자지. 지금 당장 전화해서 계약서 돌려달라고 해."

마사코가 엄하게 지시하자 구니코는 울음을 터트릴 것 같은 얼굴이 되었다.

"안 돼요. 무리예요."

"무리든 뭐든 일이 귀찮게 될 거야. 내일은 소동이 날 테니까, 그 업자가 야요이 주위를 어슬렁댈걸."

"알았어요."

구니코는 마지못해 백에서 명함을 꺼내서 스티커가 잔뜩 붙은 무선전화기를 손에 들었다.

"조노우치인데요. 아까 드린 계약서를 돌려 주실 수 없을까요."

업자는 그럴 수는 없다고 딱 잘라 거절하고 있을 게 틀림없다. 구니코의 애원하는 어조에도 불구하고 사태는 전혀 수습이 안 되는 모양이다.

"그럼 이제부터 갈 테니까 기다려 달라고 해."

마사코는 송화구를 누르고 구니코에게 말했다. 구니코는 힘이 들어가지 않는 것처럼 바닥에 주저앉는다.

"저도 가는 건가요?"

"당연하지."

"어째서요?"

"네가 일으킨 일이잖아."

"하지만 토막 낸 건 제가 아닌걸요."

"시끄러워."

마사코는 구니코를 때려눕히고 싶은 충동과 싸우면서 고함을 질렀다. 구니코는 울상을 하고 있다.

"거기서 얼마 빌렸어."

"이번에는 50만이에요."

어차피 처음에는 30만 정도 꿔 줬다가 갚는 것을 봐서 50만을 빌러 줬을 것이다. 카드 할부 빚에 쫓기는 구니코가 이미 달마다 이자밖에 못 갚고 있을 것은 대충 짐작이 갔다.
"애초에 보증인 세울 필요도 없다고. 네가 속은 거야."
구니코는 마사코의 얼굴을 보고 호소했다.
"하지만 보증인이 없으면 돈을 다 내놓으라고 하잖아요."
"저질 업자한테 걸렸구나."
구니코는 믿을 수 없다는 듯이 머리를 흔들었다.
"그렇게는 안 보였어요. 상냥하고 신사적이고. 야쿠자 같은 사람이 아니라고요. 오늘도 수고했다고 말해 줬고."
"그야 상대에 따라 태도를 바꾸고 있는 거고. 다시 말해 너를 그 정도 수준으로 여겼다는 거겠지."
구니코가 얼마나 바보 같은지 마사코는 혀를 차고 싶을 정도로 어이없었다. 구니코는 거슬린 건지 짓궂게 말했다.
"참 잘 아시네요. 경험 있으시죠."
"네가 너무 모르는 거야. 그보다 빨리 준비해."
마사코는 구니코와 이야기할 시간조차 아까워하며 얼른 현관에서 뒤꿈치가 뭉개진 운동화를 신었다. 구니코는 마사코를 못마땅해하며 일부러 느릿느릿 따라왔다.
밀리언 소비자 센터의 불은 꺼져 있었다. 마사코는 개의치 않고 계단을 올라갔다. 얇은 문을 노크하자 "열려 있습니다." 하는 남자 목소리가 들렸다.
마사코와 구니코는 문을 열고 안으로 들어갔다. 어슴푸레한 가운데 불도 켜지 않고 젊은 남자가 창가 소파에 아무렇게나 앉아 태평하게 담배를 피우고 있었다. 지저분한 테이블 위에는 구겨진 스포츠 신문과 끈적이는 내용물을 흘린 캔 커피가 놓여 있다.
"아아, 잘 오셨습니다. 무슨 일이십니까?"
남자는 두 사람을 보고 싱글싱글 웃으며 일어섰다. 회색 정장에 분홍색 넥타이. 차림새는 이곳에 어울리지 않을 정도로 빈틈이 없지만 밝은 갈색으로 염색한 머리가 복장에 맞지 않게 경박하게 보였다. 살짝 당황하고 있는 눈치로 봐서 구니코가 정말로 나타나리라고는 생각하지 못했던 것 같다.
"주몬지 씨. 저기, 아까 적어서 갖다 드린 보증인이 역시 싫다고, 돌려달라고."
"이분이십니까?"
주몬지는 마사코 쪽을 보면서 말했다. 경계하며 속을 읽으려는 표정을 감추지 않는다.
"아뇨, 저는 그 사람의 친구. 그 아이는 주부라서 이런 짓 하면 곤란해요. 돌려주겠어요?"
"그건 어렵겠는데요."
"그럼 잠깐 보여 줘요."
"좋습니다."
주몬지는 귀찮은 듯이 책상 서랍을 열었다. 그리고 한 장의 종잇장을 마사코에게 건넸다. 마사코는 힐끗 보더니 말했다.
"굳이 별도 취급할 필요 없잖아요. 처음부터 그런 조건 없이 빌려 줬으니까. 차용증 보여 줘요."
"이야."
갑자기 주몬지의 표정이 진지해졌다. 처진 눈썹에 힘이 들어가더니 험악한 얼굴이 나타났다. 주몬지는 파일에서 차용증을 꺼내서 마사코에게 어느 한곳을 가리켜 보였다.

"여기 써졌죠. 보십시오. 신용 상황에 중대한 변화가 있었을 때에는 꼭 그에 한하지는 않는다고. 조노우치 씨는 남편 분이 회사를 그만두고 없어지셨습니다. 그것이 변화가 아닙니까?"

주몬지의 속 보이는 변명에 마사코는 웃음을 띠었다.

"그거야 뭐라고든 말할 수 있겠죠. 하지만 늦은 건 이번뿐이죠. 그것도 하루. 이건 좀 심한 거 아닌가요?"

반격이 의외였는지 주몬지는 놀라서 마사코의 얼굴을 봤다. 구니코는 전전긍긍하면서 당장이라도 누가 나와 위협하는 건 아닐까 하고 실내를 둘러보고 있다. 주몬지는 마사코의 얼굴을 얼마 동안 쳐다본 뒤 물었다.

"어디서 만나 뵌 적 있던가요?"

"아뇨."

마사코는 쌀쌀맞게 고개를 흔든다.

"그렇습니까?"

주몬지는 고개를 여태 갸웃거리고 있다. 약간 어투를 부드럽게 바꾼다.

"하지만 뭐, 실례되는 말이지만 이분의 상환 계획이 진지해 보이지 않아서요."

"꼭 갚게 만들죠."

"당신이 보증 서 주시는 겁니까?"

"보증인은 되지 않겠지만, 다른 사채업자한테서 빌려서라도 갚게 할 테니까요."

"그럼 금후의 상환 상황에 따라 생각해 보죠."

주몬지는 포기한 듯, 소파로 돌아가 다리를 쩍 벌리고 앉았다. 의외로 싱겁게 보증인 계약서를 되찾은 구니코는 놀라서 마사코를 봤다.

"자, 돌아가자."

구니코를 재촉해 돌아가려는데 주몬지가 말을 걸어왔다.

"생각났다. 당신 가토리 씨죠."

마사코는 뒤를 돌아봤다. 이마를 바짝 밀어 깡패 같았던 주몬지의 얼굴이 되살아났다. 하청의 하청으로 채권 추심 업무를 하던 남자가 틀림없다. 그 평범한 이름은 기억나지 않지만 상대에 따라 다양하게 변하는 눈매만은 똑같았다.

"그러고 보니. 이름이 달라서 눈치 못 챘네."

헤헷 하고 주몬지는 웃었다.

"가토리 씨가 붙어 있으면 못 이기죠."

"그 사람 어떻게 아세요?"

먼저 계단을 내려간 구니코가 알고 싶어 못 견디겠다는 듯이 몸을 돌리고 마사코를 올려다봤다.

"옛날에 일하던 곳에 드나들던 사람."

"무슨 일 하셨는데요?"

"금융."

"소비자금융 같은 거요?"

마사코는 그 이상 아무 말도 하지 않았다. 구니코는 마사코를 얼마 동안 쳐다보고 있었으나 이내 완전히 날이 저문 적적한 거리에서 도망치는 것처럼 고개를 쑥 내밀고 빠른 걸음으로 걷기 시작했다.

마사코는 마사코대로 과거 알던 인물을 뜻하지 않게 만난 데에서 거리의 먼지 날리는 어둠에 다시금 사로잡힌 것 같은 기분이 들어 참을 수가 없었다. 이 앞에 무엇이 자신을 기다리고 있는 걸까. 불안에 휩싸여 구니코와는 반대로 초라한 뒷골목으로 들어가 머리를 끌어안고 웅크리고 싶은 기분에 빠져 들었다. 마사코에게는 이미 돌아갈 곳이 없었기에.

죽은 사람이라는 것을 알고 있는데, 어떻게 꿈속에서는 대화를 나눌 수 있는 걸까.

얕은 수면 속에서 마사코가 꾼 것은 죽은 부친이 정원에 서서 무참하게 헐벗은 잔디를 바라보고 있는 꿈이었다. 턱에 생긴 악성 종양으로 세상을 떠난 부친은 병원에서 곧잘 입고 있던 유카타 모습으로 흐린 하늘 아래에 무료하게 서 있었다. 그리고 툇마루에 마사코가 있는 것을 알고는 거듭된 수술로 일그러진 뺨을 이완시켰다.

"거기서 뭐 하세요?"

"좀 나갔다 올까 싶어서 말이다."

마지막에는 입을 열지 못하게 되어 거의 대화다운 대화도 나누지 못했을 텐데 꿈속의 부친은 명료한 말로 지껄였다.

"하지만 손님이 오실 거예요."

어떤 손님이 오는 건지는 모르지만 마사코는 이제부터 손님을 맞이하기 위해 허둥지둥 집 안을 뛰어다니고 있었다. 정원은 아버지가 살던 하치오우지의 오래된 임대 가옥이지만, 집은 신기하게도 새로 산 이 요시키와 마사코의 집이었다. 게다가 마사코의 청바지 자락을 꽉 붙들고 있는 것은 아직 어린 노부키인 것 같다.

"그럼 욕실을 청소해야지."

아버지가 걱정스러운 듯이 말하는 것을 듣고 마사코는 내심 전율하고 있었다. 왜냐하면 욕실에는 겐지의 머리카락이 엄청나게 떨어져 있기 때문이었다. 그것을 아버지는 어떻게 알고 있는 걸까. 분명 아버지가 죽은 사람이기 때문이다. 꿈속에서 납득한 마사코는 노부키의 작은 손을 뿌리치고 필사적으로 뭐라고 변명하고 있다. 그러자 아버지는 장작처럼 마른 다리로 이쪽을 향해 걸어왔다. 그 얼굴은 검푸르고 공허해 죽었을 때 얼굴 같았다.

"마사코. 그만 죽게 해 주려무나."

목소리가 이번에는 귓가에서 들려와, 마사코는 소스라치게 놀라며 눈을 떴다.

말을 못하게 되고 음식도 전혀 먹을 수 없게 된 아버지는 말기에 괴로운 나머지, 마사코를 향해 그 말만은 똑똑히 던졌던 것이다. 지금까지 기억 너머로 사라져 있던 목소리가 귓가에서 되살아남으로써 마사코는 유령을 만난 것처럼 두려움에 부들부들 떨고 있었다.

"여보, 마사코."

요시키가 침대 머리맡에 서 있었다. 요시키는 마사코가 자고 있을 때는 침실에 거의 들어오지 않는다. 아직 악몽에서 채 깨지 못한 마사코는 생각지도 못한 요시키의 얼굴을 보고 얼이 빠졌다.

"잠깐 일어나서 이거 읽어 봐. 당신 아는 사람 아니야?"
요시키는 손에 들고 있던 조간신문 기사를 가리켰다. 당황해서 상반신을 일으키고 보니 요시키가 내미는 신문 사회면 톱에 '공원의 토막 살인 시체는 무사시무라야마의 회사원'이라고 적혀 있었다. 마사코가 예상했던 대로 어젯밤에는 신원이 판명된 모양이다. 활자가 되니 현실감이 떨어진다. 마사코는 그것을 기묘하게 느끼면서 기사를 읽었다.
"아내 야요이 씨는 겐지 씨가 행방불명된 당일 밤은 근처 공장에 파트타임을 나가 집을 비우고 있었다. 조사 당국은 야마모토 씨가 회사를 나선 후의 행적을 조사하고 있다."라고 되어 있고, 자세한 이야기는 한 줄도 적혀 있지 않다. 시체가 비닐봉지에 담겨 여러 곳에 버려져 있었다는 점에서 전체적인 분위기는 엽기적 흥미에 집중되고 있었다.
"어때, 맞지?"
"맞긴 한데, 당신이 어떻게 알아?"
"가끔 전화가 걸려 오잖아, 공장의 야마모토인데요 하면서. 거기다 밤에 근처 공장 파트타임이라고 하면 이 주변에서는 그 야근밖에 없고."
설마 그날 밤 도움을 청하는 전화를 들은 건 아닐까. 마사코는 저도 모르게 요시키의 눈을 봤다. 요시키는 흥분하고 있는 것을 수치스럽게 여기며 눈을 돌렸다.
"빨리 알아 두는 편이 좋겠다 싶어서."
"고마워."
"대체 어떻게 된 걸까. 원한이라도 산 걸까?"

까마귀 271

"그런 사람은 아니었다고 생각하지만, 글쎄."
"야마모토 씨랑 사이좋지? 한번 가 보지 않아도 괜찮겠어?"
요시키는 침착한 마사코를 의아한 듯이 쳐다봤다.
"그러네."
애매하게 대답하며 침대 위에 놓은 신문을 읽는 척하고 있자니, 그 이상 아무 말도 하지 않는 마사코를 미심쩍게 생각한 듯한 요시키는 침실에 놔둔 서랍장을 열고 정장을 꺼냈다. 토요일이라 쉬는 날인데 회사에 가는 걸까. 마사코는 성급히 일어나 파자마 모습 그대로 이부자리를 정리했다.
"당신, 가 보지 않아도 되는 거야?"
요시키는 등을 돌리고 다시 한 번 말했다.
"경찰에 매스컴에 큰일일 텐데. 가엾게도."
"그러니까 쓸데없는 짓은 하지 않는 편이 좋지 않을까."
마사코가 대답하자 요시키는 잠자코 티셔츠를 벗었다. 마사코는 요시키의 뒷모습을 쳐다봤다. 근육이 떨어지고 전체적으로 몸매가 홀쭉해진 것처럼 보였다. 감정도 육체도 해탈한 노인처럼 되어 간다. 요시키는 등 뒤에 있는 마사코의 시선을 의식한 건지 딱딱하게 굳어졌다.
요시키와 의좋게 지냈던 시절의 기억이 흐려지기 시작한 것은 서로 접촉하기를 그만뒀기 때문이 아니라 두 사람 다 다른 문을 열고 그곳으로 이동했기 때문이다. 지금은 서로 이 집에서의 역할을 다하고 있을 뿐이었다. 남자나 여자가 아니라, 아버지나 어머니도 아니라, 회사에 출근하거나 집안일을 하는 등 하지 않으면 안 되는 일을 충실히 해내고 있는 것에 지나지 않았다. 자신들은 천천히 무너지고 있다고 마사코는 생각한다. 요시키는 맨몸에 바로 셔츠를 걸치고 돌아봤다.
"전화 정도는 걸어 줘. 당신은 너무 차가워."
마사코는 그 말을 곱씹었다. 이 사건에 너무 가깝게 관여된 탓에 당연한 교제의 범주조차 모르게 되어 버린 건지도 모른다. 상식을 잊어버리는 건 위험했다.
"전화해 볼게."
마지못해 대답한다. 요시키는 뭔가를 선고하는 것처럼 마사코의 얼굴을 똑바로 쳐다봤다.
"자기한테 관계없다고 생각하면 당신은 금방 잘라 내려고 해."
"그런 생각은 없는데."
마사코는 요시키를 올려다봤다. 요시키가 마사코의 최근의 태도를 탓하고 있다는 사실을 깨달았기 때문이다. 야요이의 사건이 있은 뒤 그녀가 변한 것을 요시키도 느끼고 있다.
"내가 쓸데없는 참견을 했군."
요시키는 떨떠름하게 얼굴을 일그러트리고 마사코를 봤다. 두 사람은 싸늘함을 끌어안고 서로의 얼굴에도 그 기운이 있음을 확인한다. 마사코는 시선을 떨어트리고 침대 커버를 씌웠다. 요시키가 넥타이를 묶으면서 말했다.
"아까 신음하던데."
마사코는 그 넥타이가 정장 색과 어울리지 않는다고 생각하면서 조용히 대답했다.
"싫은 꿈을 꿨어."
"무슨 꿈인데?"

"돌아가신 아버지가 나와서 이 소리 저 소리 하는 꿈."

흐음 하고 중얼거린 것을 끝으로 요시키는 바지 주머니에 정기권이며 지갑을 넣고 있다. 요시키와 죽은 마사코의 부친은 사이가 좋았다. 그런데도 요시키가 꿈의 내용을 묻지 않는 것이 마사코의 마음을 열기를 포기한 것처럼만 여겨졌다. 이미 열 필요도 느끼지 못하게 된 건지도 모른다. 자신도 그런 걸까. 마사코는 시간을 들여 커버 자락을 접어 넣으면서 자기 부부가 잃어버린 것을 생각하고 있다.

요시키가 나간 후 마사코는 야마모토 가에 전화를 걸어 봤다.
"네, 야마모토인데요."
또 걸려 왔다고 진저리를 내며 녹초가 다 된 것처럼 들리는 목소리가 전화를 받았다. 야요이를 닮았지만 다르다. 좀 더 나이가 있고 억양이 달랐다.
"가토리라고 합니다. 야요이 씨 계신가요?"
"지금 약 먹고 자고 있습니다. 어디 가토리 씨인가요?"
"공장에서 같이 일하는 사람인데, 신문을 읽고 걱정이 돼서."
"감사합니다. 아무래도 일이 일이다 보니 정신이 없어서. 어젯밤부터 누워 있답니다."
같은 말을 몇 번이나 되풀이한 모양이었다. 아침부터 몇 통의 전화가 걸려 왔을까. 친척, 겐지의 직장, 야요이의 친구, 이웃, 거기다 매스컴. 부재 중 메시지처럼 같은 말을 반복하고 있는 게 분명하다.
"야요이 씨 어머님 되시나요?"

"그렇습니다."
 허튼소리는 하지 않겠노라 생각하고 있는 건지, 모친은 냉담하게 대답했다.
 "큰일이네요. 모두들 걱정하고 있으니 부디 몸조리 잘하라고 전해 주세요."
 이 전화는 경찰 기록에 남으리라. 이 정도가 좋겠다고 마사코는 생각했다. 전화하지 않는 편이 부자연스럽다. 그다음은 들통 나지 않게 할 수 있는 만큼의 일을 하는 수밖에 없다.
 전화를 끊음과 동시에 노부키가 일어나서 나왔다. 말없이 멋대로 아침 식사를 하더니 일인지 놀러 가는 건지 잽싸게 나가 버렸다. 혼자 남은 마사코는 텔레비전을 켜고 여기저기 뉴스를 틀어 봤다. 그러나 어느 방송국이나 똑같은 내용만 보도하고 있고 그 이상의 진전은 없었다.
 목소리를 낮춘 요시에에게서 전화가 걸려 왔다. 휴일인 마사코와 달리 야근에서 돌아와 집안일을 마치고 시어머니가 잠들기를 노려 전화를 건 모양이다.
 "역시 네 말대로 되었구나. 지금 텔레비전 켜 보고 깜짝 놀랐어."
 그 어조는 가라앉아 있었다.
 "응. 이제 곧 공장에도 경찰이 올지 몰라."
 "우리가 버린 쓰레기는 괜찮을까?"
 "아마도."
 "얘, 경찰에는 뭐라고 하면 좋니?"
 "그날 밤 이후 야요이는 공장에 나오지 않아서 아무것도 모른다고 하면 돼."

"그러네. 그럼 될 거야."

요시에는 같은 것을 몇 번이나 거듭해 물으면서 평소와 같이 자신을 납득시키고 있는 것 같다. 그런 이유로 일일이 전화 걸지 말라고 하고 싶은 마음에 마사코는 짜증이 난다.

요시에 편에서는 아이가 칭얼대는 소리가 들려왔다. 마사코는 오늘 아침에 꾼 꿈을 떠올렸다. 청바지 자락을 끄는 노부키의 손 힘이 실감 있게 되살아났다. 아마도 요시에의 손자를 봤기 때문이리라고 충분히 이해가 간다. 이렇게 악몽의 구조가 하나하나 해석되면 공포와 연을 끊을 수 있을 터였다.

"하지만 말이다."

"어쨌든 오늘 밤에 봐."

아직 걱정스러운 요시에의 목소리를 끊고 마사코는 전화를 내려놨다. 구니코에게서는 전화가 오지 않는다. 하지만 그만큼 겁을 줬으니 소심한 구니코는 얼마 동안은 분명 얌전히 있을 것이다.

마사코는 빨래를 시작하면서 어젯밤 오랜만에 만난 주몬지를 떠올리고 있었다. 어차피 우악스럽게 벌어들이다가 몇 년 있으면 문을 닫는 식으로 운영하고 있으리라. 구니코의 빚이 어떻게 되든 마사코가 알 바 아니지만, 만에 하나 주몬지가 신문을 보고 야요이의 이름과 구니코의 보증인 이름을 일치시키면 곤란하다.

주몬지가 어떤 남자였던가. 마사코는 회사에 근무하던 시절의 기억을 마음속 깊숙이에서 끄집어냈다. 떠올리고 싶지 않은 일들뿐이었다.

마사코는 물이 충분히 찬 세탁기 안에 세제를 풀어 넣었다. 소용돌이치며 하얀 가루가 물에 녹아 작은 거품이 생겨난다. 그것을 보면서 마사코는 천천히 마음의 봉인을 풀어 갔다.

근무처의 기억은, 언제나 신년회의 당번 일에서 시작된다. 마사코가 고등학교를 졸업해서 스물두 해나 근무한 T 신용금고의 항례 신년회이다. T 신용금고에서는 업무를 시작하기 전날에 거래처나 융자를 해 주는 농협의 윗분들을 초대해 매년 연회를 열었다. 그날 여사원들은 기모노를 입고 출근해야 한다. 그러나 그것은 입사하고 몇 년 안 된 젊은 여사원에 한한 이야기다. 다른 여사원들은 간단한 안주를 만들거나 잔을 씻거나 급탕실에서 술 데우는 당번을 하는 등 뒤편으로 돌려진다. 맥주 나르기나 회장 설치 등 힘든 일은 남자 사원이 담당했으나 여사원은 아침부터 밤까지 하루 종일 바빴다. 준비와 뒷정리에 쫓기기 때문이다. 그것도 업무가 마감되는 12월 30일부터 1월 4일 업무 개시까지 사이가 정식 휴가인데 신년회 때문에 휴일이 하루 줄게 된다. 그 출근은 의무적인데도 연회라고 해서 출근으로 간주되지 않는 것이었다.

어느새 여사원 중에서 가장 연장자가 된 마사코는 언젠가부터 술 데우는 당번만 지시받게 되었다. 남들 앞에 나서는 게 싫은 마사코에게는 적역이었지만 반나절 내내 좁은 급탕실에 서서 술만 데우다 보면 술 냄새에 취해 기분이 나빠졌다. 게다가 취한 남자 사원이 때때로 다른 여사원을 불러다가 술을 따르게 시키기 때문에 일손이 부족해진다. 거의 혼자서 술 데우는 당번을 하거나 잔을 씻고 있는 것은 비참함을 뛰어넘어 우스꽝스러웠다. 어느 해인가 심한 경우는 취한 사원의 토사물까지 치워야 했다. 그것을 보고 지나치게 불합리하다고 절망하며 그만둔 여사원이 많이 있다.

하지만 신년회는 1년에 한 번뿐이니 그것만 신경 쓸 일은 아니었다. 무엇보다도 마사코가 분노를 느낀 것은 매일 노력하고 있는데 몇 년이 지나도 승진도 못하고, 입사했을 때와 똑같은 융자 사무 일을 해야 한다는 점이었다. 아침 8시에 일찍 출근해 매일 거의 9시까지 잔업해도 마사코의 업무 내용은 10년에 하루도 변함이 없었다. 아무리 일을 잘해도 융자 결정처럼 중요한 일은 남자 사원이 하고 마사코에게는 그 보조 업무밖에 주어지지 않았다.

동기 남자 사원은 모두 연공서열에 따라 10년 차 때 계장이 되어 마사코를 점점 추월했다. 후배 남자 사원도 어느새 자신의 상사가 되었다.

어느 날 마사코는 같은 나이 남자 사원의 급여 명세를 보고 머리에 피가 쏠렸다. 연봉이 자신보다 200만 가까이나 많았기 때문이다. 스무 해 일한 마사코의 급여는 연봉 460만 엔.

고민 끝에 마사코는 동기였던 과장에게 직접 담판하러 갔다. 자신도 남자 사원과 같은 일을 하고 싶고, 노력할 테니 승진도 시켜줬으면 좋겠다고.

다음 날부터 노골적인 괴롭힘이 시작되었다. 우선 이야기가 왜 곡되어 전해진 건지 여사원들이 다 같이 싸늘해졌다. 그녀가 앞지르기하려 든다는 소문이 난 듯했다. 매월 정기적으로 있는 여사원 회식에도 불리지 않게 되어 마사코는 완전히 고립됐다.

남자 사원들은 손님이 있으면 마사코에게만 차를 내오도록 시키게 되었다. 커피 심부름도 잦아졌다. 자연스레 마사코는 자기 일을 할 시간이 없어져 잔업이 늘어났다. 그러자 일하는 요령이 나쁘다고 인사에 부정적인 영향이 갔다. 심사 결과가 나빠 승진은 무리라는 논법으로 트집을 잡는 것이었다.

마사코는 견뎠다. 늦게까지 잔업하고 그래도 못한 일은 집에 가지고 돌아갔다. 초등학생이었던 노부키는 정서가 불안해졌고 요시키도 그런 회사는 그만두라고 화를 냈다. 회사와 가족 사이를 탁구공처럼 왕복하는 매일인데 그 모두가 마사코를 고독에 몰아넣었다. 마사코가 도망칠 곳은 어디에도 없었다.

그런 때에 사건이 일어났다. 융자 회수 불능을 둘러싸고 마사코가 상사의 실수를 지적했을 때에 갑자기 얻어맞은 것이다. 상사라고 해도 마사코보다 젊고 실력도 없는 남자였다.

"이 여편네가 어딜 나서."

잔업 중에 있었던 일이라 소동으로는 번지지 않았지만 마사코의 마음속 깊은 곳에 눈에 보이지 않는 깊은 상처가 확실히 새겨졌다. 남자라는 게 그렇게 대단한 건가. 대학을 졸업한 게 그렇게 잘난 건가. 자신의 경험도 상승 욕구도, 이 직장에서는 가지는 게 허락되지 않는 건가. 이때까지 전직도 생각하지 않았던 건 아니다. 하지만 마사코는 금융 일이 좋았던 것이다. 하지만 여기까지인지도 모른다는 절망감이 생겨나 있었다.

구타 사건이 일어난 것은 거품경제 절정기였다. 모든 신용금고가 열에 들뜬 것처럼 융자로 쏠려 고객만 왔다 하면 제대로 심사도 하지 않고 돈을 빌려 주던 시기다. 마사코가 위험하다고 생각한 손님에게까지 빌려 주더니, 거품이 부서지자 그것은 불량 채권의 산이 되었다. 지가가 바닥을 기어 담보 가치가 떨어지고 경매

물만 늘어 갔다. 그러나 경매 자체가 쫓아가지 못해 불량 채권을 회수하지 못했다.

그러는 사이 자금 운용이 잘되지 않게 되었고, 끝내 T 신용금고의 경영에 농협의 커다란 신용금고가 개입하게 되었다. 눈 깜짝할 사이에 일어난 일이었다. 이윽고 합병 흡수 소문이 퍼지고 너도나도 구조 조정을 신경 쓰게 되었다. 가장 나이 많은 여사원은 자기밖에 없다. 거기다 배척당하고 있다. 마사코는 정리 해고될 것은 자신이리라고 각오했다. 역시나 제일 먼저 인사부에 불려 갔다.

"오다와라 지점으로 전근해 주기 바라네."

노부키가 고등학교 수험을 보기 전년도였다. 오다와라에 간다면 단신 부임이 된다. 그럴 수는 없다고 거절하자, 그렇다면 퇴직해 달라는 당연한 귀결이 되었다. 졌다고는 생각하지 않았지만 그 후일담이 괴로웠다. 마사코가 그만둔다는 얘기에 회사 내에서 박수가 일었다는 것이다.

주몬지가 T 신용금고에 드나들었던 것은 거품이 꺼져 하나씩 불량 채권화가 시작됐을 무렵이다. 도망 다니는 손님들을 혹독하게 몰아넣기 위해 신용금고도 주몬지 같은 남자를 쓰고 있었던 것이다.

호경기 때는 무슨 도박처럼 대범하게 돈을 빌려 주고, 자기 엉덩이에 불이 붙으면 체제를 유지하지 못하게 된다. 그런 약소 금융의 비애를 마사코는 이미 내부에서 싸늘한 눈으로 바라보고 있었다. 주몬지 자신도 추심 업무에 임하면서 같은 느낌을 가지지 않았을까. 개인적인 대화를 나눈 적은 없지만 거만한 사원의 언동에 실실 웃으면서도 그 눈은 매서웠다고 생각한다.
 정신이 들고 보니 빨래가 끝났다는 전자음이 울리고 있었다. 생각에 잠긴 나머지 빨래는 아직 하나도 넣지 않은 상태였다.
 세제를 녹인 소용돌이가 멋대로 돌다가 빠지고, 급수하고, 탈수하고…… 마치 그때의 자신과 같지 않은가. 헛돌기다. 마사코는 웃었다.

 주몬지는 팔베개를 해 준 팔이 저리는 것을 깨닫고 눈을 떴다.
 저도 모르게 여자의 가느다란 목에서 팔을 쑥 빼내 손가락을 굽혔다 폈다 한다. 사정없이 머리를 부딪친 여자가 눈을 떴다. 가느다란 눈썹이 거의 지워져서 어린아이 같으면서 늙은 중년 여자 같은 묘한 얼굴을 하고 있다.
 "왜 그래?"
 머리맡의 시계를 봤다. 오전 8시. 슬슬 일어나야 할 시간이었다. 얇은 커튼으로는 이미 여름 햇살에 데워진 열이 좁은 방을 서서히 침식하기 시작하고 있었다.
 "어이, 그만 일어나."
 "싫어."
 여자는 주몬지의 몸에 매달렸다.
 "너 학교 가야 하잖아."
 여자는 분명 아직 고등학교 1학년일 터다. 여자라기보다도 소녀라는 편이 적절하다. 그러나 주몬지는 소녀에게밖에 욕정을 느끼지 않으므로 여자임에는 틀림이 없다.

"됐어, 토요일이니까 제길래."
"나는 못 그래. 일어나."
"체에."
소녀는 혀를 차면서 크게 하품을 했다. 엿보인 입 안의 살이 분홍색. 모든 것이 하얀색과 분홍색으로 구성된, 어리지만 예쁜 몸뚱이였다. 주몬지는 아쉬운 듯이 쳐다본 후 일어나서 냉방 스위치를 켰다. 먼지 냄새 풍기는 바람이 주몬지의 얼굴을 덮친다.
"어이, 밥 차려."
"싫어."
"바보. 여자면 밥 차려서 먹이라고."
"나 밥 못한단 말이야."
"바보. 그게 자랑이냐?"
"바보 바보 하지 마. 열 받게."
소녀는 부루퉁한 얼굴을 하고 주몬지의 담배를 문다.
"짜증이야, 아저씨들은 꼭 그런 소리 한다니까."
"나 아직 서른하나다."
정색을 하자 소녀가 깔깔대며 웃었다.
"충분히 아저씨지."
"그럼 너희 아버지는 몇 살인데?"
스스로는 젊다고 생각하는 주몬지는 정말로 화가 났다.
"마흔하나던가."
"나랑 열 살 차이밖에 안 나잖아."
갑자기 폭삭 늙은 것 같은 기분이 든 주몬지는 아파트 현관 옆에 있는 욕실에 들어가 소변을 보았다. 들어간 김에 세수를 하고 물이라도 끓여 놨을까 기대하면서 문을 열고 보니 소녀는 밝은 갈색으로 염색한 긴 머리만 침대 매트에서 비어져 나오게 내놓고 누워 있었다. 주몬지는 화가 치밀었다.

"야, 일어나. 여기서 나가."

"체에. 바아보, 아저씨 주제에!"

소녀는 통통한 발로 몇 번인가 허공을 찼다. 문득 주몬지는 물었다.

"너, 어머니는 몇 살이야."

"마흔셋. 우리 집 어머니가 연상이셔."

"그래? 하지만 여자는 서른까지다."

"너무해. 우리 어머니 아직 젊으셔. 아직 예쁘다고."

소녀는 울컥해서 대들었다. 연상의 여자 따위 조금도 흥미 없는 주몬지는 복수를 다한 기분으로 웃는다. 자신이 아이 같다고는 생각하지 않았다. 아직 열 받은 소녀를 놔두고 주몬지는 담배를 입에 문 채 조간신문을 가져왔다.

침대에 털썩 걸터앉자 소녀가 팔짱을 낀 채 비난하는 것처럼 주몬지를 힐끗 흘겨봤다. 그 눈매가 무척이나 어른스러워 주몬지가 거북해하는 중년 여자들을 연상케 했다. 이 여자가 나이를 먹으면 어떤 얼굴이 될까. 소녀 어머니의 얼굴을 상상하며 주몬지는 소녀의 턱을 손가락 끝으로 잡아 얼굴을 치켜 올리고 가만히 앞에서 또 옆에서 쳐다봤다.

"뭐야. 기분 나쁘네."

"좀 어때."

"하지 마. 뭐 보는 거야."

"아니, 너도 나이를 먹겠지 싶어서."
"당연하지." 하고 소녀는 주몬지의 손을 뿌리쳤다.
"아아, 아침부터 짜증 나는 소리 하지 마. 기분 가라앉잖아."
마흔두 살이라고 하면, 어제 오랜만에 만난 가토리 마사코도 그 또래가 아닌가. 변함없이 비쩍 마르고 더욱 무서운 여편네가 됐다. 주몬지 안에서 가토리 마사코의 인상은 강했다.

가토리 마사코는 다나시 시에 있던 T 신용금고의 사원이었다. 과거형인 것은 T 신용금고가 버블기의 부동산 취득 대출의 대출금을 회수하지 못하고 대형 신용금고에 흡수 합병되었기 때문이다. 그 T 신용금고의 방대한 불량채권 추심 업무에 보증 회사의 하청 사원으로 일하던 주몬지가 참가했기 때문에 융자 사무를 담당하던 마사코를 똑똑하게 기억하고 있었다.
마사코는 항상 깔끔하게 세탁된 회색 제복을 단정하게 입고 온라인 단말기 앞에 앉아 있었다. 다른 여사원들처럼 화려한 화장을 하거나 애교를 부리지도 않고 묵묵히 단조로운 일을 해 나가고 있었다. 수수하고 접근하기 힘든 여자였지만 보증 회사의 남자들은 모두 그녀를 인정하는 눈치였다. 확실히 그 지시는 적절하고 누구보다도 냉정했다.
신용금고의 내부 사정 따위 당시의 주몬지에게는 아무런 흥미도 없는 일이었지만 근속 이십 년의 베테랑인 마사코를 따돌리는 공기가 여기저기 있었다는 소문은 들은 적이 있다. 그래서 제일 먼저 정리 해고된 것이라고도 들었다. 그러나 그것뿐만이 아님을 주몬지는 자신의 본능적인 감으로 느끼고 있었다.

마사코의 주위에는 항상 아무도 다가가지 못하는 방어벽 같은 것이 둘러쳐져 있었다. 그것은 단 혼자서 세계의 모든 것과 싸우고 있는 '증표' 같은 것이다. 외부인에 야쿠자 같은 자신이 그것을 알아챌 수 있었던 것은 하나도 대단한 일이 아니다. 유유상종이다. 아마도 왕따라는 것은 '증표'를 가지지 않은 인간이 만드는 것이다.

그러나 그 가토리 마사코가 어째서 그런 불량 채권 여자와 어울리고 있는 걸까. 주몬지는 그게 신기했다.

"저기, 배고픈데. 맥도날드라도 가자."
여자의 목소리에 주몬지는 생각을 멈추고 읽기를 잊고 있던 신문을 펼쳤다.
"잠깐 기다려 봐."
"신문은 가서 읽으면 되잖아."
"그거 참 시끄럽네."
자꾸 와서 달라붙는 소녀의 팔을 뿌리치면서 주몬지는 톱기사에 빨려 들고 있었다. 갑자기 '무사시무라야마'라는 문자가 눈에 들어왔기 때문이다. 토막 살인 사건에 대한 기사였다. '아내 야요이 씨'라는 구절에 주몬지의 눈이 멈췄다. 어디서 들은 기억이 있는 이름이었다.

'그 보증인 이름이 아닌가.'
이제부터 자세하게 조사해 보자고 생각하던 찰나에 마사코에게 보증인 계약서를 빼앗겨 버려 기억이 불확실했다. 분명 그런 이름이 아니었던가. 함께 신문을 들여다보던 소녀가 소리를 질렀다.

"켁! 나 K 공원 갔다 온지 얼마 안 됐는데. 기분 나쁘네."

흥분해서 신문을 빼앗으려고 한다.

"있지, 거기서 스케이트보드 타는 녀석이 있는데 보러 오라고 끈질기게 굴어서."

"시끄러워. 잠자코 있어 봐."

주몬지는 난폭하게 신문을 잡아채 다시 한 번 처음부터 진지하게 읽기 시작했다. 구니코가 도시락 공장에서 야근을 하고 있다고 했던 것을 떠올린 것이다. 그 말은, 이 야마모토 야요이라는 아내가 일하는 공장이라는 게 필시 그곳이라는 뜻이 된다. 역시 그 보증인이다, 틀림없다. 두 사람은 친구인 것이다. 그렇다 치더라도, 그 불량 채권 구니코가 부탁한 보증인의 남편이 토막 살인의 희생자라니, 대체 어떻게 된 일인가. 너무 그럴듯한 이야기가 아닌가.

가토리 마사코가 일부러 애써서 계약서를 되찾으러 왔다는 것은 야요이의 신상에 무슨 일이 일어난 건지 알고 있었다는 말이 된다. 멀뚱멀뚱 건네준 자신이 분해 견딜 수가 없다.

"젠장맞을."

하지만 잠깐. 주몬지는 다시 한 번 기사를 읽었다. 화요일 밤부터 집에는 돌아오지 않았다는 점에서, 조사 당국은 그날 살해되어 바로 토막이 난 것으로 추정된다는 이야기가 있다. 그렇다면 가토리 마사코가 행방불명된 남편을 염려하는 야요이의 입장을 걱정해 계약서를 찾으러 와도 이상할 것이 아무것도 없다. 그건 문제없다. 그렇다면 어째서 구니코는 문제를 안고 있는 야요이에게 보증인을 부탁한 거냐. 어째서 야요이는 보증인이 될 것을 승낙한 거냐. 남편이 행방불명되었다면 마음고생으로 그럴 상황이 아닐 텐데.

그리고 가토리 마사코는 두 사람 사이에서 뭘 하고 있는 건가. 그 여편네는 남을 위해 싸구려 동정 따위 하지 않는 성격일 텐데. 주몬지의 머리에 의문이 소용돌이쳤다.

'좀 더 조사해 보자.'

주몬지는 신문을 접어 난폭하게 먼지투성이 카펫 위에 내려놨다. 주몬지의 낌새에 겁을 먹은 건지, 그때까지 입을 다물고 있던 소녀가 쭈뼛쭈뼛 신문에 손을 뻗어 텔레비전 편성표를 보기 시작했다. 그것을 멍하니 보면서 주몬지는 크게 숨을 들이켰다. 여기에서는 돈 냄새가 난다. 주몬지는 두근거렸다.

젊은 녀석들은 무인 자동화 기기에서 돈을 빌리는 시대다. 이제 사채업도 벽에 부딪쳐 돈이 벌리지 않는다. '밀리언 소비자 센터' 따위 내년에는 망할 텐데 다음번에는 장물아비 같은 거나 해야겠다고 생각하던 찰나에 굴러 들어온 대사건이었다. 눈앞에 진짜 돈다발이 있는 것처럼 주몬지는 다시 한 번 심호흡했다.

"나 배고파. 어디 가자."

소녀가 입을 삐죽 내밀었다.

"좋아, 가 볼까."

기분이 좋아진 주몬지가 그렇게 대답하자 소녀는 놀랐다.

야요이는 대중의 동정과 의혹의 한가운데에 있었다. 마치 테니스공처럼 두 개의 감정 사이를 오가고 있었다. 그리고 본인은 어떤 태도를 취하면 좋을지 몰라 더없이 곤혹스러워하고 있었다. 무사시야마토 서 생활안전과 과장 이구치가 나타냈던 동정은,

그날 밤 시체의 장문과 겐지의 장문이 일치한 시점부터 손바닥 뒤집히듯 야요이에 대한 의혹으로 옮겨 간 것 같다.
"K 공원의 토막 살인 시체는 장문에서 남편 분이라는 사실이 확정되었습니다. 행방불명에서 시체 손괴 및 유기 용의로 바뀌어, 이제부터는 조사 1과와 본청 1과가 담당합니다. 중대 사건 취급으로 무사시야마토 서에 조사 본부가 설치되었으니, 부인께서도 협력해 주시기 바랍니다."
경찰서로 오라고 해 놓고 다시 현관 앞에 나타난 이구치의 작은 눈에는 마당의 세발자전거를 쳐다보던 때에 보였던 부드러움은 조금도 없이 야요이를 얼어붙게 하는 데에 충분했다. 그러나 그것은 시작에 불과했다.
오후 10시가 넘어서 무사시야마토 서의 1과와 본청 1과에서 이구치와는 명백히 종류가 다른 눈매를 한 형사가 두 명 도착했다.
"본청의 기누가사입니다."
이름을 대며 검은 가죽이 발린 경찰수첩을 보인 형사는 40대 후반. 라코스테의 빛바랜 검은색 폴로셔츠에 면바지로 젊게 차려입고는 있지만 키가 작고 굵은 목에 깍두기 머리를 한, 언뜻 보기에는 폭력단원처럼도 보이는 생김새였다. 야요이는 본청이 무엇인지도, 1과가 무엇을 하는 곳인지도 몰랐다. 단지 그런 거칠어 보이는 남자와 마주하고 있는 것만으로도 몸이 부들부들 떨렸다.
또 하나의 마르고 턱이 없는 이 지역의 형사는 "이마이입니다." 라고만 말했다. 이마이 쪽이 젊으며 눈에 띄게 기누가사의 눈치를 보면서 만사에 조심스럽게 굴고 있었다.
두 사람은 집에 들어옴과 동시에 걱정스럽게 딸 옆에 서 있는 야요이의 아버지에게 아이들을 데리고 자리를 비켜 달라고 부탁했다. 야요이의 부모는 저녁에 걸려 온 야요이의 전화에 기겁해 고후에서 당장에 차로 달려온 것이었다. 부모는 잠이 온다고 보채는 작은아이와 긴장으로 굳어진 큰아이를 데리고 외출했다. 딸이 의심받고 있다고는 전혀 상상하지 못한 게 분명하다. 그들에게 있어서는 믿을 수 없는 재난이었다.

"부인, 경황이 없으실 테지만 몇 가지 묻겠습니다."

이마이가 말을 꺼냈다. 두 사람이 거실에 들어오자 천장이 무겁고 낮게 느껴져 야요이는 한숨을 내쉬었다. 기분 나쁜 겐지라는 남자가 겨우 없어져 아이들과 셋이서 안심하고 살고 있었는데. 야요이는 두 남자들에게 압박당하는 것 같은 답답함을 느꼈다.

"네."

꺼져 들어가는 목소리로 야요이가 대답하자 기누가사는 입을 다문 채로 아무 거리낌도 없이 야요이를 머리부터 발끝까지 빤히 쳐다봤다. 이런 남자가 으름장을 놓으면 저도 모르게 불어 버릴지도 모른다. 야요이가 반사적으로 몸을 웅크리자 기누가사가 입 냄새를 풍기며 말했다. 그 목소리는 의외로 상냥하며 높아 야요이는 맥이 빠졌다.

"부인. 협력해 주시면 범인도 금방 잡히니까요."

"네."

기누가사는 두터운 입술을 핥으며 야요이의 눈을 봤다. 어째서 울지 않는지 의아해하고 있는 건지도 모른다. 야요이는 다시 망설였다. 하지만 눈물샘은 말라 버렸다.

"그날 밤 말입니다만. 부인께서는 남편 분이 돌아오지 않았는데 야근을 가셨다고요. 용케 아이들을 두고 가셨군요. 화재나 지진이 걱정되지 않았습니까?"

기누가사는 교활하게도 보이는 가느다란 눈을 더욱 좁혔다. 그것이 기누가사의 웃는 표정이라는 것을 알아차린 것은 상당히 나중이 돼서였다.

"평소."

평소에도 그러니까 익숙하다고는 해도 걱정이 되긴 했다고 대답할 뻔했던 야요이는 우물거렸다. 평소에도 그렇다고 했다가는 사이가 나빴던 것이 들통 나지 않는가. 야요이는 당황해서 고쳐 말했다.

"평소에는 그때까지 돌아오지만 그날은 어째서인지 늦어서 걱정하면서도 집을 나섰습니다. 하지만 돌아와서 봤더니 없어서 얼이 빠졌습니다."

"얼이 빠졌다고요. 어째서요?"

기누가사는 바지 뒷주머니에서 갈색 비닐제 수첩을 꺼내 뭐라고 메모를 했다.

"어째서냐니."

갑자기 야요이는 화가 났다.

"형사님께는 자녀가 없으신가요?"

"있습니다. 위의 아들이 대학생이고 그 아래 딸은 고등학생. 이마이, 자네는?"

"저희 집은 위의 두 아이가 초등학생이고 막내가 유치원에 다닙니다."

이마이는 성실하게 대답한다.

"그렇다면 아실 텐데요. 어린아이 둘을 하룻밤이나 방치하다니. 그래서 저는 처음엔 화가 났습니다."

기누가사는 뭔가 메모를 했다. 이마이는 기누가사가 시켜서 따르다는 것처럼 폼으로만 수첩을 펴 놓고 잠자코 듣고 있다.

"화가 났다는 건 남편 분께 났다는 거죠."

"당연하잖아요. 제가 일하러 나가는 것을 알면서 늦게 돌아오다니."

늦게 돌아온다 하고 겐지에 대한 이때까지의 분노가 저도 모르게 튀어나온 야요이는 말을 잘못했음을 깨닫고 아차 했다. 바로 정정한다.

"하지만 돌아오지 않았죠."

그리고 어깨를 축 늘어뜨렸다. 겐지가 이제 두 번 다시 돌아오지 않으리라는 것을 처음으로 실감한 느낌이었다.

'자기가 죽였으면서.'

자신 안의 뭔가가 조용히 속삭였으나 야요이는 무시했다.

"그러네요. 그런 일은 이때까지 종종 있었습니까."

"돌아오지 않는 일 말인가요."

"네."

"아뇨. 가끔 술을 마시다가 늦어져서 제 출근 시간에 못 맞춰 오는 일은 있었지만, 물론 서둘러 돌아와 줬습니다."

"남자니까 사람 사귀는 것도 있고. 늦는 일도 있겠죠."

기누가사는 득의만면으로 끄덕인다.

"네. 그걸 생각하면 가엾다 싶었지만. 그 사람은 다정한 사람이니까요."

야요이의 마음속에 반발이 일어났다.
'거짓말쟁이, 거짓말쟁이.'
그 사람이 서둘러 돌아온 적은 한 번도 없었다. 언제나 내가 아이들을 두고 가는 게 걱정되어 최대한 기다리다가 미련스레 출근하고 있는 것을 알고 있었으면서, 얼굴을 마주치는 게 싫어서 일부러 늦게 돌아왔던 것이다. 못된 남자다. 정말로 못됐다.
"그럼 처음으로 외박한 건데 화가 난 건 어째섭니까? 보통은 걱정이 되지 않겠습니까?"
"하루 정도면 어디서 놀고 있나 보다 생각하는 거죠."
야요이는 작은 목소리로 대답했다.
"남편 분과 부부 싸움 같은 건 안 했습니까?"
"가끔은 했습니다."
"어떤 일로?"
"별것 아닌 일로요."
"그렇지요. 부부 싸움이란 게 다 별것 아닌 이유로 나는 거죠. 그럼 그날 일을 다시 한 번 묻겠는데. 에, 남편 분은 아침에 평소와 다름없이 출근했지요?"
"그렇습니다."
"복장은?"
"네. 평소와 같았습니다. 여름 정장에······."
대답한 후, 야요이는 그날 밤 겐지가 재킷을 입고 있지 않았던 것을 문득 떠올렸다. 분명 집에 돌아왔을 때는 입고 있지 않았고 손에도 들고 있지 않았다고 기억한다. 어쩌면 집 안에 아직 있는 건 아닐까. 혹은 취해서 근처에 떨어트리고 왔는지도 모른다. 지금 이 순간까지 전혀 눈치 채지 못했다. 불안해지자 명치가 쑤시듯이 아프기 시작하며 숨이 막혔지만 야요이는 간신히 참고 견뎠다.
"괜찮습니까?"
기누가사가 다시 눈을 좁혔다. 우악스러운 생김새와 달리 말투가 다정한 것이 도리어 거슬렸다.
"네, 죄송합니다. 그게 마지막 모습이었다고 생각하니 가슴이 아파서."
"갑작스러운 이별은 괴로운 법이지요."
기누가사는 이마이의 얼굴을 힐끗 돌아봤다.
"우리도 이런 일을 하고 있으니 말입니다. 정말이지 보기에도 딱하다 싶습니다. 그렇지, 이마이?"
"그렇습니다."
두 사람 모두 야요이에게 동정하는 것처럼 행동하고는 있지만 야요이가 뭔가 결정적인 실수를 드러내기를 기다리고 있는 것은 명백했다.
눈치 채여서는 안 된다. 혼자서 견뎌 내야만 한다. 반드시 끝까지 숨겨야 한다.
몇 번이나 상상하며 명심해 왔을 터다. 그런데 자신을 의심하는 눈이 앞에 있으니, 야요이는 명치의 멍까지 훤히 들여다보이는 것처럼 느껴져 견딜 수가 없었다. 그 고통에 옷을 벗고 멍을 남들 앞에 드러내고 싶다는 욕망조차 느꼈다.
자신은 위태롭다. 어느새 야요이는 필사적으로 두 손을 맞잡고 있었다. 마치 공기 속에 눈에 보이지 않는 걸레가 있어, 그것을 짜고 있으면 '의지'라는 것이 흘러나와 자신을 지켜 줄 것 같은 기분이 들었던 것이다. '의지'란 이 경우 자유로워지고 싶다는 본능을 위한 도구였다.
"죄송합니다, 이렇게 흐트러져서."
"괜찮습니다, 괜찮아요. 다들 그러니까요. 마음은 잘 압니다. 부인은 그나마 강한 편입니다. 다른 사람들은 모두 울부짖어서 얘기가 거의 안 되거든요."
기누가사는 그렇게 위로하고는 다음에 이어질 야요이의 말을 기다렸다.
"다음으로는 하얀색 셔츠에, 수수한 남색 자카드 넥타이를 매고."
야요이는 겨우 그날 밤 겐지의 옷차림에 대해 냉정하게 이야기하기 시작했다.
"구두는 검은색요."
"정장 색상은?"
"밝은 회색입니다."
"회색 말이죠."
기누가사는 수첩에 메모했다.
"메이커 이름 아십니까?"
"메이커라고 할 수 있을지 모르겠는데, 저희는 미쓰나미라는 할인 매장에서 셔츠까지 전부 사고 있습니다."
"구두도 거깁니까?"
"아뇨. 메이커까지는 모르겠지만, 역시 근처의 싼 양판점에서 샀다고 기억합니다."
"어디입니까?"

이마이가 물었다.
"도쿄 신발 유통센터라고 기억합니다."
"속옷 종류는 어디서?"
다시 이마이가 물었다.
"속옷은 제가 슈퍼에서 사고 있습니다."
부끄러워진 야요이가 시선을 내리깔자 기누가사가 이마이를 제지했다.
"뭐, 그건 내일 또 자세히 여쭙겠습니다. 지금은 시간이 없으니까요."
이마이는 잠자코 물러났으나 내심 울컥한 모양이다.
"남편 분은 아침 몇 시에 출근하십니까?"
"네. 오전 7시 45분 신주쿠행 급행을 탑니다. 그건 언제나 같습니다."
"그리고 그 후로 한 번도 모습도 보지 못하고 전화도 걸려 오지 않았다는 거지요."
"그렇습니다."
야요이는 슬픈 듯이 눈시울을 누르면서 대답했다. 기누가사는 처음 깨달은 것처럼 좁은 집 안을 둘러봤다. 야요이의 부모가 급히 챙겨 온 아이들용 그림책이며 장난감이 어질러져 있었다.
"그런데 자녀 분들은 어쩌셨죠?"
"부모님이 데리고 나갔습니다."
"저런, 큰일이시네."
자기가 요청해 놓고 기누가사가 손목시계를 봤다. 이미 오후 11시가 가깝다.

"근처 패밀리 레스토랑에라도 있지 않을까 합니다."
"그렇군요. 그럼 얼른 해치우죠."
"저기, 시댁이나 친정은 어디십니까?"
이마이가 수첩에서 얼굴을 들고 물었다.
"시댁은 군마입니다. 이제 곧 시어머님과 아주버님이 도착하실 거예요. 제 친정은 야마나시입니다."
"남편 분의 실종에 대해서는 미리 알고 계셨고요."
"아뇨, 그게."
야요이는 웅얼거렸다.
"알리지 않았더랬습니다."
"그건 어째서?"
기누가사가 짧은 머리칼을 두 손으로 슥슥 훑으면서 말했다.
"딱히 이유가 있다기보다, 회사 동료 분이 남자들한테는 가끔 있는 일이니까 분명 돌아올 거라고 하시기에, 괜히 소란을 피우는 것도 좋지 않을 것 같아서."
이마이가 이상하다는 듯이 수첩을 쳐다봤다.
"하지만 부인. 남편 분이 돌아오지 않았던 것이 화요일 밤. 다시 말해 수요일 이른 아침에는 없었습니다. 그런데 수요일 저녁에는 이미 수색원을 내고자 전화하셨죠. 실제로는 목요일 오전 접수입니다만. 신고는 빨랐는데 시댁에는 알리지 않았다는 건 어째서입니까? 보통 먼저 상담하지 않습니까?"
"그게, 결혼할 때 양가 부모님께서 반대하셔서 사이가 소원했거든요. 그래서."
"그 이유를 여쭤도 되겠습니까?"

기누가사가 물었다.
"이유라고 할 수 있을지, 저희 부모님이 겐지 씨를 그다지 마음에 안 들어 하셔서 시어머님께서도 같이 틀어지셨어요."
실제로 겐지의 어머니와 야요이는 사이가 나빴다. 왕래 또한 거의 없었다. 오늘 밤도 얼마나 흐트러져서 올지를 생각하면 걱정이 이만저만이 아니다. 어쩌면 겐지에 대해 이렇게까지 애정이 식은 것도, 그 어머니에 그 아들이라는 증오가 어딘가에 있었던 건지도 몰랐다. 그런 생각을 멍하니 하고 있자니 기누가사가 끼어들었다.
"어째서 부인의 양친께서는 남편 분을 마음에 안 들어 하셨습니까?"
"글쎄요."
야요이는 고개를 갸웃거리며 주저했다.
"아마도 제가 외동딸이라 결혼을 이상화하고 있었던 것 아닐까 합니다. 말하기 그렇지만."
"알겠습니다. 부인은 미인이시고요."
"아뇨, 그런 말이 아니라."
"음? 그럼 무슨 뜻일까."
갑자기 기누가사는 아버지 같은 어투가 되었다. 자, 이 아버지에게 뭐든 말해 보렴 하는 것처럼. 야요이는 점점 불쾌해졌다. 이렇게까지 캐물을 줄은 몰랐기 때문이다. 여럿이서 달라붙어 겐지와 야요이라는 부부를 철저하게 조사해 자기들 좋을 대로 상을 날조해서 멋대로 판단하는 것이리라.
"결혼 전 얘기지만 남편이 도박을 좋아했거든요. 경매나 경륜 같은. 한때기는 하지만 빚이 있었던 것 같습니다. 그것을 부모님이 듣고 반대하셨던 겁니다. 하지만 저와 사귀기 시작하고는 일절 그만뒀습니다."

도박이라고 듣고 두 사람이 서로 힐끗 눈짓을 했다. 기누가사가 기세를 담아 물었다.

"최근에는 어땠습니까?"

야요이의 안에서 바카라에 대해 말하는 편이 좋을까 나쁠까 하는 망설임이 생겨났다. 그 이야기는 하지 말라고 마사코가 막지는 않았던가. 생각이 나지 않았다. 바카라 이야기를 하면 맞은 것이 들통 날 것 같아 무섭다. 야요이는 침묵했다.

"말씀하셔도 괜찮습니다. 상관없으니 말씀해 보십시오."

"저어."

"최근에 다시 시작했죠. 남편 분."

"그럴지도 모릅니다. 바카라인지 뭔지 얘기하는 걸 들었습니다."

소스라치게 놀란 듯한 공기가 흘렀다. 그것을 알아채고 야요이는 몸을 움츠렸지만 그 말에 의해 기적적으로 구원받았다는 사실은 아직 깨닫지 못했다.

"바카라 말이죠. 어디서 했는지는 모르십니까?"

"신주쿠라고 했던 것 같은 기분이 듭니다."

야요이는 꺼져 들어가는 것처럼 대답했다.

"아, 그렇습니까. 감사합니다. 그런 이야기까지 해 주셔서 정말로 감사합니다. 남편 분을 죽인 범인은 반드시 잡아들이겠습니다."

"저어, 남편을 만날 수 없을까요?"

조사는 종반에 가까워진 모양이다. 야요이는 쭈뼛쭈뼛 말해 봤다. 이마이도 기누가사도 그에 대한 언급이 없었기 때문이다.
"확인은 남편 분의 형님께 부탁드릴 생각입니다만. 부인께서 만나는 건 조금 무리일지도 모르겠다 싶어서."
기누가사는 그렇게 말하면서도 낡은 손가방에서 종이봉투를 꺼냈다. 그리고 A5 사이즈의 흑백 사진을 몇 장 꺼내서 카드 게임 하는 것처럼 야요이의 눈에서 가리고는 한 장만 골라 테이블 위에 내놓았다.
"아무리 해도 만나고 싶으시다면 지금은 이걸로 참아 주십시오."
야요이는 조심조심 사진을 손에 들었다. 비닐봉지와 뭉그러진 살덩이가 찍혀 있었다. 그 안에는 확실히 겐지의 손 부분이 있었다. 손가락 끝은 검붉게 도려내졌다.
"아!"
야요이가 순간 느낀 것은 마사코와 동료들에 대한 증오였다. 이 지경으로 만들다니. 너무 지독하다. 자신이 죽이고 처리를 부탁한 거니까 억지라는 것은 알고 있었지만 막상 겐지의 고깃덩이를 눈 앞에 대한 순간 세찬 증오가 끓어올랐다. 순식간에 눈물이 왈칵 솟아나며 야요이는 테이블 위에 엎드렸다.
"죄송합니다, 부인."
기누가사가 어깨를 다독이며 위로했다.
"괴롭겠지만 힘을 내십시오. 남겨진 아이들을 위해서라도요."
형사들은 굳세던 야요이가 울음을 터트린 것을 보고 안도한 낌새였다. 몇 분 후 야요이는 얼굴을 들고 손등으로 눈물을 닦았다.

그야말로 혼란의 극치였다. 구니코가 여기서 했던 말은 사실이었던 것이다.

"야마모토 씨는 몰라요."

그 말이 옳았다. 자신은 겐지가 어디로 가 버렸다고 간주하며 편하게 생각하고 있었던 것이다.

"괜찮습니까?"

"네. 죄송합니다."

"내일 서로 오시도록 부탁드리겠습니다."

기누가사가 일어나면서 말했다.

"아까 그 얘기를 좀 더 자세히 들려주시기 바랍니다."

야요이는 멍한 머리로 생각했다. 아직도 남았나. 아직 더 남은 건가. 언제까지 이어지는 걸까. 그때 아직 앉아서 다시 천천히 수첩을 훑어보던 이마이가 겨우 시선을 향했다.

"죄송합니다만 깜박하고 묻지 않은 것이 있는데 한 가지만 더 부탁드립니다."

"네."

아무리 닦아도 눈물은 그치지 않았다. 야요이는 눈물을 흘리면서 이마이 쪽을 봤다. 이마이는 야요이의 젖은 눈을 관찰하는 것처럼 응시했다.

"다음 날 말인데, 공장에서 돌아오신 건 몇 시입니까? 그날의 행동을 가르쳐 주십시오."

"5시 30분에 작업이 끝나서 옷을 입고 돌아온 게 6시 조금 전이었습니다."

"작업 후에는 바로 돌아오십니까."

이마이는 냉정하게 물었다.
"그게, 평소에는."
야요이는 충격으로 안개가 낀 머리로 말해도 되는 것과 안 되는 것을 간신히 구별하며 대답했다.
"차를 마시거나 수다를 떨다가 돌아가는 경우도 있지만, 남편이 돌아오지 않아 걱정이 돼서 금방 돌아왔습니다."
"그렇겠군요."
이마이는 끄덕였다.
"집에 도착하고 두 시간 정도 자다가 그 뒤에 아이들을 보육원에 데려갔습니다."
"비가 내렸죠. 차로?"
"아뇨, 저희 집은 차가 없고 저는 운전도 못하기 때문에 자전거 앞뒤에 태워 갔습니다."
다시 두 사람이 눈을 마주쳤다. 운전을 못한다는 것도 야요이에게 유리했다.
"그리고?"
"네, 9시 30분경에 돌아와서, 쓰레기장 앞에서 근처 아주머니와 서서 이야기를 나눴습니다. 그 뒤에 빨래와 정리를 하고 11시가 다 돼서 다시 잠이 들었습니다. 1시에 남편의 회사 상사 분에게서 전화를 받아 아직 출근을 안 했다고 듣고 깜짝 놀랐습니다."
술술 대답하는 사이에 야요이는 다시 진정이 되었다. 그리고 한순간이나마 마사코를 증오했던 것을 미안하게 생각했다.
"네. 대답해 주셔서 감사합니다."
이마이는 정중하게 감사를 표하고 수첩을 덮었다. 기누가사는 초조한 것처럼 팔짱을 끼고 기다리고 있었다.
두 사람이 현관에서 신발을 신었다. 배웅을 하면서 야요이는 두 사람의 의혹이 조금씩 동정으로 바뀌어 가고 있는 것을 실감하고 있었다.
"그럼 내일 다시 뵙겠습니다."
두 사람이 문을 닫고 돌아간다. 야요이는 손목시계를 봤다. 이제 곧 겐지의 모친과 형이 도착할 것이다. 이번에는 눈물바다가 될 것을 각오해야만 한다. 야요이는 침을 꿀꺽 삼켰다. 그러나 그에 대항하려면 이쪽도 울면 되는 것이다. 야요이는 형사와의 대화에서 어느새 대응 방법을 익혔다.
이제 곤혹스럽지도 혼란스럽지도 않다. 조용히 가라앉은 집 안을 둘러보다가 어느새 겐지가 죽은 바로 그 자리에 서 있었음을 깨닫고, 야요이는 폴짝 뛰었다.

검은 환상

땡볕 더위라고 한다.
사타케 미쓰요시는 앞에 팔짱을 낀 채 아파트 2층 창문에서 블라인드 너머로 바깥을 내다보고 있다. 태양이 닿아 빛나 보이는 부분과 그늘진 어두운 부분. 한여름 오후의 거리는 모두 이 두 가지 색으로 나뉘어 칠해져 있었다. 가로수 잎사귀의 빛나는 앞면과 검은 뒷면. 길을 가는 사람과 그 그림자. 횡단보도의 하얀 선이 녹아든 것처럼 일그러져 보인다. 사타케는 햇빛에 이글거리는 아스팔트를 밟았을 때 느끼는, 발뒤꿈치가 푹 꺼지는 불쾌한 감촉을 떠올리고 침을 삼켰다.
신주쿠 서쪽 출구의 고층빌딩들이 바로 가까이에 있었다. 빌딩 측면에 수직으로 잘린 새파란 여름 하늘에는 구름 한 점 없이 하얀 섬광이 가득 차 똑바로 쳐다볼 수가 없다. 사타케는 반사적으로 눈을 감았지만 망막에는 여름의 잔상이 남아서 좀처럼 사라지지 않았다.
　사타케는 빛이 들어가지 않도록 주의 깊게 블라인드를 닫고 어두운 방 안을 돌아봤다. 눈이 겨우 익숙해진다. 낡은 다다미가 깔린 세 평 넓이 방 두 개가 색 바랜 미닫이로 구분되어 있다. 에어컨으로 냉방된 어슴푸레한 방 한가운데에는 텔레비전이 창백한 빛을 번쩍번쩍 뿜고 있었다. 텔레비전 외에 가구는 보이지 않는다. 현관 옆에 작은 부엌은 있지만 여기서 음식은 거의 만들지 않으므로 냄비도 식기도 없다. 겉모습을 화려하게 꾸미고 다니는 사타케 치고는 간소하고 적적한 공간이다.
　집과 마찬가지로 집에 있을 때 사타케의 복장도 전혀 꾸밈없는 것이었다. 하얀 셔츠에 무릎이 해진 회색 바지. 이게 있는 그대로의 모습이다. 집을 한 걸음 걸어 나갔을 때의 바깥세상을 자신이 얼마나 의식하며 가게의 오너 사타케 미쓰요시라는 남자를 연기하려 하고 있는지를 알 수 있다. 사타케는 셔츠 소매를 걷어 올리고 수돗물로 손과 얼굴을 씻었다. 물은 미지근했다.
　사타케는 타월로 물기를 닦아 내고 대형 텔레비전 앞에 무릎을 꿇고 정좌했다. 더빙된 옛날 미국 영화가 방영되고 있었다. 사타케는 당혹스러워하며 짧게 깎은 머리를 몇 번이나 매만지면서 화면에선 눈을 돌렸다. 텔레비전을 보고 싶은 것이 아니었다. 그저 아무 의미도 없는 인공적인 빛을 쐬고 있고 싶은 것뿐이었다.
　사타케는 여름이 싫었다. 더위가 거북한 게 아니라, 도시 뒷골목에 가득 찬 한여름의 기척을 혐오한다. 부친의 턱을 으스러트리도록 세게 후려치고 집을 뛰쳐나온 것도 고등학교 2학년 여름방학 때였고, 인생을 바꾼 그 사건을 일으킨 것도 8월, 에어컨이 쉴 새

없이 돌아가는 어느 맨션 방에서였다.
배기가스와 사람들의 열기로 축 처지는 거리의 공기에 휩싸여 있으면 몸 안과 바깥의 경계를 알 수 없게 됐다. 거리의 부패한 공기가 사타케의 모공을 파고들어 더럽히고, 반대로 사타케의 부풀어 오른 감정은 몸에서 기어 나가 거리로 흘러든다. 도쿄의 한여름에는 저속한 거리와 함께 자신이 더럽혀지는 듯한 공포가 있었다. 그러므로 에어컨이 길가로 열풍을 토해 내는 여름에 침식되기 전에, 여름 그 자체를 멀리하는 편이 좋았다.
그런 기분이 든 것도 장마가 완전히 끝나고 본격적인 여름이 시작되었기 때문인 것 같다. 한시라도 빨리 이 방에서 한여름의 거리를 몰아내 버려야 한다.
사타케는 일어섰다. 옆방으로 가서 창문을 연다. 배기가스 냄새가 나는 열풍과 소음이 침입하는 것을 막기 위해 급히 덧문을 내려 닫는다. 안쪽 방은 순식간에 깜깜해졌다. 사타케는 안심하며 변색된 다다미 위에 주저앉았다.
그 방에는 서랍장과 깔끔하게 개킨 이부자리가 하나 놓여 있었다. 이불 모서리는 마치 삼각자라도 들어 있는 것처럼 직각으로 꼿꼿하게 펴져 있다. 다른 사람이 보면 사타케의 방을 마치 형무소 같다고 생각할지도 모른다. 그러나 물론 형무소에 텔레비전은 없다.
수형 중 사타케를 괴롭힌 것은 죽인 여자의 추억만이 아니었다. 그 좁은 직사각형 공간도 사타케의 마음을 괴롭게 했다. 그래서 자유의 몸이 된 지금도 콘크리트로 밀봉된 방을 피해 이런 낡은 아파트에 살고 있다. 그리고 바깥세상과 사이를 잇는 문처럼 텔레비전을 스물네 시간 켜 놓고 있는 것은 그 때문이었다.
　사타케는 다시 텔레비전이 있는 방으로 돌아와 그 앞에 정좌했다. 이쪽 방에는 덧문이 없으므로 블라인드 틈새로 빛이 새어 들어오는 것은 별수 없다. 사타케는 텔레비전 소리를 죽였다. 방 안에는 근처를 지나는 야마테도오리에서 들려오는 자동차 소음과 낮게 울리는 에어컨 소리만 남았다.
　사타케는 담배에 불을 붙이고 연기에 얼굴을 찡그리며 아무 생각 없이 화면을 쳐다봤다. 이번에는 와이드쇼가 시작된 참이었다. 남자 사회자가 점잖 뺀 얼굴로 설명용 차트를 손에 들고 뭐라고 지껄이고 있다. 지난주 교외 공원에서 발견된 토막 살인 사건 특집인 듯하다. 전혀 관심이 없는 사타케는 밀려드는 바깥세상의 소음을 피하기 위해 두 팔로 머리를 끌어안았다. 그때 그런 사타케의 모습을 보고 있었던 것처럼 옆에 놔뒀던 휴대 전화 벨소리가 울렸다.
　"네, 여보세요."
　바깥세상과 사타케를 잇는 또 하나의 기기에 대고 사타케는 주저하면서 낮은 목소리로 대답했다. 봉인한 과거가 생생하게 떠오르는 날은 바깥세상과 이어지고 싶지 않은 한편, 기분을 달래기 위해 매달리고 싶은 기분도 든다. 불안한 기분이 사타케를 불쾌하게 만들고 있었다. 한여름의 뒷골목을 혐오하기는 해도 사타케는 거리에서 살 수밖에 없는 것이다.
　"오빠, 나."
　안나의 전화였다. 사타케는 손목에 찬 롤렉스를 본다. 오후 1시 정각. 슬슬 매일의 일과가 기다리고 있다. 무더운 거리에 나가야 하나 말아야 하나 망설이면서 사타케는 대답한다.
"웬일이야. 미용실 가게?"
"아니. 오늘 더운데 수영장 가도 돼?"
"수영장? 이제부터 말이냐."
"응. 같이 가."
사타케의 몸속에 수영장 물에서 나는 염소 냄새와 물 바깥의 머스크 오일 향기가 나는 메마른 바람이 되살아났다. 사타케가 어떻게든 피하고 싶은 종류의 여름과는 달랐지만 오늘만은 사양이었다. 사타케가 여름에 익숙해지기까지는 조금 더 시간이 걸린다.
"벌써 늦었잖아. 쉬는 날에 가지 그래?"
"일요일에는 사람 많은걸."
"별수 없지."
"가자. 헤엄치고 싶지 않아? 가고 싶어, 안나."
"알았다. 데려가 주마."
사타케는 각오와 함께 말했다. 전화를 끊고 또 한 개비의 담배에 불을 붙였다. 고개를 치켜 올리며 눈을 가늘게 뜨고 음성을 지운 텔레비전에 몰두한다.
텔레비전에는 딱딱하게 굳어진 표정을 한 피해자의 아내로 여겨지는 여자가 비춰지고 있었다. 오래 입어 낡은 티셔츠와 청바지라는 검소한 복장에, 머리카락을 졸라 묶고 화장도 거의 하지 않았다. 사타케는 여자의 얼굴을 관찰하는 것처럼 쳐다봤다. 의외로 예쁘장하게 생긴 여자였기 때문이다. 평소 버릇대로 값어치를 매긴다. 서른두세 살 정도일까. 화장을 하면 아직 팔릴 얼굴이었다. 하지만 남편이 살해당한 것 치고는 침착해 보인다는 시시한 생각을 한다. 화면 아래에 몇 번이나 '피해자 야마모토 씨의 아내'라고 자막이 나왔다. 사타케는 야마모토라는 이름에 아무런 느낌도 감개도 없었다. 그날 밤 야마모토라는 손님을 가게에서 쫓아내고 때려 눕혔던 것은 벌써 옛날에 잊어버렸다.

그런 것보다 사타케를 풀 죽게 하는 것은 이런 여름날의 한낮 공기였다. 당시도 예감이라는 것을 느꼈더라면 그런 사건은 일으키지 않았을 텐데. 그 여자를 만나지 않았더라면 자신은 다른 인생을 보냈을 텐데. 그 예감은 지금 확실히 사타케의 안에 존재하고 있었다.

15분 후 사타케는 선글라스를 쓰고 서둘러 유료 입체주차장으로 향했다. 먼 곳을 달리는 차가 더위로 신기루처럼 일그러져 보인다. 어두운 방에 익숙해진 사타케의 차가운 피부가 거리의 열기와 강렬한 태양빛에 곧 비명을 질렀다. 사타케는 이마에 뿜어져 나온 땀을 손등으로 닦고 리프트에서 자기 차가 내려오기를 참을성 있게 기다렸다. 문을 열고 시동을 켬과 동시에 에어컨을 켠다. 검은 가죽을 댄 핸들은 달리기 시작하고서도 얼마 동안은 잡고 있기에 뜨거웠다.

안나의 변덕에는 익숙하다. 오늘은 옷을 사러 가기로 했다, 미용실을 바꾸고 싶다, 수의사를 찾아 달라. 온갖 일에 안나는 사타케를 부려 먹었다. 그것이 자신의 애정을 시험하고 있는 거라는 사실을 사타케는 알고 있다. 마치 어린애 같다. 사타케는 운전하면서 쓴웃음을 지었다.

인터폰을 누르자 준비하고 기다리고 있었던 듯 안나가 곧바로 문을 열었다. 챙이 넓은 노란색 모자를 쓰고 같은 색깔의 여름 원피스를 입었다. 안나는 애가 탄다는 듯이 검은 에나멜 샌들의 끈을 채우면서 입술을 삐죽 내밀었다.

"더 빨리 와야지."

"갑자기 부른 건데 어쩔 수 없잖아."

사타케는 문을 활짝 열었다. 안나의 방 특유의, 화장품과 개 냄새가 섞인 공기가 바깥으로 흘러나온다.

"그래, 어디로 가고 싶어?"

"수영장이라니까."

안나는 무더위가 변함없는 것을 확인하기 위해 개방 복도에서 바깥으로 몸을 크게 내밀고 하늘을 올려다보며 외쳤다. 당장이라도 달려 나갈 것처럼 신이 났다. 사타케의 무거운 기분은 눈치 채지 못한다.

"그래서 어디로 해? 케이오 플라자냐, 뉴 오타니냐?"

"호텔 비싸. 바보 같아."

"그럼 어디가 좋은데?"

사타케는 걸으면서 묻는다. 어차피 사타케의 지갑에서 나가는 돈인데 알뜰한 안나는 낭비를 용서하지 않는다.

"구영 수영장이면 돼. 두 사람에 400엔이니까."

구영이면 싸지만 사람이 많아 붐빌 것이다. 하지만 사타케는 아무래도 좋았다. 애초부터 땡볕 더위는 참을 셈으로 나왔으므로 안나가 만족하기를 바라며 포기하고 엘리베이터에 올라탄다.

수영장은 초등학생들과 젊은 남녀로 가득했다. 수영장 측면에 완만한 계단형 테라스가 있고 그 제일 위에 나무 그늘이 있었다.

사타케가 그곳의 벤치에 앉아 있자니 새빨간 수영복으로 갈아입은 안나가 탈의실에서 나와 사타케에게 손을 흔들었다.
"오빠아!"
사타케는 달려오는 안나의 멋진 몸매를 쳐다봤다. 수영장에 있기에는 피부가 너무 하얀 것 말고는 아무런 결점도 없는 몸뚱이였다. 가슴과 엉덩이의 위치가 높이 솟아 있고 다리가 길다. 넓적다리에 살이 차 팽팽하고 풍만하면서 전체적으로 산뜻하다.
"헤엄 안 쳐?"
안나는 물에서 나는 염소 냄새를 들이켜는 것처럼 크게 심호흡하며 물었다.
"여기서 안나를 보고 있을게."
"어째서."
안나는 사타케의 팔을 잡아당겼다.
"가자, 가자."
"나는 됐어. 어서 헤엄치고 와. 앞으로 한두 시간 있다가 돌아갈 거니까."
"그렇게 잠깐?"
"처음부터 그러기로 약속했지? 미용실에도 가야 되잖아."
안나는 토라진 시늉을 해 보였으나 마음을 바꾼 듯 달려갔다. 수영장에 들어가려다가 도중에 굴러 온 비치볼을 주워서 그대로 초등학생으로 보이는 여자아이들과 함께 비치볼로 놀기 시작한다. 귀여운 여자다. 사타케는 미소 지었다. 안나 같은 순진한 여자는 귀여워하며 그저 함께 있는 것으로 충분하다. 사타케는 안나와 있으면 마음이 누그러지는 자신을 부정할 수 없다. 하지만 안나는 갑자기 찾아온 한여름이 사타케에게 일으킨 과거의 동요를 가라앉힐 수 없다. 사타케는 선글라스에 가려진 눈을 감았다.

얼마 있다가 눈을 뜨자 수영장 가장자리에서 놀던 안나의 모습이 없었다. 물이 튀는 소리와 아이들 비명으로 떠들썩한 50미터 수영장 안에서 하얀 팔이 이쪽을 보고 크게 흔들렸다. 사타케가 자신을 확인한 것을 본 안나는 서툰 크롤로 세로로 헤엄치기 시작한다. 그 어설픈 모습을 얼마 동안 쫓고 있자니 다이빙대에 있던 젊은 남자가 도착한 안나에게 말을 걸고 있는 것이 보였다.

안나가 사타케가 있는 곳으로 돌아왔다. 전신에서 물방울을 떨어트리며 젖은 검은 머리를 모으고 돌아본다. 아까 그 젊은 남자가 이쪽을 보고 있었다. 긴 머리를 하나로 묶고 한쪽 귀에 귀걸이를 차고 있다.

"안나를 보고 있어."

"응. 아까 말을 걸었어."

"뭐 하는 녀석이야?"

"밴드맨이래."

안나는 그다지 관심 없다는 듯 대답한 후 사타케의 반응을 살피는 것처럼 시선을 이쪽으로 향했다. 사타케는 안나의 팔과 다리에서 매끄러운 피부를 타고 흐르는 물방울을 쳐다봤다. 오로지 그 젊음과 아름다움을 느끼고 있었다.

"같이 헤엄치고 와. 아직 시간 있어."

"어째서."

안나는 실망해서 사타케의 얼굴을 봤다.

"작업 거는 거 아냐?"

"오빠, 화 안 내?"

"화 안 내. 일만 잘 나오면."

"아, 그래."

안나는 아이 같은 천진난만함을 어딘가로 숨겨 버렸다. 목욕 수건을 내던지고 수영장 가에 앉아 따분하게 하늘을 올려다보고 있는 남자에게로 달려갔다. 남자는 노골적으로 좋아하며 사타케의 진의를 확인하는 것처럼 돌아봤다.

돌아가는 길에 안나는 한 마디도 하지 않았다.

"어이, 안나."

사타케는 불렀다.

"미용실 들렀다 가자."

"응, 하지만 데리러는 안 와도 돼."

"왜?"

"혼자서 택시로 돌아갈 테니까."

"그러냐. 그럼 그렇게 해라. 나도 샤워하고 가게에 얼굴 비칠 테니까."

안나를 단골 미용실에 내려 주고 사타케는 야마테도오리를 달렸다. 태양이 조금 기울어 서쪽에서 비치는 햇살이 정면에서 눈을 찌른다. 여름의 저녁노을은 사타케로 하여금 어떤 것을 떠올리게 했다. 그 기억은 스스로도 멈칫할 정도로 강렬했다. 사타케는 방에서 벅차하던 열을 몸속에 깨우고 보도에 검은 그림자를 드리우기 시작한 신주쿠의 거리를 쳐다봤다. 억누를 수 없는 초조함이 다시 돌아와 있었다.

그날 밤 사타케가 '미카'에 얼굴을 내밀자 손님이 온 줄로 안 호스티스들이 일제히 돌아봤다. 모두가 똑같은 거짓 웃음을 만들었다가 사타케라는 것을 알고 따분한 본래 얼굴로 돌아갔다.
"뭐야, 더워서 손님도 없는 건가?"
손님이 눈에 띄지 않는 가게 안을 휙 둘러보고 사타케는 매니저 진에게 말했다.
"이제부터죠."
진은 걷어 올렸던 하얀 와이셔츠 소매를 성급히 내리면서 대답했다. 나비넥타이가 비뚤어졌고 검은 바지는 주름투성이였다. 흐트러진 복장이 마음에 들지 않는 사타케는 진의 넥타이를 난폭하게 잡아당겼다.
"어이, 복장 준수."
"죄송합니다."
기분이 나쁜 사타케에게 당황한 듯이 마마인 려화가 주방에서 나왔다. 오늘은 검은 드레스에 진주 목걸이를 하고 있다. 그 상복 같은 짜증 나는 차림새에 사타케는 얼굴을 찡그렸다.
"사타케 씨, 안녕하세요. 오늘은 더워서 경기가 안 좋네요."
"경기 타령은 무슨. 영업 전화는 걸었어, 려화? 동반은 아무도 없는 건가. 믿을 수가 없군."
사타케는 가게 안을 둘러보고 화병 안의 꽃이 변함없이 시들어 있는 데에 열이 뻗쳤다.
"어이, 화병!"
평소에는 온화하고 속을 내보이지 않아서 고용인들에게 경외심을 안게 하는 사타케였으나 이날 밤만은 달랐다. 노한 사타케의 모습에 놀란 진이 당황하며 가까이에 있는 커다란 크리스털 화병으로 달려갔다. 안에 든 용담은 보랏빛 꽃이 달린 고개가 무참히도 전부 꺾여 있었다. 호스티스들은 조용히 화병과 사타케 양쪽을 쳐다보고 있다. 려화는 사타케의 비위를 맞추려 들었다.
"모두들 이제부터 오신대요."
"그런 말 믿고 기다리고 있어 봤자 그렇게 고자세로 굴면 손님은 안 와. 밖에 나가서 손님 끌어 오라고."
"그럴게요."
려화는 애교 있게 웃으며 대답했으나 이렇게 더워서야 금방 움직일 것 같지 않았다. 사타케는 분노를 억누르면서 다시 가게 안을 둘러봤다. 뭔가 부족하다고 생각했는데 안나가 없는 것을 깨달은 것이다.
"어이, 안나는 어디 갔어?"
"아아, 안나요. 오늘은 쉬어요."
"왜?"
"수영장에서 살이 익어서 기분이 안 좋다고 아까 전화가 왔어요."
"별수 없군. 알았어. 이따가 또 상태 보러 올 테니까."
"알겠습니다."
안도와 함께 려화가 대답한다. 동시에 가게 안의 분위기도 부드러워진다. 사타케는 화가 나는 것을 참으며 '미카'를 나왔다.
순식간에 가부키초의 밤의 열기가 사타케를 감쌌다. 해가 떨어져도 마치 거리 전체가 한증막에 들어 있는 것처럼 기온도 습도도 내려가지 않았다. 모공이 열리지 않는 더러운 중년 남자처럼 안에 열이 들어차 땀도 흘리지 못하는 거리. 사타케는 커다란 한숨을 내쉬고 평소보다 천천히 빌딩 외부 계단을 올라갔다. 가게의 기강이 풀어지기 시작하고 있다. 어떻게든 해야만 한다.

"수고하네."

사타케는 '파르코' 문을 열고 들어가 얼굴을 보고 뛰어온 구니마쓰를 낮은 목소리로 격려했다. 몇 명의 회사원 손님들이 놀고 있는 것을 보고 안도한다.

"안녕하십니까. 사타케 씨, 오늘은 빨리 오셨네요."

구니마쓰는 그렇게 말한 후 화들짝 놀라 사타케를 봤다. 은빛을 띤 쥐색 재킷에 빨리도 땀이 얼룩져 있었다. 사타케는 구니마쓰의 시선을 느끼고 재킷을 벗었다. 검은색 실크 셔츠도 젖어서 근육질의 단단한 가슴에 찰싹 달라붙어 있다.

"여기 덥습니까?"

사타케가 벗은 재킷을 손에 들고 구니마쓰가 조심조심 묻는다.

"아냐. 이 정도면 됐지."

사타케는 숨을 토하면서 담배를 꺼냈다. 순서를 기다리며 메인 바카라에서 연습을 하고 있던 젊은 남자 딜러가 사타케의 젖은 셔츠를 보고 얼굴을 살짝 찌푸렸다. 사타케는 그 눈매가 마음에 들지 않았다.

"저 신입, 이름이 뭐야?"

"야나기입니다."

"접객업이니까 눈매 조심하라고 말해 둬."

"네."

여느 때와 달리 불쾌한 사타케의 모습에 구니마쓰는 거리를 두고 물러섰다. 사타케는 선 채로 담배 한 대를 다 피웠다. 바로 바

검은 환상 317

니걸이 재떨이를 갈러 온다. 사타케는 새 재떨이를 다시 담뱃재로 더럽히기 시작했다. 종업원들이 멀리서 에워싸고 손님보다 신경을 기울이며 사타케의 동향을 쭈뼛쭈뼛 살피고 있다. 자신의 가게인데 어찌 된 영문인지 몸 둘 곳이 없었다. 이런 일은 처음이었다.
"사타케 씨. 잠깐 괜찮겠습니까?"
구니마쓰가 왔다.
"뭔데?"
"사무실로 와 주십시오."
턱시도를 입은 키가 큰 구니마쓰를 따라가 가게 안쪽에 있는 작은 방으로 들어간다. 그곳은 책상과 금고가 놓여 일단 구니마쓰의 사무실로 꾸며져 있었다.
"이거, 손님이 잊고 간 건데 어떻게 할까요."
구니마쓰가 회색 정장 재킷을 로커에서 꺼냈다. 안에는 아까 벗은 사타케의 화려한 색 재킷이 옷걸이에 걸려 있었다.
"뭐야, 이거."
사타케는 재킷을 손에 들었다. 여름용 모직으로 한눈에 싸구려라는 게 보인다.
"찾으러 안 와?"
"그게 말이죠. 여기를 봐 주십시오."
구니마쓰는 재킷에 박힌 이름을 가리켰다. '야마모토'라고 노란색 실로 기계자수가 놓여 있었다.
"야마모토? 누구야?"
"잊으셨습니까. 왜, 지난주 초에 쫓아낸 녀석 있잖습니까."
"아아, 그 녀석."

사타케는 안나에게 끈질기게 들러붙었던 남자를 쫓아냈던 것을 떠올렸다.
"가지러 오지 않는데 어떻게 할까요?"
"갖다 버려."
"괜찮을까요? 나중에 뭐라고 하지 않을까요?"
"안 올걸. 혹시나 온다 하더라도, 여기에는 그런 거 없었다고 하면 되지."
"그렇군요. 알겠습니다."
구니마쓰는 수긍하기 어렵다는 듯 고개를 살짝 갸웃거렸으나 그 이상 아무 말도 하지 않았다. 사타케는 구니마쓰와 매상에 대해 의논하고 좁은 사무소를 나왔다. 비위를 맞추는 것처럼 구니마쓰가 뒤따라온다. 가게에는 어느새 술집 여자로 보이는 화려하게 꾸민 젊은 여자가 둘 놀러 와 있었다. 선탠 미용실에서 그을린 그 인공적인 피부색을 보고 사타케는 안나를 떠올렸다.
"안나의 상태를 보고 다시 들르지."
구니마쓰는 아무 말 없이 가볍게 머리를 숙였으나 그 얼굴에 안도의 표정이 떠오르는 것을 사타케는 놓치지 않았다. 려화나 '미카'의 호스티스들도, '파르코'의 종업원도, 사실은 자신의 과거를 알면서 내심 두려워하고 있는 것 아닐까 싶은 이런 순간이었다.
필사적으로 자제하며 주의 깊게 봉인하고 있던 사타케의 검은 환상. 타인이 그 사실의 윤곽이라도 들으면 몹시 두려워할 것이다. 그러나 그 사건의 진실은 사타케와 그 여자밖에 모른다. 사타케가 진실로 원하는 것은 그 누구도 모르는 것이다. 그것을 스물여섯 살에 알아 버린 사타케는 고독을 등에 지고 있었다.

안나의 집은 어딘가 낌새가 이상했다. 사타케가 인터폰을 눌러도 좀처럼 응답이 없다. 사타케가 집 앞에서 휴대 전화를 꺼내고 있는데 그제야 안나의 목소리가 들렸다.
"누구세요?"
"나다."
"오빠?"
"아아. 괜찮냐? 잠깐 얼굴 보여 봐."
"응."
체인을 벗기는 소리가 나서 사타케는 조금 묘하게 생각했다. 안나는 언제나 체인을 걸지 않는다.
"가게 쉬어서 미안."
안나가 얼굴을 내밀었다. 숏팬츠에 티셔츠 차림으로 창백한 얼굴을 하고 있다. 사타케는 현관을 봤다. 유행하는 스니커가 있었다.
"낮의 그 녀석이냐?"
사타케의 시선을 쫓은 안나의 안색이 바뀐다. 그러나 입은 꾹 다물고 있었다.
"남자 끌어들이는 건 좋지만 가게는 쉬지 마. 그리고 오래 끌지 마."
사타케의 말에 안나는 충격을 받은 것처럼 뒷걸음질치며 사타케를 올려다봤다.
"오빠, 아무렇지도 않아?"
"그래."
안나의 눈에 그렁그렁 눈물이 맺히는 것을 보고 사타케는 성가시게 생각했다. 안나는 일을 떠나도 귀엽지만 그것은 단순히 귀여

위하는 대상을 소유하는 데 지나지 않는다. 안나와의 관계는 사타케를 뒤덮은 피부처럼 극히 표면에 지나지 않았다.

"꾀병 부리지 마."

안나가 이 일로 가게를 옮긴다고 하면 큰일이라고 생각하면서 사타케는 가능한 한 부드럽게 문을 닫았다.

돌아오는 길에 사타케는 어째서 오늘은 모든 일이 뜻대로 되지 않는 건지 짜증이 났다. 봉인이 풀릴 것만 같은 위기를 느낀다. 사타케는 마음의 문을 닫고 엄중하게 자물쇠를 걸었다.

'미카'에는 다시 얼굴을 내밀지 않고 사타케는 다시 '파르코'로 돌아갔다. 문을 열어 준 구니마쓰가 물었다.

"어땠습니까, 안나 씨. 오늘은 쉬고 있죠."

"대단한 일 없었어. 내일은 출근한다더군."

"그렇습니까? 아래층은 그 뒤로 손님이 드는 것 같습니다."

"그래?"

그 말을 듣고 안심한 사타케는 다시 '파르코'의 손님을 감정하기 시작했다. 전부 열다섯 명. 회사원이 반, 나머지는 빤히 물장사에 관여하고 있을 것으로 보이는 남녀가 반반. 그중 반수는 단골이었다. 그럭저럭 붐빈다. 사타케는 만족하며, 이제 남은 문제인 안나의 기분을 어떻게 풀어 줄까 하고 생각에 잠겼다. 이 일로 다른 가게로 옮긴다는 말은 꺼내지 말아야 할 텐데.

냉정함을 되찾은 사타케가 선후책을 생각하기 시작하던 때였다. 문이 열리고 두 명의 손님이 들어왔다. 무늬가 든 반팔 셔츠를 입은 중년 남자다. 두 사람 다 몇 번인가 본 적이 있는 것 같이 생졌지만 생각이 나지 않았다. 회사원인가, 자영업자인가. 그러나 눈매의 예리함이 보통 손님과는 다르다. 언제나 금방 손님의 값을 매기는 사타케 치고는 드물게 어떤 종류의 손님인지 판단이 서지 않았다.

"어서 오십시오."

구니마쓰가 애교 있게 맞이하며 안으로 안내한다. 그리고 손님의 요청대로 규칙과 게임 방법을 설명하기 시작했다. 설명이 끝나자 그것을 묵묵히 보고 있던 쪽의 남자가 안주머니에서 검은 수첩을 보이며 조용한 목소리로 말했다.

"경시청 보안과와 신주쿠 서에서 나왔습니다. 이 클럽의 경영자는 어느 분이십니까? 여러분, 움직이지 말아 주십시오."

가게 안이 잠잠히 얼어붙어 움직이지 않았다. 구니마쓰만이 당했다 하는 것처럼 아랫입술을 깨물며 사타케를 힐끗 봤다.

'젠장할, 불시 단속이다!'

아침부터 느끼던 예감은 이거였던 건가. 본 듯한 얼굴이라고 생각했던 것은 경찰의 면상이기 때문이었다. 사타케는 웃음이 터져 나올 것 같은 기분을 억누르기 위해 바카라의 칩을 손에 쥐었다.

취조실에 처음 보는 형사가 들어와서 자기소개를 했을 때, 사타케는 귀를 의심했다.

"본청 1과의 기누가사다."

"그게 무슨 뜻입니까?"

"무슨 뜻이냐고?"

기누가사는 웃었다. 투박한 체구에 척 보기에도 형사다운 빈틈 없는 눈매를 한 기분 나쁜 남자였다.
"다른 사건과의 관련을 듣고 싶은 것뿐이야."
"그러니까, 다른 사건이라는 게 뭡니까?"
용의는 도박장 개장뿐이라고 생각했는데 2주일이나 구치소에 처박히고 거기다 1과까지 나오다니 어떻게 된 일인가. 그것도 본청이라니. 내심 놀라기는 했지만 이 시점에서 사타케는 아직 사태를 얕보고 있었다.
"어째서 1과가 나오는 겁니까? 가르쳐 주십쇼."
"토막 살인 사건 때문이지."
기누가사는 빛이 바래 평직 섬유가 하얗게 떠 보이는 검은색 폴로셔츠 앞에 달린 주머니에서 싸구려 라이터를 밀어 올렸다. 그 라이터로 하이라이트에 불을 붙이고 무척이나 맛있다는 듯이 연기를 빨아들이며 사타케의 표정을 살폈다.
"토막 살인?"
"파랗게 질린 거 봐라."
사타케는 려화가 차입해 준 파란색 셔츠를 입고 있었다. 색깔이 마음에 들지 않았지만 검은색 실크 셔츠는 땀투성이였으므로 감사히 입고 있다. 그러나 그 셔츠를 입고 있으면 안색이 나빠 보이는 것이다. 사타케는 웃었다.
"아닙니다."
"뭐가 아니라는 거야? 이런 상황에서 웃다니 뭐 이런 녀석이 다 있어. 뭐야, 실실거리고."
기누가사는 진절머리 난 것처럼 옆에 있는 신주쿠 서의 형사를 보고 어깨를 으쓱였다. 그쪽은 주도권을 빼앗기고 쓴웃음을 짓고 있었다.
"감방에 익숙하니까 담이 커진 거겠죠."
"잠깐. 그거 무슨 뜻으로 하는 소립니까?"
사타케는 허둥댔다. 정체 모를 공포가 엄습하고 있었다.
'단속' 따위가 아니었다. 모난 돌이 정을 맞는다고 잘되는 도박장을 노려 덮친 거라고만 생각했던 사타케는 경악했다. 여기서 처음으로 1과가 꾸민 단속이었음을 알았기 때문이다. 지금 자신은 뭔가 엄청난 착오에 발이 걸려 쓰러질 위기에 처해 있다. 쓰러졌다가는 흐르는 모래에 발 디딜 곳을 잃은 것처럼 다시 일어서기 힘들어질 것이다.
"어이, 사타케. 눈치가 왜 그리 나빠. 너희 가게에 오던 손님 중에 야마모토 겐지라고 있었지. 그게 피해자거든. 알지?"
"야마모토 겐지, 모르겠습니다만."
사타케는 고개를 틀었다. 취조실 창으로 신주쿠 역 서쪽 출구의 고층 빌딩이, 그리고 수직으로 잘린 여름 하늘이 보였다. 하얀 빛이 눈부시다. 사타케는 눈을 감았다. 이 신주쿠 서 바로 가까이에 자신이 사는 아파트가 있다. 그 어두컴컴한 방으로 빨리 도망쳐 들어가고 싶었다.
"그럼 이건 알고 있냐."
앞에 있던 구겨진 백화점 봉투에서 기누가사는 회색 재킷을 꺼냈다. 그것을 보고 사타케는 "앗!" 하고 소리쳤다. 급습이 있던 날 밤, 구니마쓰가 묻기에 버리라고 지시했던 옷이었다.
"압니다. 그건 손님이 잊고 간······."

사타케는 숨을 삼켰다. 그 야마모토라는 얼빠진 손님이 토막 살인 사건의 피해자였던 건가. 그러고 보니 신문이나 텔레비전에서 야마모토라는 이름을 본 기억은 있었다. 일이 난처하게 됐다. 과연 말이 막힌다. 형사들은 얄궂은 눈으로 사타케의 모습을 쳐다보고 있었다.

"이 손님이 어떻게 됐는지 가르쳐 줘. 응? 사타케."

"모릅니다."

사타케는 고개를 흔들었다.

"모르신다고요? 정말로요?"

기누가사는 여자 같은 말투로 말하며 희미한 웃음을 띠었다. 싫은 녀석이다. 사타케의 머리에 피가 오르며 마비되어 간다. 그러나 출소 이래 자제심을 잃어 본 적 없는 사타케는 참아 냈다.

"정말 모릅니다."

기누가사는 불룩한 뒷주머니에서 꺼낸 수첩을 펴서 천천히 훑어봤다.

"7월 20일 토요일 밤 10시경. 어뮤즈먼트 파르코 출구 부근에서 너와 피해자가 치고받는 것을 몇 사람이 목격했다던데. 너는 피해자를 때려눕혀 계단에서 발로 차 떨어트렸다지."

"그랬……을지도 모릅니다."

"그랬을지도 모른다. 그래서 그 뒤는 어쨌어?"

"모릅니다."

"모른다면 끝나는 줄 알아? 그 뒤에 피해자는 실종됐다고. 너는 어땠지? 어디서 뭐 하고 있었어?"

사타케는 기억을 더듬었다. 그날 밤 일은 아무것도 기억나지 않앉다. 집에 돌아간 것 같은 기분도 들고, 가게에 남아 있었는지도 모른다. 사타케는 조건이 좋은 쪽을 선택한다.
"파르코에서 일을 하고 있었습니다."
"거짓말하시네. 너는 바로 돌아갔다고 종업원들 모두가 말하고 있는데."
"그렇습니까? 그럼 집에 돌아가서 잤나 보죠."
기누가사는 질린 표정으로 팔짱을 낀다.
"어느 쪽이야?"
"집에 돌아가서 잤습니다."
"평소에는 끝나는 시간까지 있다 간다며. 어째서 그날 밤은 집에 돌아갔지? 이상하잖아."
"그날 밤은 피곤해서 집에 돌아가 일찍 잤습니다."
그랬다. 사타케는 그 후 어디에도 얼굴을 내밀지 않고 집에 돌아간 것을 떠올렸다. 그리고 텔레비전을 보면서 자 버린 것이다. 그대로 파르코에 남아 있을걸 그랬다고 후회하지만 이미 늦었다.
"혼자서 잔 거냐?"
"물론입니다."
"어째서 피곤했는데?"
"아침부터 슬롯머신에다, 그 후에도 호스티스를 차에 태워서 미용실에 데리고 갔다오고 우리 매니저 구니마쓰랑 이것저것 의논도 하면서 하루 종일 열심히 일하느라고요."
"구니마쓰와 뭘 의논했지? 어떻게 피해자를 처리할까, 틀렸어? 구니마쓰는 그렇다던데."
"아닙니다. 왜 그런 바보 같은 짓을 하겠습니까. 저희는 단순한 클럽과 카지노입니다."
"지금 누구 앞에서 헛소리야!"
갑자기 기누가사가 사납게 소리를 질렀다.
"너 이 자식, 전과가 있는 주제에 뭐가 단순한 클럽과 카지노야. 게다가 네놈의 전과는 여자 고문하다 죽인 거잖아. 여자를 몇 군데나 찔렀더냐, 응? 스무 군덴가, 서른 군덴가. 그것도 박으면서 찔렀다면서. 응? 기분 좋더냐, 사타케. 응? 그게 인간이 할 짓이냐. 네 녀석 조서 가만히 보다가 식은땀이 다 났다. 너 같은 짐승이 어떻게 7년으로 나올 수 있었던 건지, 나는 죽어도 납득이 안 가. 설명 좀 해 줘 봐라."
사타케는 온몸의 털구멍에서 비지땀이 흘러나오는 것을 느꼈다. 지옥의 뚜껑. 그만큼 단단히 봉인하고 있던 과거가 지금 이렇게 마구잡이로 비틀려 열리고 있다. 다시 단말마의 여자 얼굴이 눈앞에 어른거렸다. 사타케의 검은 환상이 다시 되살아나 오싹한 손으로 등에 기어오르려 하고 있었다.
"뭘 그렇게 뻘뻘대고 있어? 사타케."
"아뇨, 이건."
"불어 버려. 그럼 속 편해질걸."
"당치도 않습니다. 저는 두 번 다시 사람은 죽이지 않습니다. 반성하고 있으니까요."
"다들 그렇게 말하지. 하지만 쾌락 살인이란 건 또 하기 마련이거든."
쾌락 살인. 그 말에 충격을 받고 사타케는 기누가사의 승리에 찬 작은 눈을 쳐다봤다. 그건 절대로 아니다, 그렇게 외치고 싶었

검은 환상 327

다. 쾌락을 느꼈던 것은 그 여자의 죽음을 공유할 수 있었기 때문이다. 그 순간, 그는 여자에게 애정마저 안았던 것이다. 그렇기 때문에 그 여자는 생애의 여자가 되어 그를 속박하고 있는 것이다. 죽이는 것이 쾌락이었던 건 결코 아니다. 하물며 쾌락이라는 간단한 말로는 설명할 수 없다.

그러나 사타케는 이렇게 말하며 고개를 숙였다.

"아닙니다."

"뭐, 열심히 버텨 봐. 이쪽도 있는 힘껏 물증을 들어 줄 테니까. 네가 찍소리도 못하도록."

기누가사는 사타케의 어깨 근육 부근을 짐승 건드리듯이 툭툭 두드렸다. 사타케는 몸을 뒤틀어 기누가사의 굳은살이 박인 두터운 손에서 벗어났다.

"정말로 아닙니다. 저는 그 남자한테 손님으로 오지 말라고 한 것뿐입니다. 그 남자는 저희 가게 넘버원 호스티스한테 미쳐서 뒤를 쫓아다니고 있었기 때문에 그러지 말라고 주의 준 겁니다. 그 뒤에 어떻게 됐는지는 지금 처음 알았습니다."

"주의 준다는 건, 네 입장에서는 의미가 다르잖아."

"무슨 뜻입니까?"

"스스로 생각해. 말도 못하게 처참한 꼴 내 놓고서."

"말도 안 되는 소리 하지 마십시오."

"뭐가 말도 안 돼. 여자 죽이고 뚜쟁이 짓 하고, 손님 때려 패 토막 내고, 세상 참 편하게 살아. 너한테는 경찰 따위 없는 거랑 똑같지? 참 나 같잖아서."

사타케가 잠자코 있자니 기누가사가 다시 하이라이트에 불을 붙이고 연기와 함께 말을 토해 냈다.
"사타케. 토막 내는 건 누구한테 부탁한 거냐?"
"예?"
"네 가게에는 중국 놈들도 있지. 그 녀석들 조직이면 얼마에 맡아 주냐? 그것도 시세 따라가냐? 고급 초밥 재료같이. 지금은 시세 얼마 정도냐?"
"설마요. 그런 생각은 해 본 적도 없습니다."
"한 사람 토막 내는 데에 10만 정도라고 주간지에 나왔던데. 그럼 네 주머닛돈만 가지고도 열 명은 토막 낼 수 있겠다?"
사타케는 논리의 비약에 질려 저도 모르게 비웃었다.
"그런 돈 없습니다."
"너 벤츠 타고 다닌다며."
"모양만 갖춘 겁니다. 제가 왜 돈 들여 그런 바보 같은 짓을 합니까?"
"또 한 번 감방 들어갈 거 생각하면 죽인 후에 얼마든 내고 말지. 이번에는 사형일지도 모르고 말이야."
기누가사는 진지한 얼굴로 말했다. 사타케는 자신이 이미 그들에게 넘어간 것을 알았다. 이 녀석들은 내가 죽여 처리를 누군가에게 의뢰했다고 진심으로 생각하고 있다. 여기서 어떻게 기어 올라가는가. 운이 퍽이나 좋지 않으면 어려우리라. 사타케의 뇌리에 형무소의 좁은 사각형 방이 떠오르며 그 두려움에 다시 비지땀이 맺혔다. 그때 질문을 기누가사에게 맡기고 조용히 보고 있던 형사가 입을 열었다.
"사타케. 야마모토의 부인을 생각해 본 적 있냐. 도시락 공장에서 야근해서 아이들 키우고 있다더라. 불쌍하지 않냐."
 사타케는 우연히 본 와이드쇼에 피해자의 아내가 나오고 있었던 것을 떠올렸다. 그 시시한 남자치고는 의외로 예쁘게 생긴 아내였다.
 "아직 어린아이가 둘이나 있다고. 너는 아이가 없어서 모르겠지만, 앞으로가 큰일이지."
 "관계없습니다."
 형사는 사타케의 어조에 혀를 찼다.
 "관계없다고. 그래."
 "네."
 "그런 소리 할 수 있을까?"
 "정말로 관계없으니까요. 제 알 바 아닙니다."
 두 사람의 장황한 대화를 기누가사는 아랫입술을 핥으면서 관찰하고 있었다. 사타케는 그 시선이 불쾌하여 뿌리치듯이 같이 노려봤다. 사타케의 마음속에서는 하나의 생각이 떠오르고 있었다. 어쩌면 그 아내가 진범이 아닐까 하는 생각이었다. 남편이 갑자기 없어졌다가 토막 살인 시체가 돼서 발견됐다고 치자. 그때 보통 아내가 그렇게 침착할 수 있을까. 텔레비전 화면을 보면서 느꼈던 위화감을, 조개를 먹다가 모래를 씹었을 때의 감촉을 떠올리는 것처럼 사타케는 필사적으로 반추하고 있다. 그 아내의 얼굴에는 경험한 자가 아니면 모를 뭔가가 새겨져 있었다. 그것은 아마도, 성취감이다.
 게다가 야마모토는 안나에게 푹 빠져 '미카'에 자기 돈으로 매일 찾아오고 있었다. 그 아내 차림새로 봐서 그만큼 유복한 형편이 아닐 것이다. 그렇다면 남편을 원망하고 있었어도 이상하지는 않다. 아니, 오히려 원망해 당연하지 않은가.
"사타케. 무슨 생각 하고 있어?"
야유하는 것 같은 기누가사의 도발에 사타케는 저도 모르게 입 밖에 냈다.
"그 아내는 어떻습니까. 결백할까요?"
기누가사는 격분했다.
"네 녀석이 걱정할 일 아니잖아, 사타케. 피해자의 아내는 알리바이도 있고 공범도 없어. 네 녀석이 훨씬 수상하다고."
그 어조에 사타케는 그녀가 조사 대상에서 완전히 벗어나 있음을 깨달았다. 기누가사는 사타케가 수상하다고 보고 일직선으로 이쪽을 향해 돌진하고 있는 것이다. 완전히 헛짚은 것이지만 상황은 너무나도 불리했다. 사타케는 분한 마음에 이를 갈았다.
"죄송합니다, 쓸데없는 소리 해서. 하지만 저는 정말로 관계없습니다. 맹세합니다."
"씨부렁거리는 거 봐라."
"네놈이야말로 그만 씨부렁거려."
사타케는 취조실 책상 아래를 향해 내뱉었다. 귀도 밝게 그것을 들은 기누가사가 난데없이 투박한 팔꿈치로 사타케의 관자놀이를 사정없이 찔렀다.
"사타케, 우습게 보지 마라."
사타케는 경찰을 결코 우습게 보지 않았다. 이 녀석들은 죄를 갖다 붙이려고 하면 얼마든지 만들 수 있다. 그에 딱 좋은 사냥감이 바로 자신인 것이다. 사타케는 공포에 떨면서 분노에 불타올랐

검은 환상

다. 여기서 나가게 되거든 자기 손으로 범인에게 복수해 주지 않으면 마음이 풀리지 않을 것 같다. 우선 가장 수상한 것은 야마모토의 아내였다.

이것으로 '미카'도 '파르코'도 무너질지도 모른다고, 세상살이를 잘 알고 있는 사타케는 진심으로 안타까웠다. 출소하고 10년 동안 힘겹게 여기까지 쌓아 올려 왔는데 이런 사건에 연루되어 버리다니. 역시 '여름'에 진 것이다. 사타케는 운명적인 것을 느끼며 한숨을 내쉬었다.

갑자기 방이 어두워진 것을 깨닫고 창밖을 보니, 검은 구름이 피어오르며 강한 바람이 휘몰아쳐 커다란 느티나무의 녹색 잎사귀를 흔들고 있었다. 소나기의 기척이 느껴졌다.

그날 밤 사타케는 구치소에서 그 여자의 꿈을 꿨다.
여자는 사타케 앞에 쓰러져 고통스러운 얼굴로 호소하고 있었다. 병원, 병원…… 하고 말하고 있었다. 사타케는 자신이 찌른 여자의 배에 난 상처에 손가락을 넣어 봤다. 손가락은 이음매까지 쉽게 푹 꺼져 들었다. 그러나 여자는 아무것도 느끼지 못하는 듯 입만 뻐끔뻐끔 열고 속삭이는 것처럼 "병원."이라는 말만 거듭하고 있다. 사타케의 손가락부터 손목까지 선혈에 젖었다. 사타케는 그 피를 여자의 볼에 닦았다. 자신의 피로 뺨을 빨갛게 물들인 여자는 이 세상 사람이라 여겨지지 않을 만큼 예뻤다.

"병원…… 데려가 줘."

"못 살아, 포기해."

사타케의 말을 들은 여자는 생각지 못했던 힘으로 사타케의 피투성이 손가락을 잡고 자기 목으로 가져가려 했다. 빨리 죽여 달라는 의사표시였다. 사타케는 피투성이 손으로 여자의 머리칼을 매만졌다.

"아직 멀었어."

여자의 눈에 깊은 절망이 새겨진 것을 보고 사타케의 심장이 동정과 기쁨으로 꽉 조여들었다. 아직 멀었어. 아직 죽지 마. 나와 같이 가자. 여자를 끌어안자 사타케의 전신이 피로 미끈거렸다.

사타케는 눈을 떴다. 전신이 피투성이였다. 아니, 피라고 생각한 것은 엄청난 땀이었다. 옆을 보자 어음 사기로 들어온 남자가 자는 척하며 긴장하고 있었다. 사타케는 개의치 않고 어둠 속에서 느릿느릿 몸을 일으켰다. 10년 만에 꾼 여자의 꿈에 흥분하고 있었다. 아직 여자의 혼이 주위를 떠다니고 있는 것이 아닐까. 사타케는 구석의 어둠을 물끄러미 쳐다봤다. 여자를 만나고 싶었다.

4년 전 겨울, 안나가 태어나서 처음 JR선(일본의 국영 전철—옮긴이)을 탔던 날의 일이다.

저녁이라 차량 안은 혼잡했다. 익숙지 않은 안나는 마치 섞여든 이물질 같았다. 사람들의 어깨며 짐에 끊임없이 부딪치다가 어느새 차량 가운데까지 밀려갔다. 어떻게든 사람들을 가르고 손잡이를 잡고서 창밖 경치를 쳐다보니 주황색으로 불타는 겨울날의 저녁 해가 당장이라도 저물 참이었다. 그 찬란함과 반대로 역이며 건물은 어두운 그림자를 드리우며 거의 상을 맺지 못한 채 날아가

듯 시야에서 떠나간다. 목적지 역을 잘 알 수 있을까. 거기서 제대로 내릴 수 있을까. 불안에 휩싸인 안나는 몇 번이나 승강구를 돌아봤다.

그때 비가 개인 여름 아침에 땅에서 피어오르는 아지랑이처럼 여기저기서 상하이어가 울리고 있는 것을 깨달았다. 가까이에 동포가 있다. 안도한 안나는 사람들의 얼굴을 둘러봤지만, 귀를 잘 기울여 보니 그것은 일본어였다.

일본어와 상하이어, 두 언어는 음이 닮았다. 그것을 깨달은 순간 안나는 급격히 이국에 혼자 있다는 쓸쓸함에 사로잡혔다. 얼굴 생김새도 말의 음도 닮았는데, 아무도 자신이라는 인간을 모르는 세계에 단 홀로 있다.

다시 창밖으로 시선을 향하니 이미 해가 떨어지고 날은 어두웠다. 유리창에는 유행에 뒤떨어진 코트를 입고 눈을 부릅뜬 여자아이가 비치고 있었다. 생각지 못하게 자신의 모습을 본 안나는 정신이 아득해질 정도로 절망적인 고독을 느끼며 눈물이 치밀어 올라왔다. 안나가 열아홉 살 때 일이다.

물론 그때까지도 몇 번이나 풍요로운 일본에 대한 주눅과 이 바쁘고 거대한 도회에 단 혼자라는 미덥지 못한 마음이 번갈아, 그리고 동시에 솟아 올라와서는 안나를 불안에 빠트리곤 했다. 그러나 이날의 적막감은 열아홉 해를 살면서 처음 느끼는 것이었다.

공부나 연구같이 하고 싶은 일이 있어 일본에 온 것이라면 조금 괴롭더라도 어떻게든 견뎌 낼 수 있을 것 같다. 하지만 안나의 목적은 단순히 돈을 버는 것뿐. 그것도 무기는 자신의 젊음과 미모뿐이다. 젊은 여자를 스카우트하러 온 브로커가, 중국 여성은 일본에서 얼마든지 돈을 벌어들일 수 있다고 권유를 하여 가벼운 마음으로 왔으나, 그 안이함으로 인해 실은 총명하고 성실한 안나는 침울해진 것이었다. 어렸을 적부터 우등생으로 대학에 진학할 생각도 있었는데, 지금의 자신은 일본의 남자들을 상대로 쉽게 돈을 벌려 하고 있다. 그것은 타락이라는 것 아닐까.

안나의 아버지는 택시 운전사, 어머니는 시장의 청과물상이었다. 두 사람은 매일 밤 자기 사업의 성과를 자랑하고 서로 보고했다. 지혜와 기지로 남을 앞질러 돈을 번다. 그것이 상하이의 상인이다. 그러나 과연 자신이 이룩한 '사업의 성과'는 부모에게 보고할 수 있을까.

중국 제일의 도회인 상하이 출신이라는 긍지도, 자신은 아름답다는 자부심도 남몰래 가지고 있었는데, 유복한 사회를 기반으로 하여 자신감 넘치는 도쿄의 젊은 여자아이들에게는 당해 낼 수가 없다. 그것은 안나에게는 아직 없는 것이었다. 불공평하다. 초조함과 자신감 상실이, 그리고 쓸쓸함이 안나를 쭈뼛거리는 촌구석 소녀로 바꾸고 있었다.

안나는 신원인수인이 된 브로커가 권하는 어학 학교에 다니며 밤에는 요쓰야의 클럽에서 아르바이트를 하게 됐다.

안나는 열심히 일본어를 공부하는 데에 전념했다. 귀가 좋은 건지 감이 좋은 건지 일본어는 금방 더듬더듬 말할 수 있게 되었다. 이제 전차에 타도 집중만 하면 사람들이 나누는 대화의 내용을 파악할 수 있었다. 백화점에서 일본 아이들이 걸치는 것 같은 센스 좋은 옷을 살 수도 있었다. 하지만 아무리 쫓아내도 어느새 돌아오는 뻔뻔스러운 도둑고양이처럼, 그때 전차에서 느꼈던 쓸쓸함만은 안나의 곁을 떠나지 않았다.

어쨌든 1엔이라도 많이 돈을 벌어 하루빨리 상하이로 돌아가는 거다. 상하이에 돌아가면 멋진 가게를 열자. 그리고 부자가 되자. 안나는 매일 어학 학교에 다니며 밤에는 가게에 나갔다. 그러나 노력을 비웃는 것처럼 안나의 성과는 전혀 오르지 않았다. 일본은 물가가 높아 생활비도 예상 외로 지출이 많았다. 안나는 초조해졌다. 목표액의 4분의 1도 모이지 않았으니 이대로는 돌아갈 수 없다. 그러나 여기에 계속 머무르고 싶지 않았다. 출구 없는 꽉 막힌 기분이 찻잔에 들어간 작은 금처럼 안나의 일상을 불안으로 색칠했다. 어느새 자신이 망가지는 것 같은 불안.

사타케와 만난 것은 바로 그런 때였다.

사타케는 술은 마시지 않지만 씀씀이가 좋아 고급 손님 부류에 들어갔다. 전에 봤을 때 가게 사람들의 대응이 남다른 데에 눈치 채긴 했지만, 매상고 좋은 호스티스가 사타케에게 붙었기 때문에 자신에게는 연이 없는 손님이라고 생각하고 있었다. 그러나 이번에 온 사타케는 안나를 자리에 불러 주었다.

"안나입니다. 처음 뵙겠습니다."

사타케는 쑥스러워하거나 젠체하는 다른 손님과는 달랐다. 안나의 목소리를 즐기는 것처럼 눈꺼풀을 닫고, 그리고 어학 교사처럼 일본어를 말하는 안나의 입매를 쳐다봤다. 안나는 갑자기 지적당한 학생처럼 흥분해 침착함을 잃을 것 같았다.

"물을 타 드리면 될까요."

안나는 더 이상 묽어질 수 없을 만큼 스카치위스키에 물을 타면서 사타케의 얼굴을 힐끗힐끗 올려다봤다. 30대 후반일까. 검게 그을렸고 머리카락은 짧다. 살짝 들려 올라간 작은 눈과 두터운 입술. 미남은 아니지만 어딘가에 부드러움을 느끼게 하는 얼굴은 매력적이라고도 할 수 있었다. 하지만 옷이 너무 화려했다. 우락부락한 몸에는 어울리지 않는 명품인 듯한 멋들어진 검은 정장에 화려한 넥타이. 금으로 된 롤렉스에 금으로 된 카르티에 라이터. 그러면서 경박하게 보이는 옷과는 질이 전혀 다른, 깊이 가라앉은 눈을 하고 있었다.

이 눈은 늪이다. 안나는 언젠가 잡지에서 본 어딘가의 산 사진을 떠올렸다. 높은 산꼭대기에 조용히 존재하는 검은 늪. 어두침침하게 물이 고여서 얼어붙을 것처럼 차갑고 수초가 우거진 바닥에는 정체 모를 생물이 사는 늪. 그곳에서는 아무도 헤엄치지 않고 배를 띄우려고도 하지 않는다. 밤에는 마치 지표면에 뻥 뚫린 구멍처럼 새까맣게 물을 담고 별빛을 빨아들이며 그곳에 존재하는 것도 눈치 채지 못하게 할 것이다. 이 사타케라는 남자는 자신의 늪을 사람들이 보지 못하게 하려고 화려한 복장을 즐겨 입고 있는 것인지도 모른다.

안나는 사타케의 손을 봤다. 장신구는 일절 없다. 육체노동자로는 보이지 않는, 남자 치고는 균형 잡힌 예쁘장한 손. 대체 뭘 하는 사람인지 알 수가 없었다. 도저히 제대로 된 일을 하고 있을 것처럼은 보이지 않아서, 이것이 소문으로 듣던 야쿠자 같은 종류가 아닐까 하고 안나는 호기심과 두려움이 동시에 생겼다.

"이름이 안나라고?"

사타케는 그렇게 한마디 하더니 담배를 문 채로 앞에 앉은 안나의 얼굴을 오랫동안 쳐다봤다. 사타케의 눈에는 바람 한 점 없는 모양이다. 안나를 봐도 감탄이든 낙담이든 눈에는 아무 색깔도 떠오르지 않았다. 그러나 목소리는 낮고 다정해 귀에 닿는 느낌이 좋았다. 안나는 그 목소리를 다시 한 번 듣고 싶다고 생각했다.

안나는 사타케가 담배를 문 것을 깨닫고 가게에서 교육받은 대로 불을 붙이고자 라이터를 손에 들었다. 눈치 없는 여자라고 생각했을지도 모른다. 서두르는 바람에 라이터는 안나의 손 안에서 빠져 떨어질 뻔했다. 사타케는 그것을 보고 표정을 누그러트렸다.

"성급하게 굴지 않아도 돼."

"죄송합니다."

"스무 살쯤 됐나."

"네."

안나는 불과 바로 한 달 전에 스무 번째 생일을 일본에서 맞이했다.

"그 옷 직접 고른 거야?"

"아뇨."

안나는 고개를 저었다. 같은 아파트에 사는 동료가 넘겨준 새빨간 싸구려 드레스를 입고 있었다.

"받은 것입니다."

"역시나. 사이즈가 안 맞네."

"그럼 사 주세요."라는 말을 안나는 아직 할 수 없었다. 그저 곤혹스러워하며 애매한 웃음을 띠었다. 사타케가 그 머릿속에서 종이 인형처럼 안나에게 여러 가지 옷을 대 보며 즐거워하고 있는 줄은 상상도 하지 못했다.

"어떤 옷을 입으면 좋을지 잘 모르겠어요."
"안나라면 뭐든 어울릴 거야."
생각하는 바를 말로 바로 표현하는 유치한 손님이 있지만 사타케가 그런 사람이 아니라는 것만은 젊은 안나라도 알 수 있었다. 얼마간의 침묵 뒤에 사타케는 담뱃불을 끄며 물었다.
"내 얼굴 보고 있었지. 무슨 일 하고 있을 것 같아?"
"회사원인가요?"
"아니."
사타케는 진지한 얼굴로 부정한다.
"그럼 야쿠자인가요?"
사타케는 처음으로 작게 웃었다. 튼튼해 보이는 커다란 이가 보였다.
"야쿠자 같은 나쁜 놈은 틀림없지만 야쿠자는 아니지. 나는 뚜쟁이야."
"뚜쟁이? 뚜쟁이가 뭐예요?"
사타케는 안주머니에서 값비싼 볼펜을 꺼내더니 종이 냅킨에 작은 글자로 '뚜쟁이'라고 적었다. 안나는 몇 번 읽어 보고 감을 잡은 건지 눈살을 찌푸렸다.
"여자를 파는 장사야."
"누구에게 파는 건가요?"
"그 여자를 원하는 남자에게 파는 거지."
매춘을 알선하고 있다는 말일까. 너무나도 솔직한 사타케의 말에 안나는 허를 찔려 입을 다물었다. 그러자 사타케가 종이 냅킨을 쥔 안나의 손끝을 보며 물었다.

"안나, 남자 좋아해?"

안나는 고개를 갸웃거렸다.

"멋진 사람이면 좋아요."

"어떤 게 멋진 건데?"

"양조위. 홍콩의 배우지만."

"그 녀석이 안나를 원하면 그 녀석에게 팔렸으면 좋겠어?"

"네. 하지만 그런 일 절대 없겠죠. 저는 그렇게 예쁘지 않고."

안나가 골똘히 생각해서 대답하자 사타케는 그 자리에서 부정했다.

"아니, 내가 만난 여자들 중에서는 가장 예뻐."

"거짓말."

안나는 웃었다. 도저히 믿을 수 없었다. 이런 작은 가게에서 베스트 10에도 들어가지 못하는데.

"거짓말이에요."

"나는 지금까지 거짓말은 한 적 없어."

"하지만."

"자신이 없는 것뿐이겠지. 내게로 오면 자신이 훨씬 예쁘고 멋진 여자라는 사실을 알게 될 거야."

"하지만 매춘이잖아요."

안나는 입술을 삐죽 내밀었다.

"아니, 그건 농담. 클럽을 하고 있어."

하지만 클럽이라면 지금과 다름이 없다. 일본에 와서 돈을 버는 데에 공허함을 느끼는 안나는 고개를 숙였다. 사타케는 안나의 모습을 보면서 관절과 길이의 밸런스가 절묘한 손가락으로 얼음이 녹아 위스키 잔에 맺힌 물방울을 몇 번이나 훑었다. 사타케의 손가락이 닿은 곳은 물방울이 주르륵 흘러 떨어져 받침에 검은 얼룩을 만든다. 술은 조금도 줄지 않아, 안나는 사타케가 이 손짓을 하기 위해 잔을 놓고 있는 건가 하는 착각에 빠졌다.
"이 일이 싫으냐?"
"그건 아니지만."
머뭇머뭇 대답한 안나는 플로어를 점검하고 다니는 마마 쪽을 조심스레 쳐다봤다. 사타케는 그 눈길을 쫓았다.
"망설이고 있군. 하지만 돈을 벌려고 온 거잖아. 그럼 벌면 돼. 엄청난 재능이 잠자고 있어."
"재능?"
"응, 예쁘다는 건 재능이니까 작가나 화가와 같아. 누구에게나 주어진 게 아닌, 타고난 거야. 작가나 화가는 거기다 더 노력하고 있어. 그러니까 너도 자신의 재능을 갈고 닦아야만 해. 그게 안나가 할 일이야. 다시 말해 여자 예술가인 거야. 나는 그렇게 생각해. 그런데 게으름 피우고 있는 거야, 안나는 말이지."
이대로 듣고 있자면 부드러운 목소리에 취할 것 같았다. 하지만 안나는 고개를 곧게 치켜들었다. 감언이설로 자신의 가게에 스카우트할 생각인 것이다. 그것만은 조심하라고 단단히 일러 받았다. 사타케는 안나의 걱정을 내다보고 깊은 한숨과 함께 말했다.
"아깝게 됐네."
"하지만 저 재능 없어요."
"있어. 인생을 뜻대로 살고 싶지 않으냐?"
"그야 그러고 싶지만."

"그러다 보면 보이는 게 있을 거다."
"뭐가 보여요?"
"자신의 운명."
"왜요?"
"아무리 해도 마음먹은 대로 되지 않는 게 있으니까. 그게 운명이야."
사타케는 진지한 얼굴로 말하더니 팁인지 안나에게 예쁘게 접은 만 엔짜리 지폐를 건넸다. 그 말을 한 사타케의 눈 속 늪에 뭔가의 언뜻 모습이 보인 것 같은 기분이 들어, 안나는 지폐를 받을 때 당황해서 눈을 숙였다. 봐서는 안 되는 것을 본 것 같은 기분이 들었기 때문이다.
"감사합니다."
"그럼."
그렇게 말한 순간 사타케는 안나에게 흥미를 잃은 듯 주위로 눈을 향하더니 다른 여자를 부르라고 매니저에게 신호를 보냈다. 금세 볼일이 없어진 안나는 다른 손님의 보조로 붙게 되어 낙담했다. 자신이 호의적인 대답을 하지 않았기 때문에 사타케는 실망한 것이리라.
사실 안나는 자기에게로 오면 훨씬 예뻐질 거라던 사타케의 말에 마음이 크게 흔들렸다. 사타케의 말이 사실이라면 자신의 운명이라는 것을 보고 싶기도 하다. 자신은 변할 수 있는 기회를 놓친 걸까. 안나는 후회했다.
아파트에 돌아와서 사타케에게 받은 지폐를 꺼내 보니 거기에는 '미카'라는 가게 이름과 전화번호가 적혀 있었다.

가게를 옮긴 안나에게 사타케는 여러 가지를 가르쳐 주었다. 손님 앞에서는 일본어를 아직 잘 못하는 척할 것. 잠자코 있는 편이 일본 남자들은 다소곳하다고 좋아한다. 그러나 적극적으로 필담을 나눌 것. 한자를 정확히 잘 쓰면 달필이라고 감탄한다.
"남자는 머리가 좋으면서도 다소곳한 여자를 좋아하니까."
그리고 손님에게는 학교에 다니면서 용돈을 벌기 위해 호스티스 아르바이트를 하고 있으며 어디까지나 학생이라고 주장할 것. 그게 거짓말이라는 걸 빤히 알더라도, 경제적 우위에 선다고 착각하는 남자들은 귀여워하며 돈을 낸다. 잊어서는 안 되는 것은 상하이에서는 양갓집 규수였다는 것을 티 내지 않고 주장할 것. 그러면 남자들은 더욱 안심한다. 사타케는 남자가 좋아하는 화장법부터 옷 고르는 법까지 안나 옆에 붙어서 지도했다.
이곳은 일본이다. 여자가 자기주장해 남자와 동등하게 돈을 버는 것이 당연하다고 여기는 상하이의 남자들과는 모든 점에서 다른 것이다. 그것을 알기는 해도 망설이던 안나였지만, 사타케가 가르쳐 주는 것을 일에 필요한 기술이라고 결론지은 순간 그것을 몸에 익히는 속도는 빨랐다. 자기 자신이 그런 여자가 되지 않더라도, 프로로서 연기하며 업무를 철저히 하면 된다는 사실을 깨달았기 때문이었다.
안나에게는 사타케가 말하는 재능이 있었다. 연기하면 연기할수록 이중 삼중으로 안나는 비밀스러운 아름다운 여자가 되어 갔다. 사타케의 보는 눈은 확실했다.
안나는 얼마 안 가 '미카'의 넘버원 호스티스가 되었다. 인기가 생기면 자신감이 붙는다. 자신감이 생기면 이 길에서 살아갈 각오를 할 수 있다. 안나는 도둑고양이를 영원히 쫓아낼 수 있었다.
　안나는 사타케를 '오빠'라고 부르게 되었다. 사타케도 그에 응해 안나를 가장 소중히 여기며 귀여워하고 있음을 감추지 않았다. 그러는 동안 안나는 사타케가 다른 호스티스들 대하듯 자신을 손님에게 알선하지 않는 것이 자신을 좋아하는 증거가 아닐까 생각하게 되었다. 그 마음을 읽은 건지 사타케가 손님을 소개하고 싶다고 전화를 걸어왔다.
　"안나한테 제격인 남자를 찾았어."
　"어떤 사람?"
　"돈 많고 다정한 녀석이 좋지?"
　그 남자는 물론 양조위는 아니었다. 핸섬하지도 젊지도 않았다. 다만 돈이 넘쳐 났다. 한 번 만날 때마다 안나에게 100만 엔씩 줬다. 100만이 열 번이면 1000만. 1년에 그만큼이면 충분했다. 계속 사귀다 보면 안나는 언젠가 억만장자가 될 수 있을 것이다. 은행 잔고가 목표액을 넘었을 무렵, 안나는 양조위를 잊었다.
　멋진 배우 대신 몰래 안나의 마음에 들어온 것은 우락부락한 사타케였다. 그 늪에 들어가 바닥에 사는 생물을 보고 싶다. 아니, 이 손으로 붙잡는 것이다. 사냥하는 것처럼 안나의 마음은 설레며 고조됐다. 처음 만난 날 "아무리 해도 마음먹은 대로 되지 않는 게 있으니까. 그게 운명이야."하고 말했던 사타케의 늪에 순간적으로 힐끗 보였던 것은 무엇이었을까. 자신이라면 그것을 잡을 수 있지 않을까. 왜냐하면 자신은 사타케에게 특별한 여자니까.
　그러나 막상 사타케를 알려고 보니, 안나는 사타케에 대해 아무것도 아는 게 없다는 사실을 깨달았다. 사타케는 주의 깊게 자기 자신을 숨기고 있는 것이다.
　사타케는 자신의 집을 누구에게도 보이지 않는다. 우연히 사타케 같은 남자를 봤다는 매니저 진의 이야기로는, 그곳은 니시신주쿠에 있는 낡은 2층 아파트 앞이었다고 한다. 거기서 진은 명품을 두른 사타케가 아니라 평범하고 눈에 띄지 않는 옷차림을 한 남자를 봤다고 한다. 남자는 무릎이 해진 낡은 바지에 팔꿈치가 닳은 스웨터를 입고 쓰레기를 버리러 나왔다. 지칠 대로 지친 직장인으로밖에 보이지 않는 그 남자는 어질러진 쓰레기에 얼굴을 찡그리며 주위를 치우기 시작했다. 그 행동거지는 '미카'의 오너 사타케였다고 한다. 진은 놀랐으나 동시에 두려움도 느꼈다고 안나에게 말했다.
　"가게에서의 오너는 화려하고 멋집니다. 잠자코 있어도 믿음직스러워요. 하지만 내가 본 게 진짜 오너라면 차이가 너무 커요. 가게에서의 모습이 전부 연기인가 생각하면 묘한 마음이 들었어요. 어째서 연기 따위를 할 필요가 있는 거죠? 어째서 자신을 드러내지 않는 걸까요? 우리를 신용하지 않는 걸까요? 아무도 신용하지 않고 살아간다니 그런 건 불가능해요. 그 말은 즉 자신을 신용하지 않는다는 거잖아요."
　사타케는 정체를 알 수 없다. 비밀스럽다. 그 이야기를 들은 가게 종업원들은 기분 나쁘게 생각함과 동시에 사타케가 주의 깊게 자신을 드러내지 않는 데에 강하게 끌리기도 했더랬다. 어째서인가. 사타케는 대체 어떤 인간인가. 모두가 각각의 의견을 가지고 있었다.
　그러나 신용하지 않는 것은 다름 아닌 사타케 자신이라는 진의 의견에 안나는 수긍할 수 없었다. 안나가 느낀 것은 사랑에 빠진 젊은 여자다운 질투였다. 자신 외에 누군가 좋아하는 여자가 있는 것이다. 그 여자 앞에서 사타케는 꾸밈없이 있을 수 있다.

"오빠, 누구 여자랑 살고 있어?"

어느 날 안나는 끝내 사타케에게 물었다. 사타케는 놀라서 안나를 보고 아주 잠깐 멍해졌다. 그 머뭇거림이 핵심을 찔린 증거냐고 안나는 추궁했다.

"그거, 누구?"

"아니야."

사타케는 웃음을 짓더니, 갑자기 가게의 조명을 껐을 때처럼 눈의 빛을 새까맣게 지웠다.

"나는 여자와 같이 산 적 없어."

"그럼 오빠, 여자 싫어해?"

안나는 사타케에게 여자 소문이 없는 것에 안심하고 있었으나 동성애자인지도 모른다는 겁이 났다.

"좋아해. 안나처럼 예쁘고 귀여운 여자가 가장 좋아. 정말이지 믿을 수 없는 선물처럼 여겨져."

사타케는 그렇게 말하더니 안나의 가늘고 긴 손가락을 잡아 자기 왼손 손바닥 위에 놓고 오른손으로 쓰다듬었다. 그 몸짓이 도구의 상태를 확인하는 것 같다고 안나는 생각했다. 사타케의 '좋아한다.'가 남자가 여자를 애호한다는 의미일 뿐이라는 것도 알아차리고 있었다.

"그거, 누가 준 선물?"

"신께서 남자에게 준 선물이야."

"여자한테는 선물 없어?"

안나는 사타케를 가리켜 말한 것인데 사타케는 모르는 눈치였다.

"글쎄. 양조위 같은 남자가 그렇다고 생각하면 되지. 어때?"

안나는 고개를 갸웃거렸다.

"아니라고 생각해."

왜냐하면 여자는 언제나 남자의 혼에 다가가고 싶기 때문이다. 겉모습뿐인 남자로는 당연히 모자라다. 다가가고 싶은 혼은 단 하나밖에 없다. 자신의 혼과 호응하는 것. 그런데 사타케가 말하는 '귀여운 여자' 란 혼을 담은 그릇이 아닌, 그저 귀여워하는 대상에 지나지 않는 것 같다. 사타케는 여자의 혼 따위 필요로 하지 않는 걸까. 만일 그렇다면 귀여운 여자라면 누구든 좋다는 말이 되지 않을까. 안나에게 있어서 사타케를 대신할 남자는 이 세상에 존재하지 않는데. 안나는 불만스럽게 생각했다.

"그럼 오빠는 예쁘고 귀여운 여자면 그걸로 좋은 거야?"

"남자는 그 이상은 바라지 않아."

안나는 입을 다물었다. 사타케의 뭔가가 망가졌다는 것을 직감으로 깨달았기 때문이었다. 과거에 여자 때문에 따끔한 맛을 본 건지도 모른다고도 생각했다. 어린 동정이 솟아올라 자신이라면 그를 낫게 해 줄 수 있으리라는 기대조차 생겼다.

그러나 수영장에 갔던 날, 안나의 환상은 무너졌다.

안나는 언제나 고집을 다 들어주는 사타케가 수영장에 따라와 준 것을 처음엔 기뻐했다. 그러나 그 젊은 남자가 유혹했을 때 사타케의 반응에는 낙담했다. 꼭 이야기가 잘 통하는 삼촌처럼 눈을 가늘게 뜨고 보고 있다니. 사타케가 자신의 애정을 전혀 알아주지 않는다고 느끼며 분하게 생각했다. 그래서 사타케에 대한 분풀이로 처음 만난 남자를 꾀어 방에 들여 넣었던 것이었다. 아주 작게 싹튼 반항심. 그런데 사타케는 자신을 사랑의 상대로는 인정하지 않았다.

"남자 끌어들이는 건 좋지만 가게는 쉬지 마. 그리고 오래 끌지 마."

그렇게 말하던 사타케를 안나는 결코 잊지 못하리라. 사타케는 자신을 '미카'가 파는 상품, 그리고 남자의 장난감으로서밖에 생각하지 않았던 것이다. 자신이 특별히 귀염받았던 것은 사타케가 시키는 대로 연기할 수 있는 잘 만들어진 인형이었기 때문이다.

그날 밤 안나는 잠이 들지 못했다. 한번 사라졌을 찻잔의 금이 다시 나타난 것을 의식하면서. 그러나 다음 날 아침 더욱 충격적인 일이 안나를 기다리고 있었다.

"안나 씨, 오너가 바카라 문제로 팔찌 찼습니다. 쉬어서 모르죠."

진이 전화를 걸어온 것이다.

"팔찌를 찼다는 게 무슨 뜻이야?"

"경찰에 잡혀 들어갔다고요. 구니마쓰 씨도 다른 종업원들도, 오늘은 임시 휴업이라고 합니다. 혹시나 경찰이 뭘 묻더라도 아무것도 모르는 척해 주십시오."

진은 그렇게 말하고는 전화를 끊었다.

사타케를 만나면 자신을 어떻게 생각하고 있는지 캐물어 보자고 결심하고 있었는데, 그 대답 여하에 따라서는 그만둘 생각까지

하고 있었는데, 갑자기 할 일이 없어진 안나는 아침부터 구영 수영장에 갔다. 그리고 새빨갛게 살이 익었다.

밤에 화상을 입은 것처럼 화끈거리는 피부를 쳐다보고 있자니 사타케와 수영장에 갔던 어제 일이 떠올랐다. 사타케가 진심으로 자신을 상품으로만 본다고 생각하는 건 조금 너무한 게 아닐까. 사타케가 나이 차 때문에 주저하고 있을 가능성도 있다. 그 증거로 사타케는 언제나 자신을 귀여워해 주고 있지 않은가. 자신은 사타케가 특별히 소중히 여기고 있는 여자가 아닌가. 이렇게 신세를 져 놓고 자신을 여기까지 키워 준 사타케를 믿지 않다니 이 얼마나 박정한 여자인가. 안나의 솔직하고 밝은 본바탕이 여기에서도 얼굴을 내밀어 안나는 사타케에게 미안해졌다. 그러자 사타케가 갑자기 그리워졌다.

다음 날 체포된 파르코의 종업원들이 돌아왔다. 사타케도 금방 풀려날 거라고 생각했는데 사타케만은 돌아오지 않고 가게 휴일은 일주일 이상 이어졌다. 마마인 려화가 면회를 가서 추석 휴가를 일찍 시작하라는 사타케의 지시를 듣고 왔다.

안나는 매일 수영장에 갔다. 해에 타 새빨개진 피부는 윤기를 띤 보리 색깔이 되었고 안나의 미모는 한층 더 살아났다. 지나치는 남자들이 뒤를 돌아본다. 수영장에서는 수많은 남자들이 말을 걸었다. 안나는 다른 종류의 아름다움을 자랑하는 이런 자신을 사타케는 분명 기뻐할 것이 틀림없다고 생각하며 그가 없는 것을 안타깝게 생각했다.

"안나, 할 이야기가 좀 있어. 중요한 얘기."

마마인 려화가 안나의 맨션까지 찾아온 것은 그날 밤이었다.

"뭔데요?"

"사타케 씨 말인데, 오래 끌 것 같아."

려화는 일본어로 안나와 대화했다. 대만 출신 려화는 상하이어를 하지 못한다.

"어째서."

"그게 있지, 이번 체포는 도박 건뿐이 아닌 모양이야. 나도 조사받으면서 주워듣고 왔는데 토막 살인 사건이 관련되어 있는 것 같아."

"토막 살인 사건이라니 뭐예요?"

안나는 다리에 와서 시끄럽게 달라붙는 개를 쫓아 버렸다. 려화는 담배에 불을 붙이고 안나의 눈치를 살폈다.

"몰라? 3주 정도 전에 토막 살인 시체가 발견됐어. 살해당한 건 그 야마모토인가 하는 손님이래."

안나는 경악했다.

"야마모토라니, 손님으로 오던 그 야마모토 씨? 안나한테 끈질기게 굴던."

"그렇대. 다들 놀라고 있어."

"믿을 수 없어요."

야마모토는 언제나 안나를 지명해 한시도 옆에서 떼어 놓지 않았다. 앞에 앉으면 손을 잡고, 취해서 소파에 쓰러트리려 했던 적마저 있다. 안나가 두려웠던 것은 그가 집요했기 때문이 아니라 쓸쓸해하고 있음이 뻔히 보였기 때문이었다. 놀이라면 어울리겠지만 쓸쓸한 남자는 질색이다. 그래서 모습이 보이지 않게 된 것을 기뻐하며 그 존재조차 잊고 있었다.

"너한테도 경찰이 찾아올 테니까 빨리 이사 가는 편이 좋아."
려화는 돈이 들어간 안나의 집 실내장식을 값을 매기는 것처럼 둘러보며 말했다.
"어째서."
"야마모토 씨가 끈질긴 손님이라 사타케 씨가 죽였다고 의심받고 있거든. 그리고 중국 마피아에게 의뢰해 토막을 냈다고."
"오빠는 그런 짓 안 해요!"
"하지만 파르코에서 때렸대."
"그건 들어서 알고 있지만…… 그것뿐이에요."
"하지만."
려화는 목소리를 낮췄다.
"사타케 씨, 여자를 하나 죽인 적 있대."
안나는 숨을 멈췄다. 목이 바싹 말라 침을 삼키려고 해도 넘어가지를 않는다.
"그것도 그냥 죽인 게 아니야. 나도 듣고 깜짝 놀랐어. 그걸 들으면 가게 아이들은 무서워서 다 그만둘 거야."
"어떻게 죽였는데요?"
사타케의 늪이 바닥에서 기괴한 빛을 뿜는 것을 안나는 느꼈다.
"옛날에 있지, 사타케 씨가 어느 야쿠자의 해결사 같은 일을 하던 무렵 이야기야. 이 일대의 유명한 야쿠자인 것 같은데, 그 사람은 이미 죽었대. 그 야쿠자는 각성제를 팔거나 매춘을 알선하면서 돈을 벌고 있었어. 그리고 사타케 씨가 거기서 도망치는 여자들을 다시 끌어 오거나 빚을 받으러 다니는 일을 맡아서 하고 있었다나 봐. 어느 날, 가게의 여자 하나가 몰래 빠져나갔대. 수완 좋은 어느 여자가 다른 가게에 몰래 알선한 거야. 그래서 사타케 씨가 그 여자를 잡아다 방에 가둬 놓고 고문하는 것처럼 한참을 괴롭히다 죽였대."

"괴롭히다 죽이다니요?"

안나는 목소리가 떨리는 것을 억누를 수 없었다. 어렸을 적 가족끼리 상하이에서 남경으로 여행 갔을 때를 떠올렸다. 그곳의 전쟁박물관에서 본 무시무시한 인형. 사타케의 늪. 그 바닥에 숨은 것은 이러한 역겨운 과거였다.

"지독해."

려화는 또렷하게 아치형으로 그린 눈썹을 크게 찡그렸다.

"인간이 할 짓이 아니야. 발가벗겨 놓고 한참을 구타하다가 강간하고, 거의 기절해 있는 여자의 눈을 뜨게 하려는 것처럼 나이프로 몇 군데나 찔렀대. 피투성이가 된 여자를 다시 강간했대. 여자의 시체는 멍투성이에 이도 빠져 있고 정말 참혹했대. 그 야쿠자도 놀라서 사타케 씨를 멀리했다고 해."

안나는 긴 비명을 지르고 있었다. 어느새 려화의 모습은 사라지고 없고, 그저 의아한 듯이 고개를 갸웃거리는 토이푸들이 안나의 옆에서 작은 꼬리를 흔들고 있었다.

"주엘."

매달리는 듯한 안나의 목소리에 응해 개는 기쁜 듯이 짖었다. 이 개를 샀을 때를 떠올린다. 진심으로 귀엽다고 생각하는 것을 가까이에 두고 싶다, 그렇게 생각해 동물 가게에 갔던 것이다. 그 중에서도 가장 예쁜 개를 골랐다. 그것과 같다. 자신이 개를 가지고 싶어 하는 것처럼, 남자가 여자를 원하는 일도 있다는 사실을 안나는 깨달았다. 그리고 사타케에게도 그 정도의 안나밖에 살지 않았다는 사실을. 그가 자신을 귀여워했던 것은 자신이 주엘을 귀여워하는 정도와 같았던 것이다. 사타케의 늪에는 결코 들어갈 수 없다. 안나는 울음을 터트렸다.

마사코의 집에 형사가 온 것은 사건이 신문에 크게 보도되고 나흘 뒤였다. 이미 공장에서 형사의 방문을 받고 간단한 질문에 대답했던 마사코는 언젠가 자택에도 찾아올 것을 각오하고 있었다. 도시락 공장에서 마사코가 야요이와 가장 친하다는 것은 널리 알려진 사실이기 때문이다. 그러나 이 집 욕실에서 겐지를 해체했다는 사실이 절대 들통 나지 않으리라는 자신은 있었다. 야요이를 도운 이유를 스스로도 모르겠는데 하물며 타인은 분명 그 동기를 헤아리지 못하리라는 확신이 있었기 때문이다.
"피곤하신데 실례합니다. 금방 끝날 겁니다."
이마이라는 젊은 남자는 공장에 온 두 형사 중 한쪽이었다. 공장의 야근 체제를 알아서인지 오전 중에 방문한 것 때문에 몹시도 몸 둘 바 몰라 하고 있다. 마사코는 시계를 봤다. 아직 오전 9시가 좀 지난 시간이었다.
"괜찮습니다. 돌아가시면 자죠."
"그렇습니까. 그나저나 남들과는 참 다른 방식의 생활이로군요. 가족 분들께 지장은 없습니까?"
마사코의 솔직한 말에 이마이는 핵심으로 파고 들어왔다. 마사코는 이마이가 젊다고 해서 얕보면 안 되겠다고 경계했다.

"다들 익숙하니까요."

"그건 그렇겠지만 집안의 중요한 어머니가 밤에 없다는 것은 남편 분도 아드님도 걱정이지 않을까요."

"글쎄요, 어떨까요."

자신이 이 집에서 중요한 존재라고 할 수 있을까. 마사코는 거실에 이마이를 맞아들이며 쓸쓸하게 웃었다.

"그야 걱정되죠. 남자는 그런 법입니다. 여자가 하룻밤 밖에 나가 있으면 걱정될 거라고 생각합니다."

이마이는 울컥해서 말한다. 마사코는 자신도 테이블 앞에 앉아 차도 내지 않고 정면에서 이마이와 마주 봤다. 형사란 젊으면서 발상이 자유롭지 못한 인종이라고 생각한다. 그런 마사코의 기분을 뒷전으로 하얀 폴로셔츠 차림의 이마이는 손에 들고 있던 옅은 갈색 재킷을 한가로이 의자 위에 올려놓았다.

"가토리 씨는 야근을 나가는 일에 대해 남편 분과 협의하셨습니까?"

"아뇨, 딱히. 그저 힘들 텐데 괜찮겠냐고 걱정은 해 주더군요."

거짓말이었다. 요시키는 마사코의 선택에 아무 말도 하지 않았고 노부키는 그 무렵부터 입을 꾹 다물고 있었다.

"그렇습니까."

이마이는 납득이 조금 가지 않는다는 것처럼 고개를 갸웃거리며 수첩을 폈다.

"실은 말입니다, 피해자인 야마모토 씨 댁도 그렇지만 저는 평범한 회사원인 남편 분이 아내가 야근에 나가는데 어째서 반대하지 않는 건지 신기하더라고요."

마사코는 뜻밖의 이마이의 말에 고개를 들었다.
"어째서 말인가요?"
"우선 생활이 반대가 되죠. 가족과 어긋나게 되어 의사소통이 성립하지 않게 됩니다. 그리고 야근에 간다고 해 놓고 사실은 뭘 하고 있는지 모른다는 것도 있죠. 그럴 거면 당연히 일반적인 주간 근무가 낫습니다."
마사코는 숨을 삼켰다. 이마이가 야요이의 남자관계를 의심하고 있다는 것을 깨달았기 때문이다. 과연 형사의 상상력이란 그쪽으로 향하는 법이라고 크게 납득한다.
"저는 제쳐 두고, 야요이 씨는 아이가 있다는 이유로 주간 파트타임을 하다가 해고된 경험이 있습니다. 그래서 야근밖에 선택할 수 없었다고 본인이 말했는데요."
"그렇게 들었습니다. 하지만 그렇게까지 하는 야근만의 이점이라도 있는 건가 싶었던 겁니다."
"없다고 생각합니다."
마사코는 말을 끊었다. 끈질긴 이마이가 성가셨지만 얼굴에는 드러내지 말아야겠다고 생각한다.
"있다면 시급이 25퍼센트 높다는 것뿐이겠죠."
"단지 그것 때문입니까?"
"단지 그것 때문이라고 하시는데, 그 단조로운 일을 세 시간 적게 할 수 있으면서 같은 급료라면 그쪽이 훨씬 좋다고 생각하는데요. 시간이 허락한다면 말이죠."
"그렇게 되는 겁니까?"
이마이는 아직 석연치 않은 모양이다.

"형사님은 파트타임을 한 적이 없어서 모르시겠지요."

"그야 남자니까 한 적이 없지요."

이마이는 진지하게 대답한다.

"혹시나 해 보시거든 조금이라도 시급이 높고 조금이라도 편한 일을 하고 싶다고 생각하실 겁니다."

"밤낮이 거꾸로 돼도 말입니까?"

"그렇습니다."

"그렇군요. 그럼 야요이 씨께서는 어째서 필사적으로 일을 하고 있었던 걸까요?"

"생활을 위해서겠죠."

"겐지 씨의 수입만으로는 생활이 힘들기 때문입니까?"

"잘 모르겠지만 그렇다고 생각합니다."

"겐지 씨가 방탕했기 때문 아닙니까? 다시 말해 돈 때문이 아니라 일부러 싫어지라고 그런 거랄까. 얼굴을 마주치고 싶지 않았다고 할까."

"그것까지는 모릅니다."

마사코는 단호하게 말했다.

"그런 이야기는 들은 적도 없고, 적어도 그런 여유로운 이유에서가 아니었다고 생각합니다."

"여유롭다고요?"

"형사님이 말한 것처럼 일부러 싫어지라고 그랬다는 둥 하는 것 말입니다. 야요이 씨는 필사적으로 아이들을 기르고 필사적으로 일하고 있었으니까요."

이마이는 고개를 끄덕였다.

"그건 제가 말이 지나쳤습니다. 죄송합니다. 다만 겐지 씨는 부부 공동 적금을 전부 써 버린 것 같더군요."

마사코는 처음 들었다는 얼굴을 하고 놀란 반응을 보인다.

"사실인가요? 어쩌다가."

"지금으로서는 술집과 바카라 도박 때문으로 조사가 되었습니다. 가토리 씨는 야요이 씨와 공장에서 가장 사이가 좋다고 들었기에 단도직입적으로 묻겠습니다만, 야마모토 씨 댁 부부 사이는 어땠습니까."

"모르겠네요. 야요이 씨는 그런 이야기는 전혀 하지 않았거든요."

"하지만 여자 분들은 곧잘 서로 그런 푸념을 하지 않습니까?"

이마이는 의심스러운 듯이 마사코의 눈을 쳐다봤다.

"사람에 따라 다르다고 생각합니다. 야요이 씨는 그런 사람이 아니었던 거죠."

"과연. 훌륭한 부인이군요. 하지만 근처 탐문 수사에 의하면 자주 부부 싸움 하는 소리가 들렸다고 하던데요."

"몰랐어요."

그날 밤 자신이 차로 달려갔던 것을 이 형사는 알고 있는 게 아닐까. 마사코는 불안해져서 저도 모르게 이마이의 눈을 봤다. 이마이는 값을 매기는 것처럼 마사코를 조용하게 마주 쳐다본다.

"겐지 씨는 최근 유흥이 지나쳤는지 야요이 씨와도 사이가 원만하지 않았다는 이야기가 있습니다. 이것은 겐지 씨의 회사 분께 들은 말인데 겐지 씨가 회사 사람에게 불평을 한 적이 있다고 하더군요. 부인과는 최근 들어 자주 싸우곤 해서 공장에 출근할 때까지 자기가 돌아갈 수가 없다고요. 하지만 야요이 씨는 그런 일 없었고, 늦어진 건 그날뿐이었다고 주장하고 있습니다. 이상하지요. 어째서 그런 거짓말을 할 필요가 있는 걸까요. 야요이 씨가 당신에게 그런 이야기를 한 적은 없습니까?"

"전혀 듣지 못했습니다."

마사코는 고개를 젓고 반격했다.

"그럼 형사님은 야요이 씨를 의심하고 있는 건가요?"

이마이는 황급히 부정했다.

"당치도 않습니다. 그저 제가 야요이 씨라면 필시 화가 나겠구나 싶어서요. 이쪽은 야근까지 다니며 노력하고 있는데 남편은 적금을 깨서 여자를 쫓아 술집에 다니고 매일 밤 바카라를 하다가 져서 진탕 취해 돌아오다니. 자신이 열심히 물을 길어 오는데, 저쪽에서 첨벙첨벙 낭비하고 있는 격 아닙니까. 몹시 헛된 일을 하고 있다는 무력감이 들지 않을까요. 괴로운 일이지요. 보통 남자라면 아내가 야근 따위 안 하고 집에 있기를 바랄 텐데 겐지 씨는 오히려 그것을 환영하는 것도 같았습니다. 그래서 사이가 나빴던 것 아닌가 생각했던 건데요."

"그렇군요. 저는 하나도 몰랐네요."

시치미를 떼면서도 이마이가 한 말이 정곡을 찌르고 있는 것을 마사코는 얄궂게 여기며 듣고 있다.

"다시 말해 야요이 씨는 참을성이 강한 분이라는 걸까요."

"그렇다고 생각합니다."

이마이는 수첩에서 얼굴을 들었다.

"가토리 씨. 그럴 때 여자는 새 연인을 찾곤 하지 않겠습니까?"

"사람에 따라 다르겠지만 야요이는, 그녀는 그런 타입이 아닙니다."
"그럼 공장에서도 사귀는 남자는 없었던 겁니까?"
"없습니다. 절대 없다고 생각합니다."
마사코는 딱 잘라 부정했다. 이마이가 자신에게 묻고 싶었던 점이 느닷없이 드러난 느낌이었다.
"그럼 바깥에서는 어떻습니까?"
"모릅니다."
이마이는 얼마 동안 주저하다가 메모를 보였다.
"실은 그날 밤이 쉬는 날이었던 종업원이 다섯 명 정도 있습니다만, 이중에 야마모토 씨와 친하게 지내는 남자는 없습니까?"
마지막 줄에 '미야모리 가즈오'의 이름이 있는 것을 확인하고 마사코의 심장 고동이 빨라졌다. 그러나 단호하게 떨쳐 냈다.
"없습니다. 그 사람은 성실한 사람입니다."
"그렇습니까?"
"저어, 다시 말해 형사님은 이렇게 생각하고 계신 겁니까. 야요이 씨에게 연인이 있어서, 그 사람이 남편 분을 어떻게 한 거라고요."
"아뇨, 당치 않습니다."
이마이는 쓴웃음을 짓는다.
"생각이 지나치십니다."
그러나 이마이의 상상은 분명 그쪽으로 향하고 있었다. 야요이에게 공범이 있으며 그것은 남자. 그 남자가 야요이의 살인을 도와 시체를 처리했다고 생각하고 있는 것이다.

"야요이 씨는 좋은 아내에 좋은 어머니입니다. 그 이외의 말로는 그 사람을 말할 수 없다고 생각합니다."

마사코는 그것이 진실이라고 생각하고 있었다. 야요이는 그야말로 현모양처였다. 그렇기 때문에 겐지의 배신을 알았을 때 야차가 되어 겐지를 죽인 것이다. 차라리 야요이에게 연인이 있어 즐겁게 놀아나기나 했더라면 이런 결과는 나지 않았을 것이다. 이마이의 생각은 반대 방향으로 향하고 있다.

"그렇습니까?"

이마이는 아직 의심을 다 못 버리겠다는 듯이 미련스레 수첩을 보고 있다. 마사코는 자리를 떠서 냉장고에서 보리차를 꺼내 와 잔에 따랐다. 이마이에게 권하자 이마이는 목례를 한번 하고 단숨에 들이켰다. 울대뼈가 움직인다. 노부키의 울대뼈, 시체의 울대뼈. 그것들을 연상하고 마사코는 잠시 쳐다보다가 이내 천천히 시선을 돌렸다.

"만일을 위해 여쭙는 건데 지난주 목요일 밤, 다시 말해 수요일 이른 아침부터 낮에 걸쳐서는 무엇을 하고 계셨습니까."

잔을 내려놓은 이마이는 헛기침을 하며 마사코를 봤다.

"저는 평소와 마찬가지로 공장에 갔습니다. 야요이 씨와도 만났고, 언제나와 같이 일을 하고 같은 시간에 돌아왔습니다."

"하지만 가토리 씨는 평소보다 늦게 출근하셨죠."

수첩을 보면서 이마이는 짐짓 아무렇지 않다는 듯 말을 꺼냈다. 그날 밤 지각 일보 직전에 공장에 들어갔던 것에 대한 이야기였다. 거기까지 조사했을 줄은 몰랐다. 허를 찔려 초조해하면서도 얼굴에는 티를 내지 않고 고개를 끄덕였다.

"그랬는지도 모릅니다. 길이 막혀서 늦었습니다."

"여기서 무사시무라야면 차로 가시겠군요. 밖에 세워진 카롤라로 다니십니까?"

이마이는 손에 든 볼펜으로 현관을 가리켰다.

"네, 그렇습니다."

"저 차는 가토리 씨 전용입니까?"

"네."

차 트렁크는 분명 청소는 했지만 감식이 나서서 조사하면 뭔가 나올지도 모른다. 마사코는 불안을 감추기 위해 담배에 불을 붙였다. 다행히도 손은 떨리지 않는다.

"야근이 끝나고 그날은 무엇을?"

"네, 6시 전에 돌아와서 그 뒤로 아침을 차려서 가족과 함께 식사를 했는데요. 가족들이 나간 후에 빨래며 청소를 하고 9시가 넘어서는 잠을 잤습니다. 평소와 다름없습니다."

"그 사이에 야요이 씨와 이야기는 나누지 않으셨습니까?"

"아뇨, 공장에서 만난 게 답니다."

생각지 못했던 목소리가 거실에 울려 퍼졌다.

"그날 밤 야마모토 씨한테서 전화 왔잖아."

깜짝 놀라 돌아보니 거실 입구에 노부키가 서 있었다. 마사코는 노부키가 말을 한 것을 듣고 멍하니 있었다. 오늘 아침 노부키가 방을 나오지 않기에 가만히 놔뒀는데 그러고서 집에 있는 것을 새까맣게 잊고 있었던 것이다.

"이분은?"

침착한 목소리로 이마이가 물었다.

"장남입니다."

이마이는 노부키에게 가볍게 인사한 후 흥미를 느꼈는지 노부키와 마사코 쌍방을 보면서 물었다.

"전화가 왔던 것은 몇 시경입니까?"

마사코는 질문에 대답하지 못하고 멍하니 노부키의 얼굴을 쳐다보고 있었다. 거의 1년 만에 들은 아들의 말이 그 전화에 대한 것이라니. 그것은 마사코에 대한 복수로만 여겨졌다. 복수라면, 자신의 무엇에 대해서일까.

"가토리 씨."

이마이가 다시 한 번 물었다.

"가토리 씨, 전화에 대해서입니다만."

제정신으로 돌아온다.

"죄송합니다. 이 아이가 말하는 걸 들은 게 너무 오랜만이라."

자기에 대한 이야기로 넘어가자 노부키는 불쾌한 듯이 등을 굽히고 그곳을 나가려 했다.

"그 말은 즉?"

"아무것도 아냐."

노부키는 그렇게 내뱉더니 거실 문을 쾅 소리가 나게 닫은 후 바깥으로 뛰어나갔다.

"죄송합니다. 저 아이는 고등학교를 퇴학당하고 집에서 말을 하지 않게 되었거든요."

마사코는 어머니다운 변명투로 설명한다.

"그렇군요. 저 나이 대 아이들은 큰일이지요. 전에 소년과에 있었기 때문에 잘 압니다."

"그런 아이가 말을 해서 놀라서 그만."
"이 사건이 충격인 거겠죠."
이마이는 그럴듯하게 고개를 끄덕이고 있지만 입술을 핥으며 빨리 이야기를 마저 하고 싶다는 눈치가 빤히 보였다. 마사코는 이야기를 돌렸다.
"전화 말인데, 화요일 밤에 걸려 온 걸 말한 것 같습니다."
"화요일 밤이면 20일이지요. 몇 시경입니까?"
이마이가 기세를 담았다.
"11시가 지나서였나."
마사코는 생각하는 것처럼 대답한다.
"남편이 아직 돌아오지 않는데 어쩌지 하는 전화였습니다. 그래서 괜찮으니까 공장에 나와 하고 말했던 것 같습니다."
"하지만 그런 일은 몇 번인가 있었죠. 왜 유독 그날만 야요이 씨는 전화를 했던 걸까요?"
"몇 번이나 그랬다고는 듣지 못했습니다. 대체로 11시 30분까지는 집에 돌아왔다고 했지요. 다만 그날은 아이가 보채고 있어서 걱정이라고 했습니다."
"그건 어째서?"
"뭐라더라. 고양이가 없어져서 기분이 나쁘다고 했습니다."
마사코는 나오는 대로 말했다. 나중에 입을 맞출 필요가 있다. 그것을 기억해 두어야만 하는 것뿐이다. 하지만 고양이 일은 사실이니까 괜찮으리라고 보고 있었다.
"아아, 그렇군요."
이마이는 아직 의심스러운 듯했다.

검은 환상 363

그때 세탁기에서 빨래가 끝났음을 알리는 경보음이 울렸다.
"저건?"
"세탁기입니다."
"호오, 욕실을 잠시 볼 수 있을까요?"
느긋하게 말하며 이마이는 자리에서 일어났다. 마사코는 내심 속이 싸늘하게 얼어붙는 것을 느끼며 고개를 끄덕이고 작게 웃어 보였다.
"욕실을요?"
"아니, 개축을 할까 생각 중이라. 여러 댁의 욕실을 보고 다니고 있거든요."
"그러시다면. 이리 오세요."
마사코는 앞서서 이마이를 욕실로 안내했다. 이마이는 두리번두리번 집안을 둘러보면서 뒤를 따라온다.
"좋은 집이군요. 세운 지 얼마 안 됐습니까?"
"네. 3년 전에 세웠습니다."
"이야, 욕실도 넓군요. 좋은데."
이마이는 욕실을 둘러보며 감탄한 목소리로 말했다. 여기서 겐지가 토막 났을 가능성을 이마이가 백에 하나는 생각하고 있음을 마사코는 깨달았다. 요주의다.
"아드님은 항상 댁에 계십니까?"
욕실 구경이 끝나고 현관에서 모양이 망가진 구두를 신으면서 이마이는 돌아봤다. 마사코는 작은 거짓말을 했다. 사실 노부키는 대부분 정시에 아르바이트에 나갔다.
"있었다가 없었다가 저 좋을 대로입니다."

이마이가 돌아간 후 마사코는 2층 노부키의 방으로 올라갔다. 거기서는 집 앞에 난 길이 내려다보이기 때문이었다. 마사코는 레이스커튼 너머로 바깥을 내다봤다. 예상대로 이마이는 아직 가지 않고 서서 건너편 조성지에서 마사코의 집을 바라보고 있었다. 아니, 바라보고 있는 것은 집이 아니었다. 마사코의 낡은 카롤라였다.

이마이가 떠나는 것을 확인한 마사코는 야요이에게 곧 전화를 걸었다. 전화를 하기는 신문을 본 후로 처음이었다.

"여보세요."

본인이 낮은 목소리로 받았다. 마사코는 가슴을 쓸어내렸다.

"난데, 지금 이야기해도 괜찮아?"

"아아, 마사코 씨."

야요이는 기쁜 듯이 외친다.

"괜찮아, 아무도 없어."

"남편의 친척이나 너희 어머니는?"

"시어머님은 경찰 조사. 아주버님은 이미 돌아가셨고, 어머니는 대신 장 봐 주신다고 나가셨어."

야요이는 부모의 보호 아래 놓여 편안한 모양이었다.

"그래. 감시는 받고 있지 않아?"

"그게 있지, 어떻게 된 건지 형사들도 그렇게 안 오게 됐어."

야요이는 남 이야기하듯 태평하게 말했다.

"가부키초의 카지노인가 하는 데에서 그 사람 양복 재킷이 나왔대. 그래서 그쪽을 조사하고 있는 모양이야."

불행 중 다행이었다. 마사코는 안도했으나, 이마이라는 형사에게는 더욱 불안을 느꼈다.
"이마이라는 형사를 조심해."
"아아, 그 키 크고 젊은 사람. 알았어. 하지만 좋은 사람이잖아."
"뭐가 좋은 사람이야."
마사코는 어이가 없었다.
"형사 중에 좋은 사람은 하나도 없어."
"그럴까. 다들 나를 동정하고 있는 것 같아."
마사코는 야요이의 태평한 태도에 분노마저 느낀다.
"하지만 너한테서 그날 밤 전화가 왔었다는 게 들통 났어. 고양이가 없어져서 아이가 기분이 나빴던 거라고 설명해 뒀어."
"생각 잘했다."
야요이는 손뼉을 치며 웃었다. 마치 자신이 죽인 건 잊어버린 것처럼 침착한 목소리를 듣고 마사코의 두 팔에 소름이 돋았다.
"그러니까 말 맞추자고."
"응, 알았어. 하지만 왠지 괜찮을 것 같아. 그런 느낌이 들어."
"너무 우쭐해하지 마."
"알고 있어. 저기, 모레 「와이드쇼」에서 사람들이 온대."
"장례식도 이제 막 끝났는데?"
"응. 거절했는데 끈질겨서 끝내 방송에 나가게 됐어."
"바보구나. 그만둬. 누가 볼지 몰라."
마사코는 나무랐다.
"나도 관두고 싶어. 하지만 어머니가 전화를 받고 홀딱 넘어가 버린 모양이야. 단 3분이면 된다는 말에."

마사코는 말도 없이 가라앉았다. 역시 야요이에게도 시체 처리를 돕게 했어야 했다. 야요이는 자신이 죽인 사실조차도 잊어 가고 있다. 그러나 그 사실이 야요이를 향한 세간의 의심을 덜기에 좋은 건지 나쁜 건지, 그조차도 지금의 마사코는 판단이 서지 않았다.
　아까 노부키가 형사에게 자신을 고발한 것이 크게 걸렸다. 1년 만에 들은 아들의 말이 형사에의 고자질이라니. 이때까지 노부키에게 거리를 두고 지켜보고자 해 왔던 자신을, 노부키는 용서하지 않는 것이라고 느낀다.
　일도 가족도 열심히 꾸려 왔다고 생각했는데 아들에게 용서받을 수 없다니, 자신은 뭘 잘못한 걸까. 보상받고자 생각해서 한 일은 무엇 하나 없는 만큼 노골적인 배신은 충격적이었다. 마사코는 동요하는 마음을 주체하지 못하고 소파 등을 힘껏 움켜쥐었다. 손가락이 푹신한 울 소재에 파고든다. 쥐어뜯을 수 있으면 뜯어 버리고 싶을 정도로 억누를 수 없는 슬픔이 출구를 찾아 포효하고 있었다. 오열을 참으며 마사코는 눈을 감았다.
　빨래 없이 돌아가던 세탁기를 보며 헛돌고 있던 신용금고 시절의 자신을 겹쳐 봤던 적이 있었다. 분명 집에서도 같은 짓을 하고 있었던 거다. 그렇다면 자신의 인생은 대체 뭐였던 걸까. 무엇을 위해 일하고 무엇을 위해 살아가는 것인가. 마모되어 갈 곳을 잃은 자신을 생각하자니 눈물이 넘쳐흘렀다.
　바로 그렇기 때문에 자신은 공장의 밤 근무를 선택한 건지도 모른다. 낮에 자고 밤에 일한다. 몸을 움직여 물먹은 솜처럼 지쳐서 생각을 못하도록 만든다. 가족과 시공간이 반대된 생활을 보낸다.

그것은 분노와 슬픔을 더했을 뿐이었다. 요시키도 노부키도, 아무도 자신을 구할 수 없다.
바로 그렇기 때문에 또한 자신은 경계를 넘은 건지도 몰랐다. 절망이 또 하나의 세계를 바란 것이다. 마사코는 방금까지 몰랐던 야요이를 도운 자신의 동기를 처음 이해했다. 그러나 경계를 넘은 세계에서 뭐가 자신을 기다리고 있는 걸까. 기다리는 건 아무것도 없다. 마사코는 아직까지 하얗게 질려서 소파를 잡고 있는 손끝을 쳐다봤다. 경찰이 와서 잡히든, 야요이를 도운 자신의 진짜 동기를 이해하든, 마사코의 마음에는 이제 아무것도 느껴지지 않는다. 등 뒤에서 문이 닫히는 소리가 몇 번이나 들린다. 마사코는 고독의 한복판에 있었다.

이마이는 쉴 새 없이 땀을 닦으며 본래는 분명 밭길이었을 가느다란 길을 걷고 있었다.
일대에는 개발에서 밀려난 것 같은 작고 오래된 주택들이 늘어서 있었다. 색 바랜 갈색 함석지붕은 처참하게 젖혀져 올라갔고, 거스러미가 일어난 격자문이며 녹슨 홈통이 세운 지 30년은 지났으리라고 상상했다. 어느 집이나 불을 붙이면 금세 활활 타오를 것같이 바싹 마른 목조 주택이다.
본청의 기누가사는 야마모토 겐지가 실종된 당일 들렀다는 가부키초의 클럽과 카지노 경영자를 겨냥해서 신주쿠 서에 죽치고 있다. 이마이는 기누가사와 갈라져 단독으로 탐문 조사를 하기로 했다.

기누가사는 카지노 용의자에게 전과가 있다는 것을 알고 힘이 들어갔지만 이마이는 야요이에게 석연치 않은 점을 느끼고 있었다. 말로는 잘 설명할 수 없는 육감 같은 것이다. 야요이에게는 어딘가 사건의 핵심 같은 것을 필사적으로 숨기는 낌새가 있다. 그것이 자꾸만 마음에 걸렸다.

이마이는 길 한가운데에 멈춰 서서 수첩을 꺼내 페이지를 처음부터 넘겨 보며 생각했다. 수영장에 다녀오는 길인지 머리카락이 젖은 초등학생 무리가 의아한 눈으로 이마이를 곁눈질하며 옆을 지나간다.

야요이가 남편을 죽였다고 치자. 싸움이 끊이지 않았다고 하니까 동기는 충분하다. 발작적으로 죽이고 마는 일은 누구에게나 있을 수 있다. 그러나 야요이의 체격은 여자 중에서도 작은 편이다. 자신이 다치지 않고 죽이려면 남편이 취침 중이든가 만취한 상태라도 아닌 한 어려울 것이다. 그러나 남편은 10시경까지 신주쿠에 있었으며, 바로 집에 돌아갔다 하더라도 11시. 술은 많이 깼을 것이다. 거기다 죽일 정도로 싸움이 커졌으면 이웃에도 들리고 또 아이들도 일어날 것이다. 세이부신주쿠 선의 차량 안에서도 역에서도 야마모토 겐지는 누구에게도 목격되지 않았다. 신주쿠에서부터 자취가 잡히지 않는 것은 어찌 된 이유인가.

만일 야요이가 재주 좋게 남편을 죽이고 모른 척 공장에 갔다고 하자. 그렇다면 시체의 처리는 누가 한 것인가. 야요이의 집 욕실은 좁은 데다 루미놀 반응도 나오지 않았다.

공장 동료 중 누군가가 야요이를 동정해 처리를 도왔다고 해 보자. 여자라고 해서 있을 수 없는 일은 아니다. 의외로 여자와 토막 살인 사건은 상성이 좋다. 이마이는 과거의 토막 살인 사건에 관한 자료를 숙독하고 있었다. 여자가 관련된 토막 살인 사건에 공통된 것은 '임기응변적' 이라는 것과 여자들 사이의 '연대감' 이었다.

충동적으로 살인을 범한 여자는 제일 먼저 시체 처리에 궁해진다. 왜냐하면 힘이 없어 혼자서는 옮길 수 없기 때문이다. 그 때문에 하는 수 없이 토막을 내는 경우가 많다. 남자의 경우 토막을 내는 동기는 신원을 감추기 위해서라든가 엽기적 흥미 때문에 그럴 때도 간간이 있지만, 여자의 경우는 단순히 운반하기 불편하기 때문인 것이다. 임기응변적이라는 것은 이런 점에 근거한 것이다. 후쿠오카에서 미용사가 살해되어 토막이 났던 사건이 있었는데 범인인 여자는 죽인 후 시체를 옮길 수 없음을 깨닫고 해체해 버리러 갔다.

또한 여자는 서로 처지가 닮았으면 동정심에서 공범 관계가 되기 쉽다. 딸이 주정뱅이 남편을 죽인 후 어머니에게 울며 매달리자, 그런 남편이면 별수 없다고 동정한 어머니가 함께 시체를 토막 낸 사건도 있다. 친구끼리 한쪽 여자에게 들러붙은 정부 같은 한심한 남자를 공모해 찔러 죽이고 둘이서 작게 해체해 강에 흘려보낸 사건도 있었다. 체포되고 나서도 두 사람은 좋은 일을 했다고 생각한다고 후련한 표정으로 공술했다고 한다.

여자는 매일 요리를 하니까 남자보다 동물의 살이나 피에 훨씬 익숙할 터다. 칼도 잘 쓰고 쓰레기 처리도 능숙하다. 하물며 출산을 경험한 여자라면 인간의 생사에 가장 가까운 위치에 다녀와 본 적이 있는 셈이므로 담도 커진다. 자신의 아내가 좋은 예다. 이마이는 꼭 농담 같지도 않은 마음으로 생각에 잠긴다.

그렇다면 아까 방문한 가토리 마사코가 시체 처리를 도왔다고 가정해 보자.

이마이는 마사코의 태연자약하고 영리해 보이는 얼굴과 넓은 욕실을 떠올렸다. 마사코는 운전할 수 있고 그날 밤따라 이상하게 야요이에게서 전화가 왔다는 것도 수상하다.

야요이가 남편을 충동적으로 죽이고 마사코에게 도움을 청하는 전화를 걸었다고 하자. 마사코는 출근하는 중간에 야요이의 집에 들려 남편의 시체를 자신의 차에 숨긴다. 그러나 그날 밤 두 사람은 아무 일도 없었던 것처럼 출근한 것이다. 마사코만이 아니다. 사이가 좋다고 하는 두 명의 동료, 아즈마 요시에와 조노우치 구니코도 평소와 다름없이 출근했다. 배짱이 너무 좋은 데다가 지나치게 지능적이다. 이마이는 여자의 토막 살인 사례가 '임기응변적' 이라는 분석을 떠올리고 고개를 갸웃거렸다.

다음 날 아침 야요이는 집에 돌아가서 그날은 하루 종일 집에 있었다고 공술하고 있다. 실제로도 그것은 근린 탐문 수사로 증명되었다. 그러니 야요이가 남편의 해체에 참가했다고는 생각하기 힘들다. 그렇다면 마사코가 자택에 야요이의 남편 시체를 가지고 돌아가 혼자서, 혹은 동료와 토막을 낼 수 있을까. 범인인 야요이는 집에 태평히 있는데 마사코와 동료들이 어째서 거기까지 해 줄 필요가 있는가? 야요이의 남편에게 다 같이 원한을 가지고 있었던 건 아니겠고. 이지적인 마사코가 그런 위험부담을 지리라고는 도저히 생각되지 않았다.

게다가 여자들 사이의 '연대감' 이 두 사람에게 있다는 생각이 들지 않는다. 야요이와 마사코의 경우는 그렇게 닮지 않았다. 첫

째로 나이도 환경도 다르다. 야요이는 아직 어린아이가 있고 젊으며 그렇게 유복하지 않다. 마사코는 어째서 야근 같은 걸 나가는 건지 이마이가 이상하게 생각할 정도로 소박하면서도 안정된 생활을 하고 있는 것처럼 보였다. 남편은 일류라고 할 수도 있는 기업에 근무하고 있고 집도 신축 단독 주택이다. 아직껏 좁은 관사에서 살며 아이도 많은 이마이는 부럽게 생각했다. 아들도 다소 문제가 있어 보이지만 열일곱 살이라 의무 양육 기간은 일단 끝났다고 할 수 있겠다. 야근은 그만두더라도 유유자적 살아갈 수 있으리라. 거기다가 들은 얘기로만 따지면 두 사람의 교제는 공장에서만으로 그치고 있는 것 같다.

그렇다면 돈인가. 이마이는 파트타임 노동의 부당한 점을 말했을 때 마사코가 보였던 화난 표정을 떠올렸다. 마사코는 그런 점은 엄격할 것 같다. 그렇다면 야요이가 돈으로 마사코에게 부탁했을 가능성도 있다. 자신은 알리바이를 만들기 위해 갈 수 없으니 처리해 줬으면 한다, 돈이라면 내겠다 하면서. 그렇다면 아즈마 요시에와 조노우치 구니코에게 협력도 청할 수 있을지 모른다. 그러나 그런 경제적 여유는 야요이의 생활을 봐서 도저히 있을 것 같지 않다.

보험금으로 낼 작정이었던 건가. 다른 생각이 떠올랐다. 야요이에게 보험금이 나올 것 같다는 이야기는 들었다. 보험금으로 지불하겠다고 마사코와 동료들에게 제안한 건가. 그렇다면 시체를 토막 낼 필요는 없었다. 보험금을 타려면 신원이 금방 확인되어야 하니까. 이마이는 또다시 문제에 부딪쳤다. 동기라는 점에서도 이마이의 가설은 암초에 올라앉는 것이었다.

이마이는 남편의 시체 사진을 봤을 때 야요이가 격하게 동요했던 모습을 떠올렸다. 그것은 연기가 아니다. 진짜 경악과 공포였다. 야요이가 남편을 해체한 게 아닌 것은 확실했다.

당일 밤, 야마모토 가 부근에서 마사코의 빨간색 카롤라는 목격되지 않았으며 시체가 버려진 K 공원 부근에서도 그런 정보는 없다. 야요이가 남편을 죽이고 마사코에게 의뢰했다거나 마사코 또는 공장 동료 누군가가 자발적으로 시체를 해체했다는 가설을 이마이는 마지못해 접었다.

다음으로 생각한 것은 야요이에게 공범이 될 남자가 있지 않은가 하는 것이었다. 야요이는 미인이고 그것도 가능성이 없지는 않다. 그러나 어디에도 그런 정보는 없었다.

이마이는 수첩에 형광펜으로 표시된 곳을 읽었다. 근처 탐문 수사로 얻은 신경 쓰이는 정보가 적혀 있었다.

야마모토 부부가 시종 부부 싸움을 하고 있었다는 것. 같은 방에서는 자지 않았다는 것. 큰아들이 아버지는 한 번 돌아왔다고 증언하고 있는 것.(그러나 아이가 잠에 취해 있었다고 야요이가 부정하고 있다.) 더욱이 그날 밤 이후 기르는 고양이가 집에 들어오지 않게 됐다는 것 등.

"고양이라."

이마이는 혼잣말을 하며 주위를 봤다. 달맞이꽃이 우거진 초라한 단층 주택 정원에 갈색 얼룩 고양이가 경계하는 것처럼 이쪽을 보고 허리를 구부리고 있었다. 이마이는 고양이의 노란색 눈을 쳐다봤다. 당일 밤 야마모토 가의 고양이는 뭔가를 목격한 건지도 모른다. 그래서 겁을 먹고 집에 돌아오지 않게 된 것이 아닐까. 그러나 고양이를 심문할 수는 없는 노릇이다. 이마이는 쓴웃음을 지었다.

그나저나 덥다. 이마이는 구깃구깃한 손수건으로 땀을 닦으며 걸음을 옮겼다. 조금 앞에 보인 옛 향수가 느껴지는 구멍가게에 들어가 차가운 우롱차를 사서 그 자리에서 들이켰다. 살찐 중년 남자가 한가로이 액정 텔레비전을 쳐다보고 있는 것을 보고 이마이는 말을 걸었다.

"아즈마 씨 댁은 어느 쪽입니까?"

가게 주인은 모퉁이 집을 가리켰다.

"감사합니다. 아즈마 씨 댁은 남편 분이 돌아가셨다고요."

"그렇지. 몇 년이나 전에. 거기는 몸져누운 할머니가 있어서 고생이 이만저만이 아니야. 거기다 손자도 있고. 오늘도 과자를 사러 왔더랬지."

그런 환경에서는 아무 이익도 안 되는 시체 처리를 도울 여력은 없으리라. 이마이는 자신이 생각한 가정이 아침 이슬처럼 점점 사라져 가는 것을 느꼈다.

요시에의 집 현관문을 연 이마이는 코를 찌르는 대변 냄새에 멈칫했다. 현관에서 방 안쪽까지 다 들여다보이는 작은 집 안에서 요시에는 몸져누웠다는 노인의 배설물 처리에 한창이었다.

"아, 이거 실례합니다."

"누구?"

"무사시야마토 서의 이마이라고 합니다만."

"형사님? 지금 손을 못 놓는데 나중에 와 주겠어?"

요시에의 고함 소리에 이마이는 다시 찾아와야 하나 망설였다. 그러나 기껏 왔으니까 이대로 해야겠다고 생각을 바꿨다.
"그럼 죄송하지만 그대로 이야기해 주실 수 있겠습니까?"
"그건 괜찮은데."
요시에는 불쾌한 듯 돌아봤다. 머리가 헝클어지고 이마에는 땀방울이 맺혔다.
"당신, 냄새나지."
"아뇨, 저야말로 바쁠 때 죄송합니다."
"뭘 물으러 온 거야. 야요이 때문에?"
"그렇습니다. 사이가 좋다고 들었거든요."
"딱히 좋은 건 아니야. 나이가 이렇게 차이가 나는데."
요시에는 영차 하는 기합과 함께 노인의 두 다리를 들어 올리고 화장지로 더러워진 엉덩이를 닦기 시작했다. 이마이는 눈 둘 곳을 모르고 얼굴을 돌려 현관에 아무렇게나 벗어져 있는 만화 그림이 들어간 작은 운동화를 쳐다봤다. 오른쪽의 싱크대와 가스레인지만 딸랑 있는 어두운 부엌 바닥에서 어린 사내아이가 앉아 멍하니 주스를 마시고 있는 것을 깨달았다. 이게 요시에의 손자인 모양이다. 이 좁은 집에서는 시체를 옮겨다가 토막을 내는 것은 도저히 무리일 것 같다. 욕실을 볼 것까지도 없었다.
"최근 야요이 씨에게 특이한 점은 없었습니까?"
"그러니까, 난 아무것도 몰라."
엉덩이를 다 닦은 요시에는 새 기저귀를 노인의 허리에 채웠다.
"그러시군요. 그럼 야요이 씨는 어떤 사람입니까?"
"성실한 아내."

바로 대답이 돌아왔다.
"그 아이는 아내로서 성실해서 남편이 그렇게 죽어 정말 가엾다고 생각해."
요시에의 말끝이 떨린 것은 육체적으로 힘이 들어가는 일을 하고 있기 때문이리라고 이마이는 생각했다.
"야마모토 씨는 전날에 공장에서 넘어졌다고 들었는데요."
"용케 알고 있네."
요시에는 이마이의 얼굴을 봤다.
"그래, 맞아. 돈가스 소스 통에 발이 걸렸어."
"그건 뭔가 원인이라도 있었을까요? 근심이 있다든가."
"설마. 공장에서는 누구나 다 미끄러져."
요시에는 진저리가 난 것처럼 내뱉으며 더러워진 기저귀를 들고 일어섰다. 그것을 아이가 노는 부엌 입구에 아무렇게나 놔두고 중노동으로 굽은 허리를 펴며 이마이를 돌아보았다.
"그리고 또 뭘 묻고 싶어?"
"그렇군요. 그럼 아즈마 씨는 수요일 아침에 무엇을 하고 계셨습니까?"
"이거랑 같은 일을 했지."
"그날 저녁까지는?"
"이거랑 같은 일."
이마이는 인사를 하고 허둥지둥 요시에의 집을 뒤로했다. 야근 뒤 몸져누운 노인의 수발을 드는 요시에의 고생을 목격하고 맥을 못 추고 있었다. 공장에서 기누가사와 묻고 다녔을 때는 안절부절못하고 있기에 왠지 수상하다고 생각했는데, 헛짚어도 아주 단단히 헛짚었다.

다음으로 찾아갈 곳은 또 한 명의 동료인 조노우치 구니코라는 파트타임 종업원의 집이었다. 그러나 이마이는 슬슬 귀찮아졌다. 다시 같은 구멍가게에 들러 두 개째의 우롱차를 들이켰다.

"아즈마 씨 있던가?"

가게 주인이 물었다.

"네, 바쁜 것 같았습니다. 그런데 지난주 수요일에 아즈마 씨가 어디 외출을 하지 않았습니까?"

"수요일?"

되묻는 가게 주인의 눈에 수상쩍은 것을 보는 듯한 불투명한 기분을 느끼고 이마이는 경찰수첩을 보였다.

"실은 같은 공장에서 토막 살인 사건의 피해자 부인이 함께 일하고 있어서요."

"아아, 그거."

가게 주인의 눈이 반짝였다.

"끔찍한 이야기지. 그래, 맞아. 피해자 부인이 도시락 공장 다닌다고 했어."

"아즈마 씨, 수요일은 어땠습니까?"

"그 사람은 늘 집에 붙들려 매여 있어."

가게 주인은 어째서 요시에에 대해 묻는 거냐고 호기심을 노골적으로 드러내며 물었다. 이마이는 아무 말도 하지 않고 가게를 나왔다. 이미 이곳에서의 탐문 수사는 헛된 노력임을 느끼기 시작하고 있었다.

도중에 히가시야마토 역 앞에서 냉면을 먹고 구니코의 집에 도착했을 때는 이미 오후 늦은 시간이다. 인터폰을 눌러도 아무도 응답이 없다. 몇 번이나 누르다가 포기하고 돌아가려고 발길을 돌린 그때, 수화기를 드는 소리가 나며 퉁명스러운 여자 목소리가 들렸다.

"네, 누구세요."

이마이가 이름을 대자 곧 문이 열렸다. 한눈에 보아도 자다 나온 듯한 무뚝뚝한 표정으로 구니코가 얼굴을 내밀었다.

"죄송합니다, 주무시는 중에."

구니코라는 여자는 이마이가 갑작스럽게 와서 겁을 먹은 듯 눈을 깔았다. 이마이는 흥미를 느끼고 구니코의 집 안을 둘러봤다.

"항상 이 시간에 주무십니까?"

"네. 밤새도록 일하는걸요."

"남편께서는 직장인이십니까?"

"네, 뭐."

구니코는 말을 흐렸다.

"어느 회사에 나가십니까?"

이마이는 상대의 의식의 틈새에 재빨리 끼어들었다. 이렇게 하면 금방 허점이 나온다.

"실은 그만뒀어요. 그리고 지금은 별거 중입니다."

"별거 말입니까."

직업적 감이 움직인다. 그러나 야요이와 관계가 있다는 생각은 들지 않았다.

"그 이유를 여쭤도 되겠습니까?"

"특별한 이유가 있어서가 아니라, 그냥 사이가 원만하지 않았던 것뿐이에요."

구니코는 속옷을 입지 않은 게 빤히 보이는 늘어진 가슴을 티셔츠 아래로 흔들며 백 안에서 담배를 꺼냈다. 이마이는 안쪽 방을 둘러봤다. 어질러진 침대가 보였다. 이런 여자와 사는 것은 우울할 것이라고 생각하며, 이마이는 구니코가 입술 끝에 담배를 물고 피우는 모습을 보통 남자의 눈으로 쳐다봤다.

"야요이 씨와 사이가 좋았다고 들은지라 그에 대해 여쭙고 싶은데요."

"별로, 그렇게 사이좋지 않아요."

구니코는 옆을 본 채로 말했다.

"그렇습니까? 공장에서는 네 분이서 항상 행동하고 있다고 들었는데요."

"공장에서는요. 하지만 그 사람은 거만하달까 얼굴도 귀여운 거 은근히 자랑하고. 그만큼 친하지 않아요."

이마이는 구니코의 마음속에 숨은 악의를 알아챘다. 야요이에 대해 동정심이 없는 걸까. 야요이는 피해자의 아내로, 세간이 보기에는 가엾은 입장에 있는데.

요시에도 구니코도 야요이와 사이가 그다지 좋지 않다고 주장하는 것은 어째서일까. 이마이의 마음에 작게 걸리는 것이 생겨났다. 공장에서 들은 이야기로는 언제나 넷이서 행동하며 일이 끝난 후에도 차를 마시며 수다를 떨다가 돌아가는 것을 일과로 하고 있었다지 않은가. 이때까지의 경험상, 그런 경우의 주위 반응이란 대체로 지나치다 싶을 만큼 동정적인 법인데.

검은 환상 379

"그럼 공장 외에서는 교제가 없는 거지요."

"거의 없네요."

구니코는 쌀쌀맞게 말하더니 자리에서 일어나 냉장고에 가서 생수 페트병을 꺼내 물을 잔에 따랐다.

"드실래요? 그냥 수돗물이지만."

"아뇨, 괜찮습니다."

구니코가 냉장고를 열었을 때 이마이는 잽싸게 안을 확인했다. 주부가 있다는 게 믿기지 않을 정도로 아무것도 없었다. 반찬도 음식 재료도, 마실 것 하나도 없다. 이 집에서는 요리라는 것을 하지 않는 건가. 이마이는 이상하게 생각했다. 그러고 보니 구니코의 소지품이나 입고 있는 것은 상당히 비싸 보이는 데에 비해 음악 시디나 책도 보이지 않고 방 전체에 빈곤함이 떠돌고 있었다.

"요리 안 하십니까?"

이마이는 방구석에 버려진 도시락 용기를 바라보며 말했다.

"싫어해서요."

구니코는 얼굴을 찡그리며 내뱉었다. 그러나 곧 부끄럽다는 얼굴로 변했다. 허영이 심하다고 이마이는 생각한다.

"그러시군요. 실은 토막 살인 사건에 대해서 말인데요, 조노우치 씨는 수요일 밤에 일을 쉬셨죠. 그 이유를 가르쳐 주시면 좋겠습니다."

"수요일?"

철렁한 것처럼 구니코는 홈이 파인 통통한 손을 가슴에 댔다.

"네. 그 전날 밤, 다시 말해 화요일 심야부터 야마모토 씨의 남편 분이 행방불명됐다가 금요일에 토막 살인 시체로 발견되었는데 조노우치 씨는 수요일 밤에 일을 쉬셨죠. 그래서 일단 그 이유를 묻고자."

구니코는 허둥댔다.

"분명 배가 아파서 공장에 가는 게 귀찮아져서 쉬었던 것 같아요."

확인하기 위해 사이를 뒀다가 이마이는 말을 이었다.

"야요이 씨에게는 연인이 혹시 없었습니까?"

"글쎄요."

구니코는 어깨를 으쓱였다.

"없지 않을까요?"

"마사코 씨는 어떻습니까?"

"마사코 씨?"

생각지 못한 이름이 나와서 놀란 건지 구니코는 얼빠진 목소리로 되물었다.

"네, 가토리 마사코 씨 말입니다."

"없겠죠. 그런 무서운 사람한테."

"무섭습니까?"

"네, 무섭다고 할까."

달리 표현할 말을 모르겠는지 구니코는 입을 다물었다. 이마이는 그것이 구니코의 본심이라고 생각하고 잠자코 기다렸다. 그렇지만 마사코의 어디가 그렇게 무섭다는 건가. 이마이는 고개를 갸우뚱했다.

"어쨌든 그런 공장은 이제 그만두려고요. 토막 살인 사건 같은 거나 일어나고 재수가 없어서."

구니코는 이야기를 바꾸는 쪽으로 끌고 갔다. 이마이는 고개를 끄덕였다.
"그렇겠군요. 그럼 새 직장을 찾으시는 겁니까?"
"주간에 하는 일로 바꿀까 싶어요. 거기는 치한도 나오고 뭔가 뒤숭숭하잖아요."
"치한?"
처음 듣는 이야기였다. 이마이는 수첩을 열었다.
"공장에 나오는 겁니까?"
"싫어라, 나온다니까 유령 같잖아요."
이야기가 바뀐 순간 구니코는 갑자기 씩씩해졌다.
"관계없다고는 생각하지만 자세히 들려주십시오."
구니코는 올해 4월경부터 치한이 출몰하게 된 경위를 이야기하기 시작했다. 그 이야기를 기록하면서 이마이는 여자들이 야근에 나가는 게 얼마나 힘든 일인지를 생각했다.

구니코의 집을 나오자 오후의 긴 햇살이 콘크리트 주차장을 쨍쨍 내리쬐고 있었다. 이마이는 땡볕 더위 아래에 걸어서 버스 정류장에 가야 할 일과, 또 거기서 버스를 기다리는 시간을 생각하며 후우 한숨을 내쉬었다. 주차장에 색색깔의 차가 세워져 있었다. 유달리 화려한 다크그린 색상의 골프 카브리올레가 눈에 띄었다.
이마이는 이 단지의 누가 이런 차를 타고 다닐까 이마이는 상상하면서도 방에 빈곤함이 떠도는 구니코의 애차라고는 생각도 하지 못했다.
출발점으로 돌아왔다. 이제부터 화요일 밤에 쉬었던 남자 종업원 다섯 명을 찾아가 볼 생각이었는데 그건 다음 날로 미루기로 했다. 그러나 이것으로 자신의 가설이 완전히 무너지면 다시 기누가사에게 주도권을 빼앗긴 채 붙어 다녀야만 한다.

이마이는 우울한 얼굴로 땡볕 더위 속을 걷기 시작했다. 몇 걸음 안 가 땀이 비 오듯 흘러 폴로셔츠 등을 적시기 시작했다.

미야모리 가즈오는 이층침대 상단에 엎드려서 일본어 교재를 읽고 있었다.

시련이라고 생각했던 도시락 공장에서의 노동의 나날에 새로운 시련이 두 가지 더해졌다. 하나는 마사코에게 완전한 용서를 얻는 것. 또 하나는 그것을 위해 일본어에 능숙해지는 것이었다. 흰밥을 벨트컨베이어로 나르는 단순한 작업과는 달리 이 시련에는 어딘가 감미로운 맛이 났다.

"저의 이름은 미야모리 가즈오입니다."
"취미는 축구를 보는 것입니다."
"당신은 축구를 좋아합니까?"
"당신이 좋아하는 음식은 무엇입니까."
"저는 당신을 좋아합니다."

그러한 구문을 작은 목소리로 몇 번씩 중얼거리다가 가즈오는 엎드린 채 눈을 옆으로 돌렸다. 침대 끝으로 윗부분만 살짝 보이는 창문에 짙은 주황색 석양이 비치고 있었다. 여름날의 하늘이 저물어 가는 중이었다. 선명한 주황색으로 물든 구름 위는 진한 남색 밤하늘로 변해 가고 있다. 그렇다, 빨리 밤이 되어라 하고 가즈오는 바랐다. 그러면 공장에서 마사코를 만날 수 있기 때문이다.
그날 이후 마사코와는 이야기를 나누지 않았다. 말을 걸어도 무시당하는 것이 괴로웠기 때문이다. 그러나 마사코가 그날 밤 속도랑 강에 버린 것은 몰래 주워서 가지고 있었다.
가즈오는 베개 아래에서 은색 열쇠를 꺼내 손에 쥐었다. 차가운 열쇠는 가즈오의 손의 온기로 천천히 따뜻해졌다. 그것이 마사코에 대한 자신의 마음 같은 기분이 들어 가즈오는 행복해졌다.
동료에게 말하면 나이 차이가 너무 난다고 웃을 것이다. 또 사귀려면 브라질 여자를 고르라고 설교를 들을지도 모른다. 아무도 몰라주어도 좋다. 그 연상의 여자에게는 분명 자신만이 이해할 수 있는 뭔가가 있을 터다. 그리고 가즈오 역시 마사코만이 알아줄 것을 가지고 있을 터였다. 알고 보면 두 사람은 분명 닮았을 것이 틀림없다. 그런 마음이 이 열쇠에 담겨 있다.
가즈오는 은색 사슬에 열쇠를 꿰어 목에 걸었다. 흔한 물건이니까 이게 그녀가 버린 열쇠일 줄은 마사코 자신도 모를 것이다. 마치 첫사랑을 하는 고등학생 같은 행동이 스물다섯 살의 가즈오에게는 참을 수 없이 유쾌했다.
이 행위가 아버지의 차가운 모국에서의 기분 전환이라고는 결코 생각하지 않았다. 마사코와 같은 여자를 만나는 것은 브라질에서도 드문 일이라고 총명한 가즈오는 생각했다.

속도랑에 가 본 것은 어제 이른 아침이다.
브라질인 종업원은 파트타이머와 달리 오전 6시까지 일을 해야 한다. 그 일이 끝나면 오전 9시 주간부 업무가 시작될 때까지 공장에는 사람이 완전히 없어진다. 가즈오는 그 틈을 노려 폐공장 앞 속도랑으로 향했다.

마사코가 뭔가를 던져 넣은 장소는 대충 기억하고 있다. 마사코가 거기에 뭘 버린 건지 흥미가 있었다. 금속 소리가 났으니 떠내려가지는 않았으리라는 기대도 있었다.

역으로 서두르는 직장인이며 학생들을 몇 명 보낸 후, 가즈오는 사람들이 지나다니지 않는 틈을 노려 속도랑 위 콘크리트 뚜껑을 혼신의 힘을 다해 벗겨 냈다. 해 닿는 일 없는 더러운 물에 청결한 여름 아침 햇살이 반사되어 수면이 순간적으로 빛났다. 가즈오는 안을 들여다봤다. 물은 까맣게 오염되어 있었으나 생각했던 것보다 얕다는 것이 보이자 가즈오는 결심하고 1미터 정도 아래의 강으로 조깅화를 신은 채 뛰어내렸다.

흙탕물이 튀어 가즈오의 청바지에 검은 얼룩이 지고 싫은 냄새가 나는 물에 발목까지 잠겨 나이키 운동화가 못쓰게 되었지만 신경 쓰이지 않았다. 찌그러진 빈 페트병 아래에 검은 가죽 플레이트가 달린 열쇠고리가 걸려 있는 것이 보였다.

가즈오는 따뜻한 물에 손을 집어넣어 열쇠고리를 집어 들었다. 가죽 플레이트는 한참을 쓴 건지 모서리가 닳아 하얗다. 은색 열쇠가 하나 달려 있었다. 햇빛에 비춰 보고 이것은 아마도 주택 열쇠이리라고 생각했다. 그녀가 어째서 이런 것을 버린 건지 의문이 솟았으나 그녀의 물건을 주웠다는 기쁨이 더 컸다. 가즈오는 오랫동안 흙탕물 속에 잠겨 있던 검은 가죽 키홀더는 버리고 열쇠만 떼어 내 주머니에 집어넣었다.

그날 공장에 일찍 출근한 가즈오는 2층 입구 주위를 서성이며 마사코가 나오기를 기다렸다.

사실은 주차장에서 이쪽으로 향하는, 예의 폐공장이 있는 길에서 걸어오는 그녀를 보고 싶었으나 그럴 수는 없었다. 이제 마사코를 겁줘서는 안 되기 때문이다. 아니, 그렇지 않다. 겁먹은 것은 자신 쪽이었다. 가즈오는 홀로 쓴웃음을 지었다. 그런 짓을 해서 마사코에게 더욱 미움받을 것이 이 세상에서 제일 두려웠다.

가즈오는 위생 감시원 고마다 옆에 자연스럽게 서서 사무소 앞 출근 시간 기록기에 볼일이 있는 척하며 현관을 살피고 있었다. 이윽고 평소와 거의 같은 시각에 키 큰 마사코의 모습이 나타났다. 빨간 카펫 위에 검은 백을 놓고 재빠른 몸놀림으로 운동화를 벗고 있다. 그때 힐끗 가즈오 쪽을 봤다. 시선은 변함없이 가즈오를 뚫고 그 뒤의 벽으로 향하고 있었다. 그러나 가즈오의 몸 안에는 태양이 뜨는 것을 보고 있는 듯한 원초적이라고도 할 수 있을 기쁨이 치밀어 올랐다.

마사코는 고마다에게 인사를 한 후 등을 돌리고 고마다가 먼지 제거 롤러를 여기저기 굴리는 것을 잠자코 받고 있다. 사이즈가 큰 녹색 폴로셔츠에 청바지. 백은 손에 들고 있다. 가즈오는 마사코의 모습을 볼 때마다 느끼는 두근거림을 호흡으로 억누르면서 가만히 전신을 훔쳐봤다. 젊은 남자 같은 무신경한 차림새를 하고 있지만 쓸데없는 것을 깎아 낸 얼굴과 모습에는 감동조차 느낀다. 마사코가 눈앞을 지나간다. 가즈오는 굳은 결심과 함께 인사했다.

"좋은 아침입니다."

"좋은 아침입니다."

마사코는 의외라는 얼굴로 가즈오에게 대답하고는 그대로 휴게실로 들어갔다. 가즈오는 목에 건 열쇠에 감사하며 가만히 손에 쥐었다. 마사코가 인사해 준 것이 기뻤기 때문이다. 그 의식이 끝나기를 기다리고 있었다는 것처럼 사무소 문이 열렸다.
"미야모리 씨, 마침 잘됐네. 잠깐 이리 와 봐."
일본인 공장장이 손짓해 불렀다. 조조부 사무소에는 대개 초로의 경비원밖에 남지 않으므로 공장장이 이런 시간까지 있는 것 자체가 놀라웠다. 부르는 대로 안에 들어가서 가즈오는 더욱 놀랐다. 통역까지 불려와 있었던 것이다.
"무슨 일입니까?"
"경찰이 자네한테 묻고 싶은 게 있다는데 12시에 여기로 와 주지 않겠나?"
통역을 시켜 말하며 공장장은 뒤를 돌아봤다. 안쪽 비닐 가죽 소파에서 일본인 종업원 남자가 형사로 여겨지는 마른 남자에게 뭐라고 질문을 받고 있었다.
"경찰?"
"그래. 저 사람인데."
"제게 말입니까?"
"그래, 자네한테."
가즈오의 심장이 순간 죄어들었다. 마사코가 치한 얘기를 떠벌린 것이 틀림없었다. 배신당한 기분이 들면서 순식간에 눈앞이 새까매진다. 경찰에 말하지 말아 달라는 것은 확실히 뻔뻔스러운 부탁이었다. 하지만 마사코가 그 자리를 벗어나기 위해 자신에게 거짓말을 했다고는 생각도 하지 못했던 것이다. 마사코의 용서를 얻는 것을 시련이라고 생각하고 있었는데, 멋대로 그렇게 생각했던 자신은 어리석었던 걸까.

"알겠습니다."

포르투갈어로 대답한 후 가즈오는 맥없이 휴게실로 돌아왔다. 입구 옆에 놓여 있는 음료수 자판기 앞에서 아직 옷을 갈아입지 않은 마사코가 선 채로 혼자 담배를 피우고 있었다. 스승님이라고 불리는 숙련공도, 구니코라는 살찐 여자도 아직 모습을 보이지 않아서 이야기를 나눌 상대가 아무도 없기 때문인 것 같다. 그 예쁜 야요이가 오지 않게 된 후부터 마사코의 뒷모습에는 어디라고 할 것 없이 다른 분위기가 떠돌게 된 것 같다. 거부다. 모든 것을 거부하고 있는 분위기다. 그러나 가즈오는 분노에 떨리는 목소리로 말을 걸었다.

"마사코 씨."

마사코가 뒤돌아봤다. 그 눈을 쳐다보면서 가즈오는 기세를 몰아 더듬거리는 일본어로 말했다.

"당신 이야기했습니까?"

"뭘?"

마사코는 놀라며 뼈가 불거진 팔을 팔짱꼈다. 솔직해 보이는 눈이 크게 뜨였다.

"경찰, 왔습니다."

"무슨 말이야?"

"당신 약속했습니다, 그렇죠."

거기까지 말한 가즈오는 마사코의 얼굴을 쳐다봤다. 그러나 마사코는 입을 꾹 다문 채 가즈오의 얼굴을 주시할 뿐 아무 말도 하지 않았다. 가즈오는 실망해 어깨를 축 늘어뜨리고 탈의실로 들어

갔다. 경찰에 검거되어 이곳에서 잘릴지도 모른다는 걱정보다 사모하던 마사코에게 배신당한 것이 충격이었던 것이다.

12시 시업 시간부터 청취를 받는다는 것은 즉 이제 옷을 갈아입어야 한다는 뜻이었다. 가즈오는 자신의 작업복이 걸린 옷걸이를 찾아 준비를 마쳤다. 공장 안에서는 장신구는 일절 금지이므로 열쇠가 달린 사슬을 끌러 그것만은 소중히 바지 주머니에 넣는다. 브라질인 종업원의 표시인 파란색 주름 모자를 손에 들고 휴게실로 돌아가다가 마사코가 아까 그 자리에 서서 가즈오가 걸어오는 모습을 보고 있다는 것을 깨달았다. 그녀도 이미 옷을 다 갈아입었으나 서두른 건지 흐트러진 머리카락이 네트에서 몇 가닥 비어져 나와 있었다.

"저기."

지나치려 했을 때 마사코의 손이 가즈오의 두꺼운 팔을 잡았다. 가즈오는 그녀의 얼굴에 등을 돌리곤 상관 않고 사무소로 향했다.

마사코가 배신했다면 이것으로 시련은 끝이라는, 자신의 생명조차 끊을 수 있을 만큼 강한 마음이 있었다. 그러나 팔에 그녀의 손의 감촉을 느낀 후, 가즈오는 걸으면서 제정신으로 돌아왔다. 아니, 이것도 시련의 하나인 것이다, 자신은 그녀가 내린 시련을 견뎌 내야만 한다. 주머니 안의 열쇠가 확실히 거기 있는 것이 넓적다리에서 그 냉기로 전해져 온다.

사무소 문을 노크하자 곧바로 안에서 열렸다. 브라질인 통역과 형사가 가즈오를 기다리고 있었다. 가즈오는 두근거림을 억누르기 위해 무의식적으로 주머니에 손을 넣고 열쇠를 꼭 쥐었다.

"이마이라고 합니다."

형사는 경찰수첩을 보였다.

"미야모리 로베르토 가즈오입니다."

이마이라는 형사는 키가 크고 턱이 없었다. 호인물로 보였으나 눈매는 사나웠다.

"실례지만 일본 국적이십니까?"

"네. 아버지가 일본인이고 어머니는 브라질인입니다."

"아아, 그래서 핸섬하시군."

이마이는 웃었다. 가즈오는 자신의 핏줄을 조롱한 것처럼 느껴져 얼굴을 딱딱하게 굳히고 웃지 않았다.

"조금 여쭙고 싶은 것이 있어서, 죄송합니다. 이 시간은 일한 시간에 들어가도록 말해 두었습니다."

"그렇습니까."

가즈오는 슬슬 핵심으로 들어가나 하고 긴장하며 경계했다. 그러나 형사의 질문은 생각지도 못한 것이었다.

"야마모토 야요이 씨를 아십니까?"

가즈오는 놀라며 저도 모르게 통역의 얼굴을 봤다. 통역이 대답을 재촉한다.

"네, 알고 있습니다."

고개를 끄덕인다. 이마이의 진의를 잘 알 수 없었다.

"그럼 야마모토 씨의 남편 분에 대해서도 알고 계시겠죠."

"네. 사람들 소문으로 들었으니까요."

이것은 대체 무엇에 관한 질문인가. 가즈오는 애가 탔다. 형사는 망설임 없이 질문해 온다.

"야마모토 씨의 남편 분을 만난 적은?"
"한 번도 없습니다."
"그럼 야마모토 씨와 이야기한 적은 있습니까?"
"인사 정도라면 가끔 하지만. 저기, 이건 대체 무슨 심문입니까?"

가즈오의 뒷부분 질문은 통역되지 않은 모양이다. 형사는 상관 않고 말을 이었다.

"지난주 화요일 밤에 당신은 비번이었죠. 그날의 행동을 가르쳐 주실 수 있겠습니까?"
"제가 의심받고 있는 겁니까?"

의외의 사건에 가즈오는 당황했으나 동시에 분노도 솟았다. 자신과 전혀 관계없는 일이기 때문이다.

"아뇨, 아뇨."

형사는 웃음을 띠고 부정했다.

"야마모토 씨의 교우 관계를 조사하고 있는 겁니다. 그래서 그날 쉬셨던 분들께 만일을 위해 묻고 있는 것뿐입니다."

납득이 가지 않았지만 가즈오는 그날의 행동을 전했다.

"낮까지 자다가 그 뒤 오이즈미초에 나갔습니다. 그리고 그곳에 있는 브라질리언 플라자에서 반나절 놀다가 밤 9시경 집에 돌아와서 잤는데요."

"당신은 그날 밤 집에 돌아오지 않았다고 룸메이트 분이 말씀하셨는데요."

형사가 의아한 얼굴을 하고 수첩을 보면서 말한다. 가즈오는 항의했다.

"알베르토는 자기 여자 친구와 돌아와서 눈치 채지 못한 것뿐이지, 저는 집의 침대에서 자고 있었습니다. 틀림없습니다."

"어째서 그는 몰랐던 걸까요?"

"제 침대는 이층침대의 상단입니다. 거기서 자고 있었기 때문에 그들은 눈치 채지 못한 겁니다."

가즈오는 당일 밤을 떠올리고 얼굴을 붉혔다.

"과연. 그 사람은 연인과 돌아왔던 거군요."

형사는 눈치 좋게 싱긋 웃었다. 거북해진 가즈오는 아무도 없는 사무소를 둘러봤다. 사무 책상이 세 줄로 나란히 놓였고 각각의 책상 위에 놓인 컴퓨터에 투명 비닐 커버가 씌워져 있는 것을 멍하니 쳐다본다. 일본에 가면 컴퓨터 공부도 하고 싶다고 생각하고 있었는데 자신은 도시락 공장에서 흰밥을 나르고 있다. 그 사실이 갑자기 무척 부당하게 느껴졌다.

"그럼 밤중에는 어쩌고 계셨습니까. 방에 계셨습니까?"

가즈오는 대답이 막혔다. 그날 밤은 마사코를 덮쳤다가 후회하고 부끄러운 나머지 하룻밤 내내 이 일대를 싸돌아다녔던 것이다. 비가 내리기 시작해서 집에 우산을 가지러 돌아간 것이 새벽녘이며, 그때부터 다시 바깥에 나가 마사코를 기다리고 있었다. 룸메이트인 알베르토는 공장에 나갔으니 그것을 알 턱이 없다.

"산보를 하고 있었습니다."

"하룻밤 내내? 어디를 말입니까?"

"이 공장 주위입니다."

"어째서?"

"이유는 없습니다. 왠지 방에 있기가 싫었습니다."

형사는 조금 가엾다는 얼굴로 가즈오를 봤다.

"지금 나이가?"

"스물다섯 살입니다."

이마이라는 이름의 형사는 뭔가를 깨달은 건지 흐음 하며 고개를 끄덕이면서 생각에 잠겨 수첩을 본 채로 얼마 동안 말을 하지 않았다.

"이제 가도 되겠습니까?"

침묵을 참지 못한 가즈오가 말하자 형사는 손으로 제지했다.

"어떤 사람에게 들었는데, 이 주변에 치한이 나온다는 소문을 알고 계십니까?"

드디어 물었다. 가즈오는 주머니 안의 열쇠를 꼭 쥐었다.

"들은 적은 있습니다. 어떤 사람이라니 누굽니까?"

"이건 별로 말해도 상관없겠지."

이마이는 작게 웃었다.

"조노우치 씨라는 파트타임 종업원에게서 들었는데요."

가즈오는 손에 쥐었던 열쇠를 놨다. 손바닥에 흠뻑 땀을 흘렸다. 그러나 마사코가 아니었다는 사실에 감사하고 있었다. 나중에 또 사과하지 않으면 안 된다.

"이건 야마모토 씨 사건과는 관계가 없지만, 그 치한 소동에 대해 브라질인 사이에서 소문은 혹시 없습니까? 예컨대 누가 했다든가, 당했다든가."

"없습니다."

가즈오는 딱 잘라 말하며 벽에 걸린 시계를 보고 파란색 주름 모자를 뒤집어썼다. 이마이는 그 이상 묻기를 포기하고 "감사합니다." 하고 인사했다.
 라인은 벌써 움직이고 있었다. 이미 완성된 도시락이 라인 맨 끝에 산처럼 차곡차곡 쌓여 간다. 구니코도 스승님도 오늘은 쉬는 날이라 마사코가 혼자 라인 선두에서 '밥 내놓기'를 하고 있었다. 그 야요이의 남편 사건 이후 네 사람이 한곳에 모이는 일이 없어졌다. 가즈오는 그것을 묘하게 생각했다. 그러나 마사코에게 동료가 없는 상황은 바람직했다. 서둘러 준비하면 돌아가는 길에 마사코에게 말을 걸 수 있을지도 모른다.

 브라질인 종업원 가즈오가 일에서 해방된 것은 오전 6시를 한참 넘겨서였다. 15분 잔업을 했기 때문이다. 모처럼의 기회였는데. 마사코는 돌아가 버렸을 것이다. 가즈오는 낙담하면서 공장을 나왔다. 맑은 여름의 아침 햇살이 자동차 공장의 회색 담을 비스듬히 물들이고 있었다. 이렇게 아름다운 여름 이른 아침에 자신은 방을 어두컴컴하게 하고 동물처럼 잠을 자야 한다. 가즈오는 우울해하며 뒷주머니에서 검은 모자를 꺼내 썼다. 그리고 눈을 들었다가 놀라서 멈춰 섰다. 자신이 빗속에서 마사코를 기다리고 있었던 것과 같은 자리에 그녀가 서 있었다.
 "미야모리 씨."
 마사코가 잠 부족으로 창백한 얼굴로 말을 걸어왔을 때, 가즈오는 저도 모르게 목에 걸고 있던 열쇠를 티셔츠 위로 꺼냈다. 열쇠에 감사한 것이다. 마사코는 순간 가즈오의 하얀 티셔츠 위로 나온 열쇠에 시선을 향했다. 그러나 그것이 자기가 버린 것이라고는 생각지 못한 듯, 곧 다시 가즈오의 얼굴로 시선을 옮겼다.

"아까 그 말 말인데, 무슨 뜻?"

일본어가 그다지 통하지 않는다는 것을 전혀 마음에 두고 있지 않은 모양이다. 그러나 가즈오에게는 내용이 전해졌다.

"죄송합니다. 착각입니다."

가즈오는 일본인의 몸짓을 흉내 내어 머리를 숙였다. 마사코는 석연치 않다는 얼굴로 가즈오의 검은 눈을 쳐다봤다.

"당신 얘기는 아무한테도 하지 않았어."

"네."

가즈오는 몇 번이나 끄덕였다.

"경찰은 야요이 사건 때문에 왔겠지."

그렇게 말한 후 마사코는 주차장으로 향하는 길을 걸어가기 시작했다. 어째서인지 끌려서 가즈오도 그 뒤를 따라간다. 몇 명의 남녀 브라질인 종업원들이 왁자지껄 쾌활하게 떠들면서 공장 현관을 나왔다. 그 눈을 신경 써 가즈오는 마사코와 몇 미터의 거리를 뒀다. 마사코는 가즈오가 함께 걸어오는 것을 아무렇게도 생각하지 않는 듯, 등을 꼿꼿이 펴고 전방을 바라보며 빠르게 발을 옮겨 간다.

브라질인 동료들이 숙사로 가는 길로 꺾어져 사라졌을 때, 가즈오와 마사코는 어느새 폐공장 앞을 걷고 있었다. 우거진 여름풀 냄새가 산뜻하게 피어올라 개골창의 썩은 내를 아주 조금 지우고 있었다. 그러나 여름의 열기가 이제 바로 곁까지 와 있었다. 앞으로 몇 시간만 있으면 길은 말라 하얀 먼지가 덮이고 풀은 더위에 축 처지면서 더욱 농밀한 냄새를 풍길 것이다.

마사코가 아무렇지 않게 속도랑을 봤다가 소스라치게 놀라며

검은 환상 395

멈춰 서는 것을 가즈오는 느꼈다. 콘크리트 뚜껑이 열려 있다. 어제 가즈오가 연 그대로 되어 있었던 것이다. 가즈오는 마사코의 얼굴에 공포의 빛이 떠오르는 것을 보고 곤혹스러워했다. 자신이 한 일을 고해야 할까. 그러나 마사코가 버린 것을 주웠다고는 너무나도 야비해서 말을 꺼내지 못하고, 청바지 뒷주머니에 두 손을 찔러 넣은 채 그저 고개만 숙이고 있었다.

마사코가 창백한 얼굴을 더욱 파랗게 만들고 속도랑로 다가가 틈새로 아래를 들여다보고 있다. 가즈오는 그 뒷모습을 보고 있을 수밖에 없었다. 그러나 끝내 말을 꺼냈다. 나온 말은 질리도록 들은 공장 주임 나카야마의 말버릇이었다.

"뭐 하고 있어?"

난폭한 말이라고는 생각했지만 가즈오의 빈약한 어휘 안에서는 이것밖에 이 상황에 맞는 것이 없었다. 마사코는 돌아보더니 가즈오의 얼굴과 그의 목에 걸린 열쇠를 쳐다봤다.

"그거 당신 열쇠?"

가즈오는 천천히 고개를 끄덕였다가 이내 다시 가로저었다. 마사코에게 거짓말을 하는 것이 괴로웠다. 그 애매한 태도에 화가 난 건지 마사코는 눈을 좁혔다.

"설마 그거 여기서 주운 건 아니겠지."

가즈오는 두 손을 펼치며 어깨를 으쓱였다. 정직하게 말할 수밖에 없으리라.

"그렇습니다."

"어째서."

마사코는 다가와서 가즈오의 가슴 앞에 섰다. 키가 큰 마사코는 가즈오의 입 부근까지 닿았다. 가즈오는 그 박력에 쩔쩔매며 저도 모르게 두 손으로 열쇠를 쥐었다. 마사코에게 빼앗기고 싶지 않았기 때문이다.

"언제 본 거야? 당신, 저기 있었어?"

마사코는 폐공장 앞에 우거진 여름 풀숲을 세차게 가리켰다. 손가락 끝에서 열선이 나오는 것처럼 수풀에서 투구벌레로 보이는 벌레가 날아올랐다. 가즈오는 저도 모르게 고개를 끄덕였다.

"어째서?"

"당신을 기다리고 있었습니다."

"왜 그런 짓을 한 거야?"

"약속했습니다. 그렇죠."

"난 안 했어. 그거 돌려줘."

마사코가 열이 느껴지는 오른손을 쑥 내밀었다. 가즈오는 빼앗기지 않겠노라고 다시 열쇠를 쥐었다.

"안 됩니다."

마사코는 두 손을 허리에 대고 고개를 갸웃거렸다.

"어째서 그런 걸 갖고 싶어 하는 거야?"

어째서 그런 걸 모르는 건가. 자기 입으로 말하게 하는 건가. 가즈오는 이 얼마나 잔혹한 여자인가 하고 겁에 질린 눈으로 마사코를 봤다.

"돌려줘. 중요한 거야. 필요한 거야."

마사코가 하는 말은 거의 알아들었지만 가즈오는 승낙하지 않는다. 중요한 거라면 버리지 않았으면 그만이다. 그녀가 돌려받고 싶은 이유는 그것을 바로 가즈오가 가지고 있기 때문인 것이다.

"안 됩니다."

마사코는 포기한 것처럼 얇은 입술을 깨물며 다음 방법을 생각하고 있는 건지 입을 다물었다. 그 어깨가 처진 것을 본 가즈오는 마사코의 손을 잡았다. 마사코의 손은 가즈오의 커다란 손 안에 두 개가 다 들어갈 만큼 가늘고, 전혀 살이 없다고 보아도 좋을 정도였다.

"저는 당신을 좋아합니다."

경악하며 마사코는 가즈오를 쳐다봤다.

"어째서. 그날 밤 그런 짓을 해서?"

가즈오는 자신은 분명 마사코를 이해할 수 있다고 말하고 싶었다. 그러나 말이 떠오르지 않는다. 안타까운 가즈오는 일본어 레슨처럼 같은 말을 반복했다.

"저는 당신을 좋아합니다."

마사코는 가즈오의 손에서 자신의 손을 뺐다.

"나는 응할 수 없어."

가즈오는 그것이 거절이라는 것을 깨닫고 실망의 우물 속에 굴러 떨어졌다. 마사코는 멀거니 선 가즈오를 거기 남겨 둔 채 아침 길을 걸어간다. 쫓아가고자 가즈오는 걸음을 내딛으려고 했다. 그러나 그 등에서 확실하게 자신을 거절하는 뭔가를 느끼고, 가즈오는 자신이 다시 우물 바닥에 고인 진흙 속에 처박힌 것을 알았다.

공장 주차장은 평지로 보이면서 실은 완만하게 한쪽으로 경사진 사면이었다. 밤에는 거의 눈치 채지 못하지만 야근이 끝나고 나오는 지친 아침에는 서 있는 지면이 일그러져 보이기도 했다.

마사코는 가벼운 현기증을 느끼고 카롤라 지붕에 두 손을 짚어 몸을 지탱했다. 차 지붕에는 밤공기에 섞여 있던 습기가 작은 물방울이 되어 무수히 맺혀 있었다. 순식간에 마사코의 손바닥이 수면에 두 손을 담갔던 것처럼 젖는다. 마사코는 두 손을 청바지 옆에 닦았다.

그 젊은 브라질인이 그런 소리를 하다니. 그것이 거짓말이 아니라는 것은 잘 알고 있었다. 마사코는 가즈오가 갈 곳을 잃고 망연자실한 강아지처럼 자기 뒤를 따라왔던 그 아침 일을 떠올렸다. 그날과 같이 뒤를 돌아보니 이미 가즈오의 모습은 길에 없었다. 무척이나 상처 입었으리라.

마사코는 버렸던 열쇠를 주웠다는 것보다도 가즈오의 농밀한 감정에, 그 반짝임과 그늘의 깊이에 충격을 받았다. 지금의 마사코에게는 전혀 연이 없는, 그리고 필요로 하지 않는 감정이었다. 자신은 그 회로조차 버리고 만 걸까. 이제부터도 이런 식으로 살아갈 수 있는 걸까. 지난날의 고독이 지금 다시 선명하게 모습을 드러냈다.

그날, 어떤 경계를 넘었기 때문이다. 시체를 해체하고, 버리고, 그 기억조차 지워 버리려 하고 있기 때문이다. 하지만 이제 두 번 다시 원래대로는 돌아갈 수 없다. 마사코는 구역질이 나 차 옆에 토했다. 그러나 토해도 토해도 구역질은 그치지 않았다. 마사코는 차 옆에 무릎을 꿇고 눈물을 흘리면서 계속해서 노란 위액을 토했다.

눈물과 침을 티슈로 닦은 마사코는 차를 출발시켰다. 집으로는 가지 않고 텅 빈 신 오우메 가도에서 사야마 호수로 향하는 길을 왼쪽으로 꺾어 들어간다. 길은 갑자기 좌우로 커브가 반복되는 급한 경사가 되었다. 마사코는 오가는 차가 없는 이른 아침 산길을 세컨드기어로 올라간다. 도중에 오토바이를 탄 노인과 엇갈렸을 뿐이었다.

산간에 댐을 막아 만든 사야마 호수가 다리 좌우로 평평한 모습을 나타냈다. 옅은 갈색 조성토가 호수를 두른 주위 경치는 디즈니랜드처럼 납작해 인조 호수 특유의 거짓말 같은 느낌이 떠돌았다. 노부키가 어렸을 적 이 호수를 보고 겁에 질려 운 적이 있었다. 노부키는 호수에서 공룡이 나올 거라고 울면서 마사코의 배에 얼굴을 묻고 결코 수면을 보려고 하지 않았다. 마사코는 그때를 떠올리고 소리 없이 웃었다.

인조 호수는 아침 햇살에 수면을 빛내고 있었다. 그 지나친 광량에 잠 부족으로 지친 눈이 부셨다. 마사코는 눈을 좁히고 호수를 힐끗 본 후 유네스코무라로 향하는 길로 꺾었다. 그리고 얼마 동안 산길을 달렸다. 이윽고 눈에 익은 장소가 보였다. 마사코는 여름풀이 비어져 나온 도로 가장자리에 차를 세웠다. 여기서 걸어서 5분 정도 들어간 숲 속에 겐지의 목이 묻혀 있었다.

차를 나와 문을 잠근 후 마사코는 숲을 가르며 들어간다. 이 행위가 위험하다는 것은 충분히 알고 있었다. 그러나 자신이 지금 여기서 무엇을 하려 하고 있는 건지조차 알 수 없었다. 그저 자연스레 발이 향한다.

마사코는 표지인 커다란 느티나무 아래를 몇 십 미터 떨어진 곳에서 가만히 쳐다봤다. 잡초 사이에 살짝 흙이 보이는 곳이 있다.

주위는 아무것도 변함없었다. 그러나 지금이 정점인 여름산은 기세가 좋아 열흘 정도 전보다 더 전체가 살아 있는 것처럼 생명의 냄새가 물씬 풍겼다. 지금쯤 겐지의 머리는 썩어서 흐물흐물 녹아 흙 속 벌레들의 좋은 먹이가 되어 있으리라. 그 상상은 처참했지만 아주 조금 유쾌했다. 산에 생명을 준 것이니까.

비스듬히 비쳐 드는 햇살에 눈이 아프다. 마사코는 앞에 팔짱을 꼈던 손을 풀어 이마 위에 올려 대고 같은 곳을 몇십 분이나 쳐다봤다. 수도꼭지에서 물이 콸콸 쏟아지는 것처럼 상념이 흘러나오며 시간이 흘러가는 것도 잊고 있었다.

그날 마사코는 머리를 넣은 종이봉투를 가지고 묻을 장소를 물색하고 있었다. 겐지의 목은 무거워서 이중으로 겹친 백화점 종이봉투 바닥이 찢어질 것 같았다. 게다가 팔에는 삽까지 안았다. 마사코는 쏟아지는 구슬땀을 목장갑으로 닦으며 몇 번이나 종이봉투를 고쳐 안았다. 그때 겐지의 턱 부분을 두 팔에 느끼고 온몸에 털이 곤두섰다. 그때 감촉을 다시금 실감 나게 느끼며 마사코는 부르르 떤다.

마사코는 「가르시아」라는 영화를 떠올렸다. 영화 속의 남자는 썩어가는 목에 얼음을 대고 불볕 아래의 멕시코를 블루버드 SSS로 질주하고 있었다. 남자의 분노에 찬 비장한 얼굴. 마사코는 열흘 전의 자신도 이 장소를 헤매면서 분명 같은 형상을 하고 있었음에 틀림없다고 생각한다. 그렇다, 분노하고 있었다. 무엇에 대해서인지는 모른다. 그러나 그때 자신은 확실히 분노하고 있었다는 사실을 마사코는 깨닫는다. 단 홀로인 자신. 이제 아무에게도 도움을 구할 수 없는 자신. 그런 상황으로 몰아넣은 또 하나의 자신에게 화를 내고 있었던 걸까. 하지만 분노는 자신을 해방시킨다. 그날 아침, 자신은 확실히 변한 것이다.

마사코는 숲에서 길로 나와서 차 안에서 담배를 하나 천천히 피웠다. 이제 두 번 다시 여기에 올 생각은 없었다. 담배를 끄고 기어를 드라이브에 넣은 후 마사코는 머리를 향해 바이바이 하고 손을 흔들었다.

요시키도 노부키도 이미 출근한 후였다. 두 사람이 따로따로 식사한 흔적이 식탁 양쪽에 적적하게 남아 있었다. 그 식기를 싱크대에 놓고 나자 마사코는 모든 것이 귀찮아졌다. 차라리 잠을 자 버릴까 하고 마사코는 거실 중앙에 우뚝 선 채 멍하니 있었다.

지금은 할 일도 생각할 것도 없이 그저 야근 때문에 물먹은 솜처럼 지친 몸이 휴식을 바라며 호소하고 있을 뿐이다. 문득 가즈오는 지금쯤 어쩌고 있을까 생각했다. 방을 어둡게 하고서도 잠에 들지 못하고 공허하게 뒤척이고 있으리라. 혹은 자동차 공장의 끝없이 이어진 회색 벽 그늘을 계속 걷고 있는지도 모른다. 그 상상 속의 고독한 모습에 마사코는 처음으로 연대감에 가까운 감정을 안았다. 그 열쇠는 그에게 주도록 하자.

전화벨 소리가 울렸다. 아직 오전 8시가 좀 넘은 시각. 귀찮았다. 마사코는 전화벨 소리를 무시하고 담배를 꺼내 불을 붙였다. 그러나 전화는 그치지 않고 울렸다.

"마사코 씨?"

야요이의 전화였다.

"안녕. 잘 지내?"
"응, 아까도 전화했는데 아직 안 돌아온 것 같기에. 오늘은 늦었네."
"미안. 잠깐 들를 데가 있어서."
어디냐고 야요이는 묻지 않는다. 대신 헐레벌떡 물었다.
"저기, 조간 봤어?"
"아직 안 봤는데."
마사코는 테이블 위에 그대로 놓여 있는 신문을 쳐다봤다. 요시키는 읽은 신문을 깔끔하게 잘 접어 둔다.
"그럼 빨리 읽어 봐. 놀랄 거야."
"뭐가 나왔는데?"
"어쨌든 빨리 읽어. 기다릴게."
야요이는 재촉했지만 목소리는 기쁨에 들떠 있었다. 마사코는 수화기를 놓고 조간신문을 펼쳤다. 사회면 가운데 단에 크게 「K공원 토막 살인 사건 용의자 검거」라고 적혀 있었다. 재빨리 훑어 보니 겐지가 그날 밤 들렀던 카지노의 경영자가 의심받고 있다는 듯하다. 분명 별건체포(한 사건에 대한 유력한 증거가 없을 때, 다른 혐의로 체포하는 일—옮긴이) 같은 방법을 써서 체포, 구류되어 있는 듯했다. 마사코는 일이 너무 잘 풀리는 데에 공포조차 느꼈다.
"봤어."
마사코는 신문을 손에 들고 다시 전화를 받았다.
"운이 좋네, 우리."
"아직 몰라."

검은 환상 403

신중하게 대답한다.
"이런 일도 다 있구나 하고 깜짝 놀랐어. 싸웠다고 씌어 있잖아. 그거 나 알고 있어."
"어떻게?"
주위에 아무도 없는 듯 야요이는 편하게 지껄이고 있다.
"그 사람이 돌아왔을 때 있지, 입술이 찢어지고 셔츠가 조금 더러워져 있어서 싸움이라도 했나 생각했거든."
"나는 눈치 못 챘는데."
야요이는 살아 있는 겐지에 대해 말하고 있고 마사코는 시체의 상황을 말하고 있다. 그러나 마사코의 말 따위 들리지 않는 야요이는 꿈꾸는 투로 말을 이었다.
"그 사람 사형당하지 않을까?"
"안 받을 거야. 아마 증거 불충분으로 나올걸, 금방."
"그거 유감이네."
"지독한 소리를 하는구나."
마사코가 나무라자 야요이는 항의했다.
"하지만 그 사람이 경영하던 가게 여자한테 빠져 있었던 거란 말이야, 겐지는."
"죄가 같다는 거야?"
"그건 아니지만 괜히 거슬리잖아."
"너희 남편은 어째서 여자한테 빠졌던 걸까?"
마사코는 담뱃불을 눌러 끄면서 대답을 기대하지 않고 툭 던졌다. 그런 물음을 떠올린 것도 가즈오 때문인지 모른다.
"나와의 생활이 재미없었기 때문 아닐까?"

야요이는 아직 분노가 가라앉지 않은 모양이다.
"나한테 매력이 없어진 거겠지."
"그럴까."
마사코는 겐지가 살아 있으면 물어보고 싶다는 생각마저 했다. 사람을 좋아하게 되는 데에 이유가 있다면 부디 알고 싶었다.
"그게 아니면 나에 대한 복수야."
"너의 뭐에 복수를 하는데? 너는 현모양처의 전형이잖아."
얼마 동안 전화 너머에서 생각에 잠긴 듯한 침묵이 이어졌다. 야요이가 겨우 대답했다.
"그게 싫었던 거야, 분명."
"어째서?"
"그런 아내한테 안심하고 있기는 하지만 오히려 재미가 없었던 거야."
"왜?"
"모르지, 그런 건. 나는 겐지가 아닌걸."
웬일로 야요이의 목소리가 거칠어진다. 마사코는 제정신으로 돌아왔다.
"그건 그래."
"왠지 오늘 마사코 씨 이상해. 좀 멍한 것 같아."
"졸려서 그래."
"그렇구나. 최근에는 밤에 자는 생활을 하고 있어서 그런가. 감이 안 와서."
야요이는 변명한다.
"스승님은 잘 지내고 있어?"

"오늘은 쉬었어. 구니코도. 다들 지치기 시작한 거라고 생각해."

"뭐에?"

마사코는 침묵했다.

"미안. 나 때문이지. 맞아, 맞아, 겐지의 보험금이 전액 나오게 됐어. 그러니까 나 모두한테 사례금을 치를게."

"얼마나 치를 생각?"

마사코는 성급히 물었다.

"모두에게 100씩. 적을까?"

"그렇게 필요 없어."

마사코는 딱 잘라 말했다.

"스승님이랑 구니코한테 50만씩이면 돼. 구니코는 안 줘도 될 정도야."

"하지만 그러면 다들 화낼 거 아냐. 내가 5000만이나 받는데."

"보험금 얘기는 한마디도 할 필요 없어. 잠자코 돈만 건네면 돼. 그 대신 나한테 200 주지 않을래?"

지금까지 돈을 받으려는 얘기조차 없던 마사코가 갑자기 돈 말을 꺼내자 야요이는 놀란 눈치였다.

"그건 좋은데, 갑자기 왜?"

"만일의 경우를 위한 자금으로 떼어 두기로 했어. 줘. 부탁이야."

"알았어. 마사코 씨한테는 신세를 졌으니까 반드시 치를게."

"응, 부탁해."

전화를 끊은 마사코는 잔잔한 기분에서 조금 벗어나 다시 싸울 의지를 되찾았다. 그나저나 카지노 경영자가 중요 참고인이라니. 경찰이 어느 정도 진지하게 생각하고 있는지 모르겠지만 지금 상황에서는 일단 위기를 벗어났다고 생각하는 게 옳을 것이다. 조금 낙관적일까. 안심했기 때문인지 갑자기 수마가 몰려들었다.

사타케가 구류 기한 만료로 사바세계로 돌아온 것은 태풍이 지나가고 겨우 가을바람이 불기 시작한 8월 말이었다.
사타케는 자신의 가게가 들어선 빌딩의 외부 계단을 천천히 올라갔다. 계단참에 패션 헬스클럽 전단지가 어질러져 있었다. 사타케는 허리를 굽히고 그것들을 주워 둥글게 구겨서 검은 재킷 주머니에 찔러 넣었다. '미카'나 '어뮤즈먼트 파르코'가 북적거리던 무렵에는 있을 수 없었던 광경이었다. 잘나가는 가게 두 군데가 영업하지 않는 것만으로 빌딩 전체가 쇠락해 보인다.
사타케는 문득 시선을 느끼고 눈을 들었다. 2층 구석에 있는 바의 바텐더가 겁에 질린 것처럼 사타케를 응시하고 있었다. 사타케와 야마모토가 난투를 벌였다고 증언한 것이 저 사람이라는 사실은 알고 있었다. 사타케는 두 손을 바지 주머니에 넣은 채 바텐더를 노려봤다.
바텐더는 당황해서 짙은 보라색 유리문을 닫았다. 설마 사타케가 이렇게 빨리 나올 거라고는 생각도 하지 못했던 모양이다. 사타케는 유리문 너머로 이쪽을 살피고 있는 바텐더의 시선을 느끼면서, '미카'의 간판 전기 코드가 빠져서 구석에 치워져 있는 것을 쓸쓸한 마음으로 쳐다봤다. 문에는 '내부 수리 중'이라고 쓰인 종이가 붙어 있었다.
 사타케는 도박장 개장과 매춘 알선 용의로 취조를 받고 도박장 개장으로 입건되었으나 결국 진짜 목적인 토막 살인 사건에 대한 물증이 없어 석방된 것이었다. 경찰의 두려움을 아주 잘 알고 있는 사타케는 그것도 요행이라고 생각했으나 역시 잃은 것은 컸다. 빚지면서 시작해 거의 10년이 걸려 쌓아 올려 온 사타케의 왕국은 무너졌다. 무엇보다도 타격이었던 것은 모두에게 과거가 발각남으로써 사타케의 신용까지 사라졌다는 것이었다. 그것이 앞으로 분명 사타케의 새출발을 방해할 것이다.
 사타케는 기분을 바꾸고 외부 계단을 올라가 3층으로 향했다. '어뮤즈먼트 파르코'에서 구니마쓰와 만날 약속을 한 것이다. 그러나 사타케의 보물이라고 해도 좋았던 '어뮤즈먼트 파르코'는 이미 없었다. 돈을 바른 자연목 문은 그대로지만 간판이 '동풍'이라는 이름의 마작장으로 바뀌었다. 사타케는 이미 남의 것이 된 가게의 문을 조심스레 열었다. 안에 있는 것은 구니마쓰 단 한 사람이었다.
 "여어."
 "사타케 씨. 안녕하십니까."
 테이블 하나에만 조명이 켜져 있고 가게 안은 어두컴컴했다. 구니마쓰는 스포트라이트가 비춰진 것 같은 마작 테이블에서 고개를 들고 웃는 얼굴을 보였다. 조금 마르고 조명 때문인지 눈 아래에 기미가 돋보였다.
 "오랜만이군."
 "고생 참 많이 하셨습니다."

구니마쓰는 엉거주춤하게 일어서서 인사했다.
"구니마쓰가 다시 패를 놀리고 있네."
사타케는 저도 모르게 입에 내서 말했다. 구니마쓰와 처음 만난 것이 긴자의 마작장이었기 때문이다. 당시 20대 후반이던 구니마쓰는 아예 마작으로 돈을 벌면서 심부름꾼 노릇도 겸해 하루 종일 마작장에서 살았다. 언뜻 보기에는 새파랗게 어리게 생긴 구니마쓰가 마작 테이블에 앉으면 승부사로 멋지게 변신하는 것이 재미있었다. 젊으면서 도박으로는 산전수전 다 겪은 데에 감탄한 사타케는 카지노를 할 때 제일 먼저 구니마쓰를 불러들였다.
"이런 걸 요즘 시대에 열어 봤자죠. 젊은 녀석들은 컴퓨터로 마작을 배우는 시대니까요."
구니마쓰는 익숙한 손놀림으로 나열한 마작패 표면에 시카롤을 묻혔다. 빌린 것으로 보이는 테이블이 여섯 대 놓여 있었으나 구니마쓰가 있는 테이블 말고는 마치 장례식처럼 하얀 무명천이 씌워져 있었다.
"그렇겠지."
사타케는 가게 안을 둘러보고, 일찍이 여기에 메인 바카라가 있었던 것과 여기서 손님이 순서를 기다리고 있었던 모습까지 불과 1개월 전의 성황을 머릿속에 그렸다.
"그래서 저도 이제 곧 실업자랍니다."
구니마쓰는 시카롤 깡통 뚜껑을 닫았다. 웃으니 눈초리의 주름이 전보다 더욱 눈에 띄었다.
"어째서?"
"마작장도 닫고 여기 가요주점으로 만든다더라고요."

노래방 기계는 '미카'에도 두고 있었지만 사타케 자신은 남들 앞에서 목소리 내기가 싫었다.
"어디나 불경기라는 것 같습니다."
"바카라는 벌었지만 말이지."
고개를 끄덕이며 구니마쓰는 쓸쓸한 얼굴을 했다.
"사타케 씨, 조금 마르셨군요."
그는 처음으로 사타케의 얼굴을 올려다봤다.
그 눈에 두려워하는 기척이 느껴졌다. 사타케에게 여자를 살해한 전과가 있고 그 사실 때문에 이번 일의 용의자가 되었다는 사실을 가게 사람들도 다 알아 버렸다. 그렇게 되면 사람들의 반응은 차갑다. 손바닥 뒤집듯이 당장 빚을 갚으라거나 가게를 빌려 줄 수 없다고 나온다. 구니마쓰라고 예외는 아닐 것이다. 아무도 신용하지 않는 사타케는 그렇게 생각했지만 말은 부드러웠다.
"그럴지도 몰라. 거기서는 통 잠을 잘 수가 없었거든."
실제로 사타케의 유치장 생활은 거의 불면과의 싸움이었다.
"그렇겠죠. 힘드셨네요."
구니마쓰는 도박장 개장 용의에 대해 조사만 받고 풀려났지만 그 후 토막 살인 사건 관련으로도 몇 번이나 호출을 받아 사타케가 놓인 상황은 알고 있는 모양이다.
"너한테도 폐를 끼쳤구나."
"괜찮습니다. 좋은 사회 공부가 됐습니다. 뭐, 지금 공부해 봤자 이미 늦었지만요."
서른여덟 살의 구니마쓰는 그렇게 말하고는 멋진 손놀림으로 쌓인 패를 보지도 않고 판별하면서 하나씩 뒤집어 나갔다. 탁탁

하는 기분 좋은 소리가 나며 차례차례 패가 드러난다. 사타케는 그것을 바라보며 담배에 불을 붙였다. 구류 중에는 피울 수 없었기 때문에 담배가 폐를 자극해 맛있었다. 이게 바로 사바의 맛이다. 담배 정도밖에 기호품에 흥미가 없는 사타케는 아릿한 연기를 마음껏 빨아들였다.

"하지만 그 야마모토가 토막 살해당했다니 놀라운 일이죠."

구니마쓰가 힐끗 사타케를 봤다.

"멍청한 녀석은 어디까지나 멍청한 거야."

"사타케 씨, 그 녀석을 바카라 병신이라고 말했죠."

구니마쓰는 웃었다.

"아아. 재수도 없지."

"야마모토가 말입니까?"

"멍청이. 내가 말이야."

사타케의 말에 구니마쓰는 고개를 끄덕였으나 얼마나 사타케를 신용하고 있는지는 헤아릴 수 없었다. 아마도 본심의 반은 정말 사타케가 죽인 것 아닌가 의심하고 있을 것이다. 구니마쓰가 사타케의 곁을 떠나지 않는 것은 호스티스들과 달리 도박장 말고 갈 곳이 없기 때문이다.

"하지만 '미카'는 유감이었죠. 가부키초에서도 가장 잘나갔는데."

"아아. 하지만 이미 이렇게 된 거 별수 없지."

사타케는 구치소에서 '미카'의 호스티스들에게 여름휴가를 주어 쉬도록 지시했으나 대부분 학생 비자밖에 없는 중국 국적의 종업원들은 경찰과 얽히기를 꺼려해 눈 깜짝할 사이에 사라져 버린 것이다.

우선 대만 마피아와의 관련을 의심받은 마마 려화가 대만으로 일시 귀국해 버렸다. 매니저 진은 어느 가게에 숨어 들어간 듯 행방을 알 수 없다. 안나는 전부터 그녀를 노리던 다른 가게에 뽑혀 갔고, 호스티스들도 비자에 문제가 있는 자는 귀국하고 그렇지 않은 자는 안나와 마찬가지로 다른 가게로 옮겼다고 들었다.

가부키초에서는 당연한 일이었다. 위세가 좋을 때는 화사하게 핀 꽃에 몰려드는 벌처럼 무리 짓지만, 한번 무너지면 피해가 이르기 전에 도망쳐 버린다. 사타케는 자신의 과거도 그 분열의 속도에 박차를 더했으리라고 생각했다.

"사타케 씨, 하지만 또 하실 거죠?"

사타케는 천장을 노려봤다. 스스로 골라 산 샹들리에는 그대로 남아 있었지만 조명은 켜져 있지 않았다.

"그만두실 겁니까? '뉴 미카' 같은 거 안 하실 겁니까?"

구니마쓰는 시카롤이 묻은 하얀 손을 쳐다봤다.

"그만두려고."

사타케는 말했다.

"내장재 끼워서 저대로 팔기로 했지."

구니마쓰는 놀라서 사타케의 얼굴을 올려다봤다.

"아깝게. 어째서요?"

"하고 싶은 일이 생겼거든."

"뭡니까? 어떤 일이라도 돕겠습니다."

구니마쓰가 긴 손가락을 비벼 패에 가루를 떨어트렸다. 사타케는 대답 없이 자기 손으로 목 뒤를 천천히 주물렀다. 유치장에서 잠들지 못하는 밤을 보낸 뒤로 목이 결려서 끈질기게 낫지 않는다. 놔두면 편두통의 씨앗이 되어 골머리가 썩을 것이다.
"뭘 하실 겁니까?"
애가 탄 구니마쓰가 다시 묻는다.
"토막 살인 사건의 진범 찾기."
구니마쓰는 농담이라고 생각했는지 희미한 웃음을 띠었다.
"그거 좋군요. 탐정 놀이 같아서."
"구니마쓰, 나 진심이다."
사타케는 계속 목을 주무르면서 대답했다. 구니마쓰는 고개를 갸웃거렸다.
"하지만 범인을 찾아서 어쩌시려고요?"
"글쎄. 그때 가서 생각하지."
사타케는 중얼거렸으나 그 답은 이미 나와 있었다. 물론 말로는 하지 않는다.
"그때 가서 말이야."
"잘될까요. 짚이는 데라도 있습니까?"
구니마쓰는 불안을 느낀 듯 사타케를 머리에서 발끝까지 훑어봤다.
"우선은 그 녀석의 아내다."
"헤에."
꽤나 의외였는지 구니마쓰는 입술을 핥았다.
"구니마쓰, 너 이거 아무한테도 말하지 마라."
"말 안 합니다."
구니마쓰는 처음으로 사타케의 마음속 어둠을 엿본 것처럼 성급히 눈을 돌리며 대답했다.

사타케는 구니마쓰와 헤어져 구야쿠쇼도오리로 나왔다. 해가 떠 있는 동안에는 더위가 아직 심했지만 밤이 되면 그래도 바람이 시원하다. 사타케는 후 하고 숨을 내쉬며 '미카' 근처에 있는 스테인리스와 유리로 포장된 싸구려 구조 신축 빌딩으로 들어갔다. 색색의 간판이 작은 클럽만 모여 있음을 나타내고 있다. 사타케는 목적지인 '마도'라는 가게가 있는 층을 확인했다. 엘리베이터로 올라간 사타케가 '마도'의 검은색 문을 밀자 바로 검은 옷을 입은 매니저가 나와서 맞이했다.

"어서 오십시오."

남자는 사타케를 보고 눈을 휘둥그레 떴다. 진이었다.

"너 여기 있었냐?"

진은 애교 있게 웃었다. 그러나 이전처럼 꾸벅거리지는 않는다.

"사타케 씨. 오랜만입니다. 오늘은 손님입니까?"

"당연하지."

쓴웃음 짓는다.

"지명은 있습니까?"

"여기 안나가 있다고 들었는데."

진은 안을 들여다봤다. 사타케도 따라서 같이 본다. '미카' 보다도 규모는 작지만 중국풍 자단 가구로 꾸며 분위기가 세련됐다.

"지명이군요. 하지만 안나 씨는 이름 바꿨습니다."

"뭐라고 하냐?"

"미란이라는 이름입니다."

진은 흔한 이름을 댔다.

"그럼 부탁해."

진의 뒤를 따라 사타케가 가게 안으로 들어가자 낯익은 기모노 차림의 마마가 놀란 듯이 사타케의 얼굴을 봤다.

"어머나, 사타케 씨잖아. 오랜만이네. 이제 그쪽은 됐어요?"

"그쪽이라니 어느 쪽?"

여기 마마는 일본인이었다.

"려화 씨, 대만에서 아직 안 돌아왔다면서요?"

"그런 것 같더군. 나는 못 들었는데."

"돌아오면 안 되는 일이라도 있는 걸까요?"

중국계 마피아와의 관련을 의심받은 사타케에 대한 빈정거림처럼 느껴졌지만 잠자코 있었다.

"글쎄, 모르지."

"이번 일은 정말 큰일이었으니까요."

사타케가 굳어지는 것을 느껴서인지 마마는 급히 수습했다. 사타케는 애매하게 웃었으나 그 수상한 것을 보는 듯한 눈초리에는 화가 났다. 구석 끝자리에 안나로 여겨지는 아름다운 여자의 옆모습이 보였으나 사타케 쪽은 돌아보지도 않는다.

사타케는 진이 안내한 자리에 앉았다. 안쪽이 비어 있는데, 불편한 중앙의 좁은 자리였다. 손님이 노래방 기계로 시끄럽게 노래를 부르다가 끝나면 파블로프의 개처럼 호스티스들이 반사적으로 박수를 보낸다. 사타케는 떠들썩함에 질려서 앉아 있었다. 젊은 것밖에 내세울 게 없고 일본어도 제대로 못하는 여자가 앞에 와서 가식적인 웃음을 띠었다. 시끄러워서 대화도 잘 안 된다. 사타케는 입을 다문 채 차가운 우롱차를 몇 잔이나 마셨다.

"안나, 아니 미란은 아직이냐?" 하고 묻자 여자는 퉁명스레 어딘가로 휙 가 버렸다. 사타케는 그 후로 혼자서 30분 가까이 앉아 있었다. 그러는 사이 사바세계로 돌아왔다는 안심에서인지 잠이 들어 버렸다. 불과 5분 정도였겠지만 사타케에게는 몇 시간에 이르는 수면처럼 느껴졌다. 편안함은 눈곱만큼도 없지만 어쨌든 살았다는 안도에 몸이 풀어져 있는 것이었다.

어디선가 향수 냄새가 풍겨 와 사타케는 눈을 떴다. 어느새 눈앞에 안나가 앉아 있었다. 볕에 탄 맨살이 돋보이는 새하얀 비단 바지 정장을 입었다.

"사타케 씨, 안녕하세요."

이제 오빠라고는 부르지 않았다.

"오. 건강하냐?"

"네, 건강합니다."

안나는 생긋생긋 웃으면서 대답했으나 속으로는 사타케에게 마음을 허락하고 있지 않다는 것이 느껴졌다.

"살이 많이 탔구나."

"네. 매일 수영장 갔으니까요."

그렇게 대답한 후, 그날 수영장에 간 데에서부터 시작된 사타케와의 거리감을 떠올린 건지 안나는 얼마 동안 입을 다물었다. 익숙한 몸짓으로, 가게 측이 사타케한테 묻지도 않고 내온 스카치 보틀에서 묽게 물을 탄 위스키를 두 잔 만들었다. 그리고 시험하는 것처럼 마시지 못하는 사타케의 앞에 놨다. 사타케는 안나의 얼굴을 봤다.

"이 가게에서는 어때?"

"잘하고 있어요. 이번 주 매상 1등이었어요. 미카의 손님들 모두 와 줬거든요."
"그래, 그거 잘됐구나."
"그리고 이사 갔어요."
"어디로."
"이케부쿠로."
이케부쿠로의 어디라고는 안나는 말하지 않는다. 두 사람 사이에 거북한 침묵이 흘렀다. 안나가 갑자기 묻는다.
"어째서 여자를 죽였어요?"
허를 찔린 사타케는 안나의 강한 빛을 띤 눈을 봤다.
"어째서인지는 나도 몰라."
"미워했어요?"
"아니, 그런 게 아니야."
실제로 그 여자에 대해서는 수완 좋고 머리가 잘 돌아간다고 감탄조차 했더랬다. 증오라는 감정이 상대를 받아들이고 싶다는 욕망에서 생겨나는 것이라고 설명해 봤자 젊은 안나에게는 소용없으리라고 생각했다.
"그 사람 몇 살?"
"확실히는 몰라. 아마 서른다섯 정도였을 거야."
"이름은 뭐라고 해요?"
"기억 안 나."
공판에서 몇 번이나 들었지만 평범한 이름이라 잊어버렸다. 이름이라는 기호보다도 사타케의 마음을 차지하고 있는 것은 여자의 얼굴과 목소리였다.

"좋아했던 거 아니에요? 사귀던 사람 아니에요?"
"아니야. 그날 밤 처음 만났어."
"그럼 어째서 그렇게 죽였어요?"
안나는 용서 없이 캐물었다.
"마마한테 들었어요. 괴롭히다 괴롭히다 죽였다고. 좋아하지도 싫어하지도 않는데, 어째서 그렇게 괴롭히면서 죽였어요?"
격분한 안나의 목소리를 듣고 옆 테이블의 손님이 사타케를 봤으나 이야기의 내용에 놀란 듯 겁을 먹고 얼굴을 숙였다.
"정말 모르겠어."
사타케는 조용히 대답했다.
"정말 어째서 그런 짓을 한 건지 모르겠어."
"안나한테 다정하게 대한 건 그 여자 대신?"
"그렇지 않아."
"그럼 어째서 오빠 안에 두 사람의 오빠가 있어? 한 사람은 여자를 죽이는 오빠. 또 한 사람은 안나를 귀여워하는 오빠. 어째서."
안나는 흥분해서 사타케를 오빠라고 불렀다. 사타케는 입을 열지 않는다. 안나는 말을 이었다.
"오빠는 안나를 개와 마찬가지라고 생각하고 있어. 아니야? 동물 가게에서 파는 개처럼 예쁘게 꾸며서 남자들에게 팔았어. 그게 즐거웠어. 안나는 오빠의 상품이었어. 안나가 반항하면 그 여자처럼 죽일 거야?"
"아니야."
사타케는 담배를 물고 스스로 불을 붙였다. 안나는 그 사실도 눈치 채지 못했다.

"안나는 귀여워. 그 여자는……"

말이 궁해진 사타케는 침묵했다. 안나는 사타케를 물끄러미 쳐다보며 기다렸다. 그러나 대답은 나오지 않았다.

"오빠는 안나를 귀엽다고 하지만 정말은 귀엽기만 할 뿐 아무 생각도 없는 거야. 안나, 이야기 들었을 때 그 여자를 정말 가엾다고 생각했어. 하지만 안나도 가여웠어. 어째서인지 알아, 오빠? 왜냐하면 안나를 일 때문에 혼내기는 하지만, 그 여자처럼 죽일 때까지 증오해 주지 않으니까. 괴롭힘 끝에 죽임당할 정도로 증오당해 오빠의 마음속에 파고들었다는 거잖아. 안나, 그것만은 죽어도 불가능했어. 안나도 오빠에게라면 죽어도 좋다고 생각할 때 있었어. 하지만 오빠는 그 여자 죽였으니까 대신 안나한테 다정하게 한 거지. 하지만 다정하기만 할 뿐, 재미없어. 슬퍼. 안나, 그걸 알았어. 그러니까 안나도 굉장히 가엾어. 이거, 오빠 알아?"

안나는 눈에 눈물을 그렁거렸다. 열린 콧방울 옆으로 눈물이 굴러 떨어졌다. 주위 테이블 손님과 호스티스가 무슨 일인가 하고 놀라서 사타케와 안나를 봤다. 걱정스러운 눈으로 마마가 이쪽을 살피고 있다.

"알았다. 이제 안 오마. 안심하고 일 잘해."

안나는 아무 말도 하지 않았다. 사타케는 서서 계산을 하고는 작위적인 웃음을 지은 진의 배웅을 받으며 밖으로 나왔다. 안나도 아무도 앞까지 나오지 않은 것은 당연한 일이리라. 이제 가부키초에 자신이 있을 곳은 없다.

기누가사에게 심문을 받은 그날부터 17년이라는 세월을 넘어 그 여자가 사타케의 등에 들러붙은 것을 느꼈다. 그리하여 사타케는 그 여자와 맞설 각오를 했다. 가둬 뒀던 기억이 지금 딱딱한 껍데기를 깨고 안에 있는 열매를, 씨앗을, 사타케에게 내밀려 하고 있었다.

사타케는 오랜만에 아파트의 자기 집에 돌아왔다.
갑작스러운 체포, 구류로부터 거의 4주 만의 귀가였다. 문을 열자 여름 내내 꽉 닫혀 있던 집 특유의 후덥지근하게 들어찬 냄새가 났다. 사타케는 어디에선가 사람 이야기하는 소리가 들리는 것을 깨닫고 성급히 신발을 벗고 집 안으로 들어갔다. 어두컴컴한 가운데 창백한 빛도 어른거리고 있다.
텔레비전이 켜져 있었다. 갑자기 한여름이 된 그날, 기분이 어수선한 채 텔레비전을 그대로 켜 두고 나가 버렸던 것 같다. 가택수색도 했으면서 텔레비전 하나 꺼 주지 않다니. 사타케는 쓴웃음을 지은 후 텔레비전 앞에 무릎 꿇고 앉았다. 뉴스 프로그램이 끝나려는 참이었다.
사타케의 몸속에 일었던 술렁임은 여름의 끝과 함께 가라앉으려 하고 있었다. 여름은 지금, 지나쳐 가고 있다. 사타케는 일어나서 창문을 열었다. 야마테도오리에서 소음과 배기가스 냄새, 그리고 여름과 다른 차가운 밤공기가 들어와서 들어찬 집안의 공기와 한데 섞였다. 고층 빌딩은 그 윤곽을 드러내는 것처럼 정렬하고 있었다. 이제 괜찮다. 자신을 되찾은 사타케는 심호흡해 거리의 더러운 공기를 들이켰다. 다음은 할 일을 하는 것뿐이었다.
사타케는 지나간 신문을 처박아 둔 벽장을 열었다. 누렇게 변해 습기를 먹은 신문지를 뒤져 K 공원 토막 살인 사건 기사가 실려 있을 만한 신문을 찾아낸다. 몇 부인가 찾아내자 사타케는 바닥 위에 기사를 펴 놓고 작은 메모장을 꺼내서 이것저것 적었다. 그리고 담배를 한 대 피우며 얼마 동안 그 메모를 보고 생각에 잠겼다.

사타케는 텔레비전을 끄고 일어섰다. 정처 없이 거리의 뒷골목을 싸돌아다니자고 생각했다. 지키고 싶은 것도 잃어버릴 것도 지금은 이제 아무것도 없다. 간신히 깊은 강을 건넌 참에 다리가 무너져 떨어졌다. 등 뒤에 길은 없다. 그러나 봉인한 꿈으로 돌아간다기보다도, 지금의 이 생활이 커다란 꿈속에서 헤매던 것에 불과했을지도 모른다. 그렇게 생각하니 사타케는 야쿠자의 부하로 있던 20대 무렵으로 돌아간 것 같아 흥분마저 느꼈다. 어디로 가야 할지 모르고 방황하던 기분과, 돌아갈 수 없음을 깨달은 각오는 어딘지 모르게 닮았다. 해방된 것이다. 사타케는 웃음을 띠었다.

〈하권에 계속〉

옮긴이 | 김수현

배화여자대학교 일어통역학과를 졸업하고 일본 문학 전문 번역가로 활동하고 있다.
본격과 장르의 벽을 허무는 중간 문학 및 최신 미스터리 소설을 애호하며 무라카미 류, 세이료인 류스이, 마이조 오타로, 다케모토 노바라 등의 작가들을 즐겨 번역하고자 한다.

아웃 1

1판 1쇄 펴냄 2007년 5월 15일
1판 14쇄 펴냄 2024년 10월 23일

지은이 | 기리노 나쓰오
옮긴이 | 김수현
발행인 | 박근섭
편집인 | 김준혁
펴낸곳 | 황금가지

출판등록 | 2009. 10. 8 (제2009-000273호)
주소 | 135-887 서울 강남구 신사동 506 강남출판문화센터 5층
전화 | **영업부** 515-2000 **편집부** 3446-8774 **팩시밀리** 515-2007
홈페이지 | www.goldenbough.co.kr

도서 파본 등의 이유로 반송이 필요할 경우에는 구매처에서 교환하시고
출판사 교환이 필요할 경우에는 아래 주소로 반송 사유를 적어 도서와 함께 보내주세요.
06027 서울 강남구 신사동 506 강남출판문화센터 6층 민음인 마케팅부

ⓒ 황금가지, 2007. Printed in Seoul, Korea

ISBN 978-89-6017-108-4 04830
ISBN 978-89-6017-107-7 04830(세트)

㈜민음인은 민음사 출판 그룹의 자회사입니다.
황금가지는 ㈜민음인의 픽션 전문 출간 브랜드입니다.